婚姻漩涡

Marriage Swirl

夏天 著

中国青年出版社

目录

目录

第 1 章

猎夫记

罗青橙终于下定决心，要向男友叶小鱼“求婚”。

“不能再任由叶小鱼这么拖下去了，今天晚上，非让他答应跟我结婚不可！我清清白白一大姑娘，再也不能跟他姓叶的就这么不明不白地混下去了！这家伙，整整两年，居然连半个结婚的字儿都不提，那嘴紧得，连撬棍都撬不开！”

罗青橙怀揣心事，端坐在梳妆台前，蹙着眉，扭过头半烦恼半玩笑地向坐在自己旁边的表妹琳琳抱怨着。

此时，她俩正在罗青橙的单身宿舍里，做着“求婚”前的准备活动。椅背上、床上，胡乱搭着一些罗青橙刚从柜子里倒腾出来的裙子、上衣、长裤，丝的、棉的，什么颜色都有，地上一溜排开好些双细高跟鞋。

“可不嘛，你们约会都两年多了，总不能就为图一乐吧？你可甭不小心让叶小鱼最后把你给‘休’了。他这人，看上去挺不错的，连我妈都说好，你还不快点儿弄到手里养起来图个踏实，你还等什么呢？赶紧啊！”

二十二岁的琳琳扑闪着一双大眼睛，靠在罗青橙肩上，不住附和、催促罗青橙，然后抬起头来，用肩膀在罗青橙的胳膊上鼓励似的狠劲儿撞了一下。

罗青橙望着正眼巴巴地瞪着她的琳琳，不禁笑了，心想：看上去，表妹琳琳简直比她罗青橙还干着急，虽说这会儿琳琳自己跟她的小男朋友也正闹得灰头土脸。

然后，罗青橙转过身，歪过头，欣赏起镜子里自己的“失色花容”，叹了口气，慢悠悠地拿起了梳子：“说得容易呀，可这大半年，每次甭管我是暗示，还是明示，这叶小鱼老是一副含含糊糊的嘴脸儿，说，这么多年，他自己一人儿自由散漫惯了，还没做好心理准备什么的！什么没做好心理准备，他们这些‘大男人’，嘴上说一套，心里想一套，我老觉着他心里憋着一股坏劲儿，没准儿现在正骑驴找马呢！要是任由他这么拖延下去，保不齐来个节外生枝，半路再让人把他抢了，我不就亏大发了嘛！我罗青橙可不能让他就那么轻易地把我给闪了！”

“就是就是！现在的男人，太难说了！我一女朋友，上个月，她的准新郎居然跟准伴娘跑了，你说这事儿闹的！”

琳琳不停地给罗青橙敲着锣边儿。

听琳琳这么一说，罗青橙顿时觉得加倍慌乱起来，好像她的男朋友叶小鱼，注定明天也要被人抢走了似的。

便恨恨地说：“老公不会从天上掉下来，我坐等是等不来的，我得自己动手把他从人堆儿里给拎出来！”

说罢闭了嘴，什么都不再说，手下生风，抓紧时间拼命捯饬，希望能把自己打扮得让叶小鱼欲罢不能。

表妹琳琳应声从凳子上跳起身，按罗青橙的意思，帮她把头发梳得顺顺当当，在肩上倾泻成一道漆黑的、晶光闪亮的小瀑布，两侧单挑出两缕头发，在后脑勺上精心打了个蓬松的玫瑰花结。

罗青橙挂上银色的项链，两串银色长耳环，长长短短，像此刻窗外漫天飘洒的雨丝。跟着，琳琳又手忙脚乱地抄起香水瓶，没头没脑地冲罗青橙喷了几下，罗青橙接连打了两个喷嚏，两人叽叽嘎嘎乐了老半天。

为了穿什么衣服，琳琳跟罗青橙争了一阵儿。最后，还是罗青橙自己挑了件鹅黄的露肩装，覆在柔软的胸脯上，小蛮腰下面，却绷着一条放任不羁的散腿喇叭裤，薄薄的黑色丝绸，一垂到底，走起路来，顿觉袅娜飞扬，像一尾鼓足了风的帆船即将远航，鸟语花香的。

此时，琳琳已经背朝上趴在了床边，两只脚不住地在空中摇晃着，双手支着下巴，一面看着罗青橙拿起口红噘着小嘴开始连涂带抹，一面忍不住边乐边信口开河：

"姐，你这样儿，可是真够漂亮的了，叶小鱼今儿见了你，他不动心才怪呢！当心半路上你就给人劫走！可我觉着，你其实也用不着这么精心捯饬，男人就这德行，要真对你感兴趣，你就是披个烂麻袋片儿，他都会觉得你酷；可要是他心里不喜欢你，你就是穿金缕玉衣都没用！"

逗得罗青橙对着镜子嘎嘎大乐："胡说八道吧你，金缕玉衣那是活人穿的吗？"

两人收拾妥当，打了辆车，琳琳先把罗青橙送到了地儿，又可着劲儿地鼓励了她一番，然后自己重新坐进出租车，把两根手指叉成V字形，冲罗青橙晃了三晃，就这样笑眯眯地坐车回家去了。

罗青橙自己找了个僻静的角落，坐了下来。

今天中午打电话约叶小鱼下了班一起在外面吃晚饭的时候，罗青橙事先一点风声也没漏给他，就跟平常约会没什么两样。

叶小鱼下了班，直奔这个安静的小地方而来。

一看到叶小鱼那高大的身影出现在门口，罗青橙的眼珠立刻瞪得溜圆，开始不由自主充满爱慕地追随着他滴溜溜乱转。

很快，罗青橙就偷偷乐了起来。她发现，叶小鱼这个人的眼神真是让她难以恭维，虽说毫不近视，可在饭馆里找个人、定个向，真是费劲儿。看着叶小鱼着急的样子，罗青橙只是好笑，暂时存心一点儿都不想帮他。

叶小鱼东张西望了半天，这才终于看到了角落里笑眯眯站起身来的罗青橙，正向他招手。

叶小鱼立刻咧嘴一乐，快步走了过来。

一坐下，见罗青橙捯饬成这样儿，叶小鱼一点儿不为所动的样子，反而边解外衣的纽扣，边撇了撇嘴，很不以为然地说："呦呦呦，没事吧您……会情人去呀？"

"是会情人，一点儿没错，好不好看？"罗青橙噘着嘴，向叶小鱼撒娇，问。

"不好看。"叶小鱼故意不夸她，扁了扁嘴儿，把脱下来的外衣搭在旁边的椅背上。他知道罗青橙这人有时忒"天真"，常有事没事逗她玩儿，就跟逗别人家的小胖闺女似的，看罗青橙那气急败坏的小样儿，他觉得很受用，心里偷着乐。

罗青橙一听，果然蛾眉倒竖，看那样子，八成儿已经把叶小鱼的话有几分当真了："真的不好看？人家可是花了俩钟点儿，特意为你打扮的呢！"

一不小心说漏了嘴，罗青橙很泄气。

"太露了吧？"叶小鱼还是不恭维她。

嘴上虽然这么说，实际上叶小鱼早已经把罗青橙上上下下溜了个遍，心底里简直爱死她了。

两个人边吃边聊，漫不经心地捱到了晚上十点钟。饭馆里的人一点儿也不见少，反而渐多，大多是一对对的小情人，相互搂着脖子抱着膀子闷头窃窃私语，旁若无人，跟背景音乐比着赛着似的小声儿。

气氛合适。暖和、安静、平和。时机到了。

罗青橙眼珠骨碌碌一转，毫无预兆地突然就抓住了叶小鱼的双手，脸色严肃，开始酝酿感情。结果，好半天，一滴眼泪也没下来，只好眼神冰凉地望着惊诧莫名的叶小鱼，缓缓地说："叶儿，今晚，是咱们最后一次在一起了。"

"最后一次？"叶小鱼吓了一大跳。

"我决定跟你分手。"罗青橙依旧故作冷淡地说。

"为什么？"看着罗青橙装模作样跟真事儿似的，叶小鱼一时间还真被她给唬住了，就有点儿发愣。

"因为，我从不和同一个男人约会超过两年。"罗青橙的眼神依旧凉冰冰的。

叶小鱼看着罗青橙，见她的眼睛里面开始闪闪烁烁、意味深长，他心里就明白了八九分。于是，他垂下眼睛，避实就虚，开始要起了贫嘴，故意装糊涂说："我知道了，你是不是准备把我给换掉了？已经找好下一任了吗？"

"胡说八道你！"罗青橙果然大为震怒，心说：真是个不识抬举的男人！

"那你想怎么样？"叶小鱼歪着脑袋，边明知故问，边欣赏着罗青橙发怒的样子。见罗青橙此刻又像一只老死缠着自己、十分可爱的小狗，已经被激惹急了，正待野饮孽作，酝酿着嗷嗷狂吠，叶小鱼心里觉着很痛快、很开心。叶小鱼心里承认：自己实在是为罗青橙这种充满野性、自然坦率的天性感到着迷。同时，罗青橙也发现，自己居然也陶醉于叶小鱼把她当成个小 baby 来对待。

罗青橙本来还等着叶小鱼自己“良心发现”，在她的“谆谆诱导”之下，主动提出结婚事宜，可见叶小鱼临危不乱，居然佯作毫不知情，又开始打岔的样子，罗青橙气愤之余，开始担起心来：要是给逼急了，叶小鱼嘴里再蹦出一些她不想听的话，那她岂不更加被动！

罗青橙于是吸了一口饮料，静下心来，脑子里飞速盘算着下一步。终于忍不住再度开了口：

“你还爱我吗？”

“当然爱！”

“有多爱？”

“要多爱有多爱！”

“净是废话！”罗青橙把脑袋转向一边。

“你还指望情人嘴里能出来什么高智商的话……还不都是些废话！”叶小鱼只是打岔。

“爱不能只停留在嘴边。”罗青橙只好说。

叶小鱼不说话。

“爱也不只意味着定期约会。”

叶小鱼还是不说话。

“爱还意味着，相爱的两个人每天都能吃在一起，睡在一起。”

见罗青橙步步为营，双目咄咄逼人，叶小鱼没有办法，只好默不作声地从衬衫口袋里变戏法似的摸出一个烟盒来，抽出根烟，点了。猛吸了两口，仰起脖子，像鲸鱼一样，朝空中接连喷了好几个半圆不圆的烟圈儿。淡蓝色的烟圈袅袅上升，果然吸引了罗青橙的注意力。

看着罗青橙的眼神也随着烟圈儿袅袅上升，叶小鱼窃喜，他知道，罗青橙最喜欢的事情之一，就是让叶小鱼给她制造一串串烟圈儿。

不料，才乐了几下，罗青橙突然发觉自己上当了，笑声戛然止住，脸也陡然变色，用力一拍桌子，向叶小鱼怒道："你甭想转移注意力！赶紧把烟给我掐了！"

叶小鱼无法，只好把大半根烟掐灭，扔了，接下罗青橙刚才的话茬儿，说：

"我只是……不希望那么早结婚，我还没做好心理准备……这你也不是不知道。"

罗青橙一听，心里顿时觉得稍微松了口气，暗自欢喜。看来叶小鱼并没有不打算跟自己结婚，也不是和自己逢场作戏。正因如此，自己就更不能再迁就他了。

有了这点把握，罗青橙越发一鼓作气，乘胜追击。与此同时，脸上却伪装得更加冷漠和绝情，眼里射出寒冷的光：

"你永远也做不好心理准备……"

"……"

"要么结婚，要么分手！"

"……"

叶小鱼低着头，不吭不响，罗青橙只看得见他两只大手，挠着柔软的、浓黑的头发，却不知道他心里此时到底在盘算些什么。

半晌，两人谁都不再说话，只剩下远处的萨克斯的乐音，朦胧缭绕、摄人心魄，邻座一对小情人细小的嬉笑声凸现出来，不绝于耳。

罗青橙突然就火儿了。她俯身向前，瞪着叶小鱼，压低了声音，一字一顿地说：

“叶小鱼，我今天，第一次，也是最后一次说，今年，你给我听好了，就今年，你要是再不打算跟我登记结婚，咱俩就拜拜，拉倒，彻底分手，你也别耽误了本小姐的大好前程。”

罗青橙冒着“巨大”的风险，狠着心，下了最后通牒。

说完，把身子往椅背上一靠。

叶小鱼这才慢慢抬起头来，眼睛里一片茫茫然。他定睛看了罗青橙半晌，然后，双手一摊，无可奈何，拉长了声音说：“那好——吧！”

“什么时候？”罗青橙惊喜过望，简直都有点儿不相信自己的耳朵，声音也不知不觉即刻提高了八度，几乎尖叫了起来。

邻桌女孩儿被吓了一大跳，“呼”地扭过头，一把头发甩到脸上，看到罗青橙那抓狂的样子，狠狠地白了她一眼。

“你说了算！”叶小鱼看不得罗青橙这点出息劲儿，就夸张地叹了口气，把脸别了过去。

“六·一！六·一！就六·一！”

罗青橙美得手舞足蹈，耳环项链一起叮当乱响。

本来，作为一个姑娘，主动向男朋友提出结婚，似乎是一件挺没面子的事。朋友细雨就曾经告诫过罗青橙：“你呢，作为一个淑女，虽然心里恨不得立马儿端着枪，把中意的男朋友押到婚姻登记处，可表面上呢，你还得千方百计引诱他自己提出来。最妙的是，如果你不让他先提出来，那男的自己也会觉着别扭。可实际上呢，甭管男的还是女的，对对方脑袋瓜里那么点儿小算盘早就心知肚明，可这出戏，咱还得跟他演，还得演得壮观好看，必要时，还得感动得涕泪四溅。”

可罗青橙偏偏是个“没心没肺”的人，她明明白白告诉细雨：“我可不在乎什么淑女不淑女的，我已经没力气再当淑女了。我要先劝诱叶小鱼，实在劝诱不成，就真刀实枪，手脚并用，我也得把叶小鱼弄到手。”

此时闻听叶小鱼答应和自己登记结婚，罗青橙已是乐得屁颠儿屁颠儿，神魂颠倒、险些魂不附体，完全顾不上和叶小鱼那副赶鸭子上架老大不情愿的无奈态度较真儿，马上跟服务员要了两小瓶墨西哥科罗纳啤酒，硬是要和叶小鱼干杯，以示庆祝。

“咣当”一声，罗青橙自己已先一饮而尽，然后用手背抹抹小嘴儿、立刻结账，站起身来，吊在叶小鱼的膀子上，美得一步三晃地打道回府。

叶小鱼见罗青橙这个样子，很不放心让她一人在路上“扭”，只好把她一路送到单身宿舍门口，使劲儿抱了抱她，见她进了屋，关好门，这才放心地离开。

两年多的时间过去了，自打罗青橙二十二岁起，她就跟叶小鱼开始了约会，如今叶小鱼这个她心仪已久的“猎物”好不容易才肯钻进“牢笼”，好不容易迫使他答应了自己，罗青橙躺在自己的床上，愈想愈兴奋。虽然追男朋友不像拧开一瓶水果罐头那么容易，还令她在叶小鱼眼里像个彻头彻尾的结婚狂，可罗青橙毫不在乎。

“过程多么坏并不重要，结果好才是一切！”入睡之前，罗青橙发了一个短信给表妹琳琳，告诉她这个好消息。

罗青橙理应高兴，因为叶小鱼实在是大大中她的意。

叶小鱼三十三岁，比罗青橙大九岁，在一家外企上班，挣得不少，个子不矮，人长得也不难看，至少，在她罗青橙眼里真是俊得迷人。

叶小鱼有着轮廓分明的面部线条，每当罗青橙望着叶小鱼的侧脸儿，不觉会生出非常强烈的抚摸欲望，便目不转睛，用叶小鱼的话来说，是毫不掩饰、非常“色迷迷”地盯着叶小鱼看，全然不顾叶小鱼浑身长刺儿似的不自在。

“现在的女孩儿，怎么这么‘色’呀！”

叶小鱼别过脸，忍不住悲叹。

“你懂什么呀，这叫‘耽美’！”

罗青橙居然还振振有词。

叶小鱼听了，愈觉浑身发毛。

更让罗青橙喜欢的，其实，还是叶小鱼那副好脾气，太好了，好得甚至都让罗青橙觉得有点儿“面”。罗青橙像一只心明眼亮的小松鼠，早就看出叶小鱼是颗好坚果，在叶小鱼那随和、大大咧咧、貌似讥诮的态度里，包裹着一颗宽容、忍让和负责任的心。她欣赏面前这个男人，有时就会情不自禁产生出一种错觉：她和叶小鱼两个，会在某个夏日的午后，听着夏洛蒂·秋齐的《*Summertime*》，在天使一般的袅绕余音里，在彼此舒适的对视中，慵懒地、不声不响地、波澜不惊地，一起走过这辈子。

罗青橙在大学里做文职工作。这份工作，是她在北京工作的大姨夫，也就是表妹琳琳的爸爸找门子托关系帮她找的。罗青橙喜欢这工作，她觉得清闲、自在，不过，就像叶小鱼常常说的，一清闲就无事，一无事就生非，叶小鱼觉得罗青橙整天庸人自扰，尤其在他俩结婚这件事上。

早在罗青橙读大学时，她就暗中打定主意，坚决不肯在自己的同学堆儿里找男朋友，她那精明的小心思里秘而不宣的原因在于：她可不想找一个和自己年龄差不多的小男孩儿。她觉得，那样的话，两人就得一起奋斗，等到男人三十、四十得了意，她罗青橙自己也得快三四十岁了。她可不想像她妈那辈人一样，非得自己动手，辛辛苦苦地栽培起一棵果树，还得起早贪黑地给他浇水、施肥、打杈、捉虫子，等着盼着他能有朝一日开花结果。运气好的话，好不容易等到他开花结了果吧，那满树的果子，还指不定被谁给白白摘了去呢！亏不亏得慌啊？她想，要红红的果子吃，干吗非得自己辛辛苦苦地种树，直接搂过一棵荒郊野外、暂时名花无主的、结满半红半青果子的树不就结了吗！

为此，专门喜欢和同龄小青年一堆儿混的表妹琳琳，笑罗青橙是一个天生的实用主义者。

“小屁孩儿，你不懂。”罗青橙回击琳琳。

大学毕了业，虽然也不断有同学、同事给罗青橙介绍男朋友，左一个右一个的，可挑来挑去，却没一个中罗青橙的意。她半点儿也不想委屈自己，不想把自己胡乱嫁了了事，所以一直拖着。直到她碰见了叶小鱼那一天，她才明白“命运”和“命定”并不总是两种截然不同的东西，“命运”让她遇见了叶小鱼，“命定”让她和叶小鱼相互一见钟情。那一天，罗青橙才突然觉得自己鸿运当头，否极泰来，终于感到，自己的生命，从此将划开一个新纪元。

叶小鱼之所以非常喜欢罗青橙，罗青橙暗自觉得，自己大概是托了一位好莱坞影星的洪福了。一次，叶小鱼偶然间说起，他比较喜欢蕾妮·齐薇格。罗青橙马上找来了蕾妮·齐薇格主演的电影《BJ单身日记》——那是她第二天在单位忙不迭下载到自己电脑里，中午偷偷看的。

看到蕾妮·齐薇格饰演的布里奇特不断给自己炮制“状况”，罗青橙边看边狂笑不已，就差点儿没晕过去。

就像叶小鱼说的，罗青橙的“沸点”实在忒低，任何一点芝麻粒大的小事，都能让她乐开了花。

还没看完，罗青橙就有点儿明白了叶小鱼为什么喜欢布里奇特·琼斯，因为布里奇特胖乎乎、脸儿像苹果、红唇丰满、笑容妩媚，更因为，布里奇特天性自然、花样百出、超级可爱。

罗青橙找来了面小镜子，比划了一下。她不是特别喜欢照镜子，细看之下，罗青橙发现，自己长得一点儿都不像布里奇特·琼斯，几乎没有什么相像的地方，也许……是因为自己和布里奇特同样“乐于做真实的自己”，还有那种“没心没肺”，让叶小鱼看着……觉得……倍儿受用？

罗青橙赶紧摇了摇头，把镜子扔回到抽屉里。

这个夏天清凉美妙，在四个季节里，罗青橙一直最喜欢的，就是夏季。自从向叶小鱼“求婚”成功，她心情一直不错。

六月份第一个灿烂的早晨，空气里渗着甜香，罗青橙慢慢醒来。

不过，她依旧闭着眼睛，习惯性地、懒洋洋地抻了抻胳膊腿，有点儿迷糊，嘴角荡漾起一丝笑意，不知刚做了一个什么美梦，似乎还没从梦里面还过魂儿来。忽然，她感到一个大红苹果，带着甜蜜的果香，从蓝莹莹的九霄云外，飞速滚落下来，一下子砸中了她……

罗青橙的眼睛猛然睁开，彻底清醒了。

这个红苹果对她意味着什么，罗青橙太清楚不过了，一件极为重大的事情正在等待着她。

她扭头望了望窗外，嘴角不由自主地挑起来：一个多么美妙灿烂的黎明！窗帘半拉着，朝霞橘红的光影透了进来，轻轻洒在罗青橙的脸上！

紧跟着，她就像上足了发条似的，漂亮的黑眼珠兴奋地叽里骨碌乱转，使劲儿伸了个懒腰，抓了抓头发，给了自己一个欢天喜地的笑容。

“今天，千万、千万可别晚了！”

罗青橙对自己说。然后，踢开毛巾被，一骨碌爬了起来，蹦到地上。这是她从小到大起床时的标准动作，妈妈每每担心她会闪了腰。

闹铃也准时“哗啦啦”响了起来。

罗青橙头也不回，挥手拍了一下，撮上脸盆、牙缸、毛巾，一阵旋风似的跑到公用水房去洗漱。

望着镜子里自己浓密的长发支离蓬乱的鬼样子，罗青橙笑了，脸一仰，很神气地跟自己说：很快，她就再用不着挤在公用水房里梳头洗脸，因为过了今天，她就等于拥有了一个属于自己的家！她盼望了好些年，这一天，终于来了！

罗青橙边洗脸，还边想着登完记该怎么庆祝一番。回到屋里，她又精心梳妆片刻。

动身前，罗青橙站在门口，打量着只有一张单人床、一张桌子、一个梳妆台、和一架子书的简陋的单身宿舍，感到生命中一条分水岭正在形成，幸福感就快冲破屋顶冒了泡儿。

罗青橙觉得自己就像一条养在浴缸里的鱼，年久日深，终于要回归蓝色的大洋，她真正的家园。

她，罗青橙，终于可以告别单身，嫁给一个她中意、希望与之共度一生的男人。

突然间，罗青橙就有点儿伤感，她朝空屋儿机械地挥了挥手：

“拜拜了，单身美人鱼！”

第2章

婚前恐惧症

不到八点，罗青橙穿着一袭鱼尾下摆的红裙子，黑色细跟凉鞋，满身喜气、摇曳生姿、心急火燎地动身去了婚姻登记处。

除随身挎着的小包儿外，罗青橙手里还提着一个大塑料袋，装着她前一天刚买的喜糖。

前一天晚上，罗青橙特地拉上叶小鱼去了趟商店，一进门就直奔卖糖的柜台，也甭管是巧克力的，还是奶油的、水果的，只要是糖，罗青橙就抓，当然糖纸上一定带个双喜字。

罗青橙边满手狂抓，边觉得：中国人发明的这个双喜字，真是绝妙无双。

叶小鱼看在眼里，下意识地捂紧了自己的钱包，直冲罗青橙撇嘴。看着自己准老婆那劲头儿，叶小鱼很想鼓励她去电视台报名参加超市抢购节目，为什么不呢？罗青橙准能赢！

“没事儿吧你，有必要买这么多吗？意思意思就行了！”叶小鱼忍不住，终于说。

“你不懂，图的就是六六大顺，万一我罗青橙这辈子，就结这么一次婚呢！”

罗青橙丝毫也不退让，手下生风，依旧大把大把地抓，就跟路上白捡的似的。

“哟哟哟，您还……还‘万一’就结一次婚……”叶小鱼对罗青橙如此“用词不当”，深为不满。

卖糖的大姐还以为罗青橙一下子买这么多，是为了结婚喜筵上撒糖用的，也急忙在一旁跟着起哄，加油打气地鼓励罗青橙：“多装点儿、再多装点儿！够吗？用不用帮忙啊？要不干脆换个大点儿的袋子？”

叶小鱼在一旁等得很不耐烦，一个劲儿催罗青橙：“差不多得了，这么大包，还不够三百人吃一年的！不给糖，难道还会不让你登记？”

罗青橙也不搭理他，挑了一个特大的透明礼品包装袋儿，把糖全折进去，在秤上调来调去，整三斤六两，这还不算完，罗青橙又买了包好烟，塞进了糖袋里，怕叶小鱼第二天忘了拿，死活非要把这大口袋带在自己身边。

叶小鱼眯着眼睛，说：“放你那儿，行啊，扛得动吗，别把你给压趴下了。”

罗青橙之所以买这么多糖，就是听信了办公室里同事的一句话。她那同事刘大姐，特有主意地告诉罗青橙：结婚登记的时候，一定给人带点儿喜糖。

“为什么呀？”罗青橙好奇。

“图个顺利呀。”

这大姐觉得罗青橙真是不开窍。她还特有经验地叮嘱罗青橙：“到了登记的地方，你得赶紧先把喜糖和烟给人递过去，这样就不会有什么节外生枝的事儿，一切好办！我弟弟弟媳当初去登记，没经验，也不知是为什么，到了地儿，愣说他们照片照得不合格。他们就争辩：我们跟照相馆人说了，就照结婚照，贴结婚本儿上，人家天天照相，怎么就能不懂结婚照是个什么格式呢？你说护照照片有规格，还没听说结婚照也有规格。没办法，说死也不给办，两人只好气急败坏地重照去了，这回左右调了一个个儿，总算行了。你说折腾不折腾？所以我说，还是带包儿喜糖，以防万一。”

婚姻这么大的事，怎么可以节外生枝？大姐即便不说，罗青橙尚且诚惶诚恐，一听大姐说了这许多，也不管是玩笑还是真话，越发不敢怠慢。为了能和自己心爱的“叶儿”顺利登记，甭说是几块儿破糖了，就是需要金豆子，她也舍得立刻拆了首饰现打一包去。

罗青橙一路上兴冲冲的，尽管出租车已经开得不慢，左右突围，最终还是奈何堵车不得。罗青橙一不小心，又撮了一顿火儿 。

好容易才捱到了。

下了车，却没见叶小鱼人影。两人原本约好九点，在婚姻登记处见面，罗青橙拿出手机看了看时间，自己早了，还差二十多分钟。

她随手给叶小鱼打了一个电话，没想到，关着机呢！“这马大哈，别是还没起床，忘了结婚这码子事了吧？”

罗青橙只好静静地坐等。

不一会儿，她就开始穷极无聊起来。那些赶着上班的人、刚下公交车的人，都“嗖嗖嗖”地从她身边疾走而过，今天好不容易她成了个大闲人，就留神看了看周围这些急匆匆的人。不看不要紧，细看之下，罗青橙吓了一跳。她平生头一次发现，路上这些上班族，大多数看上去居然面无表情，步履匆匆，好像是去打仗似的。

“叶小鱼是不是也这样？”罗青橙想。相比之下，她倒像是过着离休生活，坐在一旁悠然自得地看西洋景。

嘴里闲着不自在，罗青橙从袋子里抠出一块儿糖，吃了，也不管是否因此缺斤短两。

九点十分，还不见叶小鱼的影子。罗青橙就有点儿沉不住气，又吃了块儿糖。一紧张，她就爱吃东西。

若是平时约会，罗青橙可毫不在乎，她等叶小鱼的时候，一点儿也不比叶小鱼等她的时候少。谁说谈恋爱就只有男的等女的的份儿，她罗青橙就是一个活生生的反面典型。

罗青橙发现：这就是可恶的惯性，即便到了结婚登记这天，也还是屡用不爽。

可今天毕竟不一样，这是罗青橙一生中最重要的一天，谁让她过于看重这个日子呢？！

罗青橙之所以选择六·一这天登记，并不只是因为这天是儿童节，还因为这天也是她的生日。以前每年六·一她都比别的女小朋友更加快乐，因为除了节日礼物，她还能得到生日礼物。自打好些年前不幸失掉过“六·一儿童节”的权利，罗青橙就恨恨地天天私底下琢磨过一阵，怎么才能想法找补一下。于是有了主意：以后，自己的生日和结婚纪念日可以掺和掺和！她惯性地希望：这一天的快乐，永远是成双的。同时，她内心深处也隐隐地怀着这样一个愿望：自己能借六月一日结婚纪念日来提醒叶小鱼，她罗青橙永远是叶小鱼的小宝宝，永远的宝宝，唯一的宝宝。

为了这一天的到来，罗青橙老早就向单位请了整整一天的假。就在昨天晚上下班的时候，同事刘姐看到罗青橙贫嘴呱舌、兴奋得跟话痨似的，难以掩饰那股子兴奋劲儿，还跟她开玩笑说：“别这儿耗着了，Mademoiselle，赶紧回家‘浪漫’去吧！”罗青橙闹了半天才闹明白，敢情刘姐跟自己说法兰西话呢。

罗青橙不知道自己为什么那么看重那张小小的证书，她就是觉得，那是根无形的带子，能将叶小鱼名正言顺、牢牢地拴在自己身边。有了它，再不必担心叶小鱼哪一天会从自己身边逃走。虽说有时候，男的或女的一旦变心，有没有这纸证书还不是一码事，可罗青橙仍然很看重。至少，那是一个心理上的安慰。

今天真是邪了门儿了！眼瞅着都已经快十点了，叶小鱼还是踪影全无，手机也关着。罗青橙噘起嘴，这回不用酝酿，眼泪已经掉出来了。

别是叶小鱼出了什么事了吧……啊呸呸呸，乌鸦嘴！刚一想到这儿，罗青橙赶紧往地上吐了口唾沫。

等到十点半的时候，罗青橙再也沉不住气了。叶小鱼的手机依旧关机，他会不会真忘了这事，上班去了？

罗青橙决定往叶小鱼单位打个电话。

他部门的电话通了，接电话的是一位娇滴滴的女士，大概是前台秘书："喂……叶小鱼啊，他今天没来，请假了……登记结婚去了。"又突然万分惊讶地问："……咦，你是他女朋友吗？"

罗青橙含含糊糊应付了几句，觉得脸丢大发了，赶紧慌慌张张把电话挂了。

她又往叶小鱼家里打电话，是他妈接的。老太太也挺惊奇，便赶紧安慰着罗青橙：

"噢，青橙呀，小鱼他一早，好像不到八点就出去了呀，你们今天不是去登记结婚吗……怎么，你还没有见到他人影儿，是不是堵车呀……他今天好像不大高兴，没精打采的，是不是你们俩吵架了……没有就好……你别着急啊，青橙，啊，再等等，等等。"

再等等？罗青橙觉得已经等得头都晕了，眼瞅着就要十一点了，叶小鱼居然还是没出现。看这局面，叶小鱼真憋着把她罗青橙给涮了。

罗青橙一屁股坐在婚姻登记处大门口的台阶上，脸蛋儿憋得通红，咧开嘴，开始"噼里啪啦"地掉眼泪，手里也没闲着，又揪出块儿糖，塞进嘴里。眼瞅着这婚结不成了，都吃了算了，也算是没糟蹋了喜糖，也当给自己过了生日，还当补了个久违的儿童节。

罗青橙一边哭，一边吃糖；一边吃糖，一边剥糖纸，把糖纸给丢了个满地。

"嗨，姑娘，姑娘，这地我刚打扫完，你又乱扔糖纸，什么觉悟呀这是，这么大人了，知不知道尊重别人的劳动？捡起来，你给我捡起来！”

一个愤怒的声音突然在空中如同炸雷一般响起来。听上去，那发出声音的人，似乎比她罗青橙这个受了天大委屈的姑娘还愤怒。

罗青橙抬头一看，一个扫地的小伙子背着簸箕、拿着扫帚，正对她怒目而视，好像罗青橙这么干，是存心戏弄他、跟他过不去。

罗青橙呆呆地看着小伙子凶巴巴的样子，突然“哇”地一声就大哭起来。

哭得扫地的小伙子莫名其妙，立刻傻了眼。一边看罗青橙哭，一边只好叨叨唠唠自己把地上的糖纸都扫进簸箕里。

这时候，周围也有好几个人在远远地观望，开始相互议论起来：

“是不是找不着家了？被人拐出来了？”

“不像，穿得那么漂亮，准是钱被偷了！”

“也不像，我看，八成是刚离完婚，没跑儿！”

还有一个女的，看样子四十岁不到，呆呆地看了罗青橙一会儿，然后走过来，同病相怜地劝罗青橙道：

“姐们儿，离就离了呗，别太伤心了，我也是今儿刚离的，有什么大不了的，你这么年轻、漂亮！有本事，你再找一男的，然后把他也甩了！”

罗青橙正哭得伤心，一听这话，哭得就更起劲儿了。

紧接着，罗青橙就感到有一只手搭在她的肩膀上，还轻轻地推了她一把。

“我走，还不成吗？”

罗青橙以为人家嫌自己在这里胡闹，扰乱治安，影响市容，便揉着眼睛，站起身，预备离开，还不忘顺手抄起她那包糖。

一个高大的身影站在罗青橙面前。罗青橙抬起脑袋，定睛一看，抽抽搭搭的哭声立刻就消失了。

原来，眼前这人正是叶小鱼。此时，叶小鱼像个做了错事的孩子一样，不说话，耷拉着脑袋，光是老老实实站着，看着罗青橙。

罗青橙也不说话，她有点儿发晕，好像搞不清楚眼前这个无缘无故蒸发了两个钟头的男人，怎么眨眼间又变回了冒着热气的大活人，重新出现在自己面前。

罗青橙就忘了自己的两只眼睛刚刚还哭得像两个水蜜桃，肿得连黑眼珠都快看不见了，就这么直直地、愣愣地瞪着叶小鱼，也不吭不响。

叶小鱼本来还心怀惭愧，可是看到罗青橙的眼睛都哭成了这副德行，感到很好笑，居然还“扑哧”一声，乐了出来。

看到叶小鱼居然还笑，罗青橙更觉得如同烈火上浇了瓶油，悲从中来，竟至于差点一口气没上来，背过去。

“对不起……来晚了。”叶小鱼瞬间收回了笑容，赶忙低声下气地给罗青橙赔不是。

“你上哪儿了？”罗青橙一边揉着眼睛，一边问。

叶小鱼略微抬了抬右手。罗青橙顺着他的手看下去，这才惊讶地注意到，叶小鱼竟然提着一串大盒子。罗青橙的好奇心立刻就被挑逗起来，她指着盒子，问：“这是什么？”

“鞋！”

“鞋？？？”

罗青橙恍若被人猛推一把，一跤跌进荒诞梦境。

“对不起，我早晨去了趟商场，买了几双鞋。”

看着叶小鱼一脸严肃，又狼狈不堪的样子，手里还拎着那么一大堆鞋盒子，罗青橙直勾勾地瞪着他足足有两分钟，然后，突然就歇斯底里地大笑起来。

因为罗青橙实在弄不明白，今天早上发生的一切，究竟是怎么回事。这些事古怪得异乎寻常，远远超乎了她的想象力所能及的范围。罗青橙的脑子有点儿麻木，怎么捋都捋不明白，索性就暂时统统抛到了脑后。

于是，罗青橙像个白白受了半天气的小狗，毫不记仇的样子，用手揉揉两只眼睛，再次瞄了一眼地上的鞋，足有四双。

罗青橙问：“你真的……就为了买几双鞋，让我等了两小时？”

叶小鱼不回答，只是连声说：“对不起。”

罗青橙觉得没力气与叶小鱼争论，就直截了当地问他：“你不想跟我登记结婚了，对不对？”

“想，当然想，我不是来了嘛！”叶小鱼赶紧表态。

“那就好。”罗青橙不再多说，掉头朝登记室走去。

登记员熟练地将罗青橙递上的糖果袋子一巴掌扫进自己面前的抽屉里，不过这一巴掌着实费了把子力气。然后，抬起头来看他俩。

估计人家从来也没见过这阵势，还从没听说，两个人前来登记结婚，脸上居然连点喜兴劲儿都没有。男的挂出张苦瓜脸，女的更甚，连眼睛都哭肿成了一条缝儿。恐怕连离婚的，都没有像他俩这样哭丧着脸的！

于是，人家开始满腹狐疑地轮番扫视了他俩一阵，这才开口问：“是自愿结婚吗？”

“是，当然是，当然是，我们刚才只不过发生了点儿小误会。”叶小鱼赶紧解释。

“材料都带齐了吗？”

“带了带了。”叶小鱼赶紧将材料递上。因为心存疑虑，人家边用眼睛瞄他俩，边审查得特别仔细，一会儿问这，一会儿问那。罗青橙死不开口，每次都是叶小鱼赎罪似的抢先回答。

看着自己和叶小鱼的合影终于被贴在了结婚证上，又压上了钢印，并最终被递到自己手里，罗青橙觉得，这个红色的小本子，已经不再像自己盼望中的那样美妙了。

结婚本是件喜事，可此时，罗青橙满脑子只觉得不可思议：眼前这两个小红本，居然真有如此大的魔力，能将自己和叶小鱼这一辈子牢牢拴在一起？自己好端端一个大姑娘，一个独立了二十四年的人，就因为这小本子，将和眼前这个面带愧色的男人终生厮守在一起，不分朝夕，不分地点，必须跟他分享一个房子、一张床、一管牙膏、一个浴缸、还有该死的贷款？而且，最重要的是，自己要永远自愿放弃和其他任何美好男人发展美好爱情的可能……当然，离婚后除外。

不知为什么，胡思乱想到这儿，罗青橙突然就打了一个寒颤。

此时，罗青橙一点儿也不知道，叶小鱼也正望着她，好像面对镜子里的另一个自己，面色沉沉，节哀似的。

罗青橙扭过头，两人目光交错的瞬间，都吓了一大跳，赶忙慌乱地躲开了。

透过叶小鱼张皇失措的双眼，罗青橙好像瞬间瞥见了叶小鱼的灵魂，那真实的东西在叶小鱼的眼里闪烁了一下就不见了。突然间，罗青橙就有点明白了，叶小鱼那张脸后面所掩藏的是什么东西。

他俩于是一前一后地走出大门。罗青橙在前，叶小鱼跟在后头，脸上没什么喜气，真像刚离完婚一样。

罗青橙仍处在半梦游的状态，她不想再和叶小鱼争辩他的狼心狗肺，也不想问他为什么忍心让自己空等两小时，只是问他："你一次买那么多鞋干什么？"

叶小鱼也不回答。

不过，走出登记处的大门以后，叶小鱼心里还是仿佛卸下了一个重担，轻松了不少似的，暗中长长地吁了一口气。

看着走在前面的罗青橙，叶小鱼心想：表面上，他叶小鱼是一个随和、有礼、特别招家人、同事、朋友待见的好孩子，因为对于三十三岁的叶小鱼来说，作为家里的长子，家族里的长孙，他不能不对责任看得很重。而婚姻，对于他更是一种重大的责任，在他看来也是一种终生的责任，是他必须承担好的。他觉得自己不可能像罗青橙那样，只想着"爱了就爱了呗"，"只要有爱就够了"，所以他对婚姻的态度一直极为慎重，他一直想找一个自己真正喜欢和适合自己的女子，过一种对谁都负责任的、简单的、合意的婚姻生活。

虽然他最终找到了心仪的罗青橙，可他对他们俩能否创造这种他所向往的婚姻生活，却是一点谱儿都没有。正因如此，他才迟迟下不了决心一脚踏入婚姻这荆棘丛生的"险地"。更重要的是，其实只有叶小鱼自己心里才知道，罗青橙，也许还有他爸妈，都只看到了他的表面。其实他的内心里面，隐藏着一个极度渴望自由、热情奔放、充满狂野的灵魂，对任何捆绑式的亲密关系，他一直都有着一种发自内心的深刻的恐惧和排斥。

所以在登记结婚这件事上，叶小鱼始终下不了决心，始终刻意回避，可是又回避不了，最开始是罗青橙，后来是一双无形的巨掌，不断推动自己往前冲。他始终觉得自己像一个非常被动的孩子，被敢想敢为、个性自我的罗青橙努力推着前行。但他并不是那么的心甘情愿，即便在登记这一天，他还是想徒劳地做最后一次“狗急跳墙”的努力，竟然也敢斗胆付诸实施了。不过，叶小鱼始终明白，最终自己还是躲不成，便及时浪子回头了。

如今，这记也登了，自己已经是罗青橙的合法丈夫了。此刻，他就算被罗青橙报复性地在他脖子上套根绳子，一路牵着走回家，他也得受着！

他“悲哀”地想：从此，这世界上又多了一个自由并快乐着的女人，又少了一个自由并快乐着的男人。

然而事已至此，木已成舟，生米熟饭，结了就结了吧，也总算死心塌地有个了局！叶小鱼这样安慰自己。

他像个囚徒一样，在罗青橙后头慢吞吞地跟着。望着比自己年轻很多的老婆罗青橙俏丽的背影，想象着即将开始的婚姻生活，叶小鱼心头突然涌上些许烦恼和不安，种种的不确定。于是，他声音低低地、小心翼翼地向罗青橙的背影发问：“亲爱的，你还不至于……完全搅乱我的生活吧？”

“你说什么？”罗青橙回过头。

“没说，没说。”叶小鱼赶紧使劲儿摆手，庆幸罗青橙没听明白。

快到他家门口的时候，叶小鱼索性开始和罗青橙胡闹起来，很快就恢复了他原本的“嘴脸儿”，不断耍贫嘴，企图逗罗青橙开心，以补偿先前的过失。

两人又一前一后地进了叶小鱼的家。

叶小鱼他妈一开门，头一眼就瞅见儿子叶小鱼拎了那么一大堆鞋盒子：“啊唷天哪！”便双手高高举过头顶，大呼小叫：“不得了了，儿子快要成精了！”

老太太边数落儿子“简直是太能乱花钱了”，边跟罗青橙说：“小鱼就是喜欢买衣服、买鞋子，可从来也没见他一次买这么多双的……他以前花钱总是大手大脚，一点儿算计都没有，现在你们结婚了，可好了，青橙，往后，你可要多管着他点儿，可不能再让他这么由着性子乱花钱了……往后你们的日子还长着呢，哪样不需要钱哪，买房子、买车子、生孩子、养孩子、供孩子上学、孩子结婚、再帮孩子买房子、你们自己养老、看病……你瞅瞅，现在他哪一样缺了钱能行啊！”

“行啊，我管着叶小鱼，您就放心吧，妈！”罗青橙笑着说。

老太太又心疼地唠唠叨叨了儿子一大阵子，这才突然发现：罗青橙的眼睛，看上去好像很不得劲儿，便像替罗青橙难受似的，使劲儿睁大了自己的眼睛，惊奇地问：“咦，青橙，你这眼睛……是……怎么了？”

“没事儿没事儿……昨天没睡好。”罗青橙胡乱应付过去。叶小鱼他妈也没再细问，“哦”了一声，便走开了。

过后，罗青橙蹲下身，自己动手把叶小鱼这一大堆鞋盒子一一拆开。她发现：这一堆鞋里，既有上千的登山鞋，也有好几百的旅游鞋，居然还有手工千层底布鞋，简直是五花八门，乱七八糟，看得罗青橙愈发莫名其妙。

突然罗青橙眼睛一亮,她在最底下的一个小号的鞋盒子里发现了一双小点儿的鞋。问了叶小鱼才知道,那竟是叶小鱼给她买的一双旅游鞋,颜色、式样,都和他今天给自己新买的一双旅游鞋一摸一样。

罗青橙回头偷偷看了一眼叶小鱼,乐了。觉得这两双鞋很有趣,就像她跟叶小鱼,正是天造地设的一对佳人。

她把鞋统统拿到叶小鱼的屋子里,排成了一溜。

虽然罗青橙过后没有直接问过叶小鱼,可是很久很久以后,罗青橙依旧百思不得其解,她曾经一个人在黑暗中反复想过很多次:这一天,叶小鱼究竟是中了什么邪,明知道未婚妻在结婚登记处大门口傻等,自己还成心丢下她,一人跑去百货商场买鞋。难道买鞋比跟老婆登记还重要?

罗青橙放好鞋,走回客厅,到叶小鱼身边坐下。看着叶小鱼的脸,在心里问自己:两人这就算开始了婚姻生活吗?这能不能算是一个不吉利的开头?

叶小鱼没注意到罗青橙看着自己那茫然的表情。趁他妈没在跟前,一把将罗青橙搂过来,用脑门子蹭着她的脸蛋儿,说:"老婆,从今天起,可以叫你老婆了,我的皮鞋,以后都交给你擦了,擦得好呢,可以挣几个零花钱。"

到目前为止,叶小鱼一直认为罗青橙是个很好哄的小丫头,以后结了婚估计也是个听话的老婆。不过叶小鱼只是私下想想,没敢说出口。他喜欢罗青橙噘嘴瞪眼和他撒娇耍无赖的样子,时常觉得罗青橙真是个很好玩的宝贝。于是,他连哄带骗让罗青橙交待出很多历史材料:小时候的罗青橙像极了野小子，她的小学各科课本从来都不像很多女孩儿的那样整洁，也看不上有的女孩儿连书皮撕了个角都小里小气伤心欲绝没完没了磨唧个半天。她的书基本上全都懒得包书皮，往往还没到期中考试，书皮早没了，书页连带书包全都画得个乱七八糟。再大点儿，索性连裤脚都按当时流行的方式撕烂了，趿里趿拉地拖着一圈毛边还觉着挺臭美，再不就用剪子剪俩窟窿。累累“恶行”，简直罄竹难书。

她妈每每说她不知道爱护衣服，不拿东西当回事，罗青橙还嘴犟，振振有词地跟她妈发表着“三段论”，说什么：都什么年代了，裤子穿两年就不要了，项链戴两年就换新的；既然要扔、要换，就用不着那么爱惜；所以她就不爱惜。

把她妈给气了个倒仰儿。

不过，从一个莫名其妙的时刻开始，罗青橙这些“毛病”，似乎一下子全都不见了，变成了小半个淑女，只是大大咧咧、随心所欲的心性却没有随时间流逝而改变。想哭就哭，想乐就乐，出落得妩媚，却仍不喜欢伪装自己，自然、爽快、不矫情。

正因如此，叶小鱼从认识她的那一刻起，就不可救药地爱上了她。他觉得：罗青橙点燃了他内心里的野性和激情，带给他无比清新的感受。在女孩堆里，在他三十多年的人生里，这也算是头一遭。

这时的罗青橙和叶小鱼，无论如何也不会想到：就他俩这么好脾气、大性子，日后居然也会被婚姻生活弄得心力交瘁。婚姻之“可怕”，差点就把罗青橙跟叶小鱼俩乱炖了。

此时听叶小鱼叫自己“老婆”，这对罗青橙来说，真是个很新奇、很激动人心的称号，虽然自己的两只眼睛还肿得像一对小桃，她还是笑了。

故意撒娇，问："真的？"

然后，趁叶小鱼他妈出去买菜的当儿，老太太前脚刚走，大铁门"咣当"一关，罗青橙后脚立刻猴儿到叶小鱼怀里，咧开小嘴儿，掰着叶小鱼的腮帮子，嗲声嗲气地叫："脑公……"，被叶小鱼一句粗声粗气"装什么嫩"给挡开，然后一把拦腰抱起她，大步流星地蹿到自己的屋子里头，两人一起滚到了大床上。

一早上的不愉快居然就此烟消云散。

罗青橙体味出：跟男朋友搂着，与跟老公抱着，这两种感觉，就是不一样！跟男朋友搂搂抱抱亲亲嘴儿，那更像是调情；跟自己老公抱在一块儿，就成了亲密——带有承诺的亲近。

这种亲密给了罗青橙安全感：从此，老公就是她罗青橙的了，就她一人的，没别的女的什么事儿了。这种独霸的感觉让她乐得抽风。

叶小鱼一边抱着老婆罗青橙——后者正在自己怀里起腻，搂着他的脖子，简直把他搂得喘不过气来——一边默然望着地上那可怕的一大堆鞋，列成一排，仿佛指示着叶小鱼即将要去的不同方向，以及不同的地方。可是叶小鱼终究迟迟没有出发，他想要的自由、想出去透口气、撒撒欢儿的愿望，并没那么容易实现。多年来，一直只是内心里强烈的愿望而已。就像那些新鞋，一直安安静静地等在老地方。

像他一样，等待着出发的那一刻。

与此同时，叶小鱼也很满意地注意到：再没听罗青橙提起"让她空等"这档子事死缠烂打跟他翻旧账。

这时罗青橙也腻够了，松开了叶小鱼，坐了起来。开始一本正经地声明，她预备跟叶小鱼谈判了。

看着罗青橙一本正经故作严肃的样子，叶小鱼颇不以为然，便挂出一副似乎大难临头的苦相来配合罗青橙。

“叶儿，既然咱已经登了记，泥就是俺滴银了……”罗青橙开口了，故意怪声怪气地说话。

“会不会好好说？听不懂！”

“额滴神哪……这都听不懂？好吧，说明白点儿，现在，你就是我的人了！”

“呸！”

“咱相互，相互‘隶属’，还不成吗？”

“这还差不多。”

“所以呀，我刚刚在肚子里面起草了一个好文章，题目就叫：‘一个结婚的约法三章’。”

“呸！呸！什么狗屁文章！”

随后，叶小鱼不解地推开噘起嘴凑上前来的罗青橙：“你想干什么？”

罗青橙又蹦回到叶小鱼对面的沙发上，故作深沉地盯了他一会儿，接着说：“咱俩现在可是法律认可的夫妻了，我有几个要求，几个小小的要求，想不想听？”

“说说看。”叶小鱼本来不想鼓励她，可看到她双眼放光的样子，又不忍心扔冰块砸她。

“其实，也没什么大不了的，你一听就明白，我说了……我真说了？”

见叶小鱼面无表情，懒洋洋的样儿，罗青橙开始说：“第一，我不希望你和其他女孩儿来往，括弧，包括已婚的、未婚的，适龄女青年，括弧。你叶小鱼这辈子是我的，严禁你骑驴找马，并且，不只是不能来往，偶尔发生强烈的兴趣都不行……”

说完，罗青橙歪着脑袋，细细观察叶小鱼的反应。见叶小鱼似乎没什么反应，就又说下去：

“第二，不许经常上网聊天，尤其是跟女的聊；不许一人跑出去玩儿把我扔家里头……”

见叶小鱼还是没什么大的反应。罗青橙又说：“第三，凡事听我的，永远只爱我一个人，永远只把我一个人当宝宝。”

叶小鱼表面不动声色，暗里心头已经嗖嗖地冒出了一股子凉气。他没想到，自己对婚姻的恐惧竟开始以这种方式呈现。即使是对罗青橙的爱，也抵消不了他心头那丝即将面临失去“自由”的恐惧。

叶小鱼于是也把脑袋往后一扬，挑衅地说：“我要是不同意呢？”

一听此言，罗青橙登时暗自叫苦。她其实心里也发虚，很没底。不过，既然朋友细雨曾经跟她说过：“夫妻像弹簧，你强他就弱，你弱他就强”，罗青橙还是决定率先做出强硬的样子，刚结婚就要在气势上压倒叶小鱼。不然，就有可能被他迅速反制，万一形成了习惯，说不定这辈子都难再翻身了。

于是，罗青橙表面上装出更加坚定的样子。两只手抓住叶小鱼的膀子，一边晃来晃去，一边撒赖说：“你一定得答应人家嘛……这也不是什么过分的要求……都嫁你了，这点儿小小不言的要求算个什么，脑公……”

叶小鱼只好抬起腿，踢了她一脚，心想：小东西，刚结婚就想把我当犯人看哪？

可为了哄小宝贝开心，叶小鱼只好说：“行，暂时听你的吧，谁让你的个儿比我小呢，让着你。我哪个女的都不见，不过，有一个女的除外。”叶小鱼成心戏弄罗青橙。

“谁？”罗青橙果然上当了，紧张起来。

“就她，我得天天见，一天不见都不行。”

罗青橙拽着叶小鱼的胳膊，不顾一切地左摇右晃。

“你轻点儿，看把我胳膊卸下来了！”

望着罗青橙着急的样子，叶小鱼痛快了，这才故意拖长音说：“她就是……一只……绿色的橙子。”

“我可没跟你开玩笑！”罗青橙这才明白叶小鱼是在戏弄自己，立刻严正抗议。

“我也没！”

罗青橙说：“那好，我还没说完。还有，无论发生什么事，不许欺负我，不许动手打我，一下儿也不行，一小下儿也不行！”

叶小鱼用双手抱住膝盖，叹口气：“说哪儿去了，我怎么会打你呢，我在你眼里就是这样的人？只要你别一生气就拿爪子挠我，我就阿弥陀佛了。”

此时，罗青橙凑近前来，眨着一双生动的大眼睛，用狐疑的目光，看进叶小鱼的眼睛。

“还有，最重要的一件，就是……永远、永远也不要抛弃我！”

叶小鱼心头一热，他立刻伸出胳膊，揽过罗青橙，用力把她搂在自己怀里，摇了摇，“叭、叭”，山响地在罗青橙的脑门儿上亲了两下，再煞有介事地把一只手举到空中，信誓旦旦地说：

“心肝儿，宝贝儿，我怎么舍得抛弃你呢……杀了我我也不会，杀了你，我也不会，就放心吧你！”

“就知道你够意思！”罗青橙搂着叶小鱼的脖子，咧嘴乐了。

纵使叶小鱼恐惧婚姻，可一旦登了记、结了婚，不用罗青橙催促，叶小鱼已经在心里暗暗发誓：一定要负责任，一定要用心疼爱他可爱的宝贝罗青橙一辈子！

何况，叶小鱼还颇得意洋洋地意识到：自己正是一个好丈夫的胚子，就看她罗青橙有没有米开朗基罗的本事，把他打磨成型了！

第3章

鱼橙之窠

婚姻可以把一大好的小伙子变成火力十足的“炮仗”；把一大好的姑娘变成愁肠满腹的“怨妇”。这点，叶小鱼和罗青橙登记没多久，就有了体会。

既然登了记，叶小鱼他妈以为，下一步就该理所当然地定下婚礼日期了。

叶小鱼他妈六十四岁了，早已经退休，以前在中学当老师。由于常年管着一大帮孩子，她认为自己对管理孩子还是很有一套的，也早已习惯了无论是别人的孩子、还是自己的孩子对她权威表面上的服从。

这一天，又一轮周末家庭聚会结束后，叶小鱼他妈把叶小鱼和罗青橙两个叫了来，坐到沙发上。罗青橙规规矩矩地靠着叶小鱼坐着，不知道他妈究竟想说点什么。

“妈，您怎么像个主考官儿一样，一本正经的，考我俩点儿啥？”叶小鱼笑嘻嘻地问他妈。

他妈很认真地说：“小鱼，青橙啊，你们准备什么时候办事呀？”

“办事？”罗青橙一愣，心想：自己不是都和叶小鱼商量好了嘛，素婚！她对办喜筵一点儿不感兴趣，也不愿意在喜筵上被人折腾来折腾去的。这会儿怎么又冒出喜筵这档子事了？就疑惑地瞅了瞅叶小鱼，发现他脸上也是茫茫然一片。

老太太又说：“我看，就十·一吧！这不快到了吗，虽然还有四个月，也是快到了。小鱼你呢，过十·一的时候，带青橙回一趟怀柔，看看你爷爷奶奶、姑姑姑父、表姐表姐夫、舅舅舅妈、姨妈姨夫，再摆几桌儿，让亲戚街坊邻居们都看看，我们老叶家的大孙子，终于要结婚了！”

“可……我们并不打算办事儿啊！”罗青橙暗中捅了捅叶小鱼，叶小鱼赶忙回应他妈。

“那怎么结婚？”叶小鱼他妈好生奇怪。

这时，罗青橙才笑眯眯地说：“妈，我们照个婚纱照就成了，弄个小像框，摆屋里头，您看着也喜兴不是？花来花去，花的不还都是自己的钱啊！我也不讲究，不像人家姑娘，结婚不办个百八十桌的酒宴，不去欧洲旅行度个蜜月，不买这么大的钻戒，就坚决不肯结婚。老公要是有钱还好办，老公要是没钱，最后不还得让爸妈出血啊！我们可舍不得，所以，我跟叶小鱼都商量好了，不办。我不在乎什么形式，连结婚钻戒都可以省了，是吧？叶儿？”

罗青橙边用手比划着钻戒，边挤着眼睛，讨好地冲叶小鱼抛着媚眼儿。结果一不留神，把钻戒比划成了盆子那么大。

“划拉什么呢？有那么大个儿的戒指吗？”叶小鱼看罗青橙这会儿这么热闹，就在一旁冷嘲热讽。

老太太不为所动，接茬儿说服工作，这时候，她的耐心还没失去。

“不回去办婚礼，那……会不会让人家笑话啊？”

迟疑了一下，老太太又说：“再说，你们结婚的消息，我都已经告诉了你那些舅舅、姨、姑姑了，人家把份子钱都给了，人的钱也不能白给不是，你们要不去请人吃顿饭，恐怕不太好吧？”

叶小鱼一听，怕老太太生气，就慢吞吞地对他妈说：“我那些姑姑和舅舅给的钱，不都放您那儿了吗，将来，等他们孩子结婚，您再还回去，不就结了？”

罗青橙一听，乐了，忍不住接茬儿，就像以前上小学时老管不住自己的嘴，总爱接老师的话头儿：“不过，您老人家可就亏了，妈，您想，您以后再还回去的钱，肯定得比他们现在给我们的多。”

“话不能这么说。”老太太皱了皱眉头，上上下下打量了几眼罗青橙，心想：“这小姑娘，还挺能算计。”

确实，被儿子儿媳妇这么一通胡说，老太太好像还真有点儿心疼她的钱了，可是她又想：说服不了这俩小东西，叶小鱼他爸也不会答应啊。

老太太的耐性终于有点儿经受不住考验了。

“小鱼，你爷爷奶奶都那么大岁数了，从你二十岁起，他们就天天等着盼着你这个大孙子结婚，结果你呢，一拖就是十多年。这回，总算找着个你认为合适的了，总算结婚了，又不回去办，你爷爷奶奶他们会怎么想？”

叶小鱼没说话，他看了看罗青橙。其实，办不办事儿，叶小鱼自己真的无所谓，主要是看罗青橙，他不想强罗青橙所难。他希望他妈和罗青橙都能高兴、满意。

“我们在这儿也不办婚事呀，妈，爷爷奶奶会理解的。”见叶小鱼不说话，光看自己，罗青橙只好说。

老太太还是很不甘心：“结婚还是得有个仪式，简单点儿也成啊，去爷爷奶奶那边儿摆几桌，看着也像那么回事儿，不回去热闹热闹，人怎么知道你们结婚了？”

罗青橙心里偷偷乐了，想：登记就等于结婚，这是合法的。既然国家的法律都已经认可了她罗青橙和叶小鱼两人铁定的夫妻关系，那么办不办婚礼婚宴又有什么所谓呢？还得花自己的钱，白花花的银子花出去，别人看着，倒热闹了，自己吃亏不是！再说，结婚是两个人的私事，跟别人有什么关系呢？！

叶小鱼他妈好像看出了罗青橙的小心眼儿，就说：“你们去那边办事儿，请客吃饭，街坊邻居也不会白吃，一定都给你们红包儿的。”

叶小鱼一听，眼睛一亮，像抓住了根救命稻草：“那我们就更不能回去了，您想想，这次我们收了人街坊邻居的红包，下次，人孩子结婚，不得您往回还嘛！您就甭管了，妈。”

“就是就是，还来还去的，谁也没占着便宜，多累！”罗青橙又忍不住接茬儿，小声跟叶小鱼说。

叶小鱼瞪了她一眼。

“你们再好好想想吧，就算不回去办事儿，十·一你总得带着媳妇儿回去露个面儿，看看爷爷奶奶亲戚们吧，你也挺长时间没回去了！”

老太太不屈不挠，跟儿子说，做着最后的努力。

“再说吧！”叶小鱼还是不敢应承，看了看罗青橙。

叶小鱼他妈觉得自己再无计可施，叹了一口气，眼睛开始不住地打量罗青橙。她心里觉着：自打儿子跟罗青橙交往，直至现在结婚，自己在儿子心目中的地位正被逐渐蚕食，要在过去，老太太敢肯定，让叶小鱼十·一去爷爷奶奶那儿，叶小鱼绝不会说半个“不”字，一定像他惯常那样，抬脚就走。

叶小鱼是家里唯一的儿子，从小就是个好样的，特别听话、孝顺。哪个母亲养了这样一个儿子，都会感到骄傲和舒心。

直到叶小鱼上中学，高考，找工作，都没让他妈和他爸费哪怕一丁点儿的心。有回，一位饱受子女之累的同事又羡慕又妒嫉地跟叶小鱼他妈说：“你这妈当的，真太滋润了！”

老话说得一点没错，儿大了不由娘！白白疼了儿子那么多年，才刚一结婚，心就偏到媳妇那边去，不把老妈放眼里了，老太太有些悲凉地想着。

想着想着，老太太偶一抬眼，却不小心看到了这样一幕：儿媳妇罗青橙居然如此不安分，以为当婆婆的没看到，当着她的面，大摇大摆、放肆地捏了一下叶小鱼的屁股，还向他抛了一个大大的媚眼。老太太当场惊得目瞪口呆，险些昏厥。

等儿子儿媳妇走了，老太太回到自己屋里，自虐般的，不断回想起刚才儿子看媳妇那又爱又怕的暧昧眼神，边想：自己养活大的那么好的一个大儿子，就这么“自甘堕落”了。

想起从前叶小鱼对自己和他爸那百依百顺的好日子，老太太不禁伤心起来。

晚上睡觉前，叶小鱼他妈在床上跟自己的老伴儿唠叨起白天跟小两口儿讨论的那码事。

老太太说，自己真弄不明白，为什么一件在她们这一辈人看来“天经地义”的事情，在儿子儿媳妇那里就成了个问题。

一番话，惹得叶小鱼他爸也烦恼起来。老爷子比老伴儿大几岁，退休前在一家机构做行政管理工作，为人耿直，心直口快。多少年来，他一直默默享受着儿子对自己的服从——不管那服从是真心的还是表面的，可是轮到办喜筵这么天大的事，儿子居然就不听话了。

“他们还说什么，要‘素婚’，听过素面，素鸡，没听过素婚的，也不知现在这些小孩儿哪来的这么些个道道。”老太太又说。

老爷子不满地说，如果叶小鱼果然敢一意孤行的话，会让爷爷奶奶丢尽面子。

“……要不我怎么老跟小鱼说‘檬檬好，檬檬好’呢，可小鱼他偏不听！”临睡前，边关灯，老太太还边伤心地嘟哝了一句。

檬檬是叶小鱼的第二个女朋友，是一家公司的秘书，叶小鱼他妈托同事给儿子介绍的。她跟叶小鱼年龄差不多。叶小鱼的爸妈对檬檬倒是一见倾心，一直都很满意。那时的叶小鱼，对女人可以说没什么经验，只凭感觉，可他对檬檬就是“一点儿感觉也没有”。

不管他妈怎么劝，叶小鱼态度很坚决，还是分了。

此时，老两口躺在黑暗中，顿感凄凉。叶小鱼他妈回想起檬檬，又禁不住唉声叹气起来，慢悠悠地说：“小鱼这孩子，真是，当初非跟檬檬断了，都交往了好几个月了，就跟着魔了似的，我说什么话，他都死活听不进去。还跟我说什么，找老婆这事儿，他不想凑合，说‘檬檬太温顺，太温柔，跟她在一起没激情’。啧啧，听听，这算是什么话，我自己个儿的儿子说的话，我就不乐意听，没法理解。后来又交往了几个，咱看上的，他也还是看不上……又认识了罗青橙，这回美得什么似的，回来抱着我肩膀跟我说：‘就是她了！’还说：‘跟罗青橙在一起，新鲜、有激情、有感觉！’我就怒了：‘什么激情不激情，感觉不感觉的，激情长得了？感觉当黄瓜吃？比你小八九岁，都能当闺女哄着了……恐怕也不懂心疼人。’唉，真怕咱小鱼以后跟她受罪哇……哪儿有檬檬好……年龄、性情、门户都相当，唉……这个傻孩子哟，以后，他准保得后悔……想想看，檬檬……檬檬，该是个……多好的……儿媳呀！”

老太太声音越来越小，渐渐地睡着了。

叶小鱼半夜才回家。第二天一大早，叶小鱼赶忙跑到他妈面前，好生安慰了一大通。他握着他妈的手，真心实意地说，自己昨天真的不是有意惹老妈不高兴，但是，他也不想让罗青橙不高兴。所以，他感到左右为难。还说，自己怎么着都行，只要爸妈这边和老婆那边都能高高兴兴的，他在中间也就高兴了、幸福了。

叶小鱼他爸在一旁抽着烟，没吭气儿，只是哼了一声。老太太叹了口气，她不忍心自己心爱的大儿子两面为难，就说了一句：“你再劝劝她！”

罗青橙这几天也不大痛快。她一直不痛不痒地对叶小鱼半开玩笑地抱怨说："你妈张嘴'老家儿'，闭嘴'天经地义'。我怎么感觉你们家对我有一种优越感呢？是不是因为你们是北京的，我是外地的？你妈是不是觉得我什么都应该听你们家的？"

叶小鱼皱着鼻子，夸张地朝天空闻了闻，感到自己隐隐约约嗅到了一股子火药味儿，正在他头顶上方隐隐地弥散开来。

双方还保留继续争论的权利，不再正面交锋。罗青橙此时还顾不上想许多，眼下最大的问题，是房子。

当初他俩谈恋爱的时候，叶小鱼本想买套经济适用房，便宜呀，没的说。可愣是没买上，白白有个北京户口了。罗青橙为此心里很不痛快，天天暗骂叶小鱼跟自己是两个笨蛋。

为了结婚，为了给罗青橙一个安乐窝，叶小鱼只好咬着牙，跺着脚，干脆贷款买了套商品房。首付付了一部分，剩下的，贷款二十年。这些年他工作攒的钱，也就差不多全搭进去了。要不是他结婚前向来花钱大手大脚，本来是可以再多攒点儿的。

叶小鱼他妈觉得商品房太贵，原本也跟叶小鱼他爸商量过："现在房子这么贵，要不，让儿子儿媳妇先住在家里头，以后再说？"

叶小鱼他爸抽着烟卷儿，思考了两分钟，这想法的萌芽就被老爷子给掐灭了。老爷子坚决不同意，说："看他们在这儿吃、在这儿住，整天在眼前晃来晃去的，不方便！再看儿子的媳妇罗青橙，一副大小姐作派，她能伺候咱们？赌等着你伺候她吧！"

没一会儿，老爷子又加了一句："再说，也甭让孩子指望咱，甭惯那毛病，他们的日子……让他们自己奔去！"

老太太满腔的惆怅和心疼，开始跟老头子唠叨开来："青橙坚决不肯先租房子，等房价稳定了再买房子，非要立刻买，还说什么，租房子吃亏，租金都给了人家了，买下房子，房子就是自己的了。太不懂得心疼小鱼了！我说买个离咱近点儿的房子，也方便经常走动走动，将来他们有了孩子，咱也能经常过去帮一把；平时他们下班晚了，也可以到咱们这吃晚饭，就不用回家现做了。可不知他们是怎么想的，偏偏买了一个离咱那么远的，也不是说咱这边儿房子就比那边儿的贵。我问小鱼，小鱼也跟我含含糊糊。”

关于买房子的地段，罗青橙自己的小算盘早就拨拉个一溜够了。她早就跟叶小鱼软磨硬泡，非要在离他爸妈家稍远的地方买房子。就担心住得太近了，将来老人家难免会影响自己的小家。叶小鱼也默认了她这个想法。他希望罗青橙高兴，于是就按照她的意愿挑了房子。

婚前叶小鱼的账目一直交由他妈掌管。为了交房款首付，他把钱要了去。从他妈手里把存单拿走的时候，叶小鱼注意到：老太太的两个眼珠，一直随着那几张存单转来转去的。

然后，老太太大大地叹了口气，很不快乐地说：儿子这辈子，好日子还没开头儿呢，本来蹦跶个十几年、几十年，也可奔个“富翁”啥的，这下倒好，还没开始呢，一下子就成了个“负翁”了，虽比有些人略强些，没成个“百万负翁”，也是个“几十万负翁”了。

叶小鱼很理解他妈的抱怨和不安。他父母那一辈子人，是勤俭惯了的，从苦日子里熬过来的，哪儿能轻易接受年轻人这种超前消费！眼瞅着儿子手里大把大把的钱，一下子都给了别人，说没就没了，儿子反倒还成了那欠债的了。想想她都难受！

虽说叶小鱼出首付不成问题，可罗青橙暗地里还是撺掇叶小鱼，希望他爸妈也能接济他们一点儿。叶小鱼表面上不置可否，内心里可不想压榨他爸妈那点儿血汗钱。

有一次，叶小鱼他妈说："我们也想帮你们一把，可实在心有余力不足哇，小鱼挣得虽不少，也不需要我们这点儿钱，可你们往后还应该勤俭着点。"

接着，老太太话锋一转，又说："青橙呀，要是你们家能帮你们出一点，就好了，这样你们也能减轻点压力。"

叶小鱼忙说："我们自己就行了，她妈也不容易。"

房子是期房，就在他们登记一个月后，终于交房，可以拿钥匙了。

与此同时，叶小鱼又一下狠心，索性把车也一块儿给买了，照旧贷了一部分款。还高兴地对他妈说，以后可以开车送罗青橙上班了。

叶小鱼他妈听了，眼都不抬，连连笑道："你也不怕把自己个儿给累死，娶个娇小姐，还得拿轿子抬着上班！你说，以前你什么时候想过拿车送你老妈上班哪？"

"您不是有我爸嘛，他不是老拿自行车驮您去嘛！"叶小鱼笑嘻嘻地把他妈踢过来的球给挡了回去。见他妈刚面露愠色，又忙说："妈，儿子怎么能忘了您呢？逗着您玩儿呢，往后哇，您和我爸想要去哪儿，只须支应一声，儿子我立马儿飞车回来接您二老，只要你们都高高兴兴的！"

叶小鱼搂着他妈的肩膀摇着，眉飞色舞。

老太太也笑："嗯，我这大儿子，总算没白养活！"

罗青橙和叶小鱼开始张罗着房子装修的事。

第一次去看房子，罗青橙快乐地在空荡荡的毛胚房里跑来跑去。两间屋子，两个厅，两个阳台，真把罗青橙美坏了！两人开始一唱一和：

“老公啊，阳台一个晾衣服，一个当茶室……屋子嘛，你一间，我一间？”

“抗议，老婆啊，不同意分居！”

接下来几天晚上，罗青橙就跟过家家似的，晚上到叶小鱼家，把他按到大床上，两人一起在一沓厚厚的纸上乱涂乱画，你一言我一语讨论装修的事情。

叶小鱼他妈偶尔进来听见，建议两人俭省着点，别装修得太豪华了，笑道：“这俩孩子，光看见房子看不见房贷！”

叶小鱼和罗青橙嘴里只是“唔唔”地答应着，心早飞到新房子里去了。

罗青橙特意提出，每个屋子刷的漆，颜色都要不一样：“涂上不同的中间色，这才时尚明亮，像咱的家！”为此，他俩开始费脑子。罗青橙起头，叶小鱼附和兼修正。

大屋粉漆，怎么样？

高。

窗帘要玫瑰红。

高。

窗纱嘛，粉红。

实在是高。

小屋刷绿。

得淡淡的。

客厅米色，干净、清爽……饭厅要灰蓝的。

嗯？听上去没食欲。

那就橘红的，画上香蕉。

还有大象。

还有狮子。

好，只要晚上看着别做恶梦。

厨房的橱柜要亮色。

柠檬黄？

再有玻璃柜门，厨房、卫生间的门，一定要花窗玻璃，就像教堂那种花窗……

行啊。

卧室铺实木地板，把客厅和阳台打通。

好，去掉落地玻璃门，地板从客厅一溜铺到阳台上。

这样屋子显大。

阳台上再做一圈花架。

让咱屋儿里每天开出一朵花儿。

两朵。

厨房铺带花儿的墙砖。

行。

卫生间一律马赛克，地中海风情。

蓝的？

花的。

叶小鱼基本上没什么意见。只要罗青橙觉得痛快了，这个家，她愿意怎么打扮都成，全部按她的想法装饰都行。房子装成什么样都没关系，像幼儿园、像动物园啥的也没有太大问题。关键是住在里面的人，一定要开心、一定要高兴。不然，他的心血不就白白浪费了！

两人几经“讨价还价”，大致商量了个差不离。

实际上，装修基本上都是叶小鱼在操心。

为了更快，也为了监督施工质量，叶小鱼干脆跟领导商量，将上班时间调整了一下。

罗青橙心疼地说：“叶儿，反正我也在放暑假，要不然，我来这里看着吧，你这样两头兼顾，实在太辛苦。白天当监工，晚上还得当劳工。”

叶小鱼不同意，说：“还是我来吧，你对建筑上的事儿也不懂。再说，屋里脏兮兮的，还有油漆味儿，再把你这嫩黄瓜熏坏了！我是老冬瓜了，没事儿！”

两个人甜甜蜜蜜地看着自己的“窝”一天天有了模样。

这期间，罗青橙差不多每天中午都顶着大太阳，在学校的食堂买上几个看上去好吃点的菜，装在带盖的不锈钢饭盆里。然后满头大汗，以最快的速度送到新家，打电话叫叶小鱼到楼下花园里一起吃。有时还带上一口袋水果，像香蕉之类的，容易剥皮。

两个人都累得筋疲力尽，灰头土脸，不过全都乐此不疲。

装修接近尾声时，叶小鱼和罗青橙还是小吵了一场，一次情人间甜蜜的争吵。起因是买个“鸟笼子”，还是吊个秋千。

两个人认认真真地“吵”了一番。

“安家没小事儿。”罗青橙说。

她想荡秋千。她朝一垛隔离墙比划着：“就安在这儿好不好？冲着落地玻璃阳台荡。有蓝天白云的时候，我觉得能荡到云彩里去。”

可叶小鱼说：“还是买个‘鸟笼子’吧，就是那种吊篮椅子，跟秋千也差不多，还有靠背，可以挪来挪去。”

其实，叶小鱼很渴望在自己家里放这么一个东西。为了说服罗青橙，让罗青橙亲身体会一下，他硬拉着罗青橙到家具店去转了一圈。罗青橙看到好几个不同样式的吊篮。叶小鱼把她端起来，挨个儿扔到每个“鸟笼”里推推晃晃，让她感受一下有多惬意。

罗青橙穿着迷你裙、吊带小背心，窝在笼子里，转着两只大眼睛，晃悠着两条长腿。那样子，跟个刚出壳三天的鸟似的。叶小鱼一旁看着，眼睛眯成了两条缝儿，觉得既滑稽又幸福。

“还不错。”此时这“鸟”正在里面使劲儿“咯吱咯吱”摇着笼子，一扬脖子，亮出清脆的笑声。

“就当犒劳你一下吧！”罗青橙笑笑。两人就把“鸟笼子”给弄回家了。

“怎么就这么喜欢这‘笼子’？”罗青橙踢了一脚放在阳台一角的吊篮，问叶小鱼。

“你不觉得窝在里头很温暖吗，它使我有种家的感觉，就是咱俩这家！”

谁知，看了看五彩缤纷、焕然一新的房子，叶小鱼突然想起了什么似的，又说：“其实呢，宝贝儿，我也可以给你吊一个秋千的。”

罗青橙一听，乐坏了。叶小鱼马不停蹄地买来了粗绳子、木板，在阳台上“咯吱咯吱”地锯了大半天，又用钻头打孔。

“多棒的木匠啊！”罗青橙拍拍他。

最后，秋千结结实实地吊在了屋子里。

这下终于差不多了！两人花费了一个多月的心血，跑断肠子亲手设计、建造的“窝”，终于完工了！

叶小鱼和罗青橙觉得，那真是美好的一天。

“命个名吧！”叶小鱼擦着汗，说。

两人商量来商量去，决定用“鱼橙之巢”。后来又担心，“巢”字说不定会误导他俩，哪天早晨迷迷糊糊地醒来，还真当自己是两只鸟了，再从那么高的塔楼窗户直接飞下去……后果不堪设想……叶小鱼哆嗦了一下，决定更名为“鱼橙之窠”。总之听上去接近坚实的大地，不致给他俩造成什么人身损失。

紧跟着，他俩费了九牛二虎之力，拖着墩布、拿着抹布，在地板、阳台上爬来跑去，将“窠”里的一切都收拾得干干净净，地板擦得锃光瓦亮。

稍事休息了一会儿，疲惫不堪的叶小鱼爬到了秋千架子上，得意洋洋地晃来晃去。随后，还把两支胳膊绕过绳索，双手合十，放在胸前，闭上了眼睛。

“这一刻，你真美丽呀……请你多停留一会儿吧！”

叶小鱼仰着脑袋，装模作样地学着浮士德，由衷地赞叹和祈求道。

罗青橙抬起一条腿，边仰头哈哈大笑，边在叶小鱼的屁股上用力蹬了一脚，于是叶小鱼晃得更快了。

第4章

“入侵”的家具

罗青橙抱着叶小鱼的脖子，笑眯眯地问：“你喜欢什么样的床，叶儿？我一直想，咱俩的床，一定得买个天大的，至少两米五宽，在床上打滚儿折跟头都成，不至于滚到地上去。”

“呸！做梦吧你，哪儿有那么宽大的床，你还是自个儿在地板上打滚儿吧。一米八就不错了，躺上去就谁也看不见谁了！”

叶小鱼把罗青橙的胳膊从自己的脖子上拉下来，不以为然地打击她。

罗青橙笑了笑，心疼地对叶小鱼说：“不过，买家具这事不忙，暂且撂下吧，我想让你好好歇歇，这一个多月，你太累了，反正屋里头装修的味儿也没散尽。”

叶小鱼也同意了。

这天下午，知了在树上吱哇乱叫，罗青橙正在单位运指如飞地打几份文件，突然接到叶小鱼的一个“神秘来电”。

叶小鱼在那头神秘兮兮地说：“宝贝儿，下了班，直接到新房子来一趟。”

“到底是什么事呀？”罗青橙一听就乐了。

“你就别问了，来了就知道了，啊，给你一个惊喜！”

无论罗青橙怎么追问，叶小鱼死活不说，还笑着把电话撂了。

罗青橙的好奇心立刻就被逗得痒痒的，觉得屁股下面的凳子开始长刺，都快坐不住了，恨不得马上就飞过去。

刚一到下班的点儿，罗青橙就迫不及待地冲出单位。等不及坐公共汽车，就随手打了辆车，径直奔新房子而去。

出了电梯，令罗青橙万分惊奇的是，他们家的大门居然没关，虚掩着，而且，里面一点动静都没有。

报警器官极为发达的罗青橙立刻觉得头皮发炸，惊觉异常，莫非……是进了贼？

她立刻想起曾在电视里听专家说过：回家的时候，如果发现家里进了贼，一定不要进屋，要赶紧开溜，尽快报警。尽管如此，强烈的好奇心还是驱使罗青橙克服了恐惧，慢慢地、慢慢地把门顶开一道小缝儿，然后，小心翼翼地探进去半个脑袋，瞪大眼睛，往客厅里张望。

“快进来呀，跟小偷儿似的。”

忽然听见叶小鱼在屋里大叫了一声，见罗青橙这样子，叶小鱼觉得很可笑。

罗青橙这才放下心来。

“你怎么不锁门哪？多危险啊！”罗青橙边迈着长腿跨进来，边嗔怪道。

进了屋，罗青橙才发现，叶小鱼他爸和他妈也在。叶小鱼他爸他妈站着，叶小鱼坐在两人中间，正在秋千上晃。

三个人一起转过头看着罗青橙，同步得就跟演电影似的，让罗青橙霎那间想起了动物世界里的猎豹三兄弟。她觉得他们脸上，都挂着一种在她看来很“神秘”的笑容。

“青橙来了。”叶小鱼他妈先跟罗青橙打了个招呼。

“爸，妈，你们也在呀。”

罗青橙嘴角一挑，机械地回应了一句。与此同时，她的脑子和视线已经飞快地转移到别的事情上去了。

其实还没进来的时候，罗青橙就已经明显感觉到屋子里好像多出了许多东西，因为光线似乎没有先前那样明亮了。

此时，她一眼就发现饭厅里摆着一套餐桌椅。

这是怎么回事？罗青橙一时闹不明白，这些东西怎么会出现在自己的家里？

她呆呆地看着，没顾得上问，心想：自己脸上那表情，一定是傻到了极点。

“这是咱爸咱妈送的餐桌，那屋儿还有床、衣柜。”叶小鱼走到罗青橙身边，笑呵呵地指了指主卧室。

罗青橙此时正转着眼珠，脑袋瓜飞快地“盘算”着那套餐桌椅呢，一听叶小鱼说卧室里还有床和衣柜，她的脑子立刻像除草机切到了大铁棍子，“咯噔咯噔”冒了青烟儿，再也转不动了。

罗青橙只觉得自己的脑子瞬间反应奇慢，两只眼睛也变得空荡荡的，像个呆瓜一样，垂着脑袋，不动胳膊光动腿，一小步、一小步随叶小鱼挪到卧室门口。

往里一看，罗青橙的两只眼睛就更直了：昨天还空空荡荡、清清爽爽、亮亮晶晶的粉红色卧室里，现在好象挤满了前来参加狂欢节的不速之客，显得热闹非凡、拥挤不堪。

那些不速之客，包括一张看上去很窄的床，罗青橙只扫了一眼，就断定，顶多不过一米五宽。

旁边还有一个深褐到发黑的大衣橱，就像个得意洋洋的傻大个儿，挺着胸，蛮横地几乎占据了整面墙壁，密不透风。罗青橙当场断定，这衣橱，一定是个“公的”，自己绝不敢在“他”的眼皮子底下睡觉！

窗户上，她和叶小鱼精心挑选的粉色纱帘和玫瑰红窗帘此时无精打采地低垂着，纹丝不动。

“啊？这是……”

看着这些“天女下凡”的家具，此刻罗青橙的喉咙里已经像吞了一块儿被太阳烤得滚烫的鹅卵石，硌里硌生、火辣辣地难受。

其实这前前后后也不过一两分钟的时间，罗青橙却觉得异常漫长、难熬。

终于肯有人做好事，来打破这恼人的寂静了。

“这是我和小鱼他妈送给你们的家具。”

叶小鱼他爸开口了。

嗡……

“是啊，我们早就答应过小鱼，等他有了自己的新房子，我们就送给他一套新家具。”

叶小鱼他妈接着说。

嗡嗡……

“叫你来，就是想让你看看，喜不喜欢。”

叶小鱼又补充了一句。

嗡嗡嗡……

罗青橙的脑袋都快爆炸了！

她没吭声，看着叶小鱼他爸和他妈脸上疲惫的颜色，花白的头发，和头上还在冒着热气的汗水，她彻底哑巴了。

“小屋还有呢！”只听叶小鱼说。

叶小鱼正沉浸在幸福当中，丝毫也没留意到罗青橙的表情，接茬儿当着导游。

罗青橙只得机械地跟着叶小鱼又走到小屋。

在淡绿色的小屋里，翠绿的、带树叶的窗纱和窗帘被扯到一旁，傍晚的阳光照在屋子里面的东西上。

罗青橙发现了一张巨大的写字台，一个书架，都是那种老式家具，又大、又笨重，颜色也是黑不溜秋、黯淡无光。

“这颜色，耐脏。”叶小鱼他妈说。

尔后，谁也没再说话。两位老人的眼睛倒是随着罗青橙满屋子里转来转去的，脸上的神情始终很随和、很庄严。

罗青橙偶尔抬头看见叶小鱼他爸妈，赶紧垂下眼睛，很怕见到他们眼里那种神情。

叶小鱼喜气洋洋，一个劲儿地追问着罗青橙：喜不喜欢？喜不喜欢？

罗青橙这才幡然醒悟，她明白叶小鱼的用意：自己忘了当面对他们表示感谢了。

“啊？没想到这么快就买家具了，还挺全乎的，哈？”罗青橙轻声说了句。

“该买的都买了。”叶小鱼幸福地环顾四周。

“不是说好了，过些日子再买吗？”

罗青橙含糊其辞的话里，带着对叶小鱼的愤怒。

不过，此时叶小鱼早已是乐昏了头，哪里还听得出罗青橙这些弦外之音，就笑着说：“噢，我跟我爸、我妈忙活了大半天，跟着搬家车一块堆儿拉回来了，又是组装，又是挪来挪去的，又折腾了半天。”

“是啊，大热天的，也省得你们自己到处瞎转悠了。”

叶小鱼他妈很体贴地加了一句。

罗青橙明白，此时此地，自己不能再装哑巴了。

“你们大家辛苦了！真是太谢谢了！”

罗青橙慢吞吞地说。

“那，我们就先回去了，我跟你爸都忙活了一天，也累坏了。”

叶小鱼他妈说。

叶小鱼急忙连连说：“是啊，妈，您跟我爸都这么大岁数了，还跟我们操心，我开车送你们回家。”

“不用了，我们坐车吧，挺方便的，你们也在这儿收拾收拾吧……青橙呀，那，我们先走了？”

临出门的时候，叶小鱼他妈又回头对罗青橙说。

“爸，妈，让小鱼送你们吧……”罗青橙赶紧挤出一丝笑容，回应道。

“不用了。”边说着，叶小鱼的爸妈就下楼去了。

直到此时，叶小鱼方才注意到：罗青橙的面部表情十分古怪，情绪也似乎有点儿失控。

他还以为“见钱眼开”的罗青橙看到了这么一大批从天而降的意外之财，乐极生悲了呢！

就预备好好开导开导她，不要那么看重金钱。

第5章 破天荒头一次吵架

送走了叶小鱼的爸妈，罗青橙僵硬的笑容便瞬间消失。绷着脸，回到屋里，一屁股就坐在了秋千上，不再说话，像一个无辜被泼了一身冷水的落汤鸡一样，哆嗦着，样子很怕人地瞪着叶小鱼。

“你怎么了？”

叶小鱼回身锁上门，依旧满脸喜气。看罗青橙这样子，他还觉着颇奇怪。

罗青橙直视着叶小鱼的眼睛，直截了当地对他说：“我不喜欢这些东西。”

“那可是我爸我妈送咱新家的礼物！”

叶小鱼脸上仍然挂着一丝笑意。

“我知道,你们是好心……可你事先为什么不征得我的同意再买?”

“他们早有这个心意了!”

叶小鱼脸上的笑意已经开始泛黑了。

“你别打岔，我的家，咱俩的家，买什么东西，是不是应该咱俩一起决定，是，还是不是?”

叶小鱼不说话了。

罗青橙接着说道:“现在，你把东西如数拉回来了，才叫我过来看，还问我喜不喜欢，你不觉着很荒谬吗?这还能有什么意义?”

叶小鱼看着罗青橙，还是不说话。脸上的笑意已经完全消失，面色也开始黑中带绿。

罗青橙见叶小鱼以沉默应对自己，不但没有悔意，还索性开始吊上了脸子，更觉着心里不舒服了。

“你少装哑巴，你告诉我，为什么你就做了我的主了?这还是不是我的家，咱俩的家?”

“当然是了，他们就是给咱俩买的家具呀。”叶小鱼嘴接得很快。

“既然是咱俩用的家具，为什么你一丁点儿都不尊重我的意愿?甚至去买家具的时候，都不通知我，不带我一起去?”

罗青橙一口气接二连三地质问着叶小鱼。

叶小鱼本来心里还多多少少有一点愧疚之情。可是，此时见罗青橙这么“不识抬举”，态度如此咄咄逼人，就连那一丁点儿鹅毛般的愧疚之情，也被她鼻子里发出冷冷的哼声给嘘飞了，同时涌上心头的，更多的是对罗青橙的不快，和不解。

“早在我认识你之前，我爸我妈就一直说，等我结婚了，他们就送给我一套家具。那是他们的心意，我能说不要吗？”

罗青橙一听，来了精神，从秋千上挺起了身子。

“你爸妈要表达心意，热烈欢迎啊！你可以带着那些钱和我一起去挑，见着咱俩都喜欢的，一件一件往家倒腾，要是碰不着喜欢的，咱也有权利暂时不买，凭什么你不经我同意，就擅自做主搬回一大堆我不喜欢的东西？”

说着说着，罗青橙真有点儿恼羞成怒了。可叶小鱼非但不去安慰，一听罗青橙说这些话，反倒咧开了嘴，发出了两声极为不屑的“嗤嗤”声。

“我什么人哪我，我能跟我爸我妈伸手要钱吗？那合适吗？我张得开嘴吗我？”叶小鱼觉得挺委屈。

“谁让你跟他们要钱了？你不是说，他们自愿要给你的吗？”

“可人家又没说想给我钱，只说要给我买家具。我难道能说：‘不用劳你们大驾亲自给我买家具了，你们干脆直接把银子给我得了？’”

叶小鱼觉得罗青橙这种想法，简直是太可笑了，荒谬透顶，幼稚透顶，觉得罗青橙现在的心智和逻辑简直形同三岁婴孩，根本不值一驳。

“我爸我妈可是好心一片，我不愿意违背他们的好意。”

“你这样违背我的意愿就合适了？你知不知道，你这种做法，是对我不尊重。本来我就一直觉得你们家是北京的，就有一种优越感，现在我更看明白了，我在你眼里根本就小菜一碟……这才刚一结婚，咱的家里，咱的床上，就已经睡了四个人——我、你，你那一边是你妈和你爸。”

“你胡说什么呢你？”

叶小鱼竖起眉毛，觉得罗青橙口出此言，简直就是不知羞耻！

罗青橙仍自顾自地接着说：“我总算明白了，为什么人们老是说，恋爱是二人世界，可是夫妇的卧榻上，起码睡着六个人：老婆、丈夫、以及他们各自的爹妈。没想到，这话咱刚一结婚就应验了，还真灵！”

罗青橙不顾叶小鱼对自己怒目抗议，反而再次提高了嗓门儿，像个疯子一般尖叫起来：“真灵！真是滑稽，滑稽！”

“说什么屁话你？你说睡了六个人，既然这样，你那一边儿是谁？你妈，还是你姨妈？”

罗青橙自觉失言，就红着脸赖账：“你废话！我这边没有……说真的，我觉着，这家具，说白了，就是你控制欲的一种直接体现！”

“不至于那么严重。你也太能歪曲了吧！”叶小鱼不屑地翻了翻白眼儿。

罗青橙也一唱一和似的翻了翻白眼儿。

叶小鱼没办法，只好委曲求全。

自认识罗青橙两年多来，他从来没和她吵过架，现在也不想配合她吵。反正吵架需要两个人，结束争吵，只要一个人就够了。他就想做那个结束争吵的人。本来好好的一件事，吵吵个什么劲儿呢？总得想个办法把问题解决了吧。

于是，叶小鱼郁郁不乐地走来走去。最后，停到罗青橙身边，赔着小心，哄着罗青橙，平静地说：“好宝宝，都是我不好，行了吧？家具既然已经买了，咱就先凑合着用吧，要是实在不喜欢，过几年，咱再换一套，行不？”

罗青橙没吭声，她在掂量叶小鱼的话的分量。其实，也不是一点儿道理都没有，她也想找到一个解决的办法，吵闹半点儿用没有，她知道。

可是，当她在屋里来来回回地转了好几圈儿，再细看看那些家具，考虑了再二、再三、再四，罗青橙觉得，还是不行。即便叶小鱼是出于善意，可自己心理上实在没法接受这些东西，它们不再仅仅是不中意的家具，更被贴上了标签，上面写着："罗青橙在叶小鱼眼里没地位！"于是，事情在罗青橙眼里就彻底改变了性质。

想到此，罗青橙斩钉截铁地说："抱歉，我不能接受，你想生米做成熟饭，让我哑巴吃黄连，门儿也没有，照这么放任下去，那还了得？你还指不定干出什么来呢，要是哪天，你突然领个大肚子姑娘回家，把我堵门口儿，恶声恶气地告诉我说：大姑娘已经让你生米做成熟饭了，我是吃也得吃，不吃也掰着嘴硬塞下去，你也想让我吃，让我接受？也像这堆家具似的，强迫我留下？

"我告诉你，姓叶的，我就是不愿意，你给我听清楚了，没门儿！NO WAY！既成事实也能改变，咱的房子咱一起做主，现在你眼前就一条路，想办法把家具全都退回去，问问家具店，看行不行，赶紧赶紧！"

本来，听着罗青橙存心杜撰出的"大姑娘"的传奇，叶小鱼已经是心火乱迸，眼冒金星，还没来得及发作，忽而又听罗青橙说让自己把家具全都给退回去，这火苗"腾"地一下子就蹿出来了。

他脖子一梗："退？不可能！已经买了。"

"你什么时候问过不能退的？"

"不用问！用不着！这还用问吗？！"

罗青橙看叶小鱼那故意犯浑的样子，知道他今天决定死心塌地跟自己干到底了。

"叶小鱼！"罗青橙气得又尖叫起来："你把我当成傻瓜了？！"

叶小鱼也气得浑身跟筛糠似的。

“你这人怎么这么蛮横无理呢？这什么女人哪？结婚前看你还不错，也没这么胡搅蛮缠死不讲理！买房子我跑，我管；装修不用你操心，我管；买家具也不用你操心，我和我爸我妈累傻子似的，跑了整整一天，给折腾回来了，让你坐享其成，你居然还不高兴，一千个不乐意！我的好心好意，居然都让你当成了个屁！”

“屁还有个响儿呢！”

叶小鱼不甘心，又加了一句，罗青橙瞪着眼睛想了半天，愣没琢磨出叶小鱼这话是什么意思。

此时，罗青橙只觉得一腔冤屈无处可诉：“有你这么好心好意的吗？你知不知道，通向地狱的路就是善意铺就的？！如果别人硬塞给你一大堆你不喜欢的东西，你得当成宝贝似的，留着、看着，你愿意吗？”

叶小鱼气得不想理她，转过身去。

“那不是别人，啊？你弄清楚了，那可是我爸、我妈！再说，这些东西可不是白捡的，都是用白花花的银子买回来的，你不能说不要就不要了吧？”

罗青橙立刻反问：“那咱俩设计这个家就容易？花了多少心血？你自己说说看，这家具，和这屋子配套吗？我想要什么样的家具，你问过我吗？别的先不说，单说床……”

罗青橙上下牙开始“嗒嗒嗒嗒”地相互磕着，话也说不利索了。

“我不是说过，要个大床咱俩打滚儿吗？这么点儿的小床，你想让我滚地板上去，你好一人儿霸着床睡呀？”

叶小鱼马上回嘴道：“呸！我霸着它干什么呀！一米五的床还嫌小？一米五难道它就不叫双人床吗？一米五难道它就叫单人床吗？有多

少人一辈子都睡在一米五的床上，难道他们一辈子就不能在床上打个滚儿吗？有多少人还一辈子都没睡过这么好的床呢……要想想那些过得还不如你的人，啊？！一米五有什么不好，两人挨着挤着，还暖和呢，省空调、省暖气，我爸和我妈就睡了一辈子一米五的床，也没见谁给'咕咚'一声挤掉到地板上去……反正我没听见过。"

罗青橙目瞪口呆。见叶小鱼一边瘪着嘴角儿自顾自冷笑，一边跟自己抡圆了胡说八道，她再一次坚信，叶小鱼今天是存心跟自己过不去了。

"再说，那儿也没有一米八的大床。"叶小鱼最后又补充说。

"你看了？"

"我问过了。"叶小鱼觉得自己已经仁至义尽。

"没有，你不会不买呀？"罗青橙跺着脚，哇哇大叫。

"我爸就是急脾气，他说，你还瞎折腾什么呀，都一块儿买回来得了，省心！"

叶小鱼闭着眼睛，成心跟罗青橙贫嘴耍无赖。

罗青橙欲笑不得，欲哭无泪，于是便又开始跟叶小鱼比着浑身筛糠，同时眼珠乱转，四下里张望。

正在走投无路之际，她突然顺手抄起刚才喝过水的白瓷杯子，恶狠狠地摔在了地板上。一声尖锐的脆响，杯子给摔了个粉碎。

叶小鱼呆了。

等他弄明白罗青橙干了些什么，他的眼睛也开始四处乱瞧。餐桌上还有一个瓷杯子，和摔碎的杯子是一对儿。他的眼睛像饥寒交迫的野狼一样，发着冷幽幽的绿光，恶狠狠地在上面盯了足足有十秒钟。然后，他的目光却突然移开，拔脚儿奔到阳台上，撅着屁股，从角落里翻出了一个塑料喷壶，又忙不迭地跑回屋来，往地板上猛地用力一掼，喷壶被摔得反弹了起来，几乎跳到天花板上，又“呱唧”一声落回到地上。

叶小鱼踩着满地的白瓷片子，跑过去，又把喷壶给捡起来，越发使劲儿掼了下去，如此反复，摔了好几次。

罗青橙在一旁冷眼观望，一边给他打气似的，故意激惹他：“您欺负喷壶儿算什么本事？喷壶儿是塑料的，摔也摔不烂，有本事，您也摔个杯子给我看看！甭舍不得！”

此时，叶小鱼的火气大概也借着摔喷壶的劲儿，暂时发泄出去了，便不再搭理罗青橙，尽管坐在一边喘着粗气，脑袋发木。

罗青橙对着叶小鱼的侧脸怒目而视的同时，也感到异常惊愕，表情也变得木然。

这是头一次，两个人吵架吵成这个样子，遥想自己跟叶小鱼相识的这两年，几乎从不吵架，更甭提摔东西了，简直就是蜂蜜罐子里泡大的一对小桃脯，别提多甜蜜、多快活了。

好多次，每当她听到结了婚的朋友或同事之间互相唠叨跟老公或跟老婆拌嘴打架的故事，罗青橙都会在一边窃笑不已。她当时还很有把握地认为，自己跟叶小鱼两个，将来一定不至于落到“这般田地”。

就因为自己竟有了这样一种隔岸观火的“阴暗心理”，她还正经感到有点儿惭愧。

没料到，老天注定，结了婚的男女，都逃脱不掉落入“这般田地”的命运。如今，不但她罗青橙自己跟叶小鱼已经无可救药地卷入了婚姻这个大漩涡，紧跟着，一个杯子也“壮烈牺牲”掉了。罗青橙还没检查地板，也不知道地板有没有被自己砸坏喽。

罗青橙眼角噙着眼泪，扪心问自己：这还是自己和叶小鱼一点一滴、千辛万苦一手建造起来的家吗？

如果是，难道它也注定要由自己和叶小鱼再一手千辛万苦、一点一滴地毁掉吗？

自己和叶小鱼之间，到底有什么解不开的深仇大恨？

一时间，罗青橙心里禁不住生出悔意，千般滋味，尽在心底。

突然，一阵手机铃声，打破了两人之间长久的沉默。

“喂？”叶小鱼强打精神拿起了自己的手机：“妈，你们到家了……啊……好好歇会儿吧，这天也累了吧……啊，她挺喜欢的……”

罗青橙斜着眼睛，鄙夷地看着叶小鱼突然转过去的背影。

待叶小鱼把手机撂下，罗青橙嚷道：“你把玻璃碴子给我扫起来！”

“凭什么我扫？谁摔的，谁扫。”叶小鱼赌气说。

“啊，我说你怎么不摔杯子呢！原来事先都想好了，不想收拾呀！脑子转得比我可快多了，你不扫，我也不扫，是你气我摔的！根源在你，就得你扫！你不扫，一脚踩上去，把地板硌坏了，算谁的？再说，刚才你在上面跑来跑去的，地板没准儿已经让你弄坏了……”

罗青橙这最后一句话有点儿惊醒了叶小鱼，他赶紧蹲下身，仔细查看地板。好端端的地板上，全是白白的碎瓷碴子。叶小鱼还真担心尖尖的碎片把地板划出印儿来，又怕大夏天的，谁踩着，再伤了脚。只好去找了张报纸，用扫帚一点一点把碎瓷碴子都扫到报纸上，然后一股脑儿折到塑料袋里。

罗青橙静静地看着他做这一切。

等心情平静了一点儿，罗青橙降低了语调，尽量心平气和地说："叶小鱼，我就是想不明白，其实这是很简单的一件事，本来可以做得……像一件好事儿，可结果呢，居然就能让你弄得……拧巴成这个样儿！"

"成什么样了？"叶小鱼还来劲儿了，根本不想买罗青橙的账。一个男人，能轻易承认自己犯了错误吗？万万不能！老婆的手就算卡在脖子上，也得硬挺着、死抗着。何况，叶小鱼也不认为自己有什么错。

罗青橙的调门儿只得再度提高了："成什么样？你还好意思问我？不可收拾，你知道吗？不过一万块钱的东西，你还弄得兴师动众！"

"一万块钱怎么了，兴师动众又怎么了？那也是银子！"

罗青橙不愿意再看叶小鱼那副成心要无赖的"嘴脸儿"，就讽刺说："我算看明白了，你对'银子'倒挺尊重，就是不尊重我这个'人'，你是不是向来没有尊重人的习惯？在你眼里，我充其量不过就是个'外人'，压根儿没把我当'内人'、当自己人！"

"没把你当自己人，还送你家具干什么？"

闻听此言，罗青橙吃了一惊。眼瞅着自己和叶小鱼争吵了半天，根本就没有擦出思想的火花，根本就没有交叉点，还是各说各的，转了一圈，又绕回了起点。罗青橙干脆胡搅蛮缠起来，唱歌似的：

"也没说是送我的呀，不是说，等你有了新房子，送给你的新房子一套新家具吗？新媳妇就算不是罗青橙，就算是您前女友檬檬，不也照送不误嘛？！"

"你少提她啊我告诉你，"叶小鱼突然气急败坏起来，心想：要是换了檬檬，我叶小鱼死也不会相信檬檬会像眼前这丫头一样跟我吵！

就说："行行行，不是送你的，是送我的，这总行了吧？我自己留下这些东西，总可以了吧？"叶小鱼愈发气急败坏起来。

“你留下，你难道成心让我另买一套家具，咱各用各的吗？”罗青橙吼道。

说着说着，罗青橙突然感到又气又乐，便闭上嘴不说话了。

她觉得，自己好像被叶小鱼无奈地拖入了一个荒诞不经的世界，眼睁睁地光看叶小鱼这条鱼张着嘴“吐泡儿”，却不知道他吐了些什么泡儿。

罗青橙越来越感到：自己跟叶小鱼的争吵，真好比鸡同鸭讲，彼此都自说自话，各自遵照各自的立场，谁也找不着谁的调儿。准确地说，是谁都不想认真接受对方说话的逻辑。

争来吵去，结果无非是：罗青橙觉得，叶小鱼并不是真心把自己当回事，把自己由“宝贝儿”降级成了个外省的小屁孩儿，一切包办代替，控制欲强，对自己不重视！

与此同时，叶小鱼觉得，罗青橙不知感恩图报、胡搅蛮缠，简直不像个女人！

两个人都认为真理在自己手中，而对方简直十恶不赦，和结婚前完全判若两人！

本来前一天还喜气洋洋的房子里，如今只留下了一大堆“不请自来”的家具，和两个气得蛤蟆样的人，默不作声，光剩下喘气的份儿，被留在了一个难以走出的泥潭沼泽中间。

罗青橙紧紧抓住秋千架，叶小鱼牢牢扣着大篮子。两人的肚子都像极了圆滚滚的皮球，充满了不断膨胀的怨气，一旦手抓不牢，兴许整个人就会跟着飘到房顶上去。

就这样过了大概有二十分钟，两人谁也没再搭理谁。一个前前后后荡着秋千，一个左左右右四下乱晃。

最后，聚集了一些精力，坐在秋千上的罗青橙又开口了："我最后再问你一遍，叶小鱼，这些东西，你打算怎么处理？"

"什么怎么处理？"叶小鱼明知故问。

"你少揣着明白装傻冒儿，这些家具，家具！不能放在这儿，要是退不回去，就卖了！"

"卖给谁？"

"你别问我，自己想辙去吧，实在没人要，就卖给收破烂儿的。"

"你敢？"

叶小鱼把眼珠子一瞪，正好对着罗青橙的后脑勺，罗青橙也没看见。

两个人只顾互相怄着气，他们没有注意到，就在他俩沉浸在相互怨恨之中的时候，眨眼间已是薄暮冥冥。

这个盛夏已经过去，白昼正在渐渐变短，晚夏的天边，流光溢彩，转瞬即逝，屋子里的光线，越来越黯淡、越来越寂寥了。

罗青橙向来不喜欢暗淡的颜色，此时，她更是平添了一层令她伤心的理由：原本喜气洋洋的一对鸳偶佳人，转眼间就双双变成了好斗的小鸡，炸着翎毛，大眼瞪着小眼，恨不得扑上去掐死对方而后快。

老天爷，谁跟他们开了这么大的一个玩笑！

因为两人都正在气头上，不会碰撞出任何有实际意义的答案，再谈判下去，也是毫无意义，罗青橙就打算暂时撤营而去了。加之屋子里装修的味道还没散尽，一大堆家具，又凭空添出很多难闻的气味。罗青橙怕自己熏着，更怕叶小鱼熏着，就板着脸，冷冷地说：天晚了，让叶小鱼先回家去，她自己也得回宿舍去了。

叶小鱼却冷着脸说："不用你管。"

罗青橙白白碰了个大钉子："真是不识好歹！"她心说。

可此刻，架已经打到了这个份儿上，罗青橙又怎么可以让叶小鱼看出来，自己依旧在关心着他呢，便只好像一个女人一样行事，把好话往歪了说，咬牙撒赖道：

"谁稀罕管你？你以为你谁呀……有本事，你在这儿蹲一晚上，别出来，熏死你才活该呢！"

"那可不，我是死是活，您哪儿关心哪！！！！！"

叶小鱼果然不负罗青橙所望，表现得正像一个男人一样，从来不打算把罗青橙的歪话往正了听，还气哼哼的，拖着长音，话头儿接得很快。

罗青橙不愿意跟他继续磨牙，就说："你不滚出去，我怎么锁门哪？"

"我有钥匙！"叶小鱼答。

罗青橙便闭了嘴，不再多言。

随后，她强行把极不情愿的叶小鱼给挤出门外，"咔嚓"两声，锁上了大门，两人"分道扬镳"，各自带着一肚子的怨气，"滚"回了自己的老窝儿。

第 6 章

卖了卖了全都卖了

晚上，罗青橙躺在单身宿舍的床上，越想越生气，越想越不是滋味，觉着心里有一千种说不出来的感受，无数条沟渠，横七竖八地拦在她的四面八方，让她进也不得、退也不得；又像不小心跌到了仙人掌上，扎了一身的刺，浑身不舒服，坐也不是，站也不是，躺着也难受。

就这样难受了大半个晚上。

正赶上单位放暑假，第二天罗青橙睡到很晚才起来，一睁眼，已经快十一点了。她跑到食堂，胡乱吃了点儿东西，就又坐车去了新房子。

罗青橙不死心，无奈之下，她还存着这样一个心思，她此去，就是想证实一下，昨天看到的那批家具，会不会是自己做的一个梦？

扭动钥匙，她打开了大门，然后闭上眼睛，推开门，走了进去。猛然睁开眼睛：顿时泄了气，都在，全都在，一件也不少。

罗青橙走来走去，看着那一大堆家具，想着自己和叶小鱼投注满腔心血装修好的新房子，她难过得几乎掉下眼泪。

她想起了自己以前听过的一个故事：

有两兄弟，住在同一个屋檐下，彼此感情亲密无间，直到有一天，哥哥带回一条狗，从此扰乱了兄弟俩的正常生活。哥哥经常带着那条狗出去散步，给它喂食。结果，这条狗的感情开始明显偏向哥哥。为了争执狗和谁更亲近，兄弟俩开始明争暗斗，渐渐地，伤了和气。直到有一天，做哥哥的，理智地想了很久，悄悄带了狗出去，端着一把猎枪，结束了狗的性命。

罗青橙觉得，这个故事可以有很多种解释。不过，目前她只愿意看到其中的一种，那就是：她不愿意再和叶小鱼，为了一件身外之事，“明争暗斗”下去了！

既然叶小鱼不想解决问题，就像在结婚登记那件事上，非得她罗青橙赶着才肯往前走，那么，这一回，也还是由她罗青橙来解决好了！任何问题，总要有个解决的办法，不能没完没了地横在他们俩中间，要不，这日子就没法过了！

罗青橙跑到楼下，找见小区门口那个常年在那儿收废品的，把他给叫上来，看看那些家具。

“嗯，不是木板的，刨花板的，不好卖……”收废品的在两个屋子之间来回来去地瞧，一边东敲敲、西敲敲，很行家里手的样子。然后，又冷眼疑惑地瞅了瞅罗青橙，想：好个小丫头片子，连簇新的家具都敢卖，这是你们家吗？

“写字台二十八，衣柜三十五。”

罗青橙一听，差点没吐血。

“床垫子，也就六十吧……床底下的钢筋倒可以拆了卖废铁……餐桌呢，木头的，顶多给一百，连凳子。”

罗青橙彻底晕菜。

合着敛巴敛巴还不到三百块钱。罗青橙心里这个气！

赶走了收废品的，罗青橙开始坐在秋千上想辙；越想不出来，越心里不痛快。

罗青橙沮丧地想：叶小鱼和他爸他妈倒是好意，白花花的银子花出去了，东西又辛苦地搬来了，可她对家具又不满意，和叶小鱼闹到生气、吵架、摔东西，大家这都是何苦来的呢？该怨谁呢？

想到最后，罗青橙又一次证明：这全都是叶小鱼的错！

怨恨充满了罗青橙的心，使她全然忘记了叶小鱼不久前还满头大汗卖着力气给她做秋千的情景，以及她满心的感动。

罗青橙再也坐不住了，从秋千上跳了下来，预备走人。临走，还狠狠踹了秋千架一脚。

她漫无目的地在商场里闲逛了半日，一件衣服都没买，她没心思。其间，叶小鱼给她打过一个电话，她也没接。

见罗青橙不接，叶小鱼也就没再给她打。

晚上，罗青橙一个人在外面随便吃了点儿晚饭。本想回自己的宿舍，半路上突发奇想，直接拐到姨妈家去了。

姨妈是她的最后援军。

这位姨妈就是罗青橙的表妹琳琳的妈。罗青橙家在外地，她妈离异后，头些年又再婚了，找了一位老教授，对她不错。罗青橙她妈说了，自己总算开始了一段崭新的生活，再说，她再婚对罗青橙也好，省得罗青橙整天挂念她了，也鼓励罗青橙勇敢追求自己的幸福。

姨妈是罗青橙她妈唯一的姐姐，早年随丈夫工作调动一起来到北京。如今这姨妈也快六十岁了，当年三十六七岁才生的琳琳，把琳琳像颗小金豆子似的顶着，而琳琳没出生那会儿，她就把罗青橙像个宝贝蛋子似的捧着。自打罗青橙到北京上大学以后，姨妈更是在各方面照顾外甥女，把她当成自己的亲闺女一样。

罗青橙到姨妈家的时候，姨妈早就吃过晚饭了，琳琳也下班回家了，娘儿俩正在啃着西瓜看电视。

一进门，罗青橙把嘴一咧，就像苦孩子见着了亲爹娘一样，开始哀哭不已，一把鼻涕一把眼泪的。

“哎哟喂，这是怎么了？小姑奶奶？”姨妈吓了一大跳：“这是谁欺负着你了？”

罗青橙坐下，好半天，才定下神来，将这两天发生的事，原原本本地跟姨妈学了一遍，末了还声泪俱下地控诉着叶小鱼：

“他结婚前看着挺好的，没想到刚一结婚，就变成了这么个不讲理的糊涂蛋，平时人模狗样的，看着还挺像那么回事儿似的，谁知一遇到正经事，就愚昧得一塌糊涂。”

姨妈忙着安慰罗青橙，表妹琳琳又是递桃又是递西瓜的，罗青橙一概不吃。

“哎呀，”听明白了事情的原委以后，姨妈边乐边叹息道：“这叶小鱼，也真够可以的，还从没见过这么乐意包办代替的呢！他应该叫上你一块儿去呀。”

“谁说不是呢？”罗青橙附和道。

“要是我，我高兴还来不及呢！别人白送我东西，还不用我自己往家扛！”

琳琳边笑嘻嘻地插嘴，边啃着罗青橙进门之后的第三个桃，看她那兴高采烈的样子，真是一点儿同情心都不想给她表姐。

罗青橙有点儿恼了："高兴？这可是我跟叶小鱼辛辛苦苦装修、布置起来的家，你知道我对那房子寄望有多高吗？那可是我和叶小鱼这辈子的'窝'，好歹也是我俩的，就我俩，我希望房间里的每样东西，大到家具，小到花瓶，全是我俩一起亲手挑的，现在倒好……你不知道，我心里有多堵得慌，我想……我想要纯白的柜子，床要原色的、北欧风格，简洁……"

罗青橙边擦着鼻涕泡儿，边吭吭唧唧地控诉。

"还北欧呢……瞧你那点儿出息劲儿！"

琳琳一点儿也不为所动，哈哈笑着，嘲笑着表姐，又给罗青橙扔过去一大卷纸巾，说："接着！"

姨妈想了想，说，自己也同意罗青橙的看法："你俩的家，本来就该你跟叶小鱼一起布置，这事真怪叶小鱼，这不两头儿不讨好嘛！那，青橙，你现在打算怎么办？"

"卖了！"罗青橙心有不甘，又拽出一大团纸巾，擦了擦鼻子，忿忿地抬起头，说："不就万八块钱嘛！"

"卖了？当废品卖，可就不值钱了，你不知道，现在这些收废品的，可挑剔着呢！不是什么东西都收。"

是不值钱，罗青橙心说，回想起了下午的事。

这时，琳琳突然从床上跳起来，凑过来说："哎，要不这样得了，我有一同学，刚买了一套小房子，正想租出去。你想啊，要是出租房子，里面不得预备点儿旧家具、旧电器什么的，要不，我帮你问问，看他要不要？要就卖给他？”

罗青橙觉得，琳琳这个主意还真值得考虑。

“对呀！这兴许是个办法，总比卖给收废品的强吧！”姨妈接茬儿说。

琳琳立马儿拿起电话，拨通了那位同学的号码。连说带比划，叽哩哇啦地聊了一通，然后回过身来，问罗青橙：“明儿你有空儿没？带他过去瞧瞧？”

罗青橙点头同意，琳琳电话里就和同学说定了。

第二天中午，琳琳的那位同学开着车，接上琳琳、罗青橙，一同去了罗青橙的新房子。

一进门，琳琳的同学就睁大眼睛说：“嗬，这房子装修的，可真够好看的！”

谁说不是呢？罗青橙听了，心里感觉很受用，抗不住夸奖，有点儿飘飘然。

不料，同学看了看那些家具，沉吟了一会儿，表情有点尴尬，说：“只是我那房子，是想出租的，没必要用这么好的家具。如果按原价买吧，说实话，您别介意，我真有点儿亏得慌。琳琳说，这家具是前几天才刚拉回来的，崭新，这可让我……”

罗青橙看出，琳琳的同学有点儿犯难。

“半价，行不行？”罗青橙问。

“咳，真是不好意思，这样你也亏，我也亏，我呢，还是买旧家具吧。”

罗青橙真有点儿难过，不说话了。

“要不……这样吧，我把床、饭桌、凳子、还有衣柜拿走，写字台、书架什么的，我就不要了，这样行吗？”

看着罗青橙那难过的样子，琳琳的同学想了想，又说。

“行！那写字台、书架和床头柜也一起送给你吧，也不让你为难了！”罗青橙立刻抬起头，痛快地说。

琳琳的同学倒很不好意思：“这些家具放在出租屋里……还真有点儿大材小用了。”

随后，罗青橙又飞快地联系好了搬家公司。第二天，便将这些在新房子才待了几天的家具，如数拉到了琳琳同学的房子里。

看着这些家具被抬出家门，罗青橙低了头，心里多多少少有点儿发酸。

搬完家，琳琳的同学请她俩吃了顿饭，还说，以后有什么事情要帮忙，尽管说，甭客气。

这几天，还在气头儿上的罗青橙和叶小鱼都很少给对方打电话。自从那个电话被罗青橙拒绝接听以后，叶小鱼已经两天没跟罗青橙联系了。

这天晚上，叶小鱼下班比较早，再一次作出高姿态，主动打电话给罗青橙，想约她出来，说两人再好好谈谈，看能不能想出一个“万全之策”。

谁知，罗青橙在电话那一头儿冷冷地说：“不必了，我今天刚搬完家，累了。”

“搬家，搬什么家？”叶小鱼感到极端纳闷。

“我把那些家具给卖了。”

“你说什么？再说一遍？”

“我说，我把家具给卖了！”罗青橙以为叶小鱼听不清，就大声说。

电话那头儿顿时哑巴了。

“喂？”罗青橙又加大了声音。

那头儿还是没动静。

罗青橙嚼着口香糖，自顾自说下去：“不过，我没舍得卖给收废品的，价钱也忒低了点儿了，你也知道……我想法卖给了一个同学，他的新房子要出租，正好想找点旧家具啥的，就卖了，卖的钱在我这儿，什么时候给你……那钱……你还要吗？”

叶小鱼在那头儿默不作声，光听着，一边把牙齿“咯崂咯崂”磨得山响。

“喂，喂，喂……什么声音……奇怪……”罗青橙很纳闷地对自己说。

再一听，忙音了。

叶小鱼一言不发，把电话给挂了。

罗青橙噘着嘴，瞪着眼，奇怪地看了看自己的手机，边叨咕“什么破手机！”边把手机在自己的手心上敲打了两下，无可奈何地耸了耸肩膀。

大约一个钟头以后，罗青橙的手机又响了，她一看，又是叶小鱼打来的。

还没等罗青橙“喂”字说出口，只听一声怒吼：“我在新家呢，你赶紧给我过来！”

叶小鱼在电话那头儿，像一只被激怒了的公山猫一样，龇牙咧嘴地咆哮着。

“不去。”罗青橙倒异常冷静。

“你立刻给我过来！”

“我不去，就不去，你那么凶，我不敢去。”

“你马上给我滚过来！”

气急败坏的叶小鱼像个女人一样尖叫起来。

罗青橙冷静地说：“你要说什么，就在电话里说吧，等你平静的时候，咱再见面，现在嘛，就免了吧！”

两人于是就开始在电话里你来我往。

“你让我怎么跟我妈交待？”叶小鱼的语气简直称得上歇斯底里：“你给我拉到哪儿了，再原样给我拉回来！”

“办不到了，不可能，人家已经买去了，钱都给了，一手交钱一手交货，怎么还能退货呢？”

罗青橙故意学着叶小鱼的腔调说着。不过，她始终没敢交待，是表妹琳琳给她找的买主。

又说：“你犯不着对我那么凶，家具是送给咱们的嘛，怎么处理，还不是该咱俩说了算。”

“那也不行，你擅自做主给卖了，经过我同意了吗？”

罗青橙一听叶小鱼这话，正中下怀！顿时感到从头到脚无比舒畅，于是，长长地出了一口怨气，就如同三伏天喝了一大碗加了冰糖的银耳绿豆汤一样，凉丝丝的，就一个字，爽！

罗青橙心想，真是苍天有眼哪！这话，今天终于让您给说了！

便趁机跟叶小鱼叫板：“那么，你又是什么时候经过我同意，就把家具拉回咱家了呢？”

叶小鱼顿时气噎。

听电话那头儿一时间没了声音，罗青橙也不说话了。

老实说，罗青橙并没想预先设计好这个场景，专等着叶小鱼往套儿里钻，不过，谁让他今天自己不幸撞进去了呢！

过了好一会儿，叶小鱼又说："我也不跟你废话，你要是能解释，你自己跟我妈解释好了，告诉她，你是怎么把家具给卖了的……"

"那你妈还不掐死我！"

"原来你还知道害怕呀？！"

罗青橙正色道："叶小鱼，你听着，事情既然已经这样了，已经解决完了，你最好就当什么都没发生过，大不了，把钱还给你妈，要不然，就先不告诉他们……"

"算了吧你，再想想怎么说吧……"

事已至此，多谈无益。

两个人都把电话给撂了。

放下电话，罗青橙脑袋枕着胳膊，躺在床上，开始暗自庆幸：要是叶小鱼不去新房子亲自证实这个"恶耗"，而是直接来找她算账，兴许事就得闹大了！再不幸发生点儿小小的"肉搏战"，叶小鱼的脸上、手上再"不幸"挂点儿小彩，回家让他妈看见，不全盘都给他审问清楚了才怪哩！就叶小鱼那张嘴，一定抗不过他妈逼供，还不全得招了！

过后，罗青橙和叶小鱼决定，暂时先不告诉叶小鱼的爸妈。能蒙一天就蒙一天，实在蒙不过去了再现编。

"瞧，都是你自己给自己挖坑儿，然后再往里跳，为了一时糊涂，你给自己找了多大的麻烦！"

没出两天，逛街的时候，罗青橙挎着叶小鱼的胳膊，边给他擦了擦脑门子上的汗珠，边心疼地数落他。

但是房子里总没家具，也不像那么回事儿啊，于是两个人开始开着车到处乱逛，累断了肠、跑细了腿，架不住他们俩手拉手、心连心、美不滋儿的一百万个乐意。

最后，罗青橙和叶小鱼总算陆陆续续选定了一套乳白色的衣橱、一张原色木格床头的一米八宽的大床、一套乳白色的沙发、几个桃红色的刺绣小靠垫、餐桌，还有一个玻璃茶几。

布置完毕，两人擦了擦汗，坐在新买的餐桌前休息片刻。

长方形的原色大木餐桌，中间搭着一条半透明有刺绣的白麻桌垫，两只精巧的水晶玻璃碗，盛着清水，漂着几片红红粉粉的花瓣。

罗青橙和叶小鱼脸对着脸，胳膊肘支在桌子上，托着腮帮子。罗青橙拍了一下叶小鱼的脑袋，两人相视一笑。

叶小鱼幸福地说："宝贝儿高兴了就好！"

罗青橙神气活现："缺什么，碰见合适的，再一件一件往家里折腾，不急！"

房子还不是一天建成的呢！

第7章 丈母娘进京赴宴

“罗青橙呀，把这个给你戴着玩儿吧！”

没多久，罗青橙和叶小鱼还是双双战战兢兢、一步一颤地到叶小鱼家里赴周末家宴，叶小鱼他妈拿出一副耳环给罗青橙。

罗青橙一看，翡翠？

眼睛立刻一亮，这可老值钱了，像！真像！

再拆下来一个，仔细一瞧，原来是假的、哄小孩儿玩的。罗青橙谢谢叶小鱼他妈，没精打采地把东西扔到一边。

“小鱼呀，上回你不是跟我说过，找个时候，大家先在咱家附近一起吃顿饭吗？”

叶小鱼他妈一面盯着电视，一面摇着大蒲扇，一面问。

叶小鱼看了看罗青橙，说：“我就是想吧，您不是让我跟罗青橙回一趟怀柔吗，我们太忙……当然，尤其是我，真的走不开。至于回不回、什么时候回去，再另说着吧，您不是说我舅舅、舅妈、表姐他们最近要来城里玩玩吗？正好，天气凉快点儿了，罗青橙她妈也预备来北京看看她，咱不如就趁这机会，大伙在北京聚聚，一块儿吃顿饭，算是对两方面都暂时有个交待，行不行？”

“这是你们俩的意思？”叶小鱼他妈扭头瞅了瞅罗青橙。

“嗯，我觉着成！我妈也快来北京了现在，后天就到。”罗青橙一边嘴里闲不住地嗑着瓜子，一边点头赞同。

“你妈自己来？”叶小鱼他妈又问。

罗青橙一时间没闹明白他妈话里的意思，笑了：“当然了，那她还和谁来呀……”然后，忽然意识到了什么似的，就暗中笑了笑，不言语了。

“那，在哪儿吃饭合适呢？离咱们家不远，倒有个酒楼，不过，跟亲家母头一次见面，在那儿吃饭，也不知道合适不合适？”

“随便，随便，我妈不挑剔。”罗青橙快言快语地接茬儿。

于是，叶小鱼和他妈第二天便提前来到酒店，考察了一下价格。一看套餐分好几个档次，有八百八的，还有一千八、两千八的，甚至更高级的。

叶小鱼他妈咂了咂舌头，回头跟叶小鱼商量，要不就一千八的？

叶小鱼没意见，他妈说什么就是什么，反正他妈非要出钱。

于是叶小鱼他妈就订了一个包间。

到了日子，叶小鱼本来想开车去接罗青橙和她妈，可罗青橙心疼他，就说：“算了，不用了，跑来跑去的，还不够搭那油钱的呢。”

罗青橙就带着自己的妈，打了辆车，到了酒楼。

进了包间一看，叶小鱼他们家的人都已经到齐了：叶小鱼的爸、妈、叶小鱼的舅舅、舅妈、还有他们的女儿小琴，惟独不见叶小鱼。

“小鱼找停车位去了，这地儿，还真火。”叶小鱼他妈解释着。

边说，边已经赶紧笑着站了起来，招呼着罗青橙她妈，把她当成了上宾："亲家，来，来，坐这儿吧！咱俩挨着，咱这还是头一次见面呢！"

说着，叶小鱼他妈脸上露出了更加热情的笑容，把罗青橙她妈拉到自己身边坐下，边给她倒了一杯冰镇橘子汁，边上下打量着她，说："亲家可真年轻，这头发可真黑着呢！"

罗青橙她妈有些得意地笑了笑，捋了捋自己新做的光滑的卷发。

"我妈刚五十。"罗青橙笑笑说。

然后，叶小鱼他妈搂着罗青橙她妈的肩膀，问东问西，嘘寒问暖：来了几天了，有没有去看看罗青橙和叶小鱼的新房子之类的。

不出罗青橙所料，还没说上几句，叶小鱼他妈就把话头儿扯到了罗青橙的后爸身上，问他这次为什么没跟罗青橙她妈一块儿到北京来。

罗青橙看得出来，叶小鱼他妈对此充满了好奇心。

罗青橙她妈嘴角立刻挑上去了，清了清嗓子，后背挺得更直了，说："他呀，忙呗，比我大五岁，还有十年才退休呢！整天穷忙，忙得脱不开身，我说了，您就是再忙，也得注意身体呀！我老跟青橙说，妈现在呀，过得可好着呢，你用不着挂念妈，把你的小日子过好才是正经！"

罗青橙见她妈面露得意之色的样子，觉得既好玩又欣慰。

叶小鱼他妈连连点头。

接着，罗青橙她妈开始引领起餐桌上的话题，把话锋突然一转，笑着说："叶小鱼跟我闺女昨天刚刚拉着我去看了他们的新房子，房子粉刷得可真漂亮，真亏他们想得出来，家具也好看，真是亮堂、大气。"

说得叶小鱼他妈不断面露喜色。

事实上，罗青橙还没敢告诉她妈自己卖家具那档子事，怕她妈听了，又说自己不知道心疼东西。再说，卖了就卖了，事情都已经过去了，还跟她妈提它干什么呢。

此时，一听她妈张口夸起了那些家具，罗青橙立刻变得无比惶恐，生怕她妈一不留神说出什么细节，让叶小鱼他妈顿生疑窦。便赶紧将含在嘴里的一口橘汁“咕咚”咽了下去，忙不迭地拔脚起来，开始打岔，一溜小跑到了两个妈身边，稀里哗啦地开始给叶小鱼他爸、妈、舅舅、舅妈、表姐和自己的妈倒饮料。杯儿、瓶儿一时间被她故意碰得个叮当乱响。

这招儿果然奏效，大家都一时间慌了神，紧张地提防着摇摇欲坠的瓶子。本来叶小鱼他妈已经准备好细细地讲讲自己跟老头子和儿子如何如何跑家具店的故事，也让亲家母体会体会自己是如何关心着小两口的，可被罗青橙这么一通胡搅和，竟把岔给彻底打过去了。

等瓶子消停下来，罗青橙她妈笑着对叶小鱼他妈说，自己的闺女哇，比叶小鱼小好多，一人孤身在北京，以后就全凭婆家人照顾了。

叶小鱼他妈连连称是。

罗青橙她妈喝了口饮料，又满怀精神地开始真心真意地夸奖起了自己的女婿叶小鱼，说：这孩子真不错，有出息，找着那么好的工作，挣了这么一套漂亮的房子，还开上了自己的车。又夸自己闺女眼力好，没看错人。真所谓丈母娘看女婿，越看越喜欢。

叶小鱼他爸刚才一直不怎么说话，尽顾着在一旁一根接一根地抽烟。包间幸好有排风系统，罗青橙想，不然自己的妈嗓子不好，肯定得咳嗽了。

此时一听亲家母夸自己儿子，叶小鱼他爸出于谦虚，觉得决不应该让儿子养成骄傲自大的毛病，尤其是不能在外人面前滋长了他的气焰，虽然此时儿子并不在房间里。

老爷子于是赶紧猛吸了一口烟，面带微笑，眯缝着眼睛，连连摆手，谦虚地说：“叶小鱼他不行，差得远呢，从小就没出息，跟我们好些同事的孩子比起来，他差得远了，人家孩子都在国外工作了！”吸了口烟，又加了一句：“我喜欢我们小青，小青比小鱼有出息，脾气也像我！”

一听叶小鱼他爸说这话，罗青橙她妈顿时心里就凉了大半截儿。听叶小鱼他爸那意思，敢情自己的闺女偏偏挑了个人堆儿里找不出来的窝囊蛋子废物点心！

罗青橙她妈偏偏还是态度认真心眼儿实诚的，她不明白，像叶小鱼这么好的小伙子，怎么转瞬之间就变成了个“没出息的”了呢？

蛮不成，是自己的宝贝闺女上当受骗了？

不行，这可不是小事儿！非得掰饬清楚不可。

于是，罗青橙她妈开始认认真真地跟叶小鱼他爸一条一条地历数叶小鱼的优点，像什么工作啦、脾气啦、人品啦、长相啦、个头儿啦……态度极其认真，毫不惜力地夸奖着自己那“大好的女婿”。

没想到，叶小鱼他爸那头儿也毫不示弱，也许是感到自己对儿子的“权威论断”受到了怀疑，恼了，于是，跟较劲似的，他竟开始跟罗青橙她妈打起擂来。

罗青橙在一边隔岸观火：看见自己的妈这边厢越发卖力气地夸自己的姑爷，叶小鱼他爸那边厢就越发竭力地说自己的儿子不行。

罗青橙想：要是不相干的人偶然看到这一幕，看到两人脸红脖子粗满头冒汗可劲儿掰饬的劲头，准会产生一种错觉，以为两人正比着炫耀各人家孩子比对方的更有出息！

她瞥见，包间的两位服务员小姐憋不住笑，脸已经开始微微变形了。

经过这么一番舌战，以及叶小鱼他爸这么一通抬杠，罗青橙她妈已是给弄得不知所措，迷惑不已，脸涨得通红，嘴角也很不得劲儿，不知道是该笑呢，还是该生气，面部肌肉不知该何去何从，只好就那么僵在那儿。

罗青橙她妈到底也没弄明白叶小鱼他爸的话是真还是假，弄不好，或者干脆就是在戏弄自己，两只眼睛便求救似的望向了罗青橙。结果见罗青橙也耷拉着眼睛不说话，最后不得已，只好自己闭了嘴，尴尬地端起杯子喝水。

叶小鱼他爸“大获全胜”，坐在一边喘着粗气，跷起二郎腿，眯缝上眼睛，指头里夹根儿烟，仰起下巴又开始猛吸。

叶小鱼的舅舅舅妈、表姐在一旁都看得莫名其妙，瞪着六只眼睛，面面相觑。

只有罗青橙看过这场面，恨不得立时三刻窜到外头去，一直乐到蹲在地上岔了气为止。

实在憋不住了，罗青橙就一回头，正好看见叶小鱼进来了，满头是汗。

罗青橙赶紧跳起来给他挪椅子，让他坐下，又是给他擦汗，又是赶紧殷勤地递上一杯冰水，心里只可惜他错过了一场好戏，预备回家好好声情并茂地给他学学。她总跟叶小鱼自诩，自己那模仿的功夫，可是一流的，绝对惟妙惟肖。

叶小鱼不接那杯水，只管冲着老丈母娘大献殷勤，笑容可掬，点头哈腰儿的："妈，您来了，我还说去接您呢，罗青橙非说不用，非说打个车就过来了，您热不热，我把空调给您打开吧。"

罗青橙她妈赶紧欠欠身，急急地摆着两只手，说："都开着呢，你赶紧坐下吧，看孩子热得那样。"又嘱咐："别对着吹啊，坐这边吧，一身的汗，小心着凉。"

这时，叶小鱼他妈见老头子辩论了一通一边凉快去了，便又开始跟罗青橙她妈夸开了儿媳妇，说："青橙这孩子，长得好看，还有，她也不像有些北京的姑娘，她没那么多的小心眼儿，也不挑剔；亲家呢，人又好，不像有些北京的老丈母娘，事儿多！"

正夸着呢，包间的门开了，饭菜开始陆陆续续地上来了。

锅碗瓢盆金灿灿的，看上去很好看，不过饭菜吃了些什么，罗青橙却记不得了，眼睛只顾死死盯住了那几个像模像样的巨大贝壳，上面盛着贝肉。那是人家餐馆当餐具用的。

吃完了贝肉，罗青橙非跟人服务员死缠烂打要了一贝壳。

叶小鱼一旁低声说，捡破烂的你！

罗青橙嘴一噘，白了他一眼："洗干净了回家放鱼缸里看着玩儿，多漂亮的贝壳，海边哪儿捡得着这么大个儿的！"

"你妹小青呢？"罗青橙又小声问。

"跟外国男朋友法国凉快呢！"叶小鱼边说边偷偷瞥了他爸一眼。

从饭店出来时，有两三点钟，正赶上太阳最毒的时候，火辣辣地烤人。这时，关于一行人怎么回家，可真出了点儿小问题。

叶小鱼的车太小了，顶多坐五个人，来的时候，就挤了个够呛。叶小鱼他妈先去了酒店，剩下的还有好几个，叶小鱼自己、他爸、舅舅、舅妈和表姐小琴。幸而舅老爷人很瘦，夹在胖胖的老婆和闺女中间，身子往前一挪，也就将就过来了。

现在又多了两人，罗青橙和她妈。就算罗青橙坐在司机叶小鱼的两条大腿上，也还是坐不下。

大家谁也不好意思自己先钻进车里，极尽互相谦让，加之车里也闷得跟蒸笼似的，于是大家就都这么在外面晾着。

叶小鱼提议，要不然，就一拨一拨地拉，等把第一拨人送到楼底下，再开车回来接剩下的人，怎么样？

出完这个馊主意，叶小鱼还得意洋洋地用眼睛扫描着大伙。

听了叶小鱼这话，罗青橙突然就走神儿了，一道智力题不知什么时候就蹦进了她的脑子里：

说，两个人距离一万米，沿直线相向而行。一只狗从其中一人A身边开始往另外一人B身边跑，碰到B后，再转身往回跑，直至遇到A，再折回头来跑向B……循环往复，以至无穷。问A、B两人相遇时，狗跑了多少米？

大学还没毕业时，罗青橙有一次在外面找兼职工作，想挣点儿零花钱，那家小公司用的几道测试题当中，就有一道是这个。

真是弱智题，这也太简单了！还想难倒我罗青橙？她当时非常神气地想。

于是，她明明知道答案，却心不在焉地在答题纸上写道，答案是：小狗累死了。

结果人家公司没要她，罗青橙也满不在乎。

可现在，罗青橙的脑子却糊涂了，怎么也算不明白，要是照叶小鱼这个接人的办法，在大毒日头底下，叶小鱼这只“小狗”需要来来回回跑多远？

正在她胡思乱想私下出神之际，这个“提案”也被大家七嘴八舌地否决了。

争执不下之余，谁也不好意思坐车，叶小鱼只好一人开着空车先回家了。

剩下的七个，只好一行人慢慢悠悠地顶着大太阳溜达回去，美名其曰，饭后遛弯消化食儿。所幸家离得也不太远。

看着小车一溜烟儿地跑掉，罗青橙寻思着：明儿换个带斗的“皮卡”，拉的人多，就是再多几个，也不在话下。

一进家门，罗青橙见叶小鱼已经很懂事地切好了一个西瓜，自己正在卖力地啃一块儿西瓜皮，一副很爽的样子，罗青橙很理解地看着他。

见罗青橙进来了，叶小鱼立刻递给她一块儿，罗青橙也不客气，伸手就接了过来。

叶小鱼他妈一进门，还没容自己喘口气，就赶紧无私地撮着亲家母左一间右一间地参观自己家的房子，说：这是前些年老头子单位分的，挺不错吧？说完，停下脚步，笑眯眯地看着罗青橙她妈，神色好不得意。

罗青橙她妈扁扁嘴儿，点了点头，眼睛继续在天花板上扫来扫去。

叶小鱼他妈又赶紧笑着说：“我们叶家呀，这回可真是三喜临门。这第一喜呀，我们搬家了，比原先更宽敞了；第二喜呢，小鱼有了自己的新房子，还娶了媳妇，这是第三喜；现在，就差第四喜了……罗青橙，你可要加油哇！”

说着，握起一个拳头，扭过头，冲罗青橙挤挤眼，学时下小青年，做了个加油的动作。

罗青橙这时正抱着块儿西瓜，慢腾腾地啃着起劲儿呢，一见叶小鱼他妈这动作，还以为是鼓励自己多吃点儿，就赶紧点点头，咯吱咯吱，嘴儿动得更勤快了。

舅舅、舅妈住在京郊怀柔，好不容易才来一趟城里，老两口打算在叶小鱼家多住上几天。表姐小琴这回是趁周末陪着爸妈来的，自己晚上就得坐晚车回家，第二天还要赶着上班。

叶小鱼他妈特关心地问："琴哪，大热天，要不，带个西瓜车上吃？"

小琴表姐赶紧说："不用了，不用了，姑。"

然后大家都赶紧坐下歇了一会儿，喝喝茶，聊聊天儿。

不到五点，叶小鱼他妈让儿子送表姐去汽车站，又一次关切地问小琴："琴哪，要不，还是把西瓜带上？带半个吧，拿勺舀着吃。"

说着，赶紧回头一溜小跑儿去厨房拿刀切西瓜，结果，刀找着了，西瓜不见了。

"我已经装上了。"小琴表姐赶紧拍拍自己的旅行袋儿，不好意思地说。

"啊，好好好，装上就好。"叶小鱼他妈眼有点儿发直。

叶小鱼把罗青橙和她妈一块儿捎上，先送她们回了罗青橙的单身宿舍，又跟罗青橙她妈说，晚上再来看她。然后马不停蹄地送表姐去了汽车站。

回到罗青橙的宿舍，娘儿俩打开电扇，使劲儿吹了半天凉风。

罗青橙她妈已经憋了一路，这才跟罗青橙说：“这叶小鱼嘛，人不错，他妈也挺热情，就是他爸，怎么觉得……那么怪？”

罗青橙一听乐了，敢情她妈还惦记着刚才叶小鱼他爸跟她抬杠那件事呢！

就说：“我也觉得他爸挺怪的，叶小鱼说过，他爸脾气古怪，不过我今天也是头一回遇着，没想到老头儿这么逗。”

可罗青橙她妈脸还是阴沉沉的：“我看叶小鱼表面上还真是个好孩子。不过，这俗话说，无风不起浪，不是我多心，他爸既然这么贬低他，这叶小鱼，别真是有什么事儿瞒着咱们吧？”

罗青橙大大咧咧地把嘴一咧：“能有什么事呀？妈，您也够逗的，他爸说什么您还就信什么，叶小鱼他一大活人，在那儿戳着，他什么样，咱不是都看得一清二楚了吗？那工作、那房子、那车，难道还能是假的、偷的、借的不成？要是真那样，那叶小鱼敢情就真成了超级大演员了，他要能把戏跟咱演成那样，那他可真是个天才，一准儿能成名。”

可罗青橙她妈还是疑虑重重，脸色始终不曾开晴。

罗青橙想把话头儿岔开，就揶揄地说：“妈，我怎么觉得叶小鱼他妈对我张叔儿挺感兴趣的，是不是？她这人也忒好奇了！”

这个“张叔儿”就是罗青橙她妈离婚后新找的老伴儿。

提到自己的老伴儿，罗青橙她妈脸色立刻放晴了，笑逐颜开起来。

随后，罗青橙她妈又对罗青橙说，很严肃的样子：“你跟叶小鱼两个人能走到一起，真是缘分，其实，哪两个走到一起，都不易，要好好珍惜，一定要健健康康、白头到老。”

罗青橙有嘴没心地回答说：“不容易倒是不容易，那也得看你找的是什么人了，能不能、值不值得跟他白头到老。我爸他就不是好人！”

罗青橙她妈没有反驳她，可也没搭腔。过了一会儿，她妈才说：“有时候婚姻中两人都有错，你知道婚姻最忌讳什么吗？”

罗青橙老老实实、干脆利落地回答：“第三者！”

说完，还仰起头，挺起胸，很自信的样子。

她妈“扑哧”一声，被罗青橙的傻样儿给逗乐了。

“真是个没心没肺的傻丫头，婚姻里最忌讳的，是无端猜忌、互不信任，还有无穷无尽的吵闹、互相伤害。一旦这样，什么坏事，都跟着来了。”

“你对我爸猜忌过吗？”罗青橙随口一问。

她妈不答，装没听见。

接着，她妈又谆谆教导罗青橙：“无论发生什么事，都别闷在心里头，别瞎猜，你们两个要尽量沟通、理解，多从对方角度想。”

隔了会儿，她妈突然说：“你张叔的儿子最近离婚了……”

罗青橙一听，惊叫起来：“是吗，真的呀？他们结婚好像还不到一年呢吧！”

“哪儿到一年，才八个月。”她妈嗔怪地说。

然后叹了口气：“两个孩子，跟你年龄都差不离，都是独生子女，在家里都娇生惯养，爸爸捧着妈妈护着，一结了婚，还好得了哇。这一掐起架来，两人谁也不让谁，哪怕让着一丁点儿，都想自己拔尖，别人怎么劝，都不行。这不，赌着气呢，就离了。我看他俩离完了，好像也没有多难受，倒好像都出了一口恶气似的。这可怎么办好哇，再找对象，再结婚，不还是这样，都是娇坏了的！”

罗青橙一听，乐了："还是我有眼力吧？妈，叶小鱼他就不是这种人，比我大，拿我当心肝宝贝，知道让着我。而且，他也不是独生子，有个妹妹，所以他有老大的范儿！"

谁知，罗青橙越说，她妈越担忧，又叹了口气："咳！我知道他有个小妹妹，这也不见得是好事，大姑子小姑子，没一个好缠的，要是她妹欺负你，到时候叶小鱼也不见得护着你。"

"他敢不护着我？"罗青橙羚羊般的大眼睛一瞪，好像真有这事儿似的。

然后，又宽慰她妈似的，笑着说："叶小鱼他妹不是那种人，我很少见着他妹，就连叶小鱼都很少见着她。我们只见过几次面儿，她不在家里头住，在外面租房子住。叶小鱼说，他妹跟他老爸不太对付。"

"哎呀，这女孩儿可更难缠了啊？跟自己亲爸都不和，也是给娇坏了！"

罗青橙的话，愈说愈适得其反，她妈一听，反倒更担起心来。

吓得罗青橙不敢再说了。只好推了推她妈，笑着让她妈别跟着"操那些没用的心了"。

她妈还是很不放心，最后，还是又忍不住叮嘱了罗青橙几句。

说："叶小鱼这孩子，看上去还不错，你们俩就好好过吧，不过，你得记住我这句话：你俩吵也好，闹也好，千万别把男人给逼急了，让他走投无路，下决心离开你。男人一旦下定决心，疼也好，痛也罢，就一定不想再回头了！"

罗青橙看着她妈一脸严肃的样子，正笑逐颜开的脸也赶紧跟着"肃穆"起来，懵懵懂懂，嘴里还连连"嗯嗯"的。

罗青橙是否听懂了她妈这话是什么意思，恐怕连她自己也不知道。

当妈的最了解自己的闺女，看着罗青橙此时那散光的、茫然的大眼睛，她妈就知道，自己的话，说了也是白说。

不禁深深地叹了口气。

第8章

天机泄露

这就算简单的婚礼了吗？

当天晚上，叶小鱼他妈琢磨来、琢磨去，翻来覆去地睡不着觉。老太太总认为儿子结婚这样的终身大事，这样办还缺点儿什么，总显得有些草率。她始终觉得，怎么也该有个仪式，哪怕是简单一点儿的也好。

于是，星期一一大早，刚起床，她就跟老舅妈两个人“秘密”地商讨起来。

叶小鱼他妈万万没料到，这次“秘密协商”竟会引爆一个“惊天大秘密”。

转眼，到了晚上。

叶小鱼下班回到家，一开门，满屋子正冒着浓烟，一股子刺鼻的烟味儿。

“嚯，烟熏火燎的，着火了？”叶小鱼皱了皱眉头，半开玩笑地问，咳嗽了两声。

却没人搭理他。

当叶小鱼把包儿放好以后，才发现他妈和他爸正坐在客厅的沙发上，神色黯然，伤心和愤怒交杂着写在两张苍老的脸上。

叶小鱼偷眼见他妈射向自己的目光，如同两把闪着寒光的匕首，“嗖”地扑面袭来；再看他爸的神情，乌云翻滚、山雨欲来，和满屋子的滚滚浓烟相得益彰。

接连咳嗽了几声，叶小鱼心想：完了，是不是东窗……事发了？

一想到这儿，叶小鱼就紧张得不行，本想落荒而逃。

“回来！”他妈一句厉声断喝，又把叶小鱼给乖乖地提了回来。

“小鱼回来了，热了吧，来，快吃块儿西瓜吧！”

大舅妈这时赶紧迎上前来，冲叶小鱼友好地笑笑，顺手递上一块儿西瓜。

不过，叶小鱼发觉，大舅妈的笑容多少有些诡异，还小心翼翼的，眼神里面有一种一不留心就被卷进别人家的家务官司里时产生的谨慎和尴尬。

此时叶小鱼他爸既不说话，眼睛也不看儿子。待叶小鱼哆里哆嗦、可怜巴巴地坐定在他爸面前，他爸这才拿眼缝儿夹夹他。

叶小鱼只听他妈在一旁劈头盖脸地就问：“谁的主意？你的？还是她的？”

一听此言，叶小鱼心里似乎明白了几分，脑子里的引擎开始高速运转，思量着对策。可此时只觉得平时运转如飞的脑子突然间缺了机油，一片空白。

叶小鱼只好不说话，拿起桌上他爸的烟盒，又从自己身上摸出打火机，手指头不停地抖着，哆里哆嗦地给自己点了一根烟，使劲儿吸了一口，壮壮胆儿。

一边喷云吐雾，一边垂着脑袋私下对自己说：不大可能是家具的事儿吧？爸妈怎么可能知道呢？不，不可能！决不可能！自己向来不敢提，就是昨晚说梦话的时候，也下意识地捂紧了嘴巴。如果让他们听见了，今天早晨他们就会审问自己，还能把自己留到现在？罗青橙呢，她就更不可能自己主动坦白交待了。一定是奸细……可哪儿来的奸细？

想到这儿，叶小鱼还抱有几分侥幸心理，安慰自己说，大概是别的事儿吧！

于是，叶小鱼便抬起头，又摆出了一贯笑嘻嘻的态度来对付他爸妈的盛怒，问："什么主意，妈，您看您这架式……摆的，就跟审讯我似的！"

居然还敢反问！居然还敢嬉皮笑脸，这在叶小鱼他爸眼里，简直就是气焰嚣张，简直就是臭不要脸！

"家具！我和你舅妈今天去你的新房子了！"老太太一声厉喝。

完了！完了！彻底露馅儿了！

他妈这声"霹雳"一出，叶小鱼顿时瘫软如一滩烂泥，他的气焰就是有如滔滔江水、绵绵不绝，如今也只能稀里哗啦地后退了。

于是叶小鱼开始一言不发。

“东窗”是这样“事发”的：

叶小鱼他妈和舅妈两个老太太，一大早吃完早饭，闲着没事儿干，就商量着，既然叶小鱼他们俩不想办喜事，那怎么也得稍稍热闹一点儿吧！光吃顿饭，还嫌简单些，再弄点儿出彩的来，才好。

最后，舅妈就给叶小鱼他妈出了一个她认为颇不赖的主意。

舅妈说：“别的，就免了，怎么也得整一把花生、枣、栗子啥的，偷偷塞进炕被里呀！就但愿他俩‘早立子’。”

两个老太太都说，这可是老叶家传宗接代的大事儿，何况，叶小鱼岁数也真是不小了！

她俩立刻将想法付诸实现，拿上叶小鱼和罗青橙新房的钥匙，双双兴致勃勃地去了超市。超市里顾客不少，不仅有老头儿老太太，还有很多年轻人。

两人找了半天，花生有的是。可舅妈说了，花生现在没用，因为“只能生一个，还‘花’个什么劲儿呀！”幸好枣还有用：“吃了，让他们早点生个小孩儿。”

因为超市里没有带壳的花生，为了买带壳的，还是买花生豆，两个老太太还争执了半天。最后只好将就着，买了一堆红皮的花生豆，还有一袋儿小枣，以及一袋儿栗子仁。

“看上去还蛮喜兴的，哈？”舅妈说。

买完东西，两个老太太就坐上公共汽车去了新房子。

一路上，叶小鱼他妈净给大舅妈讲，自己跟老头子是怎么跑断腿地给叶小鱼买家具的事儿了。

坐电梯升到了新家，一开门，没有两秒钟，叶小鱼他妈原本还沾满喜气的脸一下子凉了，像结了层霜花。她愣了一下，然后飞速地在房子里转来转去，又跑到了大门外，定睛看了会儿门牌号。

等她再艰难地抬脚蹭进来的时候，脸上的霜已经快冻成冰壳了。

大舅妈完全没注意到叶小鱼他妈脸上这一连串儿快速的变化，她此时只顾上盯着新房子，脸上已是眉开眼笑，东转转、西摸摸，就是瞧不够。

"哎呀，可真好看……这还一屋一色儿呢，真想得出来……得买多少桶油漆呀，剩下扔了，怪可惜了儿的……这家具真漂亮，你和小鱼他爸可也真会挑……嗬，瞧这餐桌铺的，还是粗麻布哩，我们家也有一个……屋里头还整一秋千架子，这俩小孩儿，可真会玩儿……就是小屋儿还空着……还有就是墙上，有点儿光秃秃的，贴点儿大胖小子啥的……"

又往沙发上一坐："欸？怎么没电视机呀，我说，你也来坐会儿呀？"

大舅妈一偏头，这才突然注意到，叶小鱼他妈脸色很不对，已经变成了煞白。

便大惊失色道："哎哟哟，鱼儿他妈，你这是怎么了？这屋子味儿还不小哩，是不是熏着了呀？我把窗户打开得了！"

边说，边抬脚就往落地窗阳台上走。

"不用。"叶小鱼他妈有气无力地摆摆手："不用，我这是生气。"

"哟，怎么了气的？谁气着你了？"大舅妈惊奇地问。

叶小鱼他妈缓了好一会儿，这才咬着牙，也顾不得脸面了，下狠心承认说，这根本不是她和叶小鱼他爸送给小两口的家具。

“我还以为自己走错门了呢，哼！跟我玩儿变戏法！小一万块钱哪！这说变就全变没了！”

叶小鱼他妈咬牙切齿，心里恨不得现在就把两个小东西叫过来给撕了。

大舅妈被彻底搞糊涂了，她也弄不清事情的来龙去脉，可看叶小鱼他妈气得那样儿，也没敢多问。

两个人闷声不响地坐了一会儿，待叶小鱼他妈稍稍缓一缓情绪。

“那，这些花生，枣儿……啥的，还放不？”过了会儿，大舅妈小心翼翼地问。

叶小鱼他妈没回答，好像没听见似的。她只顾环视着这些簇新的、神气活现的白色衣柜，宽阔、结实的大床，亮晶晶的餐桌，还有那比波斯猫还白的沙发，这些东西此时都像在偷窥她震怒的样子。

叶小鱼他妈一时间心里巨浪翻涌，一口气憋在胸膛，上不来下不去地堵着。

临走，大舅妈心想，就这么……白来一趟了？

便自己来到了卧室。一看，哟，这床上只有床垫子，还没铺被褥呢，可往哪儿放好呢？

她试着拉开了大衣柜的门，眼前立刻一亮，正好看见两床簇新、闪闪发亮的丝绸面的棉被，一个粉红、一个翠绿，真是养眼，自己结婚那阵，可没盖过这么好的被子！

这被子是几天前才刚放到柜子里的。罗青橙她妈这次从外地来，特意把这里外全新的被子带给闺女。那被面儿，还是罗青橙她妈十几年前来北京的时候，在商场看着好看，就买了。连上面的龙、凤、牡丹、各色鲜花都是染了色的真丝线绣的，就是留着预备日后给罗青橙做结婚被子用的。还说，现在可买不着这么好看、这么细致透亮的丝绸被面了。

罗青橙得知她妈要给她做丝绸被子，大是不以为然，她本来也不喜欢什么丝绸被面，就说："妈，什么丝绸被面儿，我怎么听着那么老土呀，好像是旧社会娶媳妇儿用的，我是不是还得坐花轿子、蒙个红盖头哇？"

罗青橙本心只打算买一两床七孔棉的双人大被，一薄一厚，足够盖了，又好洗。她跟叶小鱼俩一人占一头，一起钻进被子一裹，有多方便！就让她妈别费事了。她妈只是笑着说"小傻子！"

可等罗青橙她妈这次来北京，真的把做好的两床崭新的被子交到罗青橙手里时，罗青橙立刻两眼放电，觉着连她那简陋的单身宿舍都立时跟着蓬筚生辉了。

天哪！真是太漂亮了，她嚷着。然后，宝贝似的抱在怀里，翻来覆去地欣赏了半天，然后使出巧嘴，围着她妈前前后后滴溜溜乱转，连连恭维，说：这简直是后宫妃子皇后娘娘盖的！自己一个小丫头片子哪儿来那么大的福气！要是披在身上，肯定比自己买的高领子小掐腰的唐装还好看呢！恨不能立刻派飞毯过去，把叶小鱼给活捉过来，让他也来赏心悦目一番。

说得她妈乐个不停，直说闺女罗青橙是个"小疯丫蛋儿"，真是眼皮子浅，没见过好东西，两床破被子，就把她给乐的！

罗青橙答：那可不，物以稀为贵嘛！何况又是这么开眼的东西。

于是，趁那天自己和叶小鱼一起带她妈来参观新房子，罗青橙就把两床被子一块儿给带来了。

到了新家，罗青橙把被子“哗”地往大床上漫天席地这么一铺，还非把叶小鱼一把硬扯过来，让他左瞧右看，就差强按着他的头了。把叶小鱼的两只眼睛给晃了个昏花，这才松开他。然后把被子小心翼翼地叠好，宝贝似的藏在柜子里头。

此时，大舅妈看到的，正是这两床在罗青橙眼里宝贝似的被子。

大舅妈扭身往床上瞅了瞅，又看了看柜子里叠得整整齐齐的两条被子，一拍脑门儿：“得，就是它了！”

于是麻利地抓起两把花生，塞进被子里去。又撕开塑料袋儿，从里面抓出一把小枣，也一股脑儿塞进被子中间，还塞了一把栗子。同时也没忘了往下面那床被子里也如法炮制了一番。

然后，大舅妈很满意地把被子理理平整，关好柜门，心里顿时觉着踏实了许多……总算不枉此行不是？

两个老太太就这样回来了。

一路上，叶小鱼他妈连话都没说一句。

在叶小鱼他妈看来，儿子卖家具此举，就是残忍地背叛了自己的爸妈。

一边想，一边禁不住地伤心落泪，眼泪流了一路。回到家里，晚饭自然也没心思做。

叶小鱼他爸回到家，见到的竟是叶小鱼他妈的一张泪脸，顿时万分惊诧。

等他弄清楚发生了什么事以后，老爷子也是气得七窍生烟。

叶小鱼的爸妈两人心里都跟明镜似的：家具已经被那两个“小败家

子儿”给弄走了，搞不好，给“倒卖”了！

叶小鱼此时，听见他妈吼出炸雷一般的“家具”二字，就知道，再抵赖也没有用了。

这一天总会到来，迟迟早早躲不过的一劫！

想起自己跟罗青橙为此已经是吵得天翻地覆，大大小小也经历了无数的周折，再想想这些天自己跟罗青橙过的胆战心惊的日子，叶小鱼不由得仰天一声长叹。

“你叹什么气？！”叶小鱼他爸看着自己儿子毫无悔过之意，反而是满脸惆怅，顿时感到怒不可遏。

事已至此，叶小鱼只好跟他爸妈坦白承认，家具买回去之后，罗青橙不是“很喜欢”，是“很不喜欢”。他不想他俩为这事吵闹不休，后来就给卖了。一直没敢告诉他们，也是怕他们不高兴。

“卖给谁了？”叶小鱼他妈连连追问。

“人托人呗……我们也不认识。”叶小鱼并不想完全招供。

“卖了多少钱？”他妈又问。

这可难住了叶小鱼，他一时语塞。因为他真的不知道。罗青橙卖家具的钱，最后也没给他，他烦还烦不过来呢，也懒得过问，大概全都被罗青橙买化妆品和零嘴儿了。

于是，叶小鱼开始支支吾吾。

他这才发现，对于一个男人，一个当丈夫的和当儿子的男人来说，有些谎，并不是说编就能编的，得事先编好。

叶小鱼他妈一看儿子这个样子，心里马上就有了十二分的把握，问："你不知道？那一定是你老婆给卖了，我猜的，没错吧？"

叶小鱼当然连连否认，非说是自己卖的。

谁知叶小鱼他妈不依不饶，开始掰开了、揉碎了给叶小鱼分析，反复推理，就试图证明一件事，那就是：家具是被罗青橙，而不是被她儿子给偷偷卖了！

叶小鱼干脆装哑巴了。

他看着自己妈那张连珠炮似的嘴，觉得脑袋发蒙，都已经听不见他妈在说些什么了。他突然就有了一种荒诞的错觉：好像自己的老婆罗青橙也在那里，跟他妈一道，都冲着他叶小鱼喋喋不休。一老一少两个女人，连腔调都一模一样，全都不知所云。叶小鱼只知道她俩都很愤怒，矛头都指向他叶小鱼，都觉得他叶小鱼罪该万死、罪不可赦、罪不容诛！他本想让双方都高兴，可结果他居然里外都不是人！这何苦呢！

叶小鱼觉得自己的头都快爆裂了，突然就听见自己喊了一句："别说了，都是我的错还不行吗？"

他妈正说得起劲儿，听他这么一喊，倒吓了一跳，一只手停在半空中，嘴半张着，下半句话硬是给噎了回去。

见儿子居然如此理亏还想逞能，叶小鱼他爸更气了，原本他坐在一边就已是忍无可忍了。

"你还理直气壮了，你妈说的，哪点儿错了？你就这么对待我和你妈送给你的结婚礼物？你们的眼里，还有没有我们老人？"

叶小鱼很着急，他担心他爸他妈真给气个好歹，只好软下来，开始哄他们。觉得自己就差点儿抱着爸妈的膝盖，单腿下跪在他们面前了。

他低声下气地跟他们解释说："都怨我自己不好，卖家具，也是迫不得已，求你们别再埋怨我们了。要怨，就怨当初我没考虑周全，没带罗青橙一起去。要是带她去，就不会有眼下这结果了。现在，又是新婚的，又是新房子的……再说，家具既然都送给我们了，你们两位老人的好意、善意，我跟罗青橙肯定是加倍地领了，至于怎么处理这些家具，你们就别管了。”

说着，脸上还试探着一点一点挤出些笑容，试图讨好他妈，眼睛也始终离不开他爸：“这件事，已经这样了，求您二老，千万别再生气了，气坏了，我可赔不起。”

“千错万错，全都在我。”叶小鱼最后沉痛地表态。

叶小鱼的爸妈知道自己无论再说什么，也不会起作用了。

两个人本来年岁大了，就生不得气，便不再出声，闭着眼睛，靠在沙发上，不愿再多看“可恶”的儿子一眼。

大舅妈和一直在一旁不声不响的大舅趁此机会，赶紧站起来，转移大家的注意力，张罗着给做晚饭。

“小鱼啊，饿了吧，赶紧让你爸你妈歇会儿，咱们做饭去。”就手儿把叶小鱼拉到厨房里去了。

叶小鱼一边心不在焉地择着菜，一边心里痛悔不已！

为了不让自己的爸妈知道这破事儿，他什么都想到了，防范好了，连不邀请父母去自己新房子的谎话，他都编好了。就是没考虑到，他妈手里还有他新房子的钥匙。只要她哪天心血来潮，想去新房子看看，秘密随时都有可能败露。这最关键的一件事，竟然被他给忽视了。

这粗心大意带来的后果，叶小鱼今天终于深刻地领教了。

不过与此同时，叶小鱼心里反倒有了一种如释重负的感觉，由他和父母这场善意所引发的一连串后果，如今总算有个了局了。

“有个恐怖的结局”，总比“没有结局的恐怖”要好。

可是叶小鱼也知道，同时他也最恐惧的一个后果，是：看那架势，他爸和他妈在心里，肯定是和儿媳妇罗青橙结了疙瘩了！

叶小鱼敢断定，那还不是小疙瘩。

简直就是一个巨大的水手结。

第9章

乔迁之祸

新房子的气味散得差不离了，罗青橙和叶小鱼俩终于双双卷着铺盖卷儿，搬进了新家。

看着满屋子自己喜欢的家具、饰物、墙上的画，和干净的小窗帘，叶小鱼和罗青橙兴奋得就像两只螃蟹，一大一小，手舞足蹈。

两个人终于正式告别了叶小鱼的“娘家”，以及叶小鱼在那个大家庭的生活。之前发生的一切就仿佛一道背景一样，渐渐遁入幕后，两个人也暂时进入了相对平静的二人世界。

“这回终于就剩下咱俩了！”罗青橙对叶小鱼说。

天气渐渐地凉起来。中秋节到了。

中午，叶小鱼催着罗青橙和他一起回了趟叶小鱼他妈家，给老两口买了一大盒月饼。叶小鱼他爸正好不在家，没碰上。叶小鱼就跟他妈说，晚上他和罗青橙就不过来了。

下班后两人高高兴兴地回了自己的小家。婚后第一个中秋，他俩老早就计划在自己的新居里好好浪漫一下。

晚上八点，两人正点着鬼火似的几根蜡烛“浪漫”呢，电话铃突然响了。叶小鱼一接，是他爸。罗青橙忙笑着把耳朵凑过去听。

老爷子在电话那头儿虎着脸，分明很不快乐，劈头就问叶小鱼：“中秋节也不回家过呀？”

这头儿叶小鱼赔着不是，小心翼翼地说：“中午我们去过了，给你们买了月饼，晚上，我们想在自己家里烛光……晚餐。”

“啪”，电话撂了。

罗青橙和叶小鱼两个瞪着眼，面面相觑。

“我爸……他还不习惯没有我的节日，得让他慢慢适应。”叶小鱼笑着对罗青橙说。

没几天，周六，两人又按惯例去叶小鱼他妈家聚会吃饭。开饭前，嘴馋的叶小鱼说，饿了，想吃点月饼。刚啃了两口，坐在沙发上的老爷子沉下脸来，大声说：“少吃点儿，吃那么多干吗？”

好脾气的叶小鱼跟他爸贫嘴：“一破月饼，有什么好吃的，谁爱吃呀！”

他爸马上接茬儿：“你没少吃！”

简直情同七岁小孩儿拌嘴，罗青橙听了乐得不行。

罗青橙把挂了一夏的蚊帐撤了。没想到，还没过两天，她就完全有理由为此感到后悔。

秋后的蚊子反倒更凶。晚上，罗青橙睡得正香，一只蚊子像轰炸机一样嚎叫着，“嗡嗡”地俯冲了下来。

“快打！快打！有蚊子！”

罗青橙神经质地突然睁开眼睛，蹦了起来，手脚并用地跳下床，开了灯，大呼小叫：“打呀打呀打死它！”

“你神经什么呀？”叶小鱼哼哼唧唧，被突如其来的无情亮光刺得睁不开眼睛。

“你快起来，打蚊子！”

叶小鱼只好爬起来，一边怨气冲天，一边揉着眼睛，一巴掌拍死了一只蚊子。

“挂蚊帐吧！”罗青橙央告。

“这不都打死了吗，明儿有蚊子再挂吧！”

叶小鱼皱着眉头嘟哝，好脾气一扫而光。刚才不知道哪个美梦被罗青橙打断了，他烦恼得很，此时更变得像个瘟神，态度恶劣，一副“谁不让我睡觉我跟谁急”的架势。说罢，不顾罗青橙抗议，飞快地钻进被子，往自己肩膀上一裹，笑眯眯地接着续梦去了。

罗青橙气坏了！

“你不知道我肉香啊，有一个蚊子就咬我，你倒皮糙肉厚不用害怕。”

一边佯哭，一边使劲儿推他，叶小鱼只是睡得香。

第二天早上，叶小鱼早把昨晚的事忘得精光。看着罗青橙眼睛肿得像两个桃，嘴噘得能挂他的手机，苦着脸，胳膊上一溜大红包，已经抓破了。

叶小鱼好奇地摸着罗青橙粉藕一样的胳膊，还很奇怪地问：“你怎么咬成这样，像个婴儿似的，起这么大包？”

罗青橙只是不理。

“抹点花露水儿吧！”

“没事儿。”罗青橙气呼呼地答。

“真没事？”叶小鱼有点儿不放心的样子。

“没事儿！”罗青橙跟他赌气。

“又生气了？宝贝儿？”叶小鱼作出一副夸张的表情，不太放心的样子，又看了罗青橙几眼。

“有话你说嘛，你别让我猜，你说没事儿，我可就真当没事儿了？”

说罢，见罗青橙没什么反应，就放心下床洗漱去了。

罗青橙气得猛地滑到被子里，拉起被角蒙住头。突然她“哎哟”一声叫了起来，猛然觉得左脚钻心地疼。她想，大概是半夜里蹦得猛了，把脚给扭伤了。

叶小鱼请了半天假，赶紧带着罗青橙上医院，拍片子，忙了个不亦乐乎。

拍完片子，罗青橙坐在候诊室的椅子上开始疑心大作。叶小鱼在一旁看着她就像憨豆先生在牙医诊所时一样，捏着个片子，上上下下、前前后后、颠来倒去地看了又看，不懂装懂，一会儿指指这儿，说这儿不对劲了；一会儿又指指那儿，说那儿又看着不顺眼了；不一会儿，又开始怀疑自己是不是骨折了。

看得叶小鱼心里暗暗叫苦，只得不住地安慰她。

等到了诊室，罗青橙开始缠着大夫一通乱问。问到最后，连医生都有点儿烦了，郑重其事地告诉她：她的脚丫子，没什么大不了的，只是软组织挫伤而已，没有骨折，养养就行了。

可罗青橙还是不放心，一再追问，自己会不会落下后遗症。

已经解释得口干舌燥的大夫看了她一眼，再不多言。

叶小鱼在一旁看自己的老婆像个疑心病患者一样，真感到羞愧，一时间无地自容，恨不得当场就把罗青橙扛在肩上给扔出去。

好不容易才把罗青橙给倒腾到了家里，安顿好了。自己又赶着上班去了。

晚上，叶小鱼要加班请客户吃饭，就以最快的速度赶回来，迅速地给罗青橙做好了饭、炒好了菜，放在厨房里。

这时，敲门声响起，罗青橙的好朋友细雨来看望罗青橙。

叶小鱼和细雨也很熟，她是叶小鱼的同学刘也的老婆。

刘也和叶小鱼是初中同学，大学也在一个学校，两人平时来往比较多。罗青橙认识细雨，就是通过刘也。那时，这两对儿恋人都还没有结婚，常在周末或节假日互邀一同出游，钓钓螃蟹、或去海边游游泳。

没想到，虽然她俩年龄相差了好几岁，罗青橙和细雨竟然一见如故，倒好像她们俩是从小就认识的姐们儿，走得似乎比刘也和叶小鱼还要近。

有一次，刘也和叶小鱼两对儿恋人去海边度假，看着她俩偎在沙滩上说悄悄话，刘也就打趣地跟叶小鱼说：“这下完了，你看她们俩那热乎劲儿，等以后咱们都结了婚，咱俩就谁也甭想互相打掩护了，在她们那里，咱俩整个就是两个透明人，以后就任凭她俩宰割吧！”

说得叶小鱼连连傻笑。

刘也和细雨先结了婚，去国外玩了一圈儿，就当度蜜月了。

回来以后，刘也一有机会就催促叶小鱼：哥们儿，赶紧结婚呀，还等什么呢?

叶小鱼就跟刘也开玩笑说：你是不是衷心希望把我也趁早拖下水，咱哥儿俩好一块儿“蒙难”哪?

叶小鱼立场很坚定,他死也不想“下水”。直到罗青橙等得极不耐烦了,连哄带吓,才终于逼他就范了。

叶小鱼见细雨来了,就说:“细雨,烦请你多陪陪罗青橙聊聊天儿,饭我都做好了,待会儿你们俩一块儿吃吧!”

细雨笑道:“你可真是个模范丈夫啊!既然也是这么个大忙人儿,还自己做饭,买点儿不就完了!”

“罗青橙就爱吃我做的!”叶小鱼好脾气地笑了笑。

“行啊,你老婆交给我,你就放心好了,忙你的去吧!”

细雨笑眯眯地目送走了叶小鱼,回来调侃罗青橙:“嚯,你们家叶小鱼可真够勤快的呀!养了你这么一个大胖闺女,你哪儿来这么好的福气呀?”

听了这话,罗青橙心里美,表面却撇了撇嘴,说:“你就别夸他了,你这回碰巧是赶上了,我可不觉得叶小鱼有多勤快。我不是脚扭伤了吗,他才这么殷勤。平时炒菜做饭,都是我们俩一起做,我焖米饭。炒菜嘛,他是大厨儿,掌勺,我是他小徒弟,切菜打下手。”

“不赖的分工啊!”细雨笑道:“我去拿饭,尝尝你们叶小鱼的好手艺!”说着,边笑边到厨房去取来了饭菜。

“你就坐沙发上吃吧!别动了,我把凳子拽过来。”

细雨把几大盘子菜端过来放在茶几上,对罗青橙说。

又去厨房盛了两碗米饭,两人吃起来。

细雨吃了口菜,咂咂嘴说:“嘿,你老公做的菜还真好吃!你还真有口福!”

罗青橙面无表情的样子,心里可美坏了,就说:“那你多吃点儿!”

细雨吃了几口莴笋炒肉片，接着说：“我老公刘也可懒了，整天下班回家以后，就往床上一靠，看报纸看杂志，要不就上网聊天儿，家务事基本上全得我来做，我都快成他老妈子了，哪儿像你们叶小鱼这样把你捧在手心里。要是摊上刘也这样的老公，你就老实了，还嫌叶小鱼不勤快。有句话怎么说的，你是‘享福人福深还祈福！人在福中不知福哇’！叶小鱼肯和你分工合作，就够不错了，其实，两口子本来就应该分工。”

说得罗青橙心里高兴，就打趣细雨说：“说得好听，道理你都明白着呢，可你自己呢，怎么不分工，怎么又大包大揽了呢？”

细雨说：“唉！一言难尽，一言难尽哪，刘也不是懒嘛，看到他下班累得那个样子，我就心疼了……”

“咦？你自己难道不上班吗？”罗青橙笑了：“我看，你就是惯着他！摊上你这么勤快的老婆，你们家刘也可真是够有福气的！”

“咳，老夫老妻了嘛，我们俩怎么说也是初恋情人，我是有点儿惯着他，这生活模式都已经成习惯了。不过，我现在还真有点儿后悔了！”细雨颇有点儿得意地笑了：“我有点儿后悔，是因为干活一累，我就开始抱怨，有时还和刘也拌嘴。所以，还不如从一开始就不心疼他，一开始就像你跟叶小鱼似的，两人明确分工，像什么，你种花儿来我赏花儿，你做饭来我吃菜，你铺床来我睡觉……”

“哈哈哈，瞧您这工分的，可真好！这叫分工吗？”罗青橙乐得合不拢嘴儿。

“好吧……嘿嘿，就是这个意思吧！”细雨顽皮地眨眨眼。

两人都笑了起来。

吃完饭，细雨洗了碗碟，两人坐在沙发上闲聊。

“哎，你说，我是不是特倒霉呢？刚住新房子没多久，脚就扭了！结婚以后，我觉得倒霉的事儿一件连一件，也许怪我，不该那么穷追猛打地闹着跟叶小鱼结婚，报应了。”罗青橙向细雨抱怨。

“别瞎想了，”细雨笑道：“扭伤脚也不是什么要不得的大事儿。”

“大夫说，我还得在床上躺上俩礼拜呢。暑假过完了，我烦得都想上班了，这下可好，又得接茬儿放。我以前一直巴望着，等将来结了婚，要是能在家赖上个半载、一年，该多爽，好好跟我老公热闹热闹。没承想，还真出了意外，嘿，这可真叫一个名正言顺。”

“切，就这名正言顺？”细雨嘲笑她。

“叶小鱼说，这是我咎由自取，要不是我老想不好的事儿，我也不至于扭伤脚，应了这些话。”

“没错，我也听说，要是你心里老想不好的事儿，就会产生一种不好的心理暗示。凡事你得往好的一面看。”

然后，细雨振奋了一下精神，望着罗青橙，说自己就要到德国留学去了。

“留学？”

罗青橙听后，吓了一跳，不仅因为她自己从没想过这种计划，也因为这消息来得实在突然。她从沙发上挺直了身子，问：“你不是干得挺好的，怎么又想起留学来了？”

“咳！我也是没办法，”细雨垂下眼睛，心不在焉地拍了拍自己的裤脚：“现在工作竞争多激烈呀，我不像你，在大学里旱涝保收，工作又清闲，多自在呀！我们这样的，只得自己在外面拼老命了！你想想，我现在干的活儿，谁都能干，咱国内的秘书，又不像国外的秘书，越老越吃香儿。我现在都过了三十岁了，等再过上个几年，我年龄再大，你想，我还不得被那些新起来的小年轻儿给挤死呀？真可谓，长江后浪推前浪，前浪死在沙滩上，这就是女人间的战争，工作是一场战争，爱情也是一场战争，危机重重，有时候我觉得真他妈累！”

细雨有点儿黯然，罗青橙却傻乐了起来。

“那倒是！不过，我可没有你事业上的那些远大志向，我只要能每天守着叶小鱼，过好我的小日子，让他永远爱我，我就很快乐，别无所求了。”

“要不我怎么说你有福气呢，年纪轻轻的，就很清楚自己想要什么……还是年轻好哇！”细雨轻轻叹道。

“那你老公刘也愿意让你走吗？”罗青橙问。

“他？他无所谓，我看，他没准儿还巴不得我远远地留学去呢！”

“怎么会呢？”罗青橙疑惑地问。

细雨的目光闪闪烁烁，回避道：“咳，算了算了，咱不说他了！这次去，我打算学一比较好点儿的专业，多大岁数都不会丢了饭碗。将来就算回国谋生，当个部门经理、总监啥啥的，应该不成问题，离了男人也照样能活得好好的。去德国留学，不用拿学费，生活费我还出得起，这些年攒的钱也就够了。”

“那你去几年？”

“一到两年吧！”

罗青橙隐隐约约觉得，细雨提到留学的打算时，并不是很高兴。按理说，这是件喜事，可细雨好像有点儿难言之隐，不是很情愿一走了之的样了。罗青橙只好理解为她舍不得离开刘也。不过另一方面，看细雨那没有半点儿商量余地的坚决目光，罗青橙觉得，她是非走不可了。

罗青橙感到很遗憾，暂时失去这样一位知心密友。不过两人保证，经常写写电子邮件、寄寄卡片、网络聊天、打打长途什么的。

晚上，罗青橙的姨妈来了个电话，问候了一下，嘱咐她好好养着，在家里别兔子似的四处乱蹿。

叶小鱼快十二点钟才回来。罗青橙躺在床上，一边摸着他的脸，一边又忍不住跟他抱怨开了。

叶小鱼坐起来，一本正经地安慰罗青橙，说："你就在家里好好待着，别整天着急，看看书、看看碟儿，再计划一下，以后怎么能把你老公我给伺候好喽。你看啊，你得这么想，你生命中发生的每件事儿，都一定是有意义的，以后你就会知道，扭伤了脚对你的重要意义……"

"死不正经，你还会不会说人话呀，还重要意义呢……"

罗青橙不乐意了，"啪"，回手打在叶小鱼的肚子上。

"算我胡说八道，我是想说，你别胡思乱想，别动不动就什么'不顺'哪，'报应'啊，小小年纪哪儿那么多焦虑……你没听说过什么叫'以隋侯之珠弹千仞之雀'？"叶小鱼喜欢看书，杂七杂八，时不时拿一句半句卖弄卖弄。

"什么猴啊猪啊雀啊？胡说八道。"

"一点儿都没，我的意思是，你的健康，好比最珍贵的珠子，你担心的那些个烂事儿，不过是微不足道的鸟，你拿健康换焦虑，还不是拿珍珠打鸟？"

罗青橙若有所思，点了点头。

随之，她开始惟妙惟肖地学起了蜡笔小新，慢吞吞、瓮声瓮气地说："脑公，你真似……好好有学问呐——！"

叶小鱼一听，乐了，拍拍胸脯："好好养你的伤，别的事儿，全不用管，有你老公我在呢！"

"谢谢脑公——"罗青橙双手抱住叶小鱼的肚皮，依旧瓮声瓮气。

叶小鱼使劲儿胡噜了一下罗青橙的脑袋，仰头嘿嘿一笑："瞧这蜡笔小罗儿，就是眉毛细点儿！"

第10章

鸟窝里的好日子

叶小鱼这段时间尽量早早回家。

晚上，一听见楼道里脚步响起，罗青橙立刻离开电脑，一瘸一拐地趴到门镜上。叶小鱼一进家门，她立刻如飞鸟扑食一样扑上前去。

每天都是同样的一幕：叶小鱼走在前面，罗青橙一瘸一蹦跟在后面，手里给他拎着回家要换上的衣服。

罗青橙的情绪转换很快，基本上就像看电视转换频道一样。一见到叶小鱼，她白天还胡思乱想的坏情绪立刻就鸡犬升天了，像一阵秋风，把满地的枯枝败叶"呼啦呼啦"疾疾一阵狂卷，统统抛进垃圾桶，咣当一声，扣下铁盖子。

基本上，叶小鱼进家门还没三秒钟，罗青橙就会换上一副没心没肺的样子。

"哟，小主妇今儿在家干吗了？"叶小鱼边换衣服边问罗青橙。

"心系老公，身在网络呗。"罗青橙围着叶小鱼团团乱转。

叶小鱼穿着背心进了厨房。

"围裙扔哪儿了？"他问。

"不知道。"罗青橙答。

一时找不着自己的大围裙，叶小鱼只好往脖子上挂了他给罗青橙买的粉红围裙，往后腰上系了个带儿，就开始热火朝天地炒菜做饭。从后面看，就跟穿了罗青橙的露背裙似的。

看见叶小鱼这样子，罗青橙乐得气都喘不过来了。

叶小鱼撇撇嘴，正色道："沸点忒低！"一边手里不住忙活。

"老公你真是模范老公，要不，以后我每天把饭先做了，你回来只炒菜就行了。"罗青橙乐够了，说。

"不用，做饭还不快，你就甭管了，厨房热，赶紧回客厅玩儿你的去吧！"一边还腾出只手，在罗青橙的屁股上拍了一下。

罗青橙却不走，缠着叶小鱼，汇报着："老公，我这几天在网上学了俩菜，看上去特漂亮，等我脚好了，我给你露一手儿，啊，免得你说我们这一代'会炒股票会炒老板会炒老公，就是不会炒菜'。"

"好哇！"叶小鱼挺高兴，笑了："我等着，等你脚露完了再露手。"

结婚前，虽然叶小鱼在他妈家里不怎么做饭，可他认为既然结了婚，做个饭、理个家也是理所当然稀松平常之事。虽然罗青橙嫌做饭麻烦，还老是叫嚣着"不食人间烟火"，吵着吃饭馆，可叶小鱼不同意，除非两人实在没时间，他坚持每天还是在家里吃饭，否则就不像个家。而且叶小鱼做起饭来，颇有无师自通之灵感。

淘完米，叶小鱼把饭焖上，开始做罗青橙最爱吃的炸牛排。他把牛排切成薄点的片儿，牛排"嗞啦 嗞啦"地下了锅，麻溜儿地炸好了，一片片捡到盘子里，撒上盐和柠檬汁。那一圈儿透明的牛筋照旧直接留给罗青橙，叶小鱼动也不动，从来不跟罗青橙抢食。然后他又开始炒空心菜，还有西红柿炒鸡蛋，都是些罗青橙爱吃的。

叶小鱼总自诩说西红柿炒鸡蛋是他的一绝。罗青橙说，她妈总是先炒鸡蛋，然后再把切碎的西红柿直接往鸡蛋上一倒，一起搅和一下。叶小鱼却把葱花炸锅儿炒好的鸡蛋先盛出来，锅里再倒点儿油炒西红柿，等西红柿炒得差不多了，把鸡蛋倒进去一起翻炒一下，然后放盐，出锅。

“真是好吃，老公，比我妈做得好吃。”罗青橙赞道。

让叶小鱼惊奇的是，娇生惯养的罗青橙并不像自己预想中的那样娇气和难养活，对食物基本上来者不拒，难怪她妈也一直说她好养。证据之一就是：对着满满一大盘西红柿炒鸡蛋，她能吃得欢天喜地，乐不可支。

“好吃就行，多吃点儿，宝贝！”

“脑公，刚结婚那几天你就对我这么好，现在我扭伤了脚，又让我想起咱刚结婚那会儿了。”

罗青橙笑嘻嘻地用手背抹着小油嘴儿。

“噢，那就好……嗯？不对，难道你不扭伤脚，我对你就不好了……我说，您能不能偶尔用一回餐巾纸啊，怎么老往手背儿上抹，什么恶习！”

罗青橙一脸坏笑，叶小鱼接茬儿大口大口吃饭，吃菜倒不多。

“你倒是多吃点菜啊！”罗青橙放下筷子，敲着桌子催促他。叶小鱼吃饭总那么快，吃饭时还皱着眉头，像头狼，饿了几辈子似的，米饭一筷子喂上自己一大口。每每罗青橙怕他噎着，便“伤心”地说：“您吃这么快，都对不起那做饭的工夫。”

另一方面，罗青橙也明白了为什么叶小鱼看上去有点儿发福了。原因在于，叶小鱼家的饭桌上，常年堆放着一袋一袋的点心蛋糕，带馅儿的、威化的、巧克力的，叶小鱼晚上饿了的时候，总不忘犒劳自己几块儿。

长此以往，叶小鱼十几年如一日，填了一肚子的糖和淀粉迅速转化成微微腆起的小腹。别看他骨头架子大，出于营养不良，还是三天两头闹感冒，每年冬天都得发几回烧。

所以，从结婚那天起，罗青橙就决定，为了亲爱老公的健康，需要“改造”一下叶小鱼的饮食习惯。

便向叶小鱼宣布了改造方案：家里一定要让叶小鱼连个蛋糕渣也找不着，偶尔馋了可以给他买一块儿。不过，决不能迎合叶小鱼每每一见超市柜台里蛋糕就迈不动道的馋相。

同时，罗青橙照着她在杂志、网络、电视里留心学来的东西，在茶几下面堆满了榛子、杏仁、葡萄干、黑巧克力；厨房里挤满了干香菇、银耳、木耳，绿豆；冰箱里摆满了牛肉、鲜奶、酸奶、奶酪。家里被她塞的，简直就像个食品杂货铺，而罗青橙则像个小老板娘，负责定期倒腾这些东西。叶小鱼这才渐渐摆脱了对蛋糕的习惯性依赖。

“老婆，我怎么觉得像住进了超市，随便乱吃东西，要不要付钱？”

“不用不用，别把自己吃爆了就成！”罗青橙连连摇着小手。

“还是我们宝宝会享受，懂生活！”叶小鱼觉得自己很幸福，抱着罗青橙连连恭维。

“我比你妈好吧？”罗青橙笑逐颜开，趁机问。

“都好，都好。”叶小鱼赶忙说。

罗青橙得意洋洋地以为，把叶小鱼的饮食习惯成功改造，是自己的一个辉煌成果。

意料之外、也在情理之中的收获还在后面：在罗青橙的精心“饲养”下，结婚后的叶小鱼很少再动不动就感冒发烧了。

看着叶小鱼红润的脸色，罗青橙得意地想：小样儿，当初还不乐意“嫁”我，现在怎样？正应了那句话：已婚男性的心理最快乐、最健康。

吃完晚饭，叶小鱼迅速收拾好了餐桌。

既然吃饱喝足，叶小鱼感到自己多出来的力气需要消耗消耗，就把罗青橙扛起来，在各个屋子间转来转去。于是罗青橙得以用一连串的嘎嘎大笑来充当暂时的体育锻炼。最后，叶小鱼又转回到了阳台，把罗青橙撂下，两人互相靠着肩，搂着腰。罗青橙伸着脖子，使劲儿吸着窗外吹进来的带点儿甜香的空气。

叶小鱼跌进阳台一角的“鸟窝”，把罗青橙也拽到自己腿上，两人又嘻嘻哈哈了老半天。

然后叶小鱼掂了掂罗青橙，佯装皱了皱眉头，说：“这‘鸟窝’，早晚非被咱这两只老鸟儿给折腾散架了不可。要是哪天咱坐这‘鸟窝’里，一堆儿掉地上，你可别赖我呀！……你呀，可是越来越胖了，呦，别是……别是你肚儿里有小鸟了吧？”

“美得你！”罗青橙使劲儿往叶小鱼身上一靠，回手拽拽他的头发，哈哈笑道：“你肚儿里才有……鸟呢！”

既然叶小鱼第一次半开玩笑地提到孩子，罗青橙就说：“我有一男同学说过：如果他不能保证给孩子带来幸福，他就不要孩子。”

“切！谬论！您还不如说：‘没有孩子本人的同意，您就不能生他呢！’”叶小鱼一语给全盘否定了。“想得太多，活着忒累，顾及一多，就什么事儿都甭干了。”

然后，他又连哄带逗地问：“宝贝儿，你什么时候给我生一女小宝呀？”

罗青橙眼珠一转，也不乐了，偏过脑袋质问：“生小宝？那我呢？我怎么办？你是不是看我看腻了，又想小宝了？”

叶小鱼正色道：“怎么可能呢？别瞎想！一男一女结婚，生个孩儿还不是顺理成章的事儿嘛！”

在这件事上，叶小鱼觉得自己还是个很老派的男人，养育后代对他来说是天经地义的事情。他把罗青橙当成宝贝儿养着，并不意味着他就放弃了生养另一个宝贝儿的天伦之乐。

罗青橙很不满："我自己好日子还没玩儿两天呢，我才多大？刚结婚，你就想让我降格成一老妈子伺候另一个孩子？美吧你！"

"我妈说，她和我爸帮咱们带！咱只管生就行了，平时也不用咱们怎么跟着费心。"叶小鱼很有把握地说。

罗青橙没言语，过一会儿，她问："要是……真有了女小宝，小东西跟我抢咱家第一宝贝的位子，你向着谁？"然后暗中对自己说：没准儿我还真就让那丫头把我的风头给抢了。

又听见叶小鱼开始"胡说八道"："就算咱有了闺女，那不也是别人的老婆嘛！你就放心吧，老婆是自己的好，你小罗才是老公心中第一宝贝儿，永远唯一的宝贝儿，啊！"

听了这话，罗青橙感觉很受用，就不响了。

叶小鱼抱着她，对着她的后脑勺唧唧呱呱地唱了一些歌。罗青橙半闭着眼睛，嘴角微微翘起，心满意足，醺醺然欲睡，感觉有如儿时摇篮般惬意，真的成了叶小鱼一生一世唯一的宝贝。

也不知过了多久，罗青橙才睁开眼，望着天边姹紫嫣红的天际，头顶上暮蓝的高空，一颗亮晶晶的小星星，不知什么时候钻了出来，同时点燃了他俩对婚姻此时还满怀憧憬的眸子。

在晚风撩拨的夜幕中的凉台上，灿若星辰。

又一个美好的傍晚。

一如他俩一同经历过的无数好日子。

第11章

丝绸被"悬案"

冬天快到了。这段时间，叶小鱼和罗青橙再也没吵过架，预备从此把日子甜甜蜜蜜地过下去了。

谁知，美好的日子没持续多久，刚一进入采暖季，两个人就遇到了成堆的小小大大的麻烦。

罗青橙感到，福无双至、祸不单行这句话，确实一点儿都没错。一个爱恶作剧的小精灵，躲在角落里，停不下来地开着他俩的玩笑，一刻也不肯让他们安生。

天气凉了，罗青橙考虑换上厚一点儿的冬被了。

这天晚上，叶小鱼正在卫生间一边引吭高歌，一边舒舒服服地洗澡。

卧室里，罗青橙正在美滋滋地预备把她妈送的那两条丝绸被子给拿出来，一边拽着，还一边嘴里唧唧咕咕地跟自己说什么"每年冬天怎么也得拿出来盖上那么一两天，也不能辜负了咱妈的美意不是？"

叶小鱼洗得正痛快，突然间那屋里只听罗青橙一声尖叫，随后又跟着抓狂般地嚎叫起来，隐隐约约还伴随着稀里哗啦、乒里乓啷的声音。

叶小鱼歌声戛然而止，水龙头顾不上关，衣服也来不及穿，匆匆忙忙就从冒着白气蒸笼般的卫生间跑了出来，冻得哆哆嗦嗦的，一路上两只拖鞋甩了他一腿一身的冷水，跑过饭桌时，还顺手从桌儿上抄起一把叉子。

叶小鱼边跑边叫唤：“怎么了怎么了宝贝儿？碰见鬼了？”

听见罗青橙那歇斯底里的尖叫声，老实说，叶小鱼真是吓坏了。

待他跑到卧室一看，却不见了罗青橙。再仔细一找，原来罗青橙早就吓得跳到了床上，正在床的紧里头蹲着呢。瞪着惊恐的大眼睛，和叶小鱼一样，哆里哆嗦的，也不说话，指着地上：一床崭新的被子，乱七八糟地堆在地板上。

马上，叶小鱼的眼睛就不由自主地被散落在被子周围很显眼的一堆东西给吸引住了。

“哎哟老天爷，这是什么东西呀？被子长虫子了？”

叶小鱼也吓蒙了，把叉子“当啷”一声丢在地上，瞪瞪地看着地上那些撒得到处都是的红红白白的小东西。

过了几秒钟，叶小鱼大着胆子捡起了一个。

“嗯？不是虫子……这哪儿来这么多的花生豆啊？这…………好像是小枣，哟，这是什么，好像……是栗子仁吗？”

“哪儿来的？”叶小鱼捏着栗子仁，把手伸过去问罗青橙。

“我怎么会知道？”罗青橙吓得眼泪都要掉下来了。

她惊魂未定地说：“我刚一往外拽被子，一堆东西就跟着滚了出来，还滚到我的脚上，一开始我还以为耗子在里面做窝了呢！吓死我了！”

最要命的是，那些东西经过几个月的捂巴，已经都发霉长毛了。

“我说夜里我老能闻见一股子怪味儿呢！”叶小鱼凑近鼻子闻了闻，嘟嘟囔囔。

“你看看，下边那被子里还有没有？”罗青橙蹲在床的另一边，伸手指挥着。

叶小鱼只好伸出手，小心翼翼地去拽底下那床被子。

“哗啦”一抖，由于有了心理准备，这次两人倒没有太感意外，总算没有掉下死耗子之类的东西，还是一堆豆子和小枣、栗子仁。

这时，叶小鱼接连打了几个巨响的喷嚏，赶紧披上了浴衣，坐在床沿上，开始仔细研究起来。他和罗青橙面面相觑，无比疑惑：这些东西，究竟是从哪里来的？

“你妈放的？”叶小鱼大着胆子问。

“放屁你！我妈害我呀？”罗青橙紧张的神经刚一松弛，舌头立刻就利索了。

“就是放，我妈也会事先告诉我的！再说……”罗青橙噘起嘴，委屈地说：“晚上我都是吃饱了才上床睡觉，从来不在被窝儿里乱吃东西。我妈说，晚上吃甜对牙不好，她怎么会往我被子里放小枣呢？”

说得有理呀，叶小鱼点点头。

与此同时，叶小鱼突然浑身一激灵，触了电似的。他猛然想起了一件事，上次他妈和他大舅妈来过，发现家具被换掉了，这些东西……会不会也是她俩那次顺手放的？

想到这儿，叶小鱼的脑袋“嗡”的一下：完啦完啦，刚顺当几天哪才，事儿就又来了，这回，又得一场架，躲肯定是躲不掉了。

就在叶小鱼愣神儿咬牙的工夫，罗青橙已经光着两只脚丫子下了地，打算近前察看一番。因为刚才“撞鬼”的时候，她的两只拖鞋，早已不知给甩到哪儿去了。

突然，罗青橙“哇”地一声大哭起来。叶小鱼这一惊，可是非同小可。

“我妈的被子……新被子……全……毁了……”

罗青橙开始歇斯底里，两只肉脚丫子“咚咚”跺着地板，嚎叫起来。

然后，罗青橙提着被子的一角，让叶小鱼看。叶小鱼清清楚楚地看到：簇新的、闪闪发光的、漂亮的缎被上，一朵鲜艳的牡丹旁边，长了一大片斑斑驳驳的霉点，就好像牡丹仙子长出了新叶子。估计另一条被子也好不到哪儿去了。

这在罗青橙眼里，不啻两件宝贝被残酷无情地毁灭了。

此时，叶小鱼已经心知肚明，自己无论是坦白还是不坦白，说出事实或者不说出事实，结果全都一样：前面等待自己的，只有死路一条！

因为他清清楚楚地知道，罗青橙就像他自己的妈一样，或者说，女人全都一样，她们天生就具有破案推理的天赋，就算你有保持沉默的权利，她们也同样能猜出真相；就算是指着你的鼻子你死不承认，也同样是毫无意义。

女人全是大侦探。

因为她们自然能找到如山的铁证，经过她们的一番分析和推理，扳倒一切不可能的，剩下的那一个，就一定是真相。

此刻，在罗青橙眼里，这“真相”就是一声狂怒的吼叫：“叶——小——鱼！你干的好事儿！！！！！！”

叶小鱼颤抖着，缩住肩膀，抱着脑袋，捂上了耳朵。他觉得，罗青橙这一声狂怒的“河东狮吼”，岂止是传到河西去了，肯定是已经冲上九霄云外，最终降落到茫茫非洲大草原上去了。

不过同时，叶小鱼滑稽地觉得：罗青橙的确是气得不轻，简直就是气晕了头，因为从她这一声吼叫里，叶小鱼始终也弄不清楚，罗青橙怎么居然会认为是他干的，于是他死不承认。

“不是你，难道会是你妈？”罗青橙又怒吼。

叶小鱼依然死不承认。

也难怪，因为叶小鱼心里的确是一点谱儿都没有，虽然他妈来过新房子，也揭露了家具的事，可毕竟，他妈从来也没跟他提过，花生是怎么跑到被子里去的这档子事呀！

而且，叶小鱼一点儿也不想把他妈来过新房子的事告诉罗青橙，原来不想，现在就更不可能了。

叶小鱼跟罗青橙争来吵去，也没摩擦出个结果。最要命的是，叶小鱼不敢去问他妈，罗青橙也绝对不敢。这事儿，简直就没法问，要是认真追究起来，还不得把家具的去向也连带着给招出来呀。

他们俩是一丁点儿办法也没有。这事在他们俩心里，最终只能成了一桩离奇的“悬案”。

“我把被子洗……洗干净了……还不行吗？”叶小鱼哭丧着脸，问比他还哭丧脸的罗青橙。

“不行，不行……洗了……也不是原来那个了……我再不知道爱护东西，再不拿东西当回事儿，我……我也知道爱护这俩被子，这可是我妈一针一线缝的！这可是给我……结婚用的呀！我能结几次婚哪这辈子？弄不好……就结这……一次了呢！”罗青橙抽抽搭搭的哭声转瞬间又发挥成了号啕。

那一宿，罗青橙光着脚丫子坐在地板上，心疼得眼泪流了一茶碗；而叶小鱼则无处躲、无处藏，被罗青橙的小手心拍着、脚丫子踢着、以及无情的言语追来逐去，上跳下蹿，就差抱着两床无辜被毁灭的新被子出溜到床底下避难去了。

第二天早上，天刚蒙蒙亮，叶小鱼就被灰溜溜地赶出了家。而且，罗青橙“凶狠”地放出话来：不许叶小鱼再踏进家门一步。

叶小鱼眼睛通红，面色惨白，早饭也没吃，只好提早去了单位。同事们看他那样子，都很关切地问，是不是身体不舒服了？叶小鱼只是摇头。

一个白天，叶小鱼头疼欲裂，昏头昏脑地给罗青橙打了几个电话，罗青橙根本就不接，一见是他的号码，立刻就挂断了。

叶小鱼仰天长叹三声。

不远处那位娇滴滴的女同事，看着叶小鱼那可怜的样子，一眼就猜出了是怎么回事，直捂着嘴，偷偷乐。

晚上，叶小鱼也不敢再“斗胆”踏进自己的家门，也不愿意回他妈家，只好临时约了刘也，出去喝酒吃饭。

还没喝多少酒，叶小鱼就有点儿微醉了。他咬牙切齿，“咚”地一拳头砸在饭桌上，震得小瓷瓶里的牙签乱蹦，然后，恨恨地对刘也说：

“你说，我结婚以后，怎么就那么倒霉那么点儿背呢？连喝口凉水都会塞牙，放个屁都砸到脚后跟！你说，这破事儿跟我有什么关系，我有什么错？我怎么知道我妈他们居然会想起一出是一出？那些个烂东西又不是我放的，罗青橙为什么把我像赶条野狗似的给赶了出来？我太冤枉了我！”

听得刘也乐不可支。

“她不赶你还能赶谁？”

“你还乐，居然还幸灾乐祸！”

叶小鱼只觉得恨意难消，满腔冤屈。

喝完酒，快十二点了。叶小鱼估计他爸他妈都已经睡着了，这才像做贼似的，轻手轻脚地用钥匙开了门，溜进了自己原来的屋子，打算好歹在这里忍上一宿。

躺在床上，叶小鱼脑海中居然情不自禁地出现了檬檬的影像。他昏头昏脑地想：要是换了檬檬，他的婚姻今天会是个什么局面呢？

由于愁闷，加之思虑过度，第二天早晨叶小鱼没能按时醒来，快八点了，还在呼呼大睡。

恍惚中，他只听见一声尖叫，紧接着，叶小鱼感觉到一个大巴掌，重重地打在了自己的屁股上，愣是把他给打醒了。

还没等他翻过身来，叶小鱼就听见他妈的声音嚷嚷了起来：

“吓死我了，我说早上过来开窗透透气儿，竟发现床上挺着个大活人！这把你老娘给吓的！可真是稀罕事儿啊！你是什么时候回来的？也不事先打个电话，告诉我一声……是不是，跟你老婆吵架了，给踢出来了？”

“没有。”

叶小鱼低头否认，他那白白长了一米八的大个儿，却蔫头耷脑，没精打采，脸色惨白，没有底气的样子，很招他妈看不上眼。本来就对罗青橙憋了一肚子的气，此时他妈更是恨得牙根儿痒痒。

叶小鱼他妈的原则是：儿子叶小鱼既然是自己生的，就是自己身上掉下来的肉团儿，自己和他爸怎么管教、怎么打骂，都是分内的、应当的、“天经地义”的，可是半路杀来的媳妇罗青橙，想给她儿子气受，她可不答应。

而罗青橙想的，正好跟叶小鱼他妈相反：老公是自己的，自己疼来自己亲，只许自己欺负他，不许别人欺负他。

叶小鱼他妈不用再问，尖利的眼睛只一扫，就早已看出，儿子那失魂落魄的样子，要不是因为和他老婆吵架而被撵了出来，那才怪了呢！

就说：“没有？你以为我稀罕管你们俩的破事儿？切！跟那小东西在一

起，不打架，才真正稀奇了呢！她做事什么时候考虑过后果，想起哪出就是哪出，家具看不上眼，居然连个招呼都不打，就私下给变卖了！檬檬那孩子就绝干不出这种事儿！谁让你找新鲜，找感觉！日子是感觉出来的吗？那是心情舒畅地过出来的！这回……这回又是因为什么事儿打的架？”

叶小鱼他妈一边怒斥罗青橙，一边心疼儿子；一边心疼儿子，一边又哀其不幸、怒其不争。叶小鱼只是“忍辱负重”地一味沉默。

前不久叶小鱼为家具一事被他爸妈严加审讯过后，叶小鱼他妈虽然答应儿子：在罗青橙来家的时候，谁也不再提家具那事，就当这事还蒙在鼓里。可是叶小鱼觉得，他妈的火气，从那之后，还是未免太大了些，对罗青橙仍十分不满。虽说这件事都过去好几个月了，连他自己都感到已经淡忘了。

可当着儿子一人的面，叶小鱼他妈还是三番五次地提起，今天更是主动自觉地又勾起了旧恨，兼新仇交加。

不忘记是可以的，叶小鱼想，可也不能每次一提起来，还跟发生在一分钟之前似的，反应还那么强烈！这日子以后怎么过呀？

叶小鱼坐在床边，开始琢磨：是不是女人全都一样，甭管多大，甭管是他妈还是他老婆，她们的记忆可谓永不消退，有得一拼，没有最强，只有更强……这样也好，老了双双不会得老年痴呆。

出神出够了，叶小鱼揉揉眼睛，看他妈还在忙里忙外地打扫卫生，本来想趁此机会问问他妈花生豆和小枣的事，可话还没出口，就被他给咽了回去。

既然事已至此，罗青橙已经是气得涕泪泗流，自己也俨然成了惶惶丧家之犬，就不要再搭上他老妈了，搞不好，又惹老太太动了大气。连罗青橙都不想追究了，自己又何苦来主动搅和。

叶小鱼真的希望：过去了的事，就让它永远过去吧！否则令人烦恼的事情就会永远循环往复，没完没了。

叶小鱼已经习惯了规律地吃早饭。罗青橙每天早上都给他吃自己周末包的木耳、胡萝卜、牛肉、洋葱馅儿的包子，或者米饭拌菜。现在，叶小鱼觉得自己的肚子有点儿像急着要下蛋却找不着窝的母鸡一样，闷闷地咕咕叫着。

赶紧下地想找点儿吃的，发现桌上的点心袋子全空了。就故意恬皮恬脸地问他妈，还有没有什么可吃的，咸辣椒都行。

这时他妈的余怒还未消，根本不搭理儿子。叶小鱼只得好言好语地劝慰了他妈半天，他妈也不理。只好愁眉苦脸，满腹惆怅地上班去了。

罗青橙也没回家，气得到她姨妈家里住了一晚上，兼跟姨妈诉苦去了！

姨妈听了，乐得拊掌大笑。

第12章

一百杀威棒

叶小鱼又带着一个饿着扁扁的肚子到了单位，刚一开机，铃声就响了，一看号，不认得，一接，没想到是小区物业打来的。

“你们家可能是暖气漏水了，赶紧回来看看吧。”人家急急地说。

叶小鱼非常惊恐，一开始还以为是谁在跟他开玩笑，便又证实了一下，这才感觉到了事情的严重。

他急忙给罗青橙打电话，不出所料，罗青橙还是不接。叶小鱼只好发了封短信，写道：“家里暖气漏水了。”

发出去没过两秒钟，罗青橙的电话就忙不迭地打过来了。

说：“叶小鱼，你可够能瞎编的呀，为了让我接你电话，什么手段都使出来了，至于吗你？”

罗青橙上来就劈头盖脸地说了一通，对叶小鱼发来的短信半信半疑。

叶小鱼也顾不上跟她计较，赶紧把物业说的话跟她学了一遍。

等罗青橙明白了是怎么回事，再也顾不上跟叶小鱼继续拌嘴，两人急忙赶回到家里。

楼下的大哥不依不饶，正堵着他们家门口叫骂呢，满脸的愤懑，说自己好端端的墙，全都泡坏了，得赔得赔！

叶小鱼一边好脾气地跟人家赔不是，一边心里这个怄气！

匆匆打开房门，进去一看，三个人顿时大惊失色：一夜之间，自己家的大南屋已经是水漫金山，地板有的都快泡翘棱了，小屋也湿乎乎的一片，看来这水可是真没少漏。

原来，楼下那家半夜里开始像钟乳岩洞似的，往下嘀嗒水，人家循声开灯一看，发现自家天花板早已洇湿了一大片。

可把人家给吓坏了，气急败坏地跑上来，咣咣凿门，根本没人应。人家站在叶小鱼家门口，愣了大半天神儿，哪里想得明白，前一天晚上还隐隐约约听见这楼上的小两口打架，打得叮里咣啷、兼大声嚎啕呢。到了今儿晚上，这才一天过去，怎么一个人没剩，全都跑光了？！莫非……莫非……是……打出人命来了？

这想法着实把人家吓了一大跳，头发险些竖了起来。

死活喊不出人，只好下楼找到物业。物业找出本子翻了半天，找出漏水这房子的小业主叶小鱼的电话，赶忙第一时间告知他。

“都怪你，明知道这几天暖气上水，你还不回家，就知道跑你妈那儿躲清静去！”

罗青橙一个劲儿跺着脚地埋怨叶小鱼，好像错全都在叶小鱼。

叶小鱼没一点好脸色，满心怨毒地瞪了罗青橙一眼：“我倒没想住我妈那儿去呢，也不知道是哪个，那么绝情绝义地把我一脚给踢出去，现在，居然还好意思赖我！”

气得罗青橙手脚并用地捶了他一通，叶小鱼也懒得跟她计较。

赶紧找人修吧！

不过，这可不是一天、两天的事儿！眼瞅着刚装修好的地板，又得凿个底儿掉，柜子、衣橱、床，都得跟着往外倒腾，墙也得重新粉刷一下。

想着想着，叶小鱼眼前突然一黑：这真是命定啊，活该我叶小鱼倒霉，从打结婚登记那天开始，自己就没消停过，难怪那天预感到大事不妙呢！

罗青橙也暗暗埋怨，一开始不顺，事事都不能顺。

焦头烂额地处理完这边的事，叶小鱼跟罗青橙开始犯难，咱俩这回可到哪儿去流浪哇？

罗青橙说："单身宿舍肯定是回不去了，早分给别人了，姨妈家也不合适，虽然姨夫出国了，家里也有空屋子，我罗青橙一人去还成，可你叶小鱼也要跟着去……您算干吗的呀？！"

"要不，咱就先分居？各住各的？"叶小鱼建议。

罗青橙不乐意，死活非要跟着叶小鱼，扭来扭去，跟他撒娇："人家刚新婚，不愿分居的……嘛！"

"要不，暂时住我妈那儿去？"叶小鱼最后建议。

罗青橙不说话了。老实讲，她可不愿意自己跑上门去成天在婆婆眼皮子底下晾着。可要是不去叶小鱼他妈家，他们又能去哪儿？

叶小鱼开始胡说："要不然，到旅馆开房……更不合适！贵不说，还得把结婚证整天揣着，忒麻烦……要不，到外面租房子……可那不也得花钱嘛，搞不好，地板再修上个仨俩月，几千块钱哪，可就白白搭进去了，哈？"

叶小鱼偷偷用眼瞟着罗青橙。罗青橙紧张起来，眼睛瞪圆了，开始心疼自己的钱包。

最后，罗青橙只好默许了叶小鱼的提议。

叶小鱼此举实在是有意为之。他一直觉得，罗青橙和他父母以前相处时间太少，互相不太了解，加之前面又出了那些事，相互间难免有了成见，这是目前最让他烦心的事。也许能趁这个好机会，让他们在一个屋檐下朝夕相处一段时间，或许能缓和双方的关系也说不定。他们双方的和解与快乐是叶小鱼目前极力要促成的事。自然，叶小鱼的本意还是不错的。

叶小鱼急匆匆地赶回家，跟他爸他妈商量。

他妈正戴着老花镜，给叶小鱼修补一件夏天被虫蛀了好几个小眼儿的毛衣，也没抬头看儿子。叶小鱼把漏水的事先说了，说情况很严重。

好半天，见他妈一点儿反应也没有。叶小鱼只好试探着，问：他跟罗青橙两个，能不能搬回家里住上一两个月？

还没等他妈回答，又赶紧补充说，要是不行，也没关系，两个人到外面租房子去住。

叶小鱼他爸没说什么。他妈心疼儿子，心里早就跟明镜似的，知道儿子回家跟她说这事，不为别的，就为想搬回来住。大冬天的，宝贝儿子还得跟耗子倒洞似的搬家，她心疼，这才总算开了口。依旧手下穿针引线，没有抬头。

可叶小鱼他妈肚里的话，从嘴里说出来，不出叶小鱼所料，就彻底变了味儿了。

“到外面租房子住？租吧！我哪儿管得了你们哪，既然你跟你老婆都已经商量好了，你还回来问我干吗呀？”

又偷偷瞟了儿子一眼。见叶小鱼低了头，脸上讪讪的。

就接茬儿慢悠悠地说：“到外面租房子？你们可真有钱哪！是你老婆不愿意在我们跟前尽孝吧！租房子？几千块钱都白白送给人家了……要是你有那份儿闲钱没地方使，你给我得了，你们租我的房子，你老妈我正好缺钱呢……去去去，一边儿去，你少跟我嬉皮笑脸的……要是你一人儿回来住，她去她姨妈那儿，这还好说，要是她也跟你一起回来住，你们的房租嘛，我可是收定了！”

叶小鱼本来还愁云遍布的脸上，立刻雨开云散、晴光潋滟，赶忙对着他妈连连作揖，感恩戴德，脸上也跟着笑成了一朵喇叭花。

“付房租，应该的，应该的！多谢老妈大人大量，不计前嫌，见我跟我老婆没地儿去，怪可怜的，肯收留我们！”

他妈也乐了，摘下老花镜：“你少跟我这儿臭贫，不过，你给我记着，我这么做，可不是为了她。我这么做，完全是看在你的面儿上，完完全全是看在我大儿子叶小鱼的面儿上。”

中午，罗青橙和叶小鱼像两只鼹鼠一样，把家里的细软收拾妥当，背在身上，又把两人这个季节穿的所有衣服、鞋子，通通塞进汽车，一股脑儿倒腾到了叶小鱼家里。

叶小鱼他妈早就把叶小鱼原来住的那个房间给收拾出来了。

见罗青橙忙着往柜子里装东西，叶小鱼他妈慢悠悠地说：“青橙呀，到了这儿住呢，屋子小，家具又不好看，你可别嫌委屈。”

“怎么会呢，妈，我和叶小鱼这回又麻烦您二老了。”罗青橙赔着笑脸。

“麻烦倒没有，不过，既然你们在这儿，时间也不是一天两天，我们小鱼懒，以后厨房的事儿呢，还得靠咱们俩。”叶小鱼他妈觉得还是一开始就跟儿媳妇说明白了比较好。

“没问题。不过我会做的菜可不多，您可千万别嫌我笨，在家都是叶小鱼炒菜，他做的菜可好吃了。”罗青橙笑道。

听到这话，叶小鱼他妈有点儿吃惊地溜了一旁正整理行李的儿子一眼。

老太太心里确实有点儿纳闷，儿子原先在家里的时候，很少做饭，顶多给她打打下手，敢情不知从哪儿偷偷学了艺，秘而不宣，如今全用来“孝敬”他媳妇罗青橙了！这跟养个孩子还有什么两样。儿子这老婆娶的，敢情是养个闺女!

老太太看着俯首摆弄左一件右一件花睡衣的罗青橙，越看越觉不顺眼，不禁想到了住在自己家楼下那位大妈家的儿媳妇。那位大妈老跟她炫耀，说自己儿子娶回个贤妻良母，她儿子这才知道世间什么叫做“享福”二字。儿子下班到了家，什么都不用管，赔等着媳妇伺候，瞧人这媳妇娶的，当儿子的、当婆婆的，命都好哇！再看眼前这个，什么都不会，娇滴滴的，儿子整天还得哄着她、伺候她、顶着满身的油烟子给她炒菜吃!

“当然，我会焖个饭，择择菜叶什么的。”

罗青橙这时已经放好睡衣，又笑眯眯地补充了一句。

叶小鱼他妈头不抬、眼不睁，出去了。只当什么都没听见，只当蚊子咳嗽了一声，苍蝇打了个嚏喷。

第二天晚上，罗青橙下班到家，已经快六点了。

踏进家门，黑咕隆咚的。一开灯，看见就老太太一人在家，正坐在沙发上，一副好大不乐意的样子。罗青橙本想表现好点儿，就说：“妈，我回来了，叶小鱼又到新房子里去了，说得晚上八九点才回来，我帮您做饭吧！”

“做不了了，停水了。”

叶小鱼他妈说。

罗青橙很惊讶：“停水了？就算停水，现在都快六点了，也该来了，要不，人家怎么做饭呢！”

说完，跑到厨房拧开水龙头，一股锈黄的水冲了出来。不过罗青橙粗心大意的，没有注意到。

“咦，妈，这不是已经来水了吗？”

“早来了！”老太太说。

“这就怪了，妈，早来了……您怎么还说停水了。”

罗青橙觉得老太太是不是糊涂了，非常惊讶地望着她。

“你看看那水，是个什么色儿？黄的！五点就来了，这都快一个钟头了，还是黄的，我说等等吧，等人家都放一放，我再做饭。嘿，谁都不放，都靠着，都等别人家先放。”

罗青橙一听乐了：“那咱就放呗！这得等到猴年马月去呀？”

老太太眉头一拧：“咱放？那得放多少是个头？家家都放还快，凭什么咱放，谁给咱水费？”

“我给您水费。”

罗青橙仍旧笑嘻嘻的：“赌这气，咱自己不也得跟着挨饿吗？”

罗青橙上午吃了不少零嘴儿，中午在单位食堂吃得很少。此刻，她肚子早扁了。

叶小鱼他妈一听，犟脾气还就来了：“我就赌这口气，怎么着，看谁靠得过谁，今晚宁可咱全家都到外面去吃饭，我也决不先放水……再说，小鱼你不是说得八九点才能回来嘛，靠着呗，晚点做饭不要紧，再说，楼下饭馆二十四小时营业，饿不死咱们！”

听老太太决心如此之大，罗青橙原本就乱叫的肚子顿时像放了气的皮球一样，彻底瘪了。

“妈，到外面吃饭更贵，比您放两吨水还得贵。”罗青橙觉得老太太实在太倔了，继续力劝。

老太太苦哼了一声。

罗青橙见此情景，暗想：也不知老太太是跟邻居怄气，还是在跟自己赌气，只好不再言语。便打开了冰箱，一股寒气扑来，冰箱里什么现成能吃的都没有。

“妈，还有点心吗？”罗青橙只好问。

老太太不动声色："还没来得及买呢！"

过了一会儿，又说："青橙呀，你不是爱吃零食吗，也时不时往回买点儿，饿了就吃吃，别都指着我老太太，我老糊涂了，今儿忘了明儿忘了的。你要是不喜欢我买的点心，你也可以换个样儿，拣别的买，什么巧克力、棒棒糖、山楂糕、南瓜瓤儿……"

看老太太一本正经说话的样子，罗青橙心里觉得，老太太今天实在是太怪了，又不敢多问。她早打定主意：一定小心翼翼地避免和老太太有任何冲突。

罗青橙走到自己屋里，躺在床上。黑暗中，她心里很窝火，偏偏自己屋里也是连点儿饼干渣都没剩下。事情偏就这么巧，平时零食堆得山似的，偏今天就没了，要不怎么说事儿全爱赶着热闹扎着堆儿来呢，要不怎么说寸劲儿呢！以后一定得多储备些粮食，褥子底下压一排柿饼子都成！万万不可再像今天似的，一个大活人，眼瞅着就让尿给憋死了。

"真饿！"罗青橙在床上蜷成一团，暗暗叫苦，见床头台灯的轮廓，她都觉着像个馒头，她连台灯腿儿都想啃。

她有气无力地掏出手机，打电话给叶小鱼，问："你什么时候回来呀？"听叶小鱼说，得再过一个多小时，她就泄气了。

罗青橙蹭出屋子，又到了厨房，拧开水龙头，水还是黄的。她想：她不放我放！于是跑到卫生间，对着镜子顾影自怜了一会儿，然后手一扳，"哗啦哗啦"放了箱水，把洗手池的水龙头开到最大。等水箱水停了，也把水龙头赶紧关了。

老太太在客厅早听见了罗青橙在那边胡折腾，不禁被逗乐了，心想：小东西还真有办法，跟我玩小心眼子。

罗青橙又往厨房跑了两趟，如此折腾了一番。

最后，罗青橙有气无力、可怜巴巴地说："妈，水清了，可以了。"

老太太只是说再等等，再等等吧。

"可真拧！"罗青橙换上鞋，准备步行去超市给自己买点儿吃的。临出门，还回过头，问："妈，我去超市买点吃的，也给您带点吧，您也饿坏了吧？"

见罗青橙要走，老太太站起来，说："别去了，怪冷的，水也该差不多了，你帮我做饭吧！"

罗青橙一看墙上的时钟，七点。便像得了令箭一般，二话没说，褪下大衣，甩开靴子，进厨房又猛放了一通水，说："这下肯定没问题了！"

这当儿，叶小鱼也进了家门。边换衣服，边向老婆和老妈汇报新房子的修理进度。

叶小鱼他妈非常惊奇地连连问："小鱼呀，你不是说八九点才能回来吗，这么早就回来了，吃饭了没？饿了没？"

"饿坏了，你们吃了吗？"叶小鱼左手搂着罗青橙，右手搂着他妈，幸福地问。

"吃什么，饭还没做呢，停水了。"他妈说。

"那就别做饭了，怪费事儿的。我爸不是看老同学去了嘛，就咱仨，到外面吃饭去。今天我请客，请老妈和老婆，吃比萨饼还是东北菜？川菜？要不，小吃？"

"哪儿也不去，就在家吃，吃饭馆怪贵的，你那点儿钱哪，赶紧留着还贷款吧！就不知道省着花。"叶小鱼他妈嗔怪着。

"那我帮您做饭吧！"叶小鱼只好说。

他妈赶忙把叶小鱼推进了客厅，连说："不用不用，你一个大男人，老下什么厨房啊！上了一天的班，挺累的了，赶紧坐那儿歇会儿，看看电视，我跟青橙做饭就行了。”

罗青橙也赶忙帮腔说：“对对对对，你就快歇着去吧，我跟妈一起做，我都饿了半天了，做饭肯定快，你就等着吃吧！”

“那，我可就等现成的了啊。”叶小鱼幸福地拍拍罗青橙，目送婆媳俩进了厨房。

“你说，你们这新房子也真够糟心的，是不是？刚住进没几个月，暖气还漏了。要是在咱这附近买，没准儿也摊不上这事。”

叶小鱼他妈一边淘米一边说。

“也许吧。”罗青橙应了一声。

等罗青橙把菜切完了，问老太太放在哪儿，老太太随手从架子上拣了个盘子，往罗青橙面前一放。罗青橙便把切好的青椒丝放在里头。

过一会儿，叶小鱼他妈炒完了青椒，罗青橙惊讶地发现，老太太把炒好的熟菜依旧放在刚才装生菜的那个盘子里。罗青橙盯着盘子，没敢吭声。等到第二个菜炒完，叶小鱼他妈仍旧如法炮制的时候，罗青橙终于忍不住了。

她大大咧咧地说：“妈，您把炒熟的菜放到装生菜的盘子里，是不是……会闹肚子？不是说，生熟应该分开嘛！”

“没事儿，没事儿，我们家叶小鱼这样吃了三十多年，也没吃坏过肚子，人不能太挑剔了，太干净了，反而容易生病。”

叶小鱼他妈让罗青橙把菜端进餐厅。

三个人悄没声息地吃了晚饭。

叶小鱼他妈吃完撂下碗筷，对儿子说：“小鱼，待会儿劳动去啊！”

叶小鱼赶紧说：“待会儿我就去，罗青橙还没吃完呢！”

然后，他自己也放慢速度，偶尔叼一筷子菜叶，和罗青橙一起慢慢磨蹭。

见叶小鱼端起碗往厨房走，罗青橙赶紧吞下最后一口饭，说：“我来吧。”

两人一起到厨房洗碗。

罗青橙发现，叶小鱼一回到家，就把她好容易训练出来的“穷讲究的毛病”给忘了，习惯性地将一摞碗碟就往洗菜池里一放，就惊叫起来：“你就直接往池子里放，多脏啊！”

“我们家就这么洗碗，谁也没吃出毛病来，以前他妹养俩小王八儿，也照样在这池子里换水。”罗青橙身后一个声音突然响起来。

罗青橙回头一看，不知什么时候，叶小鱼他妈已经跟进了厨房，很不快乐地站在他俩身后。罗青橙闻听此言，差点儿没吐了。

叶小鱼他妈又说：“青橙呀，不是我说你，你也忒爱干净了，放个菜，还分生的、熟的，你说你多累得慌呀！”

罗青橙没接招儿。她也很纳闷，刚才婆媳俩在厨房里炒菜焖饭时，相互间只说了一些无关紧要的话题，并没听老太太说一个“不”字，怎么突然间像是变了个人？

罗青橙瞅了瞅叶小鱼，后者撂下碗，忙说：“妈，您去看电视吧。”一边在围裙上抹了抹手，把他妈推出门去。老太太极不情愿地走了。

刷完碗碟，叶小鱼拉着罗青橙凑到沙发上，跟他妈一起看电视。

看着叶小鱼在自己和他妈之间拙劣地做着沟通的努力，罗青橙感到，自己在这个家里，真是多余。忽然觉得，自己就像那堆不小心被拉到新家的家具一样，待得实在不是地方。

叶小鱼心里也有点别扭，有点后悔，心想还不如租个房子，和罗青橙在外面住。

第13章

三鲜水饺与羊绒围巾

星期六，一大早，叶小鱼他妈就来“当当当”地敲响了罗青橙跟叶小鱼房间的门。

“小鱼，小鱼呀，起来了，就知道睡懒觉！快起来包饺子，待会儿，你妹妹小青可能还回来吃饭呢！”

叶小鱼磨磨蹭蹭地坐起来，应了一声。罗青橙极不情愿地抱着枕头嘟哝着：“人家还没睡够呢，死困的。要不，你自己先去，让我再多睡一会儿。”

叶小鱼推推她，说：“那多不好，这又不是咱自己家，你就忍忍吧，反正也就是一个月的事儿，回了家，你想睡多久就睡多久。”

罗青橙只好迷迷糊糊地揉着眼睛，坐了起来，一边醒盹儿，一边磨磨蹭蹭。

“妈，让我干啥活？”出了屋，叶小鱼赶紧说。

他妈说：“小鱼呀，你白天晚上忙活了一个礼拜了，去歇着去吧，有我和你爸、罗青橙就行了。”一边瞟着罗青橙屋里那扇紧闭的房门。

过了一会儿，罗青橙也揉着眼睛、打着哈欠蹭出来了。见罗青橙终于露面了，叶小鱼他妈说：“青橙呀，今儿咱包饺子，你把那韭菜挑干净了，把大葱也择择吧，然后好好洗洗。都是自家孩子，我就不客气了呀！”

罗青橙领了任务，拿过一个小板凳，坐着挑菜。叶小鱼赶紧在一边帮忙。叶小鱼他妈和面。

“韭菜、猪肉，虾仁三鲜、薄皮儿大馅，这可是我们家的叶氏特色饺子，巨好吃。”叶小鱼在一旁跟罗青橙夸口。

“那待会儿，我可得好好尝尝，跟你认识两年多了，还从来没吃过一口呢！”罗青橙笑着说。

择好了韭菜，叶小鱼他妈又说：“青橙呀，你把那虾壳也剥了吧！”

“我来吧，罗青橙没弄过，扎了手再！”叶小鱼说，又赶忙跑到厨房，把一小口袋虾拎到客厅里。

叶小鱼他妈默不作声，狠狠白了儿子一眼。

“妈，叶小鱼可能干了，在我们家，都是他剥虾壳，收拾鱼啥的。叶儿，虾线别忘了弄下去啊！”罗青橙拍拍叶小鱼的头。

叶小鱼他妈终于看不下去了：“青橙呀，小鱼在外面上班，白天够累死累活了。你呢，在学校工作，好歹也比他清闲，在家多干点活儿，小鱼也能多休息休息，身体还好呢，是不是？”

“妈，您就放心吧，叶小鱼现在呀，身体好着呢。他跟我说，和我结婚以后，身体比以前好多了。”罗青橙笑眯眯的，嘴很赶趟儿。

“做饭也是一种乐趣。”叶小鱼说。

原料准备停当，叶小鱼他爸那边也已经把猪肉切好了，让叶小鱼去剁馅。老爷子干活特仔细，嘱咐儿子，猪肉一定要剁得细碎如泥，要不，煮出来就不好吃了。

包饺子的时候，叶小鱼却像个小老太爷一样，端坐在桌边包饺子。吭哧吭哧站着擀皮的，却是叶小鱼他妈。

罗青橙就有点儿看不下去，忙凑过去讨好地说：“妈，您歇着，我来擀吧！”

叶小鱼他妈有点儿惊讶地把擀面杖递给罗青橙：“你真会擀皮儿，青橙？要是弄不好，我来教你。”

“会擀会擀。”罗青橙赶紧应声：“小时候在家里学过。”

可一旦擀上，罗青橙就发觉，这面活得实在是太硬了。

“妈，这面真是太硬了，做刀削面挺合适的。”罗青橙笑嘻嘻地边拍边玩着面团儿，说。

“不硬不硬，这样擀出来的皮有劲儿，煮出来才不会破，薄皮大馅儿，好吃！”

说着，跟儿子一块儿包饺子去了。

没想到，饺子皮刚擀了三个半，罗青橙的手机就响了。

罗青橙赶紧涮了涮手，匆匆去接电话，是表妹琳琳打来的。

“姐，起得够早的啊！忘了今天咱们约好干什么了吧？”

罗青橙拍拍脑袋，这才猛地想起来，原来商场正在联合打折，她跟琳琳早就约好了，周末一起去淘点儿过季的衣服。

“快点儿出来，晚了好东西可让人抢光了。”琳琳催促。

“那好，商场门口见吧。”

放下电话，罗青橙赶紧收拾东西走人，边拔脚往外跑边抱歉地说：“妈，真不好意思，我跟琳琳约好了。我差点都给忘了，商场正打折，等着我们去呢！”

叶小鱼他妈没搭腔。

“没吃早饭就出去？带两块儿点心，路上吃吧。”叶小鱼呼扇着两只沾满了面的大手，冲罗青橙喊。

“不用了。”罗青橙应着，转眼就没影了。

“打个车，别挤公共汽车啊！”

见叶小鱼居然还追出门去喊，他妈在一边更加不快乐。

“我可开了眼了，能宠成这样，她几岁的孩子，用你这么操心？”

老太太的不痛快，终于化成了冷冰冰的言语。

叶小鱼佯装咳嗽了两声，不说话。

“这打折的东西不能买，都说便宜买死人，够穿就得了，净花那瞎钱，一点儿也不知道俭省。她自己挣得也不多，都指着你挣钱，花起钱来，底气居然还这么足！”

叶小鱼他妈一边擀皮儿，一边继续跟叶小鱼唠叨。

过了一会儿，又疑惑地说：“这头一个礼拜天，就出去玩儿，也不知道在家里干点活儿，这全家人都包饺子，她不是故意躲出去了吧？”

叶小鱼替罗青橙辩解着：“妈，您千万别多心，真不是您想的那样，她跟琳琳上周末就约好了，我听见她俩打电话来着。她也不知道今天包饺子。”

中午，小青打电话来，说临时有事，今天又不回来了，改天再说。

撂下电话，叶小鱼他爸绷起了脸。

叶小鱼和他爸妈三个人在一起，吃了顿很像样的饺子。偶尔，老太太说，韭菜没挑干净，有沙子，咬着牙碜。叶小鱼说，许是自己虾线没挑干净？

吃完，叶小鱼他妈收拾好碗筷，就回屋睡午觉去了。

罗青橙和琳琳逛了一天，快到傍晚，终于收手了，累坏了。两个人就近找了一家必胜客，把满满登登一大堆手提袋堆到椅子里。

“哎呀，累死了，不过收获还行。”

琳琳笑得一对眼睛都眯成了猫眼。

两个人像是要饿掉了心一样，尤其是罗青橙，早饭没吃，中午也没正经吃，只吃了个冰激淋甜桶儿。便要了一个大号比萨，还有甜点。琳琳还跟砌烟囱似的，长发垂到胸前，围着沙拉桌子团团乱转了几圈儿，码回高高的一盘子沙拉。

比萨端了上来，“嗞啦嗞啦”冒着热气，香喷喷的。两人下叉子猛扎，一人举着一块儿，以最快的速度狼吞虎咽下去。

猛吃一阵，罗青橙才觉得精力又回来了。

用纸巾擦了擦油乎乎的嘴，罗青橙问：“你跟你那个小男朋友，到什么程度了？”

提起男朋友，琳琳的脸“唰”地一下子拉了下来。

“咳，别提了，又让我妈知道了。也不知又是哪个专管闲事儿的老大妈，在路上碰见我们俩了，就告诉我妈了，也不知道我妈给她多少钱雇她当间谍。回来以后，我妈死活盘问我：‘你那小男朋友是干什么的呀，一个月挣多少钱呀，他爹妈都是干什么的呀，家里几个孩子呀，他是老几呀？’咳，我妈也气糊涂了，几个孩子那还用问吗，就哥儿一个呗，就像我似的，妹儿一个！”

“你妈也是为了你好。”

“倒是为我好，你还不知道她的，她想问出来的事儿，没有问不出来的。可等我照实说了吧，她却死活不同意，说，我男朋友他条件不好，配不上我。我就跟我妈打了一架，说，我自己愿意不就得了，我就是喜欢他。再说，他现在是不行，可并不证明以后就不行啊。”

停了一下，琳琳很诡秘地探身向前，问罗青橙：“姐，你知道我妈还说什么了吗？”

见罗青橙愣神儿，琳琳笑着揭发说："我妈还说，我怎么也得找个像你老公叶小鱼那样的。你别不爱听，姐，我妈还说，还得找一比叶小鱼好的。"

罗青橙笑了。

"就这呀，我还以为什么事儿呢，这有什么的。本来嘛，我们琳琳这么漂亮，就是找一个比叶小鱼强一千倍的也不成问题，叶小鱼又不是什么大情圣。不过，要找，就一定要找个人好的，通情达理的，最好他爸他妈也都特通情达理。要不，整天跟他怄气，咱都活不长，再给他腾出空儿来娶个二房，美不美死他呀！"

琳琳笑了笑，又往嘴里塞了一大口甜点，拿勺敲了敲盘子沿儿，笑着问："我帮你把家具卖了，他妈知道了吗？"

"没呢！叶小鱼不让告诉他妈，能瞒一天算一天。"罗青橙答道。此时她还不知道在叶小鱼家发生的那件公案。

晚上到家时，叶小鱼一家已吃完晚饭，正坐在沙发上看电视。

见罗青橙拎了大包小包回来，叶小鱼赶忙接过来，边说："怎么不先给我打个电话，我好下楼接你去。"

"不用不用。"罗青橙笑嘻嘻的："看我给你买了什么好东西！"

说着，就直奔他俩的小屋。

叶小鱼他妈在客厅那头目不斜视，心里已是老大不乐意了："这孩子，眼里也没个人。"

叶小鱼紧随罗青橙跟进屋内，罗青橙"哗啦哗啦"把东西从纸袋里都折到床上。然后，在一大堆东西里东划拉西划拉，突然把手一扬，捞出两件真丝的大袍子，又肥又长，一件蓝一件绿，前后都印着牡丹、荷花。

"看，叶儿，这是给你买的睡袍，夏天穿，现在打折，买着最合算了。"

"夏天还穿它干吗？裸睡多爽，外国人不是说裸睡有益健康嘛。"

“你睡觉爱尥蹶子，什么都盖不住，给你盖个被单吧，我半夜爬起来一看，咦？早攒成了一个球，抱着呢，跟抱个情人似的！穿上这个，又凉快，又不会着凉。”

叶小鱼慢吞吞地拿起来，抖了抖：“这太花哨，女孩儿穿的！不要。”

“在家穿，又没让你穿它上街。”

罗青橙嗔怪地一把扯过袍子，扔到一边。

“我说，您也买得忒多了吧？”

看罗青橙饶有兴致地一件又一件地边倒腾，边跟他臭显摆，叶小鱼忍不住说。

“这你就不懂了吧，你以为我傻呀，我只买我需要的。不需要的，就是再便宜，我都不会买……喏，我还给你妈买了一块儿围巾，还是羊绒的——不过，这可不是打折的。”

一听说是给他妈买的，叶小鱼赶忙麻溜儿地伸出双手，接过了围巾，嘴也马上咧到了耳根，忙不迭地跑出门去，捧给他妈看。

老太太连眼都不抬，说：“我有围巾，瞎花那钱，你们自己围吧。”

罗青橙这时也出现在了叶小鱼身后，脸上堆着笑：“妈，这是羊绒的，虽然颜色有点儿艳了，可暖和呢！”

“那就放那儿吧！”

叶小鱼他妈伸出指头，指了指茶几，心里却想：逃了一整天，晚上才逛回来，拿条围巾就想甜乎我。

第二天早晨起来，叶小鱼和罗青橙准备吃点儿早饭。叶小鱼他妈早早就起来了，正在拿笤帚扫地。

“妈，起来这么早啊？”罗青橙跟他妈打招呼。

“人老了，睡觉少了。”

老太太淡淡地说，边用笤帚把客厅里里外外仔仔细细划拉个遍。

叶小鱼从冰箱里拿出两袋鲜牛奶，剪开，倒进锅里热开，又拣出两块儿蛋糕。

罗青橙皱了皱眉头："我不想吃蛋糕，尤其是今天早晨，吃不下去。"

"那怎么办？"

"原先我妈早上老给我煮馄饨吃，我想……吃饺子。"

罗青橙倒并不是真的吃不下点心。她的本意，是想提醒叶小鱼：她昨晚还没有吃过饺子呢。其实昨天晚上罗青橙回来的时候，就特别想尝几个叶小鱼一直夸口的饺子，只是他爸妈都在，没好意思提，免得自己馋狼恶虎没见过饺子似的。

"妈，还有饺子吗？"叶小鱼这才想起，昨天还剩了饺子，赶忙问他妈。

"饺子？早上吃饺子啊？"他妈疑惑地问。

"罗青橙昨天还没尝到咱家包的名饺儿呢！"

"是啊，妈，叶小鱼说，咱家饺子可好吃了。"

叶小鱼他妈放下笤帚，走到冰箱旁。

"我来吧！"叶小鱼站起来。

他妈从冰箱里取出一个小盆儿。

叶小鱼已经取来了一个碟子，他妈拿筷子往碟子里夹。

罗青橙往饺子里倒了点开水，搅和搅和，捞出来都吃了。

"真好吃。"吃完最后一个，罗青橙用手背抹抹嘴，冲叶小鱼一乐。

收拾了一下，两人一同出了家门，钻进了汽车，拧开收音机，把音量调到很大，伴着咣当咣当的音乐，一溜烟儿开跑了。

第 14 章

午夜发生神秘事件

晚上，快十点的时候，罗青橙和叶小鱼正要回屋休息，叶小鱼他妹小青回来了。他俩便坐下来，笑逐颜开地和小青聊了会儿天。

“好些日子没见着，哥可想你了。”叶小鱼拉起他妹的手，真心实意地说。

叶小鱼是个好哥哥，小青也有当好妹妹的样儿。没上小学前，叶小鱼的个子很小，身体瘦弱，脾气又好，偶尔被其他小孩儿欺负。每次他挨了欺负，反倒是比他小两岁的妹妹小青替他打抱不平。

有一次，居然还见了血。叶小鱼在楼下玩儿篮球，一不小心，球砸到一孩子头上，那孩子疼了，当即不由分说，就狠狠给了叶小鱼一拳头。叶小鱼连哭带跑踢里吐噜地回了家，告诉他爸说，谁谁谁欺负他。他爸却板着脸，对儿子急吼吼的：谁让你拿球砸人家来的，还有脸哭，像个丫头片子！没出息！……他打你，你不会打他？然后接茬儿看报，把叶小鱼晾一边儿。

小青一听，立马儿不干了，跑到窗口，爬到凳子上，往外一看，楼下那帮小孩儿还没散呢。就抓起自己正玩儿着的一块儿三角积木，“噔噔噔噔”下了楼。来到那小男孩儿面前，二话没说，抄起积木，就朝人家脑袋上狠命砸了下去。虽说小青自己还是个小屁孩儿，劲儿很有限，可是积木到底有点儿分量，加上她那股子挺着小胸膛誓为老哥报仇的劲头，着实把那男孩儿砸蒙了。还没等那孩子清醒过来，小青又扬起积木，第二下、第三下，竟劈头盖脸地胡砸一通。一边动手，一边嘴里还念念有词：叫你打我哥哥，看你还敢打我哥哥！

那孩子完全给吓傻了，没有反应的工夫，突然“哇”地一声大哭起来，捂着脑袋，撒腿就跑回家去了。

没一会儿，那孩子的家长气呼呼地领着那怯生生的男孩子来了，说，你们家小青，把我们孩子头皮都给砸破了，非要叶小鱼他爸带着他儿子上医院。结果，叶小鱼他爸给人家花了一笔医疗费才算了事。

小青被他爸好一顿训斥，叶小鱼却挨了顿打。

后来，那男孩儿一见到小青掉头就跑。当然这些都是小时候的事，叶小鱼现在跟那男孩儿关系还不错，那男孩儿长大后也没计较过这事。只有一次，他给叶小鱼看自己头顶上的那个小伤疤，跟叶小鱼说，你妹可是个厉害货色，不得了。

叶小鱼没敢跟罗青橙讲这些事，他觉得很没面子。一个当哥哥的，居然让自己妹妹当过保护伞。不过，小青从不拿哥哥这些没面子的事说事儿，即使哥俩打架的时候，也不以此嘲笑他。所以，叶小鱼这个做哥哥的，心里着实喜欢妹妹。

叶小鱼觉得，要是自己的老婆和老妈，都能像他妹小青这样，永远不翻旧账，这样仗义，自己这个做丈夫的和做儿子的，该有多幸福啊！

现在听叶小鱼说想妹妹了，小青却撇了撇嘴，甩开叶小鱼的手，故意捏着鼻子说：“哟哟哟，真肉麻呀，哥，这话要在过去听见，我倒很受用，不过现在……你还是对你老婆说去吧。”

说完看看罗青橙，两人都笑了。

小青连开玩笑时也从不管罗青橙叫“嫂子”，一是小青比罗青橙大好几岁，为人行事更像是罗青橙她大姐；罗青橙本心更不愿人家叫她嫂子，就像自己多老派似的。两人一直互呼其名，两相便宜。

小青是个非常漂亮的姑娘，虽年过三十，看上去也就二十七八岁，还没结婚。她给罗青橙的感觉，基本是来无影、去如风。叶小鱼说她不太爱回家，尤其是工作后，就更少回家了。研究生一毕业，她就去了一家外企，和同事在外面合租了一间离公司不远的房子。

罗青橙和小青往来虽不太频繁，但双方并无嫂子和小姑子之间常会出现的那种嫌隙、恶感。罗青橙结婚时，小青还特地送了她和叶小鱼一对漂亮的水晶花瓶，是那种进口的、镶金刻银精工细作的彩色波西米亚花瓶，罗青橙十分珍惜。

回到屋里，罗青橙问：“你妹原来住哪屋呀？咱这间屋子就是她的吧，还是那间书房？”

“这像闺房吗？”叶小鱼没正面回答。

罗青橙关了灯之后，还听见小青和他爸妈若隐若现的说话声，然后她就迷迷糊糊地睡着了。

半夜，罗青橙睡得正香，突然就被惊醒了。

黑暗中，罗青橙只见叶小鱼一个鲤鱼打挺儿，一跃而起，跳下床去。罗青橙一时惊了，还以为叶小鱼梦游了呢，刚要叫他，见叶小鱼似乎想起了什么，又从房门折回到床边。

罗青橙听见叶小鱼似乎连拖鞋都没穿好，好像就光着两只脚丫子，在地上“噔噔”地跑来跑去。

与此同时，罗青橙突然听见门口叶小鱼他爸还在叫：“小鱼，小鱼，出来一下！小鱼！”

叶小鱼俯身在罗青橙耳旁，疾疾地说：“我爸叫我，我去去就来。”

然后打开门，走出去，把门轻轻带上。

罗青橙开了灯，墙上的挂钟指针已经指向凌晨两点。

罗青橙心里很惊恐，以为出了什么事情，盯着雪白的墙壁，她把耳朵竖起来，留心听着外面的动静。

客厅里并没有“拼搏厮打”的声音，罗青橙这才慢慢放下心来。细听，好像叶小鱼和他爸在说着什么，可太远，又听不清楚。

罗青橙坐起来，一边咕哝，一边起身下地，披上外衣，打开门，伸出脑袋朝客厅里好奇地张望。

叶小鱼正对着罗青橙，这会儿见罗青橙起来，就赶紧站起身，快步走了过来，拽着罗青橙就进了屋。

“出什么事儿了，大半夜的？”罗青橙紧张地问。

“我妹的事儿。”

“小青？她在哪儿？”

“她早走了，我爸可能跟她吵了一架，没着没落的，就叫我起来，商量商量对策。”

“咳，原来就为这呀，不能等到明天吗，也不是什么多着急的事儿！”罗青橙小声嘀咕着。

“确实不是什么急事，不过，我爸他不是着急吗，他就这急脾气，心里搁不住事儿。”

罗青橙还想说什么，刚张嘴儿，还没出声呢，被叶小鱼一推，跌坐在床上，然后叶小鱼带上门，又出去了。

罗青橙打着哈欠，躺了一会儿，也睡不着，便索性坐了起来。

叶小鱼和他爸在客厅里大概聊了两个多小时，声音一会儿高、一会儿低，似乎多数时间是叶小鱼他爸气愤的控诉和指责，间杂着叶小鱼的安慰和劝解。

叶小鱼凌晨四点多才回来。罗青橙侧身躺着，面冲着墙，叶小鱼以为她睡着了，就轻手轻脚地关了灯。

两个人虽没说话，实则都各怀心事，瞪着四只大眼睛直熬到天光大亮。

第 15 章 老爷子总是对的

下班前，罗青橙给叶小鱼打了个电话，说下班后，自己到他公司附近的一家饭馆等他。

正赶上饭点儿，饭馆里人头攒动，叶小鱼找了老半天，好容易才找到罗青橙所在的位置。其实，叶小鱼一出现在饭馆的玻璃墙外，罗青橙就看见他了，只是懒得招呼他。

看见叶小鱼那疲惫的样子，罗青橙不想再说什么话刺激他。因为几乎一晚上没睡，又上了一天的班，叶小鱼双睛通红，面颊浮肿。

待叶小鱼坐定，罗青橙不经意叹了口气。

“你想吃什么，我请你！”罗青橙平和地说。

“你没生气吧？”叶小鱼探着脑袋问。

他太了解罗青橙了，每次见面，只要罗青橙不噘起嘴跟自己撒娇表示欢迎，叶小鱼就明白，她心里不快乐。

罗青橙没搭理他，也不等叶小鱼了，自己先点了菜，都是一份一份的小吃。

罗青橙端起茶杯。

叶小鱼望望她，开始吃一碟花生豆。

“你爸有事，可以找你商量，他也不容易，那么大岁数半宿没睡，可大半夜起来，不是也解决不了问题吗！”

“我爸觉得这些事儿……都是大事儿，是急事儿。”

“到底为了什么？”罗青橙问。

“我妹找了一外国人。”

罗青橙惊叫：“我知道啊，你妹难道不能嫁给外国人吗？”

“这外国人还没离婚。”

“是这样啊……难怪你爸接受不了，那你给你爸出什么好主意了？”

“我能出什么好主意？连我爸都管不了，我能？我只能劝他别生气。我妹从小就跟他别扭，也不知道是为什么，许是脾气太像的缘故，他俩只要一碰到一起，话说不到三句，就准戗戗起来。”

他俩边吃边聊了很久，聊到了叶小鱼和他爸之间的矛盾。这是第一次，叶小鱼将他心里的苦水在罗青橙面前抖搂出来，可话从他嘴里说出来，还跟说评书讲笑话似的。

“我爸很多事儿没主意，沾火就着，说话也不怎么招家里人，尤其是我妹小青待见。给你讲个好玩儿的事，我爸是那种人，那种永远都觉着有理的人，觉得道理永远站在他那边。小时候，我、我妹，我爸三个人一起走路，我妹老跟我打打闹闹，推推搡搡的。要是我不小心踩着我爸的脚，他就怒喝一声：走路怎么不看着点儿？你还能干什么！要是他不小心踩着我的脚呢，他更生气，说：你怎么不快点儿躲开，反应那么慢，你还能干什么！”

罗青橙听了，跟叶小鱼一块儿咯咯乐个没完。

乐完了，突然沉下脸，冷冷地说：“要我说也是，你爸说得没错，你反应真是够慢的，你爸踩了你的脚，你不会马上道歉说：对不起，硌着您的脚没？”

叶小鱼定睛看了罗青橙一下，又断断续续地说开了，说自己从小到大，一直在他爸极强的控制欲下生活。小时候，几乎每天晚饭都一边吃一边哭，只要他有什么地方让他爸看不上眼，他爸就一定“很负责任”地让叶小鱼知道，而且，喜欢在吃饭时数落他。他爸越数落，叶小鱼就越哭；叶小鱼越哭，他爸就越是看不上，越发可劲儿地数落。而且，他总能找到一些貌似恨铁不成钢的说辞，用言语和神色，把儿子的心割得七零八落。于是叶小鱼哭得更凶。

叶小鱼他妈心疼儿子，可她无可奈何。

长大了，叶小鱼再也不哭。可落了一毛病，胃疼。罗青橙早看出，只是以前不明就里，吃饭时叶小鱼坚决不肯挨他爸坐，有他爸在座，目光炯炯，罗青橙总觉得叶小鱼如坐针毡。

尽管如此，叶小鱼对他爸表面上仍言听计从，看不出一丝怨恨，还是他爸衷心耿耿的孩子，他爸一声召唤，足以让叶小鱼即刻出发回到他身边。也许就是这忍让，埋藏起来的怨恨，令叶小鱼不能容忍别人对他的控制。

叶小鱼说，现在自己好歹也三十好几的已婚大男人，老爷子怎么也该坦然面对儿子的独立，可他以为自己还活在二十年前，仍像对待一个九岁孩童，坚持在儿子面前说一不二，好脾气的叶小鱼也不跟他爸一般见识。

“只要亲戚朋友当我爸面夸我能干、有出息，我爸就在一边摆手，说我这也不行、那也不行。末了，总要加一句：‘我喜欢我们小青，小青脾气像我。’”

罗青橙一听，蓦地想起她妈在酒楼和老爷子“打擂”那码事，不禁笑了：“嗯，我早见识过了。”

其实这话也不全对，叶小鱼接着说：“我妹小青至少有一点不像我爸，就是主意大。小青从小就不是省油的灯，虽然我爸对她溺爱有加，可她对我爸妈的管束毫不买账，万事自有主张，我行我素。从小到大，跟我们老爷子常年冲突不断。要命的是，每次冲突，离了我还都没法收场。”

罗青橙瞪大眼睛听着。

幸而，叶小鱼他妹跟叶小鱼感情很铁。每次听老爷子又数落儿子，小青见叶小鱼仍旧一副笑嘻嘻、不愿计较的样子，她倒先看不过去了，便向着哥哥，抢白他爸说：

“我哥就够不错了，现在这样的大好青年哪儿找去，你凭什么整天说他，叨叨叨叨，烦不烦呢，你以为我哥还是几岁毛孩？！”

小青一开口，他爸就闭嘴，惹不起这厉害丫头，便及时拂袖而去。

小青的终身大事一直是他爸妈的一块巨大的心病。最近，听说小青又在跟一老外同居，而且这老外还有老婆，老爷子更是气得两眼直冒金星。可是小女儿不屑一顾，说：“都什么年代了，找外国人怎么了，同居又怎么了？再说，那老外正跟他老婆办离婚呢！就算办不成，又能怎样？”

这件事，令叶小鱼他爸在小丫头身上愈感受挫，精神越发萎靡不振，大不如从前。于是越发迁怒叶小鱼。一见叶小鱼，立刻容光焕发，精神头儿越发全部使到儿子身上，仿佛只有这样，才能找回点儿平衡。

罗青橙此时方才明白，夹在他爸和他妹当中，原来叶小鱼一直扮成一个人肉盾牌，替父母分忧，同时又充当他爸的出气筒。

“可我爸他不明白，我也不知道他是真不明白，还是假不明白。”叶小鱼又点燃一支烟。

烟头儿上那点火忽明忽暗，罗青橙说：“我猜，你是被牢牢夹在你们家最中间的一个成员。”

叶小鱼把胳膊抱在胸前，喷云吐雾，冷冷地看着罗青橙：“也许吧，不过，他再怎么着，也是我爸，我还能跟他较劲吗？我只希望你能了解我的处境，我们家事儿就是多，我也为难。你既然嫁给了我，我们家有做得不当的地方，你多理解吧。”

罗青橙只说了一句：“起风了，回去吧。”

出了饭馆，他俩在大街上逛到很晚，这才进了家门。没见到叶小鱼的爸妈，估计已回房休息了。

第16章

反客为主

星期六一早，叶小鱼他爸就去单位退休职工活动室了。

罗青橙和叶小鱼快九点才双双爬起来，吃过早饭，罗青橙指挥叶小鱼把他俩的衣服扔到洗衣机里，拧开水龙头，洗衣机“哗啦哗啦”转了起来。

趁叶小鱼不在眼前的当儿，叶小鱼他妈凑了过来，皱着眉头，说：“洗衣服呢，青橙，挺勤快的。可你这长头发掉了个满地，你也该捡捡呀，这不都是顺手的事儿吗？总不能每次都让小鱼撅个屁股跟你在后头拾掇不是？勤快点没坏处，以后你们那个家不也得指着你打理嘛。”

“咳，妈，您不用担心，我们家现在也没多少活儿，大不了请个小时工儿呗。”罗青橙大大咧咧地说。

“自己的家，让外人来收拾，又不是忙得没时间，不像那么回事儿。”叶小鱼他妈很有些看不惯。

见罗青橙不吭声，叶小鱼他妈又说：“衣服怎么不攒起来一块儿洗？”

罗青橙笑着说：“妈，攒起来一块儿洗，晾的时候，也费事儿呀。反正是洗衣机洗，又不用自己动手。我们在家，连裤衩背心儿都扔到洗衣机里，我让叶小鱼手洗，他还不干呢。我们俩觉着，‘天下最幸福的事儿，就是：

自己坐沙发上看电视，让洗衣机给自己做家务’。”

“你们俩可都够懒的……‘对儿懒’！”

“妈，你说啥新鲜词儿？”

正在一边看报的叶小鱼跑了过来，对于他妈这评价颇感新鲜。

“说啥？我说你们俩是‘一双懒蛋’，洗个裤衩、背心儿也用洗衣机，那还不是几把就揉出来的事儿呀？！用洗衣机洗，又费水、又费电，一点儿都不知节俭！原先没洗衣机的时候，我就不洗衣服了？你和你妹小时候的外衣、裤衩子、臭袜子，哪个不是我用洗衣盆一把一把地搓出来的！”叶小鱼他妈很不痛快地回忆着。

“可不是嘛，没有老妈这么多年的辛劳付出，哪有我跟我妹现在的幸福生活啊！谢谢老妈！”叶小鱼边笑，边双手捉起他妈的一只手，用力亲了一下。

老太太立刻笑得眯花了眼。

没过一会儿，罗青橙撺掇着叶小鱼一起跑到了楼下，不知干什么去了。

叶小鱼他妈看在眼里，心里好生纳闷。

不一会儿工夫，罗青橙上来了，开了房门，神气活现地回过头指挥。叶小鱼他妈好奇地张望，没见儿子，但见高高的一大摞紫红布料颤颤巍巍地移进门来，下面露着叶小鱼的两条长腿。

“干什么？”老太太赶紧走到门口，问。

“妈，汽车座套，前两天叶小鱼不小心洒上点儿油，我们真是不好意思，借用一下您的洗衣机了。”罗青橙笑眯眯地说。

叶小鱼他妈的脸立刻又变得很不快乐：“你们在家的时候，怎么不洗？”

叶小鱼把座套堆在地下，边说：“妈，这不是赶上了嘛。”

见他妈不高兴，叶小鱼便有点儿发窘，又讪笑着找补了一句："明儿拉您和我爸出去玩儿，你们坐着也干净不是！"

叶小鱼他妈见这么一大堆套子，被分成几堆，预备用她的洗衣机洗，顿时感到不大痛快，便提上篮子出去买菜了。

"我说我妈会不高兴吧，叫你忍忍，咱回家自己洗，你偏不听，我妈她平时自己洗衣服，还得攒上一大堆，一块儿洗呢！"

老太太前脚儿一出门，叶小鱼便开始跟罗青橙抱怨。

"用咱家的洗衣机洗……汽车椅套？那多脏啊，以后咱怎么洗裤衩背心儿？"

罗青橙觉得自己为她跟叶小鱼两人着想，诚心苍天可鉴，反驳起叶小鱼来，居然还趾高气扬、面不改色、理直气壮。

叶小鱼听了，顿觉可气又可笑，对于罗青橙的小算盘，他实在不敢恭维。

"用我妈的洗衣机洗，我妈就不嫌脏了？车才买了多久，套儿能有多脏，就趁机扒下来洗洗？你就小算计吧！你就猴儿精吧！以后甭想让我再跟你占这种小便宜。"

边说，边用指头戳戳罗青橙的脑门子。

罗青橙正满心得意，根本不搭理他，径自跑到客厅里，很想再找点活儿干，免得叶小鱼他妈又说自己和叶小鱼是"一对儿懒蛋"。

看见角落里堆积如山的报纸，罗青橙觉得活儿来了。她拿起一摞，漫不经心地随手翻了翻。

"一股油墨味儿，我这就去找个收破烂的来。"

罗青橙自作主张地对叶小鱼说。

"你省省吧！"叶小鱼嫌她多事儿。

“反正报纸你妈最后也是要卖的，放在这儿又占地方，又难闻。”

说着，罗青橙已经打开房门，风一般灌到楼下找收废品的去了。

不想，卖个废报纸还惹出了场风波。

不一会儿，罗青橙带一老头儿上来，老头儿手里拿着一麻袋，夹着根杆儿秤，把报纸往麻袋里装，乌烟瘴气地装完了，就吊在杆儿秤上，称了一下。

连罗青橙这个对数字不敏感的人，都对他报出的数字敏感起来，半麻袋的报纸，不会就这么几斤吧？

罗青橙不愿为了几张废报纸在那儿锱铢必较，就收了钱，让人走了。

叶小鱼在一边看着，也不管。

过了没有半个钟头，叶小鱼他妈买菜回来了。

走到客厅，老太太突然发觉屋子里似乎有什么东西不对头了。本来，一间屋子里的东西，看长了，很容易视而不见，可凭空多出一样，或者少了一样，一眼就能发现。

老太太很快发现，一大堆报纸不见了。

便随口问：报纸哪儿去了？

本来，罗青橙不必快嘴快舌地搭话，可还没容叶小鱼开口，她已经抢先说：“都卖了，卖给收破烂的了。”

天下有些事情就是这样，孤立地看，原本没什么，可是就怕联系，一旦和其他事串到一块儿，原本微不足道的小事，就变成大事了。

叶小鱼他妈的脸本来还是面无表情，略带惊讶，谁知听罗青橙这么一说，瞬间就变了，涨得通红，夹杂着恼怒、羞辱、憎恶。

罗青橙眼瞅着不到五秒的时间，叶小鱼他妈脸上发生了这么多奇异的变化，还觉着他妈特怪。

“妈，您怎么了……我听叶小鱼说，您也是隔段时间就把报纸卖掉，我想帮您的忙，干点儿活。”罗青橙还试图皮笑肉不笑地解释。

“是，你就是喜欢卖破烂儿，什么东西都敢卖破烂儿，在你眼里，什么东西都是破烂儿。”

听叶小鱼他妈板着脸从牙缝儿里挤出的这一连串又快又密的话，罗青橙真有点儿傻眼了。

她求助似的，转过头看着叶小鱼，这时后者已经明白了，他妈为什么短短几秒内发生了这么显著的变化，赶紧示意罗青橙闭嘴，拉着她，溜进了自己的屋子。

罗青橙直到被拖进屋，还是一脸茫然，甚至还有点儿委屈。

她瞅着叶小鱼在她身后关上房门，便问：“你妈这是怎么了？”

“怎么了？哼……”叶小鱼不往下说了。

“到底怎么了你妈？还有你？”罗青橙非常诧异。

叶小鱼只好说：“我妈，她可能是想到你卖家具的事儿了。”

叶小鱼想：这事儿，早晚保不齐要露馅儿，还不如索性借今天这个碴儿，先告诉了罗青橙，别等他妈哪天憋不住亲口翻腾出来！

“家具？什么家具？”罗青橙一脑门子疑惑，瞪着无辜的大眼睛。

叶小鱼牙齿咬得咯咯直响：“好，好，您忘性可倒真大，以前还真没看出来，你‘倒卖’家具的事儿，我妈早知道了。”

叶小鱼盯着罗青橙的眼睛，一字一顿地说。还歪过脑袋，不怀好意地存心想看罗青橙会是个什么反应。

罗青橙的“表演”果然没有让他失望。她的脸上立刻变得煞白，进而涨得通红，有几秒钟，她就那么傻傻地呆立着。然后，抬起眼睛，上前揪住叶小鱼的领子，非常生气地问：“你妈怎么知道，你告诉的？”

叶小鱼立刻跳起来，甩开她：“我闲得没事儿找抽哇我……是我妈自己去咱家，看见的。”

“你妈去咱家，什么时候？”罗青橙慌了。

叶小鱼没理她，不想现在给她解释这些事，只说：“待会儿，你别再提什么卖破烂儿了，我妈要是不高兴，你就装作没看见！千万别解释，越描越黑，越解释越糟。”

叶小鱼拉着罗青橙殷勤地帮他妈做了晚饭。虽然他妈基本上以沉默代替了进一步的言语和行动，罗青橙却一直战战兢兢。

罗青橙发现，从卖报以后，叶小鱼他妈看自己的眼神，越来越冷淡，基本上白眼仁多，黑眼仁少，话也很少跟自己说。

没几天，晚饭后，全家人坐在客厅里，叶小鱼他妈突然说：“小鱼呀，今儿你大舅打电话来说，想借点儿钱。”

叶小鱼只顾盯着电视剧，还没反应过来：“干吗跟您借钱？”

“也没说是跟我借钱，他儿子，你表弟小健，明年该大学毕业了，想去澳大利亚留学，需要一大笔钱。你大舅那两口子，能挣多少钱啊！所以，就想跟亲戚朋友同事们借点儿，银行存款证明都借到了，只是……去那边的学费，还没有着落。我就想，咱能不能借点儿给他，都是自家孩子，能帮就帮一把。”

罗青橙听到这儿，心里就明白了。

她快言快语地说：“那就去美国呀，考托福、考GRE，拿一个全额奖学金。您想想，那么多钱，用他一人身上，该有多爽！干吗非要借那么多钱自费留学，多冒风险呀，要是万一回国还不上，怎么办？”

叶小鱼他妈赶紧说：“你大舅说了，挑了个好专业，毕业以后，人家就移民，留在澳大利亚。他要是移民了，不也能给亲戚们打个前阵啥的，就是你们俩，以后，要想去澳大利亚玩儿，不也方便多了嘛。出去找他，准保能带你们在澳大利亚逛一大圈儿，肯定没问题。”

罗青橙忙接茬儿说：“咳，您不用考虑我们，为了方便我俩出国观光，就让表弟为我们去澳大利亚留学打前阵，那多过意不去呀……”

叶小鱼赶紧往罗青橙手上拍了一下，还瞪了她一眼，心说：胡说八道什么呢你！罗青橙扒拉开叶小鱼的手，依旧笑嘻嘻地接着说：“现在旅行社这么发达，我们自己报个团，就跟着去了，就不麻烦表弟了，不给他添麻烦了。”

“都是自家孩子，你要是去了，表弟还能说不带你们到处转转？”叶小鱼他妈很有信心。

罗青橙见他妈这么执著，只好不吭声了。叶小鱼也没说话，光瞅着他妈。

叶小鱼他妈伸手从果盘里拿了一个苹果，削了皮，递给正看报的叶小鱼他爸。他爸“咔嚓咔嚓”吃了起来。

过了好一会儿，叶小鱼他妈又慢悠悠地说：“我已经答应你大舅了。外人有困难，咱都尚且该帮一下呢，何况是你大舅。你大舅以前帮过咱家多少忙儿，现在人家孩子有困难了，咱能不搭把手儿吗？”

罗青橙心里就更明白了。叶小鱼正看电视剧出神，随口问道：“您答应他了，那您有钱借吗，得借多少？”

“我和你爸有没有钱，你还不知道，我想，明儿再跟你妹妹小青说说，要是你们也能借你表弟几万块钱……”

“不行啊，妈！”叶小鱼他妈话音未落，罗青橙立刻反对。

叶小鱼他妈脸一下就撂下来了，也不看罗青橙，只管和叶小鱼说话：“有没有可能，小鱼？”

罗青橙这边依然唱独角戏，可怜兮兮的：“妈，我们还要还贷款呢。”

“小鱼，你说话呀！”叶小鱼他妈依旧不看罗青橙。

“容我考虑考虑吧！”叶小鱼慢吞吞地说：“我们每个月还要还房子的贷款，虽然有富余……”

“……还得供车。”罗青橙赶忙接茬儿。

叶小鱼看了看罗青橙，说：“是啊，这忙，我们俩……恐怕是……”

叶小鱼他妈本来还有些迟疑，不想给儿子再增加压力，可见小两口一唱一和的，她心里突然很不痛快：“也没让你帮什么特别的忙，妈也没求过你几次，你帮你妹小青出学费那会儿，也没见你这么磨磨唧唧、执执拗拗的。”

“学费？”罗青橙疑惑了。

叶小鱼他妈瞟了罗青橙一下，说：“是啊，小鱼刚刚工作，就拿出一部分钱帮我们供小青上大学……他是小青的哥哥，他应该拿，我们拿的还更多呢！”

叶小鱼连连打圆场，说：“咳，妈，那不都是结婚以前的事了嘛！”

“我也没说是结婚以后的事呀，那时候，你可不像现在这么小里小器的。那时候，帮家里的忙，你痛快着呢。”

罗青橙听出叶小鱼他妈话里有话，就说：“妈，不是我们不借，我们有太多要用钱的地方。您不是也说了，让我们节俭着点儿，要是借给他，他没条件还，我们还能逼着他还不成？”

叶小鱼他妈好像看见了一线希望，说：“我跟你大舅他们说，小健一工作，先紧着还你们，不就行了？”

罗青橙见从自己嘴里说出的话，被叶小鱼他妈会错了意，便不敢再妄言，闭了嘴。

叶小鱼就跟他妈说："您容我再想想。"

叶小鱼他爸在报纸后面"哼"了一声。

几个人都没再提这事。罗青橙只觉着叶小鱼他妈的眼光一碰到自己，脸立刻变得铁青。

回屋叶小鱼就跟罗青橙说："你也太不讲究策略了，就那么直来直去地说不同意。"

"那我该怎么说？等你答应了，我再说不借不就晚了？"

叶小鱼皱起了眉头，"你也忒精明过头了吧！"又露出很犯难的样子："其实，不就几万块钱嘛，借了就借了呗，省得以后打起交道来尴尬。我妈和我舅他们家关系一向不错，来往频繁着呢。人家要是不真急着用钱，也不好意思张嘴借。"

"那咱也得有钱，才能借呀。"

"咱总不至于连这几万块钱都拿不出来吧，你真是个守财奴，就认钱！"叶小鱼忿忿地说。

罗青橙一听，真的动了怒，把手里的枕头狠狠砸到叶小鱼身上，压低了声音，说："叶小鱼，你给我听好了，你少胡说八道！我是嫁给了你没错，可我没嫁给你们家，更没嫁给你的家族！你们家那些事儿，跟我没关系！咱过的是咱俩的日子，钱是咱俩的，我不想借就不借，我不同意你也不能借！"

喘了口气，又和软下来，比手划脚地说："要是咱手里真有个几十万，十几万，借个几万，也不是不能商量。可咱刚结婚，就那么点儿钱，还都拿去买了房子，你妈她老人家又不是不知道。再说，就算咱手里还有点钱，要是咱有急用，还跟你妈现借去呀？看你妈那样子，好像咱不借钱，他大侄子这辈子就留不了学，愣让咱给误了终身似的。你妈真犯不着跟我铁青着脸较劲，那话说的，好像你一结婚，就连人味儿都没了似的。”

“没准儿人家就这么想的。”叶小鱼低声说。

“你说什么？”罗青橙高声质问。

“算了，算了，不借就不借吧，以后你有困难，也别指望人家帮你。”

叶小鱼很烦恼，摆摆手，说。

第二天，瞅着眼前没人，叶小鱼他妈把儿子拉到一边，悄悄问儿子：“那钱，你就不能再劝劝青橙？让她别那么小心眼儿，死抠着那点儿钱不放，都是亲戚，你表弟又不是外人。”

“你容我再想想办法吧！”叶小鱼只好说。

“你挣的钱，现在是不是都放在她手里了？”他妈又问。

“是啊，怎么了？”叶小鱼不解。

他妈就让叶小鱼坐沙发上。然后娘儿俩膝盖磕着膝盖，老太太就开始谆谆教导起来：

“以后哇，别一有点儿钱，就往你老婆那儿放，心里就想着买她的好儿。好不好，你们还不都是两口子！你得自己留着点儿钱，防着她一手儿！就算我和你爸用不着，将来你自己用起来，不也方便嘛！再说，这万一，我是说万一，你们离了婚，放在你老婆那儿的钱，你还想要得回来？还不都便宜她了！妈是为你好，替你操心，你自己得长点心眼儿。就像这次，你表弟跟你借钱，要是你以前自己攒点儿私房钱，也犯不着从她兜里现抠不是？现在倒好，好像我管我自己个儿儿子借点钱，还得先求着她罗青橙了……你没见那年你舅舅舅妈来，檬檬给他们买了多少东西呀，跟他们那个亲哪，要是你跟了檬檬……唉，说这些还有什么用啊。”

叶小鱼低着头，不说话。

喝了口水，老太太又说：“你要是不方便存放，你留点儿钱，就放妈这儿，妈给你收着，省得你老婆眼尖，让她给翻出来！”

叶小鱼觉得他妈这话很可乐，嘴角动了半天，也没笑出一声。再看着他妈双眼亮晶晶的样子，就说：“妈，我挣的钱，那都是有数的，我可怎么瞒呀，再说……我……也不想离婚。”

“哼，你也先别说得那么肯定，这可很难说……这两口子呀，日子长了，什么事儿……都难保发生啊！”

他妈“啊”字拖着长音，冷冷地说，说完就扭身去了。

叶小鱼一人靠沙发上发了半天呆。

罗青橙觉得，在别人家的日子，总是过得很慢。尤其是叶小鱼他妈那张脸，现在对她已经很少见晴天了。虽说他妈以后没再提借钱的事，可罗青橙明显地感到了老太太眼里的不满。

一天傍晚，罗青橙下班回家，还没走到大楼拐角，就隐约听到楼下那几个带着红胳膊箍的老太太在高声闲聊。罗青橙本来没留意，突然，她好像听到其中还夹杂着叶小鱼他妈的声音，就放慢脚步，最后……停在了拐角。

那些老太太正在七嘴八舌地争着抢着数落自己儿媳妇的不是。终于，罗青橙听见叶小鱼他妈“发言”了。她叹着气说：自己儿子结婚以后，是越来越不听话了，胳膊肘尽朝外拐，再也不把爸妈放在眼里。挺好的一儿子，愣是变得没人样了，恐怕是听了媳妇的教唆云云。又说儿媳妇不如儿子的前女友，整天做出些让她不痛快的事，爱慕虚荣、懒、死把着钱，在家什么活儿都不干，尽是自己儿子伺候闺女一样伺候她了。

听叶小鱼他妈那字字血泪的控诉，罗青橙不禁也“义愤填膺”起来。听叶小鱼他妈数落，她也觉得那个儿媳不好，虽然那个儿媳妇就是她罗青橙。

最让罗青橙觉得可气的是，旁边那几个老太太，非但不好好劝慰劝慰叶小鱼他妈，反而跟着瞎起哄、激火儿，嘴里“啧啧”有声，又是摇头，又是叹气，大合唱似的，齐声说：叶小鱼那孩子，好！好哇！原来可真是个好孩子，原来可真是个难得的好孩子！唉唉！

不知道的，光听她们那惋惜的口气，还以为叶小鱼壮烈牺牲了呢。

罗青橙没回家，转过身，远远地绕道走开了。恍恍惚惚在路边游荡了一会儿，天就渐渐黑下来了。

她心里非常气愤，好像被别人给出卖了似的，虽然她知道“谁人背后不说人，谁人背后无人说”这个道理，可头一次听见自己的婆婆背后跟外人这么议论自己，罗青橙还是感到了深深的委屈和怨恨。

然而，气愤不过之余，罗青橙心里反倒生出一股得意之情，就在路边站下，愤恨地仰起脖子，借着黑天，望望四周没什么人，就对着一根电线杆子，疯狂地挥舞着两只小拳头，扯起嗓子喊道：“你儿子结婚了，你儿子已经结婚了，胳膊肘就是应该朝老婆拐，这就——对了！”

“汪汪……”罗青橙刚才没注意，一只小白狗，本来站在电线杆子后面，支起一条小腿儿，正撒尿呢，见罗青橙张牙舞爪，哇哇怪叫，就冲她汪汪了几声。

罗青橙听见，吓了一跳。一低头，才发现了小狗，见它怪凶的，就弯下腰，冲它扮了个鬼脸儿。小狗也吓坏了。然后，她俩朝相反的方向，都撒开腿，一溜烟儿跑回家去了。

第 17 章
一对蹊跷的绿脚印

暖气终于修好了，地板也重新铺过了。

罗青橙兴奋地对叶小鱼说：“终于可以回自己家舒心地喘口大气了！”

他俩一天都没耽搁，决定马上打道回府！叶小鱼早把给他妈房租的事丢到后脑勺去了，老太太自然也不会真跟儿子要什么租金。

星期天，两个人在大床上腻歪够了，快十二点才双双叽叽嘎嘎边逗乐边爬了起来。

“唉，舒服呀，在你们家一个多月，还没睡过一个懒觉呢。”

罗青橙像只猫一样，可着劲儿地抻了一个懒腰，边心满意足地说。

换好衣服，叶小鱼和罗青橙手牵着手，一起去了超市，买了菜、肉、豆腐，回来一起做了回家以后的第一顿饭。叶小鱼使出看家本领，煎炒烹炸样样不落，同时很满意地看到，罗青橙对他久违了的拿手菜重新干劲儿十足。

叶小鱼有一个大学同学，叫江江，约叶小鱼和罗青橙晚上到他家里去玩儿。

一路上，叶小鱼边开车，边跟罗青橙眉飞色舞地讲，这位仁兄江江活得是如何如何的滋润。

叶小鱼说，江江的女儿今年刚上小学，成绩好不用说，乖巧伶俐足以令天下老爸羡慕不已。最幸运的是，他有一个从来不干涉他自由的老婆，也是他们同一个大学、但不同系的，两人刚一毕业就结婚了。他们的关系，至今也堪称他们这一拨同学中的模范。

进了江江家，罗青橙把事先从商场买的两个大毛绒玩具给了他女儿妞妞，还在心里嘀咕着：小妮子刚上小学，买这些玩具，还算合适吧？

江江的老婆是个很漂亮的女人，给人一种非常放松的感觉，罗青橙一见她就很喜欢。

在她家半晚，罗青橙不曾听她对老公和女儿发什么指令，可她老公和女儿的视线却好像始终围着她转，罗青橙看得出她是他们家的核心。

罗青橙参观着墙上、柜橱上到处摆挂的江江从国内外带回来的形形色色的旅行纪念品，江江还给叶小鱼看了很多他从西藏拍回来的照片。

原来这哥们儿上大学的时候就经常背上个背包，一到寒暑假，也不回家，就跟着一帮同学四处游玩。这几年自己做生意，不用再为钱发愁了，一有时间，更是跟着一些志同道合的旅友走南闯北，游遍大好山河。去年，他还带着老婆孩子用一个暑假的时间玩遍了欧洲。

前不久，刚刚又用一个多月走了趟西藏，一路上连玩带摄，足足拍了几千张照片。

听得叶小鱼又妒嫉又羡慕。

看叶小鱼盯着那些照片的馋样儿，罗青橙觉得他眼珠子都快鼓出来了。

“下次我们换个地儿，去土耳其玩玩，你什么时候也能跟我们一起走啊？”

早就看出来老同学的艳羡，江江笑着问叶小鱼。

“弟妹让去吗？”说完江江又打趣罗青橙。

叶小鱼也顺势跟着问了一句：“对呀，你肯不肯放我一人走？”

说罢，笑了笑，摇摇头，又继续翻着相册。

“听叶小鱼说，弟妹管老公管得很紧啊。”江江不肯放过这个好机会，哈哈笑着，借机调侃叶小鱼。

“是吗，叶小鱼，你觉得我管你紧吗？”罗青橙边笑着问，边跟江江活泼的女儿妞妞玩成一团儿。妞妞在罗青橙身边转来转去，小手忙活着把罗青橙的头发拧成辫子，咯咯咯地笑着，用好听的童音说，她就是喜欢“折磨”阿姨的长头发。罗青橙一把搂过妞妞，嘎嘎大乐着，看上去比妞妞乐得还开心。罗青橙一向很有“小孩缘儿”，朋友同事的小孩儿一见到她，就喜欢往她身上“猴儿”。

叶小鱼一旁暗自琢磨：这一大一小，还真能玩到一块儿去，要是明儿罗青橙自己生个小胖闺女，娘儿俩还指不定疯成什么样儿呢！

想着想着，叶小鱼的嘴角儿，就快弯成两个细细的弦月了。

江江的老婆边削苹果，边也忍不住笑起来，问罗青橙：“你们什么时候要孩子啊？”

还没等罗青橙搭腔，叶小鱼那边立刻幸福地咧开嘴，抢着说：快了快了！

罗青橙笑了笑，不置可否。

江江跷着二郎腿，叼着烟卷儿，开始和叶小鱼高谈阔论，得意地说：人活着，就得肆意享受美好的东西，包括跟异性朋友的交往。很多女人都把老公的异性朋友当成是自己的准情敌，假如一个男人真的没有纯粹的异性朋友，这男人对于自己的老婆来说，就更危险了。

听得罗青橙这边有点儿打冷战。

江江还说，自己的一帮旅友中有好几个女的，很谈得来，有结了婚的，也有没结婚的，自己的老婆从来不吃醋，也从来不阻拦自己的行动。还说，女人要是能拴住男人的心，就算是男人走到天涯海角，她也用不着担心。他每次出门，只要打个招呼就行，老婆最多提醒他该带的东西带全了没有，尤其是医药包、碘酒棉球创可贴常用药什么的，以及手机充电器备用电池，还有现金、银行卡。

幸亏现在通信发达、交通便捷，罗青橙想，女人们才会这么放心大胆。

要在几百年前，男人骑个驴，在外面云游个几年，赶上战乱，连封书信都捎不回来，还不得让老婆望穿秋水活活等死。于是罗青橙觉得古代云游的丈夫们很自私，他们的老婆也很可怜。如果她罗青橙生在古代，让她在家里音信全无地等着老公，任他在外面游山玩水快活个几年，她罗青橙肯定就会发疯。所以，她也一定会穿上男人的衣服，跟老公一起开步走！

罗青橙开始双眼散光，胡思乱想。

回家的路上，叶小鱼的眼睛也开始发直，呈“怨妇”状，问：“什么时候你也让我像江江似的，一人儿去放放风啊，老婆？”

罗青橙也不回答，心想：要去，两人一起去，死也死一块儿。

不知不觉，叶小鱼的车开起来特别猛，叶小鱼喜欢这种狂放的感觉。

“像条断了链子的疯狗！”罗青橙心里突突乱跳，嘴里也不闲着，一边用手指头半捂着眼睛，一边叫骂。

“您能不能开慢点儿……快踩煞车呀，快追尾了……您能不能不斗气呀，让人夹个塞儿您就跌份儿了……您也别夹塞儿啊，我也不急着上医院看病人……”

听着罗青橙不停地瞎说八道，叶小鱼也不知道是哪儿冒出来一股子无名火，忽然就熊熊燃烧起来，觉得罗青橙这样在一边唠唠叨叨，简直就形同白痴！

他最烦自己开车的时候罗青橙在一边指挥，好像自己是含着奶嘴儿的娃娃。于是手握方向盘，非但一点儿不减速，反而目不斜视地攻击开了罗青橙。

“是你开车呀，还是我开车呀，会开车吗你，不会开车你瞎指挥什么！”

看着叶小鱼气急败坏的样子，罗青橙多少有点儿傻。只愣了一小会儿，她立刻组织力量反击，开始历数叶小鱼以前开车的种种劣迹，多少次险些追尾，多少次让她吓得魂飞魄散。

“你以为不开快车，我会认为你无能吗？”罗青橙捂着眼睛吼着。

叶小鱼的单位春天体检时，查出他有点脂肪肝，大夫建议他多做点儿运动，说，小伙子，注意多锻炼锻炼，这脂肪肝还能逆转。

叶小鱼起先还定时慢跑，后来，办公室里有一同事迷上了网球，成天在办公室里讲，想把同事也动员起来一起打。

由此叶小鱼对网球开始着迷。

“我看，你还是报个网球班疯一疯吧！免得你整天开快车过瘾，也免得你整天在家看我腻歪。”

回到家，罗青橙扔下包，不怀好意地对叶小鱼说。

叶小鱼不满：“怎么说话呢你这是，好端端的话，到了你嘴里，也听不出个好儿来！”

不过，叶小鱼还是很高兴，第二天就拉上罗青橙，去商场里买拍子。

挑来挑去，非全碳素的不要，说是碳素的拍子又轻便又好使，还买了一套招摇的大红运动衣。在离家不远的地方找了个网球培训班，一礼拜学几次。

“还没开学呢，嫁妆置办得可倒挺齐全。”

几天后，见叶小鱼又在镜子前试穿他新买的第二套运动衣，罗青橙在一旁冷嘲热讽。

“宝贝儿，这叫做‘公欲利其事，必先善其器’。‘公’就是你老公我。”

“笨蛋，那叫‘工欲善其事，必先利其器’！‘工’、‘公’不分！”

“逗你玩儿，反正都一样，漂亮吗？”

“那儿又没美女等你，甭臭美了。”两个人你来我往地斗嘴。

网球课叶小鱼兴致勃勃地学了两个礼拜。其间，罗青橙总见他在家里拿着球拍，边盯着电视屏幕上“费天王”费德勒的赛事，边挥着膀子左右开弓练习击球动作。

“留神闪了腰，别把吊灯打下来。”罗青橙忍不住讽刺他。

“你这个小孩儿，就这点不好，老公锻炼身体，你还不高兴。”

叶小鱼仍旧笑嘻嘻的。自打学网球以后，他又恢复了好脾气。

一天上午，罗青橙有点儿急事，要用车，就打电话给叶小鱼，问他有没有工夫。叶小鱼正好不太忙，就开车出来送罗青橙一趟。

一上车，罗青橙照旧坐在副驾驶座上，一边习惯性地把安全带系在身上。突然，她发觉，有什么东西不大对劲儿，细细一看，自己脚下的灰色地毯上，一对绿色的脚印赫然入目。

“这是什么？”罗青橙指着脚印，随口奇怪地问……紧接着，她的脸色突然就变了。

“啊？什么什么？”叶小鱼已经发动了汽车，正要驶上公路。

“我说脚印！我这边。”

“什么脚印？”

叶小鱼连头都不歪一下，同时车子照旧像子弹一样弹了出去。

“你装什么傻？这脚印昨儿早上还没有呢，今早我坐公交车去的单位，没坐你的车，这脚印……一定是昨晚上才留下的……谁的？”

见罗青橙的目光像盯贼一样盯着自己，叶小鱼的脸有点儿红了，同时也感到有点儿恼火。

他轻描淡写地说："是不是哪个朋友的？"

"朋友？男的，还是女的？"

"男的男的，当然是男的。"叶小鱼不假思索，本能地回答道。

罗青橙不依不饶："真是男的？"

"真是男的。"

"你肯定？"罗青橙一字一顿地问。

"唔。"叶小鱼开始吭吭哧哧，显然底气不足。

"怎么是绿的？"

"绿的……什么绿的？"

"别装糊涂，脚印是绿的。"

"不知道，是不是一脚踩到烂菜叶上了？"叶小鱼开始胡说八道。

"踩你个头！"

"绿颜料？"

"我不知道你还有个画家朋友哇，把自己鞋弄绿，再来糟蹋你的车，谁这么有病啊？"

罗青橙很生气，便揪住叶小鱼的胳膊，在胳膊里侧狠狠拧了一把。

"哎哟！疼死我了，真掐呀，我可开车呢，待会儿撞上了！"

叶小鱼拧起眉头，头发也竖了起来，看来，是有点儿急了。

"上礼拜掐的还紫着呢……你再掐，我可告诉你妈去了。"

"告也没用，她老人家大老远的，也管不着，没像有些女孩儿给你挠出血道子，就知足吧……少说废话，到底谁的脚印？"

"我真不知道。"

罗青橙见叶小鱼如此嘴硬，存心抵赖，只好问："你昨天，搭过人上车吗？"

叶小鱼浑身一激灵，随口说："没没没……绝对没有。"

"我再给你最后一次机会，叶小鱼，你可别不珍惜，交待吧！"罗青橙目如刀锋，凶光毕现。

叶小鱼的气焰渐渐小了，可嘴还是很硬，说："你怎么跟审判我似的……交待就交待，一块儿打网球的。"

"男的女的？"

"男的，顺路。"

"看来，非要我亲自揭发你不可了……什么男的，是个女的！女的！！！"

叶小鱼的车子突然就一打晃儿。

叶小鱼手抖了一下。他一偏头，见罗青橙如同一个小巫婆一般，本来就穿着黑色带尖帽子的披风，此时更是十指乱抓，声音尖细，脸儿煞白。

见躲不过去了，叶小鱼只好老实坦白："确实是女的，顺路。"

"你怎么知道顺路？"

"她问我去哪儿，我告诉她了，她说，'我正好也要去那边，你能带我一段儿吗？'我能说什么呀，我说'就不带你，你一边凉快去'，或者说，'对不起，不可能，我老婆不让'？"

罗青橙一听，扭过脸去，偷偷乐了，然后又正色道："你怎么说，我都管不着，要是你说去天津，她管保会说，她正想去那边吃俩'狗不理'呢！"

叶小鱼也给气乐了："你就自寻烦恼吧……你怎么知道是女的？"

"我怎么知道，你还好意思问，一上车我就知道了！那网球场满地绿毛，粘在你衣服、包儿上，到处都是，我也不是没见过！这脚印，我早比了，比我脚丫子还小点儿，肯定是女的，没跑儿……我就不明白了，姓叶的，这明摆着的事实，你干吗非要抵赖不可？是不是男人真有个说谎原则呀？干了坏事儿，别告诉老婆，更不要被老婆抓着，即使抓着了，指着鼻子也死不承认？”

“我也没……没不承认呀。”叶小鱼依旧嘴硬。

“看，这就是证明！”罗青橙用力一拍巴掌，指着叶小鱼，灰心地说。

过了一会儿，罗青橙平和了点儿，说：“你知不知道，如果你用小小不言的谎话掩饰你的行为，或者歪曲真相，伤害的是我对你的信任。没了信任，就会有猜忌，一旦你有意欺骗我，我很难再信任你，你知道吗？”

叶小鱼不语，他不知道该怎么跟罗青橙解释才好。过了会儿，他说：“我确实不想让你知道，否则又跟我闹别扭，我这叫做‘善意的谎言’。”

罗青橙说：“你这叫‘借口’。”

罗青橙又问：“你们一路上说什么了？”

“没说什么，就交流一下学习网球的经验。”

“交流个……屁！”

“你小小年纪的不学好儿，整天脏字儿挂嘴上……现在的女孩儿，这都是怎么了？”

叶小鱼皱起了眉头，对老婆偶尔粗口儿的“恶习”很是看不惯，便讽刺她说：“你要是只八哥儿，管保没人敢买。”

罗青橙并不理会：“别废话！难道你忘了，结婚登记的时候，咱不是说得好好的吗，不许你和女的来往，什么叫日久生情你明白吗？方鸿渐说什么来着，男女之间，不能借书，一借一还，一来二去，就勾搭上了。”

“你老公我是那种人吗？我堂堂正正。”叶小鱼殊死反抗。

“呦呦呦，您怎么就知道您不是那种人？现在谁脑门子上还写着招牌呀，您见过多少男人对爱情忠贞，至死无悔？”

“算了吧你，胡说八道。”叶小鱼忍不住打断她。

“所以才有人说，男人对老婆忠诚，是因为暂时没找着合适的机会出轨……你呀，一看不住，就给我制造状况。”

说完，罗青橙喘了口气。她自认为太了解叶小鱼了，总跟朋友细雨说，这家伙，向来来者不拒，虽不属于“不主动、不拒绝、不负责”的“三不”男人，却属于“两不”男人：“不主动，不拒绝”这个标签儿，叶小鱼想撕也撕不烂。罗青橙还“污蔑”叶小鱼说，他的字典里，根本没有“善于拒绝”这四个字。

罗青橙又继续“逼供”：“你和那女的，一定还说好了，等学完了，一块儿打网球，学以致用，对不对？”

“教练这么建议来着。”

“你呢？”

“我没反对。”叶小鱼目不斜视。

“你这狼心狗肺的东西。”

罗青橙咒骂了一句，脑袋歪在车座上，不响了。

车子开到了地儿，叶小鱼停好车。等了一会儿，见罗青橙还是没动静儿，就扭过头，左右开弓，趁机使劲儿拍了拍罗青橙的脸蛋儿。

“嗨嗨嗨，醒醒……我说，别睡了……到地儿了！”

“你占我便宜，下手够狠的呀！”

罗青橙给打急了，绿着脸儿就下了车。

叶小鱼在她身后撇着嘴，扯着嗓子说：“为了让你高兴，我不再带她就是了！我看，你班儿也别上了，挣不了俩钱，就当个私人侦探，整天帮人调查婚外情，准能挣钱。”

罗青橙虽然没有再说什么，可也并没打算就此住手。她最大的不放心，就是叶小鱼和其他女的之间发生所谓的“交流”。细雨临出国前不是说，要留神女人之间的战争，在罗青橙看来，现在已经出现苗头了。

罗青橙想，就按你叶小鱼建议的，我就当一回私人侦探，又如何？看看你叶小鱼说话算不算话，是不是值得我信任——这可不是小事。

星期一晚上，叶小鱼照例去打球。临出家门，罗青橙只懒洋洋地说了一句“早点回来啊”，就接茬儿倒在沙发上，三心二意地看电视。

“咣当”一声，叶小鱼前脚儿把大铁门一关，罗青橙就朝墙上的挂钟盯了一眼，然后，若无其事地抱着枕头，继续使劲儿折腾遥控器。

时间刚过去一个半小时，罗青橙就跳起身，简单收拾了一下，穿上外套，换上运动鞋，拿起家门钥匙，胡乱地把钱包塞进了口袋，锁好门，拔脚儿就乘电梯下了楼。

跑到大街上，她打了辆车，直奔网球场而去。

下了车，罗青橙一路打听着，七拐八绕、健步如飞地到了一个室内网球馆。

她往里面一看：好家伙，灯火通明，人还真不少。透过玻璃大门，她一眼就看见叶小鱼那身招摇的大红运动衣。

罗青橙非常不满地看到：此时，叶小鱼正和一个女的对打得热火朝天。

没过十分钟，训练结束，下课了。

罗青橙赶紧溜了出来，找了个稍远又僻静的地方，在一棵小树后藏了起来。同时两只眼睛瞪得比面包圈儿还要大，直勾勾地盯着大门，生怕一眨眼的工夫，“目标”就从自己眼前消失。

没一会儿，练网球的人陆陆续续都走出来了。

叶小鱼最后一个出来，和两个男孩儿，还有一女的，几个人有说有笑的。由于离得远，那女孩儿的面目看不太清楚。罗青橙皱着眉，只觉得那女的冲叶小鱼笑得很动人。于是，她一会儿盯盯女的，一会儿盯盯叶小鱼，这才发觉，只长着两个眼睛，是远远不够的。

罗青橙抱着树干，眼睛睁得滚圆，暗自骂道：好一个正人君子叶小鱼，两面三刀的叶小鱼，当面答应得好好的，背后又是一套。

罗青橙胸中一锅滚水已经快烧开了，就预备往里扔东西了。

就在罗青橙盯着“目标”的时候，她的脑袋里还一边飞速地放着自己刚刚“制作”完成的一部“小电影”。电影里正大致上演着这样一幕：

她是如何三个箭步蹿将过去，如何大义凛然地拦在叶小鱼的车前，即使面临丧身轮下的威胁也依旧青松不倒；叶小鱼又如何在她的威视下缩成一团儿，颤颤巍巍地举起一只手遮挡住她身上发出的“正义”的耀眼强光；她又如何揪着叶小鱼的衣服领子，使出吃奶的劲儿，把他从汽车里艰难地拖出来……毕竟，罗青橙边抱着树干，边还安慰自己说，这也没什么可难为情的，叶小鱼的个儿比自己大多了……

正当罗青橙热血上涌，准备行动时，突然间峰回路转，她眼睁睁地看着那女的转身走开，步行离去了。叶小鱼一人上了车。

车灯亮了。

“小电影”白拍了。罗青橙还没来得及体会“遗憾”，就赶忙趁叶小鱼倒车的工夫，以最快的速度狂奔到马路上，边跑边想：这运动鞋，可真是穿着了哇。

狂奔到路边，她跳着脚打了一辆出租车，风一般灌进了车里，然后，就跟逃命似的，攥紧拳头，不住催促司机：快点儿开，再快点儿，再快点儿。因为她知道叶小鱼开车的速度……万一不幸比叶小鱼晚一步到家，叶小鱼也许会怀疑自己是去跟踪他了。

忽然间，罗青橙觉得自己特没劲。

还好，司机很给劲，罗青橙终于赶在叶小鱼之前溜进了家门。一进屋，她就以最快的速度甩下外套和运动鞋。

罗青橙的惊魂还未完全安定下来，果然，没出一分钟，叶小鱼就敲门了。

"玩得开心不？"

罗青橙的胸膛依旧波涛起伏，喘着大气，问。

叶小鱼没注意到罗青橙身上如此种种神秘的怪现象，他只注意到自己一进门，老婆罗青橙就满脸谄媚地迎上前来，小手搭在他的脖子后面，笑得很诡秘的样子。

"你没事吧？"叶小鱼摸了摸罗青橙的脑门儿："别说，还真有点烫哩。"

罗青橙使劲儿把他的手打开，笑着问："废话，你刚才搭了什么女的没有？"

叶小鱼顺势把被罗青橙打开的手拍在自己的胸脯上，拍得"啪啪"山响，摇头晃脑："没有，绝对没有，答应过老婆大人的话，怎么可以不算数呢？"

"真的？"

"绝对真的。"

"还算听话！"罗青橙说，心里美滋滋的，恨意全消："洗澡睡觉！"

待叶小鱼洗完澡出来，罗青橙嘎嘎乐着，再一次连哄带吓，动手动脚，强迫叶小鱼穿上自己的小衣服。为了哄老婆高兴，叶小鱼只好违心地听任罗青橙摆布。

叶小鱼虽被罗青橙套上了她最宽大的衣服，仍露着半截儿肚皮。罗青橙欣赏着他这副小丑模样，笑翻到了床上。

叶小鱼见她作够了，也乐够了，便一把扯下小睡衣，扔到她脑袋上，迅速换上了自己的衣服。

“唉！我一大老爷们儿，如此被你‘欺压’，真是深以为耻！深以为耻！我又不是你儿子！”

叶小鱼边飞快地钻进被窝儿，边抱怨个不休。

罗青橙这会儿也乐够了，终于消停了下来。

叶小鱼扭过头，对她说：“唉！被你这么看守，监管，我早晚得累死。我说，您能不能放轻松点儿，也让我轻松点儿，别再这么整天对我猜来猜去的？”

“监管你是我的天职……你爸不也老管着你吗？”

罗青橙毫不客气，快嘴快舌，大眼睛还冲他一闪一闪。

叶小鱼一听这话，立刻就不乐意了，翻着白眼儿，在被子里乱踢腾。

“那你也跟着死管我……在家，他们管了我三十多年了，现在好，又轮到你一毛丫头接手了……我一大男人，又不是你们手里的一块儿面团，任你们搓圆按扁，还不许我反抗，都不想让我活了是不是……我早晚要出走了！”

“去哪儿？”

“没想好。”

“什么时候？”

“没想好。”

“要不，我给你联系联系五台山？”

“不用劳您大驾。”

叶小鱼别扭地转过脸去，给了罗青橙一个后背，不想搭理她。

罗青橙突然问："叶小鱼，上次搭你车的那个女孩儿，叫什么？"

叶小鱼一惊："问这干吗？"

"不干什么，就问问。"

"好像，姓何吧。"

"何什么？"

"我……不知道。"

"不可能。"

"……好像……叫……何飞吧。"

罗青橙沉默了一会儿："她是干什么的？你们上了这么长时间课，都聊了些什么？"

"没聊什么。"

"叶小鱼！！！"

"……就是课间休息，几个人坐地上随便聊聊，那女孩儿和你年龄差不多，酷爱自助游，是一小背包族。"

"给你讲了不少她的背包游历故事喽？"

"那女孩儿是挺能说的，讲了些她以前去过的地方。"

"特招你爱听是不是？"

叶小鱼"呼"地掀了一下被子，把自己裹得更严实了，心想："是，我是听得异常神往，怎么了？"

罗青橙见叶小鱼蒙住脑袋不理自己了，也懒得再问下去，靠着枕头，独自琢磨了好一会儿，关了灯。

黑暗中，叶小鱼突然兀自冷笑了一声。心想：罗青橙一小丫头，哪儿能那么轻易地了解他叶小鱼的全部动向。他一大男人，凭什么就得让她管得滴溜溜转，凭什么在她面前就得是一透明人？罗青橙以为她了解真相，其实并没有。何飞搭车何止限于她罗青橙发现的那次，因为顺路，他叶小鱼几乎每次都搭何飞一段路，只不过这次何飞没换下网球鞋，才会留下那么清晰的绿脚印。想到这儿，叶小鱼没有来由地得意了一下。

随后，何飞和她所描述的一切，又在黑暗中浮现在叶小鱼眼前，里面有叶小鱼所向往的奔放和自由，飞翔着掠过大地的感觉。不过，何飞所描刻的那些个山山水水，在叶小鱼半睡半醒时分，倒渐次隐没在何飞那阳光洒脱、生来自由、热情奔放的笑容和一把粗黑的马尾辫儿里。

第 18 章

万千宠爱“鱼”一身

转眼，春节快到了，这是罗青橙和叶小鱼结婚后的第一个春节。

这个春节有点儿特殊，叶小鱼的爷爷和奶奶从怀柔搬到叶小鱼家里来了。

叶小鱼提早许多天就和罗青橙商量着，等两位老人一到，就一起到叶小鱼家去探望他们。

这天，临去之前，叶小鱼拿着手机，还捂着嘴，压低了声音，躲到阳台上跟他妈通电话，也不知道唧唧咕咕说了些什么，还说了老半天。

“什么秘密呀，还背着我说。”罗青橙笑着讽刺他。

“哪有什么秘……秘密呀，就是问了问家里的事儿。”叶小鱼赶紧皮笑肉不笑地跟罗青橙解释。

又双手搂住罗青橙，说：“我爷爷奶奶这次来，可能就不走了，住我爸我妈家里。他们岁数不小了，我爸不放心他们自己继续待在那边，想把他们接到身边尽尽孝心。这回是我姑姑带他们来的，顺道也来看看我爸妈。”

罗青橙不怀好意地问：“你爷爷奶奶来你们家住，你妈乐意吗？”

叶小鱼立刻咧嘴儿一笑，神情特自豪：“我妈有什么不乐意的。我小时候，都是我奶奶过来一手带大的，一直带到我上小学，都没用我妈操什么心。所以，我妈能有什么不乐意的！”

叶小鱼还得意地说：他奶奶对自己带大的这个大孙子爱如掌上明珠，一心一意盼着孙子有出息。

“没跟你结婚前，一到春节，我都和我爸一块儿回怀柔和我爷爷奶奶、亲戚他们一起过年，我们家亲戚全在那边，一大家子人，可热闹着呢！初一一大早儿起来，我还给我爷爷跟我奶奶磕好几个大响头呢！”

罗青橙不出声地笑了笑：“我说……您现在怎么整天晕头晕脑的呢。”

叶小鱼没理她，兴奋地问：“那，咱穿什么衣服回家呀，我奶奶可讲究这些了。”

罗青橙一脸的满不在乎：“咳，穿点儿啥不成啊……该穿什么就穿什么呗，就照平常那样。”

“要不……我穿西装？”叶小鱼又问。

“西装？”罗青橙吃惊地睁大了眼睛，嘴也咧得瓢儿似的，非常不屑：

“平白无故的，您穿什么西装呀，假模假式儿的……您以为您今天是新姑爷拜见丈母娘去啊……你此去不是相亲，我也不是什么丑媳妇第一次见公婆，就别那么多穷讲究了！”

罗青橙和叶小鱼俩于是一身平常装束就出了家门。

还没到叶小鱼家楼门口，远远地，叶小鱼就指着五楼他们家的一个窗户，兴奋又急切地对罗青橙说：“快看，快看……那就是我奶奶。”

罗青橙一抬头，果然看见窗口隐约一张热切的脸，贴着窗玻璃，正向下张望着呢！

“奶奶——！”

也不知道他奶奶大老远的能不能听见，叶小鱼就大喊了一声。尔后，还眉开眼笑地冲着窗户使劲挥了挥胳膊。

罗青橙笑着问：“你奶奶还挺长寿的，快九十了吧？”

“八十八！”

刚一进家门，罗青橙就看见一个满头银发的老太太，估计就是叶小鱼的奶奶了。老太太虽然这把子年纪，脚一点儿都不抖，倒是双手乐得颤颤巍巍的，张开手臂，直接冲着大孙子叶小鱼就迎了上来。

“啊呀呀，我大孙子回来了呀……快过来快过来，快让奶奶好好看看……有一年多没回家了吧……娶了媳妇，就把奶奶给忘了吧？”老奶奶嗔怪地搂着叶小鱼说。

罗青橙在一旁捂着嘴，心里已经忍不住笑了：老奶奶真逗，这话，怎么听上去那么耳熟哇！不过，罗青橙记得原话好像不是这么说，应该是娶了媳妇忘了娘，不是忘了奶奶。

于是不禁惊讶地想，怕是从今天开始，连这老奶奶都要开始跟自己“争夺”叶小鱼了，这叶小鱼，可真是万千宠爱在一身。看样子，往后她罗青橙这日子，还更不好过了呐！

这当儿，老奶奶早已经一把搂过大孙子。叶小鱼笑哈哈的，奶奶长、奶奶短的，老奶奶也乐得合不拢嘴，左摸摸、右摸摸，上看看、下看看。

正在一旁细细观望的罗青橙本来还满脸堆笑，突然间，她就大惊不已、花容失色。原来，罗青橙发现老奶奶的脸色陡然起了变化，一张笑脸突然变成了惊恐，再后来，嘴角一咧……罗青橙揉揉眼，定睛再一细看，真的，老奶奶哭了起来，两行眼泪顺着老脸纵横。

叶小鱼也瞬间惊呆了：“奶奶，奶奶……您这是怎么了？奶奶？奶奶？”

老奶奶这才伸出颤颤巍巍的手指头，指着叶小鱼的牛仔裤，问：“你……你怎么穿得这么破……就来了呀？”

叶小鱼低头一看，立刻就放下心似的，笑出声来：“咳，就为这呀，奶奶，这裤子，它就长这样。”

“这……这叫什么样呀，都这么旧了，屁股后面的线都掉出来了……这膝盖、屁股，都磨这么旧了，怎么……怎么还有这么些个小洞儿！”

老奶奶老泪纵横，费力地弯下腰，边摆弄着裤子上的破洞，边说：“我可怜的大孙儿，小时候，我跟你妈都舍不得给你穿破裤子……大冷的天儿，破裤子又不抗风，你冷不冷啊？”

正说着，老奶奶眼尖，又发现了新情况：“你……怎么连双皮鞋都没有……就穿这，俩硬馒头似的，也不穿西装……要让邻居们看了，得多笑话哇！”

老奶奶的脸色越来越不好看，叶小鱼的爸妈在一边看着，也都不言语。

接着，老奶奶用老手抹了两把眼泪，这才头一次把眼睛转向了罗青橙，缓缓地说：“这……就是我那孙子媳妇吧……以前，没见过面哩。”

边说，边上上下下地打量罗青橙。

罗青橙觉得，老奶奶看自己那生疏的眼神，好像在说：你自己穿的这叫什么玩意儿，也够破破烂烂的！便下意识地低头瞅了瞅自己的衣服。

叶小鱼一旁乐了，赶紧笑着跟老奶奶解释："奶奶，谁看呀，这是城里，邻居谁注意这些破事儿呀！"

"那裤子上破得都是小洞儿……也丢人现眼，让人笑话死了！"

叶小鱼哭笑不得，赶紧牵着老奶奶的手，领她回客厅坐下说话。

"……听你妈说，你挣那么多钱，都哪儿去了……连条像模像样的裤子都买不起。"一边说，老奶奶一边却往罗青橙衣服上打量。

罗青橙笑着，快言快语地说："奶奶呀，我们这衣服，不叫破烂儿，叫休闲……看上去旧，不是旧，是故意做旧的！"

说着说着，罗青橙都不知道自己在说些什么了，竟有点儿生起闷气来，便不再多言。叶小鱼讪讪的，偷偷拽了拽罗青橙，罗青橙冲他咧嘴假笑。

老奶奶终于在沙发上坐了下来，一边还叨叨："你们下次回怀柔，可不能就穿成这样……唉，可能啊，没下次了……我和你爷爷，这次出来，大概……大概就再回不去了，都老得不行了……"

说罢，老奶奶用手揉着眼睛，又开始伤心落泪。

罗青橙听了，心里一软，觉着有点儿难受，陪老奶奶一起伤起心来，眼睛一眨一眨的。

这时，叶小鱼的爸妈和姑姑也都聊开了家常。

八十八岁的老奶奶耳不聋、眼不花，话音也跟洪钟似的，特别脆亮。眼睛也亮着呢，不错眼珠地看着自己的孙媳妇。罗青橙感到奶奶的眼神里只有好奇，却没什么喜爱，和她看自己大孙子叶小鱼的眼神，完全不是一码事。

罗青橙心里有点儿发毛，就冲老奶奶笑眯眯的，说：“奶奶您年轻时一定特别漂亮吧。”奶奶笑了。

“可不嘛，我奶奶年轻时照片美着呢！是吧，奶奶？”叶小鱼挎着奶奶的胳膊，说。

奶奶开口问：“鱼儿啊，办喜事儿，怎么也不回来？”

叶小鱼赶紧表白：“我们是素婚，没办事儿。”

“叶小鱼忙，连婚假都没歇呢！”罗青橙也跟着表白。

奶奶叹了口气：“什么素荤，还是荤素，奶奶不懂。结婚哪，可是一辈子的大事，一辈子就这么一回，怎么能那么草率，说不办，就不办了呢？小鱼是我们老叶家的长房孙子，亲戚街坊问起来，我都没话说。”老奶奶此时的眼神有点怕人。

“那结婚都半年了吧，怎么也不去看看？”奶奶不依不饶。

叶小鱼他妈这时也说：“我倒是让小鱼带他媳妇去看看爷爷奶奶、姑姑、姨妈、舅舅……为什么不去，小鱼，你自己跟奶奶说。”

“本想回去的……忙……也不差这一年半载的。”叶小鱼声音闷闷的。

这期间，罗青橙握着叶小鱼的手，不止一次回头回脑地向叶小鱼以前的那间屋子张望。那间屋子隐约传来一些听似打鼾的声音。其实，罗青橙刚才一进门，就注意到那间屋大门紧闭，多少感到有点儿奇怪，只是并没多想。

罗青橙的好奇心太重。最后，她实在控制不了自己的好奇，就指着房门，要问叶小鱼。才刚一张嘴，叶小鱼见了，赶紧对她说：“咱把拎来的水果洗洗吧。”

然后不由分说，径自把罗青橙拉进了厨房。

一进厨房，叶小鱼就忙不迭地打岔。接刚才的话头儿，摸着罗青橙的后脑勺，笑着问："刚才，我奶奶嫌咱俩穿得'破'，你没介意吧？我奶奶就讲究这些，非整天西装革履的。以前我回去，都得穿得像模像样。我奶奶跟我爸一样，喜欢面子事儿。"

罗青橙觉得挺滑稽，就随口笑道："又不是开会、谈生意、见客户、参加婚礼什么的，你说衣服能代表什么呀。有的大富翁还就穿牛仔裤、粗线衣呢。"

叶小鱼说："我奶奶都多大岁数了，快九十的人了，她哪儿知道什么是流行休闲，就认得正装呗……你别对老太太期望那么高了。"

说到这儿，叶小鱼转瞬又换上一副笑模样，提高了嗓门儿，说："其实，我妈也那样，有点儿老派，给你讲一特好玩儿的事：我认识你之前，曾经买过一件上衣，就那种……满身全是褶皱的，你肯定知道……黑的，当时还特臭美，就穿上满世界招摇过市了一天，结果，就'有幸'穿了那么一回，连第二回都没闹上。你猜怎么着，等我再想穿，拎出来一看，立马儿就傻眼了……"

"怎么了？"看着叶小鱼那神秘兮兮的神情，和夸张的手势，罗青橙已经开始预备大乐了。

"你猜……我发现，衣服居然变得又肥又大。我这边还纳着闷儿呢。才几天不见，它是吃了什么好东西，长得这么胖？再一细看……完了完了，上边的褶子全开了……原来，我妈趁我上班的工夫，把衣服给我洗了，还小心翼翼把褶子全给烫平了。我急了，扯着嗓子说：'妈，您怎么也不看着点儿，那……那是褶子吗？'我妈一听，倒不乐意了，反驳我说：'那明明就是褶子嘛，不是褶子，是什么？'……"

罗青橙已是满脸春光灿烂。

叶小鱼也跟着咧嘴儿笑起来，索性连说带比划起来："我妈还说，'我费了好大工夫，才全给烫平了，这叫什么料子！’我急得哗啦哗啦抖着衣服，比给我妈看，问她：‘天下有这么肥的衣服吗，那褶子，是故意压上去的，您没看出来呀？’我妈还有理了，说什么：‘那也得烫平了，我的儿子，要是穿这样的衣服跑到街上去，人家还以为我这当妈的是懒骨头呢！’唉！我那上衣，小可怜儿……更可怜的，是我那好几百块钱，刚刚臭美了一天……就完了蛋咧！”

罗青橙已经笑得直不起腰，趴在了叶小鱼肩上。

第19章

惊天秘闻

令罗青橙颇感意外的事情，还在后头呢！

中午的时候，全家人一齐出动，在一家早已经订好的酒楼给爷爷奶奶洗尘接风。

之前，叶小鱼带着罗青橙去买了点儿东西，来到包间时，罗青橙发现大家已经全都坐好了。

桌子上已经摆了很多碟菜。在座的，除了叶小鱼的爷爷、奶奶、他爸他妈，他姑、叶小鱼，和她自己，罗青橙猛然发现，似乎还有什么不对劲儿的地方。又暗中掰着手指头数了一遍，这才惊觉：此时屋里凭空多出了一个人，一个看上去有点儿傻乎乎的女的。

罗青橙赶紧往叶小鱼身边靠，小声问叶小鱼，这人是谁。

叶小鱼蚊子似的声音答道：是我姐。

一听叶小鱼说这个人是他姐，也就是说，是自己的大姑子，罗青橙登时身子一软，虚火上升，差点没晕过去。

“我以前没……没跟你提……提过。”

叶小鱼一脸的小心，魂儿早吓飞了。

“你的确没提。”罗青橙小声儿回了一句。

坐下以后，心虚的叶小鱼越是偷偷用眼睛溜罗青橙，罗青橙的脸就越发变得惨白，比她面前那碗香米还白，自顾低着头撮火。

叶小鱼他妈欠着身子，摇着手，满脸笑容地招呼大家开始吃饭。

罗青橙动了筷子，嚼了一嘴的土豆，自始至终，吭都没吭。

随后，叶小鱼他妈端着饭碗，一边给自己的大闺女、叶小鱼他姐夹菜，一边慢悠悠地说：“小鱼呀，我和你爸，都这么大岁数了，不能跟你们一辈子。现在，爷爷奶奶由我们来照顾，你姐姐呢，以后……可就全得靠你了。”

罗青橙在一旁听着，一口鸭骨头差点没把她自己给噎死。

叶小鱼他妈闻声儿，扭头瞅见罗青橙的惨相，就停了下来，暂时不说了，想看罗青橙出了什么事。筷子也举在半空中不动了，就像定了格似的……半晌，见罗青橙并没有什么事，这才“复苏”，筷子接着伸向了鱼，嘴角继续往上一挑，接茬儿说道：

“小鱼呀，你是咱家的大梁柱，她是你姐姐，你不管，谁管？！”

说着，又开始一个劲儿地给叶小鱼的爷爷和奶奶夹菜。罗青橙定睛看了看叶小鱼他姐，发现这位大姐倒是不说话，只顾埋头吃饭。老奶奶在一旁不住地给她夹这夹那的。

罗青橙此时心情颇为复杂。她很清楚：按理说，自己头一次见叶小鱼的爷爷奶奶，理应给老爷爷敬上几杯酒。

刚才罗青橙跟叶小鱼在商店买东西的时候，叶小鱼已经和她三番五次地交待过，说他爷爷就好喝几口白酒，一定要罗青橙敬他爷爷一杯。

“没问题！就放心吧，劝酒我最拿手！”罗青橙嬉笑着。

可眼下，罗青橙已经是心乱如麻，觉得屋子里简直就透不过气来。于是，她偏偏装作若无其事的样子，抱着一个鸭脖子乱啃。

此刻叶小鱼早已焦急地看出：他爸垂着眼皮，不声不响，看样子，是摆足了谱儿等着叶小鱼跟罗青橙给自己和老爷爷敬酒呢！叶小鱼边偷偷观察他爸的脸色，边心急火燎地打算提醒罗青橙给老爷爷敬酒，就用一个手指头偷偷捅了捅罗青橙的腰。没想到，罗青橙立刻就尖声叫了起来：“你捅我干吗？”

叶小鱼不敢回答，也不敢反驳，顺手帮她理了理衣服。

叶小鱼瞥见，他爸似乎有点儿不高兴了，下巴越拉越长，紧紧绷着脸，阴沉沉的。

老爷子心想：儿子跟罗青橙结婚，自己没有参与意见。可是，既然罗青橙做了自己儿子的媳妇，就理应接受自己家的规矩。这丫头，这么没规矩！

罗青橙正跟叶小鱼怄气，只顾拣那大红的缇子，剥了皮儿吃，还“噗儿 噗儿”的，带着响儿，往自己跟前的碟子里吐了好些个葡萄籽。

叶小鱼的姑姑和叶小鱼他妈眼都不眨地盯着罗青橙。她们不知道，此刻罗青橙一边不停地揪着葡萄往嘴里送，满嘴乱嚼，一边眼睛发直，一副目中无人的样子，是不知又到哪里神游去了。

罗青橙暗中较着劲，正琢磨着该怎么对付叶小鱼才好，是吵架，还是结结实实掐他一顿？要不，就干脆离婚！怎么才解气？罗青橙又对自己说，其实怎么都不解气，这已经不是解不解气的问题了。

“小姐，给老爷爷敬酒！”

叶小鱼他爸终于再也按捺不住，打破了沉默，冲站在一旁的服务员小姐开了口。

罗青橙听见了，这才把魂儿给勾了回来，差点没把满嘴嚼碎的缇子给喷出来。她想：这也太逗了，凭什么让人家服务员小姐敬酒啊？

这时，她发现叶小鱼也似乎有点儿诧异。她使劲儿憋住，不敢再看一眼叶小鱼那张惊诧的脸，生怕一憋不住，自己就会哈哈大笑起来。

服务员小姐面无表情，从旁边的酒瓶里倒了一小盅白酒，很有礼貌，捧到了老爷爷面前。

叶小鱼也已经回过味儿来，赶紧打圆场，站了起来，接过了服务员小姐端过来的酒。自己又倒了两盅，一盅捧到他爷爷面前，一盅捧到爸面前，自己也拿了一盅。

说：“我敬爷爷、爸爸一杯，我也代表罗青橙，敬你们！”

老爷爷一直不声不响，慈眉善目的，接过了酒杯，爷仨一干而尽。放下酒杯，叶小鱼他爸的脸更长了。

“我爸他……就注重面子。”

出了酒店大门，叶小鱼赶紧赔着笑，一溜小跑儿追着和罗青橙解释。罗青橙却只顾甩开两只脚丫子闷头儿走路。

回到叶小鱼爸妈家里，罗青橙黑着脸，嘴角儿绷得紧紧的，拧住叶小鱼的胳膊，把他强行拖进他们原来住过的那间屋子，一把将他推倒在床上，同时回手“砰”的一声，关上了房门，慢慢向叶小鱼走来。叶小鱼从床上爬了起来，小心翼翼地看着她，开始不停地打哆嗦，脚都软了。

罗青橙像个超级火山一样爆发了，蛾眉倒竖。

“你为什么不告诉我？”她叉着腰，咬牙问。

“我没……没敢告诉你，我父母那时都上班，忙，又有我和我妹。我姐就一直跟我爷爷奶奶住在一起，不调皮不捣蛋。她从小脑子有点问题。我爷爷奶奶要不是岁数大了，他们也不会到城里来。我当初没敢告诉你，不是怕你知道了，那什么……”

“那什么……怕我不跟你了，是不是？你还算不算个男人，一个男人连这点起码的胆量都没有，你这是欺骗，你知道不知道？”

“这是善意的谎言。”

“万一生个孩子，也这样，咋办？”

“你不是说，不想生个小孩儿跟你争宠吗？”

叶小鱼眼前一亮，像抓住一根救命稻草。

“我又没说我一定不要，万一我想要呢？我是说万一，你这个鬼骗子！”

罗青橙气着气着，眼泪就一个接着一个地滚成了两串。叶小鱼还纳着闷儿，从没见过这么大的泪珠子。

“对不起，宝贝儿，都是我不好，是我有意瞒你……不，我不是有意瞒你……就算是有意瞒你，不过，那也绝对不是恶意的，是善意。”

见罗青橙不光掉眼泪，还开始出声，叶小鱼就有点儿惊恐，又不敢劝罗青橙，惟恐惊了他爸妈、爷爷奶奶，还有他姑。此刻他们都在客厅里待着。

“你妈还说什么你姐姐以后就全靠你了，她这是明摆着说给我听的。”

“她说她的，咱当没听见不就完了！”

“叶小鱼，你这骗子……咱离婚！”

罗青橙开始还压低了声音说话，后来干脆无所顾忌，嚷嚷起来。

叶小鱼生怕让外头的听见，赶忙赔着笑，吓得差点就给罗青橙下跪了。

结果……真的跪下了。

“宝贝儿，好老婆，咱回家再打，好不好，算我求你了！”

罗青橙一边大声地声讨叶小鱼，一边加大音量嚎啕。

门外偷听的叶小鱼他妈早就受不了了。听见小两口在自己的地盘上乒乒乓乓地打仗，她在外面早已经气得心火直往脑门子上撞。

眼睁睁地听着自己的儿子叶小鱼在里面挨欺负，媳妇罗青橙利索的小嘴儿连珠炮一般，“叭叭叭叭”地冲着儿子连连发射，儿子干脆光剩下了捯气的份儿，后来，索性连声儿都不出了。

把叶小鱼他妈给气的，站在门外，叉着腰，心头冒火，恨不能当即抬手掀起门帘，“咣”一脚踹开房门，闯进去。“啪啪啪”，像拍死蚊子一样，给儿媳妇罗青橙几个脆响的大耳刮子。然后，干脆再给自己儿子来上几个，就地上前“调教”一番：“瞧你那熊样儿，受气的命，你那嘴，平时不是挺能臭贫的吗，现在怎么了，哑巴了？说不过她，你不会打她，这样的媳妇，就是欠揍！狠狠抽她两顿，她就老实了！瞧你那窝囊废样儿，还不得让她欺负一辈子，欺负到死才算哪！”

可是，叶小鱼他妈在门口站了半天，冲动之下掀了一半的门帘，愣是没再继续掀。她心想：要不然，先忍忍再说吧。看姓罗的那小样儿，自己一插手，她要是急得不要脸了，没准儿还真敢大闹一场。爷爷奶奶都还在这儿，且先留着她，以后跟她细算账！

于是叶小鱼他妈狠狠一跺脚，转身回了客厅。

这边，罗青橙也哭够了，坐在床边低着头踢腿儿。叶小鱼搂着她，想给她擦擦眼泪。罗青橙一巴掌打开他的手，嚷嚷着要回家。

叶小鱼一听，如释重负一般，松了一大口气，一边却还嘴欠，不知趣地随口问了一句："不吃晚饭了？"

话刚一出口，他就后悔了，赶紧垂下脑袋。

罗青橙怒火冲天地瞪了叶小鱼一眼，拉开了房门。

他俩出来时，客厅里的一群人都不朝他俩看。

罗青橙穿好大衣，叶小鱼让她先下楼，说自己再跟老太太说几句话。罗青橙哼了一声，关上大门，下了楼。

"你等我啊！"叶小鱼拉开门，在楼梯口冲着罗青橙的背影，赶紧喊上一句。

"你累不累呀？"叶小鱼他妈见儿子回身冲她走过来，板着脸吼他。

"什么累不累？"叶小鱼佯装奇怪。

"这么得理不让人的媳妇，跟着她，真累得慌……看你那受气的样儿，我就气不打一处来。我含辛茹苦，一把屎一把尿的，把你拉扯到这么大个儿，难道就是为了让你老婆拿你当出气筒玩儿的吗？你从小到大，我自己还没舍得动过你一根手指头呢，现在倒好，让她这么糟践！"

说着，叶小鱼他妈哭了起来。

叶小鱼一看，有点儿着急了，就想逗他妈乐，蹲下身，抱着他妈的膝盖，摇着，笑嘻嘻地说：

"什么又是屎又是尿的，这多难听啊！妈，您养我，光是尿跟屎啊，我就没给您带来一丁点儿快乐？我可不信……您怎么一说起这样一个光荣神圣的事业来，就跟苦大仇深似的……这样，多容易误导我们哪。我们一害怕，哪还敢生孩儿啊！"

叶小鱼皮笑肉不笑地臭贫，嘴里说出来的话，真把他妈给气翻了。

“你这小兔崽子，能气你妈了，跟谁学的？净跟我这儿臭不要脸！我的话难听……你找你媳妇说话去呀，她那些话，你就爱听，是不是？”

“我愿意。”叶小鱼觉着他妈当着这么多人的面损他，很没面子，只好讪讪地回了一句。

他妈气得当即抬起腿，踢了儿子两脚。他爸更是气得满脸通红，眼瞅着自己那“没出息”的儿子，眼下已经完全失去了控制，变成了罗青橙的出气筒，老爷子心里很不是滋味儿，简直是又嫉妒又心疼。

“这也怨不得罗青橙，毕竟当初我……我……没告诉人家。”叶小鱼低声下气地说。

“滚！”他爸蹦出了一句。

叶小鱼只当没听见。再看看他妈那副忿忿不平、伤心欲绝，扭过脸不想再看见他的神情，叶小鱼觉得，自己再解释什么，都没意思了。

好半晌，叶小鱼才说：“那我就……妈，爸，爷爷奶奶，姑，我走了……过几天我和罗青橙再来看你们。”

“甭……甭价，要来，你一人儿来。”

叶小鱼他妈嗑着瓜子儿，冲着叶小鱼的背影，丢了这么一句。

晚上回到家里，罗青橙一直没表现得太反常，看上去还挺平静的，把叶小鱼支使得滴溜溜乱转，吩咐他给自己做这吃、做那吃。叶小鱼甩开膀子，十倍卖力地做了一顿丰盛的晚饭。一颗战战兢兢的心，似乎终于开始放回到肚子里。

没想到，吃得腰圆肚涨，打了几个饱嗝之后，罗青橙又开始接茬儿找事。

吃饱了，也有力气了，罗青橙那声声嚎啕，响彻云天。

叶小鱼挂着个围裙，脑袋嗡嗡作响，于是他偏过脑袋，开始用手拼命地敲耳朵。

“你干什么？”罗青橙怒斥。

“没干什么，痒痒。”

控诉够了，罗青橙又开始哭得鼻涕一把，眼泪一把，也不跟叶小鱼说话了。之后，还嫌不够，又顺势从床上出溜到地板上装死。

甭说，这招儿还真灵，可把叶小鱼给吓坏了。他当真以为罗青橙脑子受得刺激太深，病倒了，就跪在她旁边的地板上，声音打着颤，一边推推罗青橙的肩膀，一边晃晃她的脑袋。

“宝贝儿，宝贝儿，起来……起来呀，你可别吓唬我！”

然后，叶小鱼费尽九牛二虎之力，将罗青橙给抱起来，倒腾到了床上。

谁知，他才刚一松手，罗青橙暗中摆动两条腿儿，“呱唧”，又滚回到了地板上，不声不响，也不哭，存心吓唬一下叶小鱼。

叶小鱼大颗大颗地掉着眼泪，胳膊腿儿一齐哆嗦着，伤心欲绝，跪在罗青橙旁边，费尽力气，再次把她给弄回床上去。

如此三番，筋疲力尽。

这天晚上，叶小鱼和罗青橙都没睡成。叶小鱼面色惨白，眼皮浮肿，抱着胳膊，坐在沙发上，警觉地不住左顾右盼。半夜，听见罗青橙又跑到洗手间里歇斯底里，叶小鱼不觉心惊肉跳，生怕他的“宝贝儿”出什么危险。

于是，叶小鱼挠着脑袋，开始在沉默中绞尽脑汁地想：想自己是不是真的做错了，想是不是还有可以补救的办法。可他一时也想不出来，便一声不吭地坐在那里，昏头胀脑地继续想。

叶小鱼一点儿都不知道，男人的沉默，对于女人来说，是多么可怕的重磅炸弹！

罗青橙一边胡折腾，一边始终也没忘记腾出一只眼睛，留神观察着叶小鱼的动向。此刻，见叶小鱼只顾窝在沙发里，闷声不响的样子，也不跟在她罗青橙的屁股后面追着闹着承认错误，罗青橙的心里，就甭提多难受了。

于是，罗青橙慢慢得出了一个结论：这事儿，明摆着，叶小鱼不再关心她了，也不再在乎她的感受了！也就是说，她罗青橙这回，是爱怎么作死，就怎么作死！他叶小鱼不在乎，他叶小鱼烦了，说句不要脸的话，爱咋咋地了！于是，罗青橙感到更加心灰意冷。

此后几年中，罗青橙一而再、再而三地上演这出好戏。她自己还没演够，叶小鱼却真的已经看得疲惫不堪了。

有一次，叶小鱼见罗青橙又躺在了地板上，蹬着两条腿乱划拉耍无赖，居然就下意识地从鼻子里发出了"哼"的一声，冷冰冰的，还说："以前我对你还有怜惜，现在……"

老实说，听到自己鼻子里发出来那么冷漠的哼声，连叶小鱼自己也暗暗大吃了一惊。自己的心，究竟是从什么时候起，变得这么硬了？"我还是从前那个对老婆柔情蜜意的男人吗？"叶小鱼问自己。

可没心没肺的罗青橙从来都不觉得，她在叶小鱼面前这样折腾，有什么尊严可以丧失，她以为自己永远是叶小鱼心中的"宝贝儿"。无论她怎么折腾，她也依然是。

可罗青橙没留神，在叶小鱼心里，事情慢慢变得完全不是那么回事儿了。叶小鱼心中的冷漠，在一点一点地聚积，他的心，也变得一天比一天更硬了。

罗青橙对此却浑然不觉。直到有一天，叶小鱼的这种冷漠和疲惫，以一种令她意想不到的方式，呈现给了她。

第20章

四个人的情人节

叶小鱼自打学过网球后，便兼任起了组织者，时常在网上或通过电话约上几个人一起打球。并信誓旦旦地答应罗青橙："只许跟男的打，不许带女的玩儿。"

既然那次"跟踪"的结果证明，叶小鱼果真没再让何飞搭车，罗青橙也就没再怀疑他。

这天下午，叶小鱼准备外出打球，正吃着午饭，他的手机响了。一看手机屏幕，叶小鱼似乎有点紧张，偷偷瞟了瞟罗青橙，见后者只顾吃饭，就拿着手机去了阳台。

叶小鱼"喂"字刚一出口，罗青橙"噌"地站起来，猫一样悄没声儿地溜到阳台上。叶小鱼一见她来了，立刻紧张起来，转着圈儿地想躲开罗青橙。罗青橙也不言语，扳过叶小鱼的肩膀，把耳朵凑到手机上去听。只听一个女声在那边说，今天下午临时有事，去不了了。

罗青橙立刻翻回客厅，叶小鱼压低声音说了几句就把电话挂了。回到客厅时却不敢看罗青橙。

"谁呀？"罗青橙问。

"球友。"

“女球友？”

“就告我一声儿，说今天下午有事儿不去了。”

“你不是说，一块儿打球的没女的吗？”

“……后加入的，忘了跟你说。”

“为什么偏给你打电话？”

“我不是……组织者嘛。”

“你不是答应过我，不带女的玩儿吗？”

“不就是一块儿打打球嘛，有什么呀，女的怎么了，我们好几个人呢。”

“您还想单打独练哪？”

刚说到这儿，罗青橙脑子里突然一个闪念，脸色陡变。

缓缓说：“是何飞吧？”

叶小鱼一激灵，没防备地承认了。

罗青橙万万没料到还真的是何飞，霎那间醋意大发，眼里涌出了一滴泪水，调门儿变得又尖又细：“我说呢，我还纳闷儿，怎么您每次打球都跟去过情人节似的。那车开的，火箭也没你快，您怎么没升月啊？美得球场都找不着了吧？您再美，也得在我面前刻意掩饰一下吧？您没注意到您每次出门，嘴都咧后脑勺去了？”

在罗青橙的“审问”下，叶小鱼只得老实“交待”，其实也不过一一证实了罗青橙的猜测而已：何飞确实一开始就位列其中，也是当中唯一一个女的。

“不是怕你误会嘛。”叶小鱼正色说，不见了往常的戏谑，也不看罗青橙。

“你喜欢何飞对不对？”罗青橙死死盯着叶小鱼的侧脸。

叶小鱼不置可否，目光迷离地望着窗外。

罗青橙连连追问了四遍。叶小鱼非常严厉地，以最快的速度坚决否认了，同时脸上却挂着一副高深莫测的暧昧表情。那种态度和神色是罗青橙非常陌生的，她不理解，以前从来没有在叶小鱼脸上见到过。这令她胸中有一股闷闷的感觉，为此深受折磨。

“你再别去打网球了。”沉默了十分钟以后，罗青橙最后说。她想：如若叶小鱼对何飞有任何感觉，她必须把这感觉掐灭在萌芽状态，她不能让叶小鱼继续和那女的有任何接触。

叶小鱼一开始死活不同意：“我好容易打出点儿模样了，就这么放弃？”

可叶小鱼也是头一次见到罗青橙的态度如此坚决。她就冷漠地甩了一句：“要打也可以，买个带皮筋儿的球，自己打。”

罗青橙一不做，二不休，把叶小鱼的手机抄过来，把何飞的电话号码全删了，虽然她知道这也阻止不了他们继续通话。

叶小鱼非常生气。大概和罗青橙结婚以来，头一次心里这么气愤。不过，这次他几乎没跟罗青橙争论一句，闷声不响地把怨恨全埋在了心底。

罗青橙也把怨恨埋在了心里。无论如何，她对叶小鱼无法再度全然信任，也无法摆脱这样一种印象：那就是，叶小鱼的确被何飞所吸引。这件事上，她甭管此刻，还是后来，从来也没相信过叶小鱼怎么说、或说什么。她凭的，只是自己对这事的感觉。这种感觉在她头脑里时间长了，就真事儿一样了。

此后，他俩正经冷战了很长一段时间。

罗青橙缓过神儿来以后，在心中还留有一丝悲凉的同时，为了驱走叶小鱼心中可能残存的何飞的影子，打足精神，对叶小鱼加倍温柔起来。

他俩婚后的第一个情人节到了。

“咱们出去吃饭吧，啊，叶叶儿，重温一下做情人的感觉。”

罗青橙白天在单位主动打电话约叶小鱼，和颜悦色地说。

结婚以后，这还是头一次过情人节，罗青橙有点儿不习惯了，有种久违了的、羞答答的亲切感。

晚上七点半，他们手挽着手，走在大街上。看到满大街的男男女女，都和他俩一样，一对一对的，跟结婚蛋糕上的小糖人似的，牢牢地“粘”在一起。

女的被男的搂着肩膀，男的被女的抱着腰。女孩儿的手里，还尾巴似的伸出一支玫瑰花，什么色儿都有。

罗青橙发现，不少少男少女，大概还是没上大学的学生，就顿生感慨，跟叶小鱼说：“咱上中学那会儿，真是什么都不懂，那叫一个傻哟……瞧人现在的小屁孩儿！”

“你现在也不比人小孩儿懂得多呀。”叶小鱼懒懒地说。

罗青橙捶了他两下。

他们手牵手进了一家不大的饭馆。兴许是过节的缘故，里面居然已经没有空位子了。

服务员小姐笑咪咪地走过来，说：对不起，今天客满，实在没有小桌子了，现在只剩一张大桌，要不，您二位先用大桌？

罗青橙想：呦，这不那什么，拼客吗！跟过去一看，一张大圆桌，蒙着雪白的桌布，一家子聚会都够用了，位置还在饭馆的正中央，灯火通明。不像边边角角，点个蜡烛、投个影的，多有情趣！

于是就有点儿扫兴。

不过，眼下她也不想再去其他的饭馆，只好将就了。

偌大一张桌子，只有他们俩，紧紧挨着，挤成一堆儿，看上去颇滑稽。不过，罗青橙反倒觉得，这情景挺可爱，尤其周围大大小小的桌子全都挤得满满的。

他俩的菜上得还挺快。没想到，刚动了一筷子，服务员小姐又过来了，依旧笑眯眯的，说：对不起，现在座位紧张，能让他们这二位，也坐这一桌吗？

罗青橙抬头一看，服务员身后跟着两人，看上去像是一对大学生，或者大学刚毕业的情侣之类的，就赶忙说："非常时期嘛！可以可以，没问题，快坐吧快坐吧！"

那两人连声谢谢，就坐下了，也点了菜。

他们的菜还没上来。于是，就大眼瞪小眼地看着罗青橙和叶小鱼两人吃。大桌子中间，一个透明的玻璃碗里点着一根蜡烛。这两对互不相干的情侣，就这么面对面地坐在一起，隔着蜡烛，互相躲避着对方的眼神。

这还是头一遭，罗青橙多少觉得有点儿别扭。她突然觉得特可乐，就想大笑，忍了半天。

那对情侣也觉得有点儿别扭。于是，沉默了一会儿，男的就把自己的女朋友紧紧搂过身边来，笑着跟叶小鱼和罗青橙开口搭讪："你们……也是来过情人节吧？"

叶小鱼说，是。

这时，那对情侣的菜端上来了。男的又笑着往中间推过一个大盘子，问："要不要尝尝我们的炒田螺？"

罗青橙赶紧说："谢谢，谢谢，不用了。"

"看样子，你们还没结婚吧？"那男的又问。

一听这话，罗青橙差点儿笑出声来："你怎么知道的？"她仰着脑袋连连问。

"看样子像，这么甜蜜！"那男的说。

罗青橙一听，登时大喜过望。她和叶小鱼结婚时间也不短了，自我感觉已是老夫老妻，近来又闹过一阵别扭，正担心他俩的关系，没想到，在外人眼里，竟还是如此甜蜜的一对佳人！

就高兴地叫道：彼此！彼此！

叶小鱼在一旁很无奈。眼睁睁瞅着自己老婆罗青橙又开始兴奋过度，还跳着脚儿站起来，非要隔着桌子跟人家碰个杯不可。结果，比过春节还热闹，情侣餐吃成了四个人的。

晚上回到家，洗完澡，罗青橙爬上了床，一边坐在被子上挠着小脚丫子，一边又兴奋异常地叨叨开了这件事。

叶小鱼换上睡衣，撇了撇嘴，不屑地说："人家也就随口说个好听的呗，你还当真相信了。"

罗青橙笑了："怎么不信，人家就是凭一个印象，说的当然是真话……人奉承你干什么呀，你又不是他领导！"

"人家看咱俩甜蜜，那还不好！"叶小鱼也笑了。

"我正是为这高兴呀……看来，咱俩的关系，还不是想象中的那样坏嘛。"

过了一会儿，罗青橙又笑着跟叶小鱼发挥起来："没准儿把咱俩当成情人了吧！要是将来我真有了情人，你会怎么办？"

"别废话！"

"我是说……假如？"

罗青橙又开始不老实，晃着叶小鱼的胳膊，死皮赖脸地缠住他不放，非让他回答。

叶小鱼拗她不过，只好说："你要是有了情人，最好还是别让我知道。"

"要是让你知道了呢？"

"我会杀了他。"

"那我呢？连我一起？"

"不杀你。"

"为什么？"

"舍不得。"

"那万一，你要是有了情人呢？或者心里早就有了情人呢？"罗青橙突然冷冷地问。

"不会。"

罗青橙哼了一声，转过去了。

叶小鱼嘴上虽然这样说，心里却很是不以为然。他突然想到了何飞，自打罗青橙发狠下令以后，他再也没碰过网球，也不愿再碰，也再没跟何飞联系过。

叶小鱼有点儿自责地想：自己虽然还算老实，可也不是什么正人君子。他觉得，人的婚姻是极其脆弱的。如果有那么一天，有个女的对他叶小鱼一见倾心，二见倾情，而这女的，又恰恰是他叶小鱼中意和神往的，他不敢说，自己一定不会对那女的动心动肝动肺。

尤其是跟罗青橙不停吵架的时候，吵到痛苦"齐腰深"，吵到"意乱情迷"，吵到他只想拚命敲耳朵，他更不敢保证，自己那时是否还会出于习惯的力量，和罗青橙拴在一起。很可能，他会偷偷开个后门溜掉。

即便他明明知道，跟其他的女人时间长了，很可能也全都是一个结果，那他也渴望冒险一试。就像他爱吃川菜，明明知道自己吃了辣，胃会难受，可是饥饿难耐的时候，他依旧忍不住想去尝尝。

“想什么呢？”罗青橙突然转过身来，一声怒吼：“眼儿都发直了！想何飞呢？”

“想你呢！”叶小鱼脸不红心不跳，舌头一卷，顺口胡编。一边还得意地想：这就是已婚男人必经的“成长”历程。

“要是哪一天，我不愿意跟你过了，想重找一个呢？”罗青橙掰着叶小鱼的指头，又问。

今晚她的“思路”异常广阔，一望无边。

“那你找吧……找好了，跟我说一声儿。”

“你呢，要是哪天你不愿跟我过了，想重找一个呢？”罗青橙又问。

“不会。”

“为什么？”

“你不是挺好的嘛！再说，找对象儿忒累，忒麻烦，我不想再趟那浑水了。为了一个‘累’字儿，我也不会跟你离，你就放心吧！就是离了，也不敢再结了……就是再结了，也不敢再离了！”

“胡说什么呢你……臭贫！”罗青橙笑了。

叶小鱼突然激动起来，搂过罗青橙，在她脸上温情脉脉地亲了一下。然后放开她，双手枕在脑后，出神儿地望着天花板。半晌，满心惆怅地补充了一句：“我在这个世界上，只有钱跟老婆是真的，要是哪天你再不跟我吵了，该多好！”

罗青橙看了叶小鱼好半天，有点儿不敢相信的样子。

“你说的……都是什么呀，真情假意呀？你妈真是白养你了，听你那意思，连你妈都是假的，她要是听见，得多寒心哪！我看，你对我也快了……没准儿已经这样了……如果你把我放在心上，你又是什么时候给我买过花？你看今晚哪个小姑娘手里没花啊？”

叶小鱼不耐烦地说：“那花都是虚的，有什么意思，我的工资，不是全都上交你宝贝儿领导了吗，那可是看得见、摸得着的……你不就是喜欢钱吗？”

罗青橙立刻表示抗议。

叶小鱼没搭理她，反而正经地说：“我觉得，咱俩的基础……还是不错的，现在也还挺好，我只是不想老和你吵，你要是还能跟结婚前一样，就好了。”

罗青橙不干了，身子一拧，故伎重演：“嫌我不好，你找好的去呀！”

叶小鱼一听，立刻厌烦地转过身去。

罗青橙也不跟叶小鱼计较。此刻，她还沉浸在快乐之中。一想到自己跟老公，在别人眼里是如此甜蜜的一对，管它是真的还是假的呢，罗青橙还是感到由衷的快乐。毕竟群众的眼睛是雪亮的！即便暂时的甜蜜，也够她消受了。

罗青橙一转念，又有点儿悲观：她怎么能相信叶小鱼会一辈子把她当成唯一的宝贝呢？

第21章

表妹也闪婚

星期六中午，叶小鱼又催着罗青橙去他家。叶小鱼他妈每周一次的家庭聚会，都已经成了惯例。罗青橙有时候心里不胜其烦，跟叶小鱼抱怨：都累了一个礼拜了，好容易歇两天，又得去他家报到个半天。她只想和叶小鱼两个人在家里舒舒服服、痛痛快快地休息休息。

从叶小鱼家出来，已经快傍晚了。叶小鱼和罗青橙决定，顺便去趟罗青橙的姨妈家，有两个礼拜没去了。

他们俩商量着，今天索性一块堆儿把两家全都拜到了。星期天，两人就可以不用出家门，就在家里起腻，窝在沙发上看它一天大片。

叶小鱼还对着罗青橙的耳朵胡说八道了一通，罗青橙嘎嘎笑着，照准叶小鱼的胳膊就掐，叶小鱼佯装疼得嗷嗷直叫。

"真没想到，琳琳居然也闪婚了。"

停好车，罗青橙边下车，边突然叹了口气，跟叶小鱼说。

"你表妹找的不是博士后嘛……厉害呀！"

"嗯，不过当初我怎么也没想到，她居然那么快就决定把自己嫁了。"

"你不是说，是你姨妈逼婚嘛。"

"我姨妈可真太厉害了，以前还真没想到。为了宝贝闺女的婚事，我看她这次把看家本领都给使出来了，真是先揉碎琳琳的心，再操碎自己的心。”

罗青橙结婚后不久，琳琳又交了第五个男朋友。男孩儿长得特帅，年龄跟琳琳差不多，两人好得如胶似漆。可琳琳她妈非觉着男孩儿层次低，没钱，坚决不同意他俩在一起。可琳琳跟她妈一样的倔脾气，死活就是要跟着他。

结果，恨得牙根儿痒痒的姨妈发誓：不拆了你们俩，我死都不能瞑目！琳琳也跳着脚儿赌咒发誓：你管不着，我死也跟他一块玩儿！

整整一个冬天，琳琳不停地跟罗青橙打电话诉苦，揭发她妈怎么怎么冷酷无情地干扰她，还让罗青橙帮她想出点儿好主意对付她妈。

罗青橙从心里往外不愿意管这件事。因为姨妈的脾气她知道，不达目的，誓不罢休。再说，她怎么可能背叛姨妈，跟琳琳“串通一气”呢？

罗青橙觉得，姨妈管女儿，用叶小鱼他妈常说的一句话，就是“天经地义”，罗青橙觉得自己真的不便从中做什么工作。为此，琳琳少不了赌气埋怨她：“真不够朋友！”

下了决心的姨妈说干就干，整天就只想着一件事：追踪干涉自己的女儿。

只要让她见到自己倔脾气的女儿跟男朋友在一起逛商场、压马路，就立刻围追堵截，也不管是什么场合，不由分说，上去就是一通臭骂。

姨妈的方法很特别，她从来不骂女儿的男朋友。尽管男朋友就惊恐万状地站在一旁打哆嗦，姨妈根本连看也不看他，眼里就跟没他那么个人似的。单单骂闺女，骂得还不好听。琳琳若想分辩，惹得她老人家一时兴起，上去就“啪啪”两个耳光，毫不手软。

这些事，琳琳没跟罗青橙说过，琳琳觉得太没面子，倒是姨妈亲口原原本本告诉了罗青橙。那时候，罗青橙也十分惊恐，觉得姨妈气得就跟疯了一样，逮谁跟谁说，亲戚朋友简直无人不晓。

如此这般几次，琳琳的决心虽然丝毫未变，她那男朋友倒是知难而退了，他再也经受不起这种担惊受怕的难堪日子。临走，还给琳琳甩了一句："你妈，实在是太厉害了……对不住哇，实在不敢再跟你来往了。"

于是琳琳这边哭得昏天黑地，她妈那边乐得"张灯结彩"。

紧接着，姨妈把闺女圈在家中，张罗各方亲朋，广搜青年才俊，终于给女儿相中了一个，是个博士后，学的专业也热门儿，就是人长得稍微难看了点儿，年龄比叶小鱼还大不少。可姨妈跟琳琳说了，女孩儿要嫁，就得嫁一个老实、稳重、有事业心的男人。

"这男人，绝对错不了，你还不相信你老妈我的眼力？"姨妈苦口婆心，拍着胸脯打着包票，信心十足地告诉琳琳。

琳琳是个长相非常漂亮的姑娘，那男的一见她，果然十分喜欢。

可琳琳开始很不愿意，说，互相不熟悉，没感情，还是原来那个好。可终究架不住她妈成天寻死觅活、软磨硬泡，烦了。终于有一天，也学她妈的样儿，突然来了个180度的大转弯，负气一般，趁她妈一个不留神，偷偷拿了户口本，闪电式地跟那男的登记结婚了。

她妈闻听此讯，多少有点儿恼。本来握着柄剑，正憋足气力使劲往前冲着呢，却不料对手忽然一闪，转悠到她身后去了，让她白白使了半天劲儿，扎了个空。

姨妈小小不言的"烦恼"过后，自然是乐坏了。

结果证明，这男人还真不错，琳琳觉得她妈真是没看走眼。

结婚没多久，蜜月一过，琳琳就神采奕奕、满脸笑容地告诉罗青橙，说：他们两人现在好得就跟一个人似的。

罗青橙闻听此言，惊愕得下巴都快掉下来了，想：您这也太快了吧？！就暗中感叹道：谁说不能先结婚后恋爱，边结婚边恋爱，真是太不可思议！

“我对我闺女，这还不是首功一件！”姨妈得意地逢人便吹。

罗青橙跟叶小鱼一边说着这些不久前发生的事，边拎着一大板香蕉、几斤苹果，敲开了姨妈家的门。

刚一进家门，罗青橙猛然发觉，姨妈家好像有点不大对劲儿，可又说不清到底哪儿不对了。

琳琳和她老公也来了。罗青橙刚一进来的时候就看出，姨妈母女俩好像闹过别扭了。两张斗鸡似的脸，一见着罗青橙和叶小鱼，才尽力平和了下来。琳琳跟罗青橙打招呼的时候也是苦笑，脸上似有泪光。

罗青橙帮姨妈做了晚饭，姨妈也不怎么开口，脸上没有好颜色，大概净想心事了。罗青橙偷偷瞅着她，也没敢细问。

叶小鱼和琳琳的老公两个男人坐在沙发上聊天。

吃饭的时候，从娘儿俩的零星对话里，罗青橙终于明白是怎么回事了。

原来，琳琳怀孕了。

“这是好事呀！”罗青橙没心没肺地笑着说。

可看姨妈那脸色，怎么也不像是一件好事。

琳琳好像也犯了一个天大的错误，触了天条似的，从屋里出来吃饭时，默默不语。

姨妈不时用巴掌拍着自己的大腿，看样子这气生得还不小，爆豆似的话，把罗青橙吓得一愣一愣的。

“我不是和你说过，千叮咛万嘱咐，要你小心点儿、小心点儿嘛，怎么还出这种事……赶紧做了去。”

琳琳苦着脸，一副千错万错都在自己的神气。看她这样子，姨妈更是怒向胆边生。

“你这一生孩子，事业可怎么办？刚毕业了两年，好不容易找到一个好工作，才干了多久哇，你要是现在生这孩子，恐怕这辈子就完了！我的老身子骨为了你，差点就没打散了架，好容易把你的终身大事给安排好了，你自己又给自己添乱，你就这么报答你妈？”

“姨妈，没那么严重嘛！”罗青橙在一旁实在看不下去了，很不以为然地说。

“怎么没那么严重？”姨妈狠狠白了外甥女儿一眼，罗青橙赶紧闭嘴。

接着，姨妈的枪口一转，又对准了女婿，望着一直沉默不语的女婿，她的语调里满是讽刺和鄙夷。

“当初，真是觉得你不赖，我才肯把独生女儿宝贝闺女嫁给你。我知道，你妈你爸现在退休了，闲着没事儿干，整天念叨着要抱孙子，抱孙子。你又是独生子，当儿子的孝顺，我理解。可是你怎么那么自私，让我闺女给他们生孙子，他们倒是高兴了，我闺女的前途可怎么办？她一生孩子，那么好的位置，还不得马上让别人给顶了，还说什么……意外，我看不像什么意外，合着你们一气儿串通好了，拧成一股绳地坑害我闺女呀。”

罗青橙听得胆战心惊。可见琳琳的老公坐在一旁，也不言语，也不解释，也不生气，就给一耳朵听着呗，让姨妈她老人家自己跟空气打架。

罗青橙心里边赞叹“瞧人家这涵养”，边心里纳闷儿：姨妈老人家，这回怎么又来了个180度大转弯，看不上女婿了？

“妈，我就算是生孩子，也不一定就会影响工作的。”琳琳还想抗辩。

“怎么不影响？我一心一意指望着你能在事业上顺顺当当的，大学也不白念，那么早要孩子，什么事都得耽误了！”

“妈，人家小玉……不也是刚结婚就要了嘛！”琳琳还不甘心。

没想到，一提小玉，姨妈心里、脸上都更加不平衡了。

“还提她？人家可是正经嫁了一个大款，整天在家养孩子、做美容，你能跟人家比吗？你有人家那福气，还用我跟你操这么多的心……你能靠上谁，还不得靠自己蹦跶去呀！”

琳琳一听，再也受不了了，大声嚷嚷着：“当初你非让我嫁给他，现在又说我靠不上他，里外反正全都是你，你怎么知道我指望不上他？你怎么知道我靠不上他？你就等着瞧吧！”

说着，琳琳气得丢下饭碗跑了。

琳琳的老公更加沉默。罗青橙偷偷看看他，再一次证明人家的的确确有涵养，听了这些话，丝毫也看不出气急败坏的样子，就跟和他一点儿关系都没有似的。

姨妈没理会被气跑的女儿，接茬儿又跟罗青橙唠叨开了：“别说小玉，我同事的闺女，跟琳琳一般大，人家都到美国留学读研究生去了。还有一邻居，跟了老公去了英国了，前儿她妈还跟我炫耀，说闺女写信来，说在英国找着工作了，挣英镑！你瞧瞧人家那得意劲儿……你说，琳琳这么早生孩子，从此就算被孩子给绊住手脚了，还能有自己的发展吗？将来，拿什么跟人家比？我这一辈子争强好胜，怎么养了她这么个没心机的傻丫头，我都没脸见人了。”

“我生孩子，你为什么没脸见人？”

琳琳从那屋里喊了一句出来，随后，终于被她妈给气得嚎啕大哭了。

琳琳的老公在一边还是始终也不说一句话，也不打圆场，就心平气和地听着。

果然后来没多久，罗青橙就明白这男人沉默背后的意义了。

“您就别说了，消消气，先吃饭，有话慢慢说。”罗青橙劝她姨妈。

“你呢，青橙？”姨妈撂开琳琳，又转向罗青橙：“你妈在外地，你在北京呢，就我这么一个亲人，我就把自己当成了你的妈。你有什么事情，一定得跟我讲！就像生不生孩子这种事，不能听别人的，尤其是不能被婆家人指挥，自己想要才要，自己不想要，就不要，知道吗？那是你自己个儿的事儿！”

罗青橙点点头。

晚上，回到家，叶小鱼边上床，边跟罗青橙逗闷子：“你姨妈她老人家可真叫厉害，I算服了U。得，我算看明白了，谁在她眼皮子底下，都甭想逃过她老人家的如来佛巨掌。训完闺女，又管外甥女，只要她老人家不高兴，谁都甭想高兴。”

“你别那么没良心，我姨妈可从来没说过你一个‘不’字，还总是夸你好呢！”

罗青橙恶狠狠地捶了叶小鱼一拳。

又眯着眼，恍然大悟一般，说：“我知道了，我说你怎么不满意我姨妈呢，是不是听她说，‘要不要孩子由我自己说了算’，你不高兴了？”

叶小鱼矢口否认。又笑着问：“你表妹都快有孩子了，那咱什么时候也要个崽儿？就今年……要不，现在就要？”

罗青橙没搭理他。这是叶小鱼结婚以后，第二次主动明确跟她提出这个要求。罗青橙自己还没想明白呢。

没想到，过了大概小半年，姨妈的态度就再次来了个180度的大转弯儿。

姨妈欢天喜地、眉飞色舞地告诉罗青橙，说：“琳琳哪，这回要去美国了，跟她老公一起走！”

“真的？”罗青橙听了，有点不相信似的。

“我那天大的好女婿呀，他导师在那边帮自己这爱徒找了个工作，琳琳就要跟他一起去美国享福去了！”

姨妈说得两眼放光，喜形于色。

又通体舒畅地说：“这下，我们琳琳可出人头地了，亲戚朋友们，还不都羡慕死我了。这回，琳琳这丫头总该感谢她老妈我了，要不是我，她小臭丫头哪里会有今天，还想去美国！当初还跟我犟！还有哇，孩子的事儿，幸亏她没听我的，给留了下来。我这半年的气，也总算没白生。到了那边，孩子一生，我那大外孙子，可就是小美国人儿了……不行，我得跟琳琳说说，让我闺女生他仨、俩的，让她老公养着，美国那么好，不生几个，多么可惜了儿的！”

罗青橙见姨妈语无伦次，看来是乐坏了，就笑道：“姨妈，瞧把您给美的！”说着，她也不禁跟着姨妈一块儿傻乐了起来。

“琳琳她老公，带琳琳出国，不是就为躲开他老丈母娘吧。”晚上，听完罗青橙的鹦鹉学舌，叶小鱼开玩笑地说了一句。

“你以为人都像你那么‘鼠肚鸡肠’啊？我还想你带我上美国躲开你们家呢！”罗青橙不客气地回了一句。

叶小鱼立刻就不响了。

临去美国前，琳琳特地单独请表姐罗青橙吃了一顿饭。

吃完饭，两个人喝着橙汁，四目相对，罗青橙眼里忽然就有了泪光，都觉得彼此有些依依难舍。

罗青橙发现，琳琳挺着大肚子，好像一下子就成熟了许多。

伴着远处的钢琴声，两人聊了很多，对婚姻感触都颇深。

罗青橙擦了擦眼睛，真心地说："你老公真不错，你真该感谢你妈。我挺羡慕你呀，因为到了那边，就你们两个人，家里面再没那么多乱事儿，至少也是鞭长莫及了，就像到了外星球一样。真希望，我和叶小鱼也能像你俩一样，就好了。"

琳琳"扑哧"一乐，她很清楚表姐罗青橙在想什么，罗青橙和叶小鱼的摩擦，以前都没少灌进她的耳朵。

琳琳就说："其实也不见得，姐！那时候，我妈把我跟上一个男朋友打黄了，我还正经恨过她一阵儿，不想活了，让我妈后悔死。以前，我一直觉得，爱情是自发的，就是说，两人得一见钟情，才能谈到爱情、结婚，现在我才知道，爱情原来可以凭空创造培养出来。当然是要有个前提：你要门当户对，你要找对了人。你看我，结婚时也不是多情愿，百分之九十是跟我妈赌气。可是，结婚以后，我才慢慢发现，原来我身边的人果然是个好丈夫。这大半年，我忽然就生出一种想法，我觉得对我一生最重要的人，不是任何别的什么人，不是我爸，甚至都不是我妈，而是我老公……不过这话要是给我妈听见，她得气死！你可别告诉她呀！"

两人都乐了。

"也许你说得对。"罗青橙说。

琳琳又说："我看你跟叶小鱼挺般配的，甭管家庭背景，还是学历、长相、秉性……"

"咳，相生相克呗！"罗青橙插嘴。

"以后你就别跟叶小鱼吵了，姐，吵吵闹闹的，伤的还不是你俩呀。你俩得过一辈子，好几十年呢！你好好想想呀，啊，姐！"

罗青橙低头不语，不停转动杯子，只感到前途一片茫然。

第22章

再一次分榻而眠

琳琳走后，罗青橙又一次被叶小鱼拉着回他妈家。现在罗青橙有点儿害怕跟他回家，她感到在这个夏季里，自己很孤独。好在，她有叶小鱼。

她时不时想起琳琳的话。她何尝不希望，自己跟叶小鱼再也不吵再也不闹，永远好好地、好好地过下去。

一家子坐在客厅里，说说笑笑。叶小鱼他妈开始跟儿子七大姑八大姨地汇报着亲戚们的近况。叶小鱼只是嗯嗯唔唔地应付着他妈。罗青橙没精打采地看着电视。

说着说着，叶小鱼他妈又聊到了叶小鱼的表弟小健，精神一振，满脸净是喜色。

“你知道吗，小鱼，这回咱家又出息一个，你表弟小健就要来北京了！他不是快毕业了吗，在北京找了份儿工作，已经把合同都签了，还是正式在编，铁饭碗，比你强……当初，我和你爸死活劝你留在研究所工作，你说什么都不同意，说什么挣钱少。现在你挣钱倒是多点儿，可往后呢？你这工作还能不能保住，都很难说。等到老了，没准儿喝西北风去吧！你什么都不听我们的……看人家小健，就是有先见之明，找了这么个响当当的单位，这一辈子，都有了靠山了！还有，往后也不见得比你挣得少。”

叶小鱼也不说话，也不反驳他妈。

“叶小鱼的表弟……不是想去澳大利亚留学吗？”罗青橙在一旁听着，好奇心又控制不住地被激发起来，忍不住问。

叶小鱼他妈扭头看看罗青橙，好一会儿，说：“他呀……又不去了。”

“不去了？怎么又不去了？”罗青橙不知趣地继续问。

“他可能是没借够钱，或者，像你大舅说的，又改了主意了，就不去了。那个什么‘思’的考试，他都考了，你大舅说，分儿还挺高的。这回又不去了，用不上了，可惜了儿的。”

话音落了还没两秒钟，叶小鱼他妈好像又记起了什么似的，说：“噢，小鱼呀，你借给你表弟那五万块钱，也就用不着了，这不，你大舅已经给我退回来了！”

罗青橙如同被当头浇了一盆冰水，登时就冻在了那里。叶小鱼也呆了，瞪瞪地看着他妈。他妈的话，如同一个晴天霹雳打了下来。

叶小鱼他妈没顾得上瞧儿子，只惊愕地注意到了罗青橙脸上那突如其来的变化，叹了口气，说：“这回，是你表弟他自己不想去留学了，若是因为咱不借他钱，去不成了，那他还不得怨咱一辈子啊！以后咱这亲戚，还怎么走动啊！”

“妈！”

叶小鱼脸色苍白，突然怒吼了一声，低低地说：“咱不是说好……不提这事儿么？！”

“哟，哟，你看我这记性，一说起你表弟工作的事，高兴，一高兴，就给……忘了！”

说完，叶小鱼他妈懊悔地一拍脑门儿，转身离开了。

叶小鱼快速地把手里剩下的半个梨啃完，皱着眉，把梨核也一股脑儿塞进嘴里，嚼碎了，酸得龇牙咧嘴的。然后，谁也不理，一人回屋去了。

叶小鱼他妈兜了一圈儿，又转了回来，坐在罗青橙旁边，摇着蒲扇，跟什么事都没发生似的，看起了电视，不时对电视剧情发表一些个人见解。

罗青橙没跟着叶小鱼回屋，脸上反而一副没事人似的样子，慢条斯理地，也拿起了一个梨，啃了起来。还连连说：甜，瞧这梨长的，好看，真甜！

吃完了，又慢条斯理地站起身，踱进叶小鱼“躲藏”的屋里。

进了门，罗青橙就一句话：“姓叶的，咱这就走，外边去，我不想在这儿跟你吵架，免得你妈听见。”

叶小鱼面如死灰，二话没说，马上站起身来，跟他爷爷奶奶打了个招呼，就大踏步跨出了家门。罗青橙紧紧尾随其后。

到了楼下，罗青橙偶尔往楼上望了一眼，见到叶小鱼他妈的脸，贴在玻璃窗上，正看着他俩。

罗青橙一抬头，叶小鱼他妈马上就不见了。

“我跟你说……”

叶小鱼刚一开口，罗青橙就一把快刀似的斩断了他的话。

“甭说！你只告诉我，你哪儿来的钱，哪儿来那么多的外快，哪儿来这么丰满的小金库？”

罗青橙的话一句压着一句，眼睛像刀锋一样，直戳着叶小鱼的心窝儿。

见叶小鱼闭了嘴，罗青橙开始连讽带刺：“姓叶的，料你也心知肚明，你妈把你给卖了！为了让我罗青橙不痛快，你妈宁愿豁出你和老婆打架！”

叶小鱼感到罗青橙这句话也许有点儿真实成份，脸色更加不好看了。

好半天，叶小鱼才憋出一句："我妈她不是成心的……她让咱打架，你就跟我打呀？"

罗青橙也不接叶小鱼的话头，自顾自说："你妈不就是想证明，我罗青橙不肯借给她大侄子钱，她照样有本事从她儿子兜里抠出钱嘛。"

叶小鱼说："那五万块钱，是我跟我同学借的，他做生意挣了钱，我们大学同学一场，关系不错，就借了。"

"钱虽然退回来了，那利息呢，多少利息，谁来还，你还，对不对？"

叶小鱼不吭声。

罗青橙一甩手："咳，我问的……全是废话，你借的钱自然你来还。不过，你表弟要是真拿了钱去澳大利亚，这本钱将来如果还不上，你让我背这个债呀？"

"怎么会让你背呢，我自己还哪！"叶小鱼忙说。

"你的钱就是我的钱！"

"我表弟不是又不去了嘛！"

"可万一他要是真去了呢？"

"你老是万一，老是假设，他不是又不去了嘛！"叶小鱼觉得罗青橙逻辑混乱。

罗青橙不想再跟叶小鱼打罗圈儿架了，她闭了嘴，也闭上了眼睛，只想哭一场。

她再次感到：女人跟男人打架，果然是鸡同鸭讲，猫狗对话。

同时，罗青橙又灰心地感到，自己跟叶小鱼用的，根本就不是一个逻辑。从结婚到现在，从来都不是。他俩之间永远也没有办法真正对话，真正沟通。

罗青橙觉得自己和叶小鱼，就是一只猫，和一条狗。猫对狗摆尾巴，本意示威。狗却以为猫在邀自己同游，立刻扑上去亲热。结果尝到的只是猫的利爪。羞辱难当之下，狗奋起追猫。可猫最恨的，就是别人追它。

她跟叶小鱼这场“猫狗大战”打得非常糊涂，极其糊涂，令罗青橙郁闷难当。她觉得：不怪猫，也怨不得狗，它俩原本用的就不是同一种语言、同一种逻辑！

就如同男人和女人一样！

就如同罗青橙跟叶小鱼一样！

晚上，罗青橙和叶小鱼再一次分榻而眠。每次吵过架，叶小鱼都不用罗青橙撵，自动自觉地抬起脚就跑到小屋去睡。

其实罗青橙大多数时候根本没有撵走叶小鱼的意思，只是叶小鱼自己老大不乐意吵架之后还和罗青橙同床而卧。他也根本不给罗青橙商量的余地，拿上枕头就走。

罗青橙觉得自己和叶小鱼的关系，再也不是初恋和新婚的时候那样单纯那样美丽了。一种说不清的东西，已经横在了他们中间。他俩之间的距离在渐渐地、冷酷地、无形地拉大。眼瞅着叶小鱼一天天对自己冷淡下去，罗青橙真是毫无办法。

罗青橙只好一个人睡，反正这又不是第一次了。

睡觉之前，罗青橙往音响里放了一盘海浪音乐CD，把音量调到很低很低，让自己刚刚能够听见。伴着低沉的音乐，罗青橙带着对叶小鱼的怨恨，睡下了。然而，她发现自己根本无法真正安眠。

整个晚上，低沉的海浪起伏不息，孤独的海鸟发出惶惶、寂寞的鸣叫，舒缓忧郁的曲调，在她的枕边回旋不休。

虽然罗青橙在睡梦中，可她的脑子，却似乎格外清醒。她感觉自己仿佛整晚、整晚漫步在寂寥、空旷的海岸，海风吹拨，碎雨横飞，无人陪伴，形只影单，不得停歇。

罗青橙感到冷飕飕的，脚也很累了，她只希望出现一个人，能陪自己走上一程。

结果，真的来了个人，却不是叶小鱼，而是一位骑着黑马的黑衣骑士，态度傲慢，气宇轩昂。

罗青橙一跌一撞地奔过去，长长的裙子马上被海风吹得鼓鼓涨涨起来，差点儿就把她掀到海里去，她的牙齿也咯咯直响，用手抹了两把脸上的海雾。

她惶恐地告诉那个黑衣骑士，叶小鱼又不要她了。她要骑上马，跟黑衣骑士一起，离开，遁入茫茫海上，让叶小鱼有朝一日回心转意，却再也无法找到她。那样，叶小鱼就会懊悔，一生、一世。

听了这话，那骑着黑马的骑士却心猿意马地撇了撇嘴，跟叶小鱼一模一样，那神情里充满了不屑、冷酷。然后，骑士定睛看了她好一会儿，策马绝尘而去，始终不曾开口。

把罗青橙一个人凄然绝望地抛在冰凉的海岸上。

第23章

细雨如是说

一晃儿，细雨学成归国了。

这么长时间，净是发Email了，此时又听到老朋友的声音，罗青橙心里非常高兴，在电话里聊了老半天，急急地盼望见到细雨。

一个下午，细雨给罗青橙打电话，约她咖啡馆见。

“我现在是大闲人一个，只好等你下班了。”细雨在电话里笑着，无奈地说。

罗青橙先到。她找了一个临窗的位置，音乐若即若离地飘着。

她往一杯咖啡里加了一勺又一勺糖，用小勺轻轻地转着圈儿搅，呆呆地看着白沫在杯子里旋转。

罗青橙不觉回想起从前，多少次也是在这儿，她和细雨一聊就聊上好几个小时。那时细雨意气风发，如今转眼回国已经有一段时间了，工作没找着合适的，人倒是显得没精打采的。

不一会儿，细雨进来了，脸上还挂着相。

最近罗青橙从电话中听说了细雨和刘也正在闹别扭，便笑着问：“怎么，又和你老公吵架了？”

“没有，还有什么可吵的呀。”

细雨坐下来，放下包，也要了一杯咖啡。罗青橙觉得细雨不再像往常一样，而是一副不苟言笑的样子，人也比出国前瘦了，头发剪短了。

罗青橙看着她，没敢直截了当地问，便笑着说：“那么，是工作的事，别着急，慢慢来，现在找个工作不容易。可凭你的学历，准能找着个好的，耐心等候，机会总会出现在你的面前！”

“不是工作的事，让我烦心的不是这个。说实话，工作就是那么回事儿，对我来说，什么才是最重要的？家庭！”

过了一会儿，细雨又说：“罗青橙，你说，我跟刘也结婚，会不会犯了一个错误？”

“你后悔嫁给他了？”罗青橙有些惊愕。

细雨沉吟了一会儿：“嗯，我们俩都打算离婚了！”

“离婚？”罗青橙不禁失声叫出来。

罗青橙见细雨眼里噙着朦朦胧胧的泪水，就没敢接着往下问。

“我们之间，时间太长了，相互厌烦了。”细雨说。

罗青橙皱了皱眉：“这可不好……当初你们俩多好呀，你忘了？”

“我当然没忘，可现在……我实在是受不了了。”

“怎么了？”

“我受不了刘也整天跟别的小女孩儿来来往往。”

“你该不是说……刘也他有外遇了吧？”

细雨摇了摇头。

“外遇倒说不上……你知道，我在德国学习的时候，最诱惑我的事，也最让我烦心的事，是什么吗……就是上网，你知道为什么？”

罗青橙已经隐约猜出了一些。

“我老公刘也在国内干些什么，我都门儿清。我知道他邮箱密码。在国外的那些个晚上，我一有时间，就进他邮箱。每次都跟喝毒药似的。我把刘也和那些小女生来来往往的信件统统浏览一遍，越看越伤心，越看越郁闷。其中有一小女孩儿，我早就知道她的存在，是刘也以前公司里认识的。刘也这种男人，就讨小女生喜欢，觉得他成熟，有男人魅力，那女孩儿大学刚毕业就在他们公司实习，就开始和他死摽。不过刘也大概没什么想法，觉得小女孩儿不适合自己，还是和我结婚了，没想到，他们现在还在保持联系。”

罗青橙觉得很奇怪，细雨说这些话的时候，脸上很平和，一丝笑容、一丝愤怒也看不见。

细雨又说：“可是，即便我知道了，我又能怎么样？刘也他是天高皇帝远，我也管不了他！另外，我知道他心里还是爱我的。我在德国觉得特孤单，特气馁，觉得这样下去不行，不能让他再在国内惹是生非，我就想把他弄到外国来，让他伴读。”

“你可够有手腕的，他真听你的？”

“我给他打电话，明明白白告诉他，他的事，我全知道了，要么他到德国来，要么我们离婚。”

“他同意了？”

细雨摇了摇头，无可奈何：“他死也不去，说，‘我在国内混得好好的，我去德国干吗呀？’我就说，‘那咱只有离婚了’。我觉得也许离婚就是早晚的事。可刘也坚决不肯离。我就说，‘你都犯规多少次了，吃饱了还叫外卖，你还想让我原谅你呀，你说你有劲还是没劲呢？你都多大了，是不是有一群小女生崇拜你这样的成熟男人，你特得意？’”

罗青橙笑了，说：“男人可不就是自鸣得意的动物！叶小鱼也一样，见了漂亮女的两眼睛就发直。”

细雨似笑非笑地哼了一声。

罗青橙又说："我听说国外做过一个试验，让男的和女的搭讪，说：'嗨，最近我总是注意到你，觉得你很吸引我，你愿意跟我好吗？'所有女的听到这种话，都会坚决地说：'不！'可是，如果女的以同样的口气问男的，你猜怎么着？四个男的，居然有三个会同意，并且会扬扬得意……我估计，我们家叶小鱼就不会是剩下的那一个！"

细雨终于笑了："咳，试验也不一定说明什么问题。关键还得看这个男人什么样。"

抿了口咖啡，罗青橙又问："你要跟刘也离婚，就因为这事儿吗？当初看你们俩，也是爱得死去活来的。"

细雨无奈地摇了摇头："唉！沧海桑田哪，此一时，彼一时！咱需要稳定的一夫一妻，可那恐怕是咱一厢情愿。我算看明白了，男的嘴里吃着龙虾，手里还攥着牛排。刘也就明确告诉我说，他不离婚，可他也不会为了老婆放弃其他女性朋友，何况，也就是普通朋友，单纯的异性交往，又不是爱情，没什么大不了的……他弄不懂，我为什么会这么看重这些！他爱的是我，又不是别人。他还说，和她们来往，让他感到新鲜，尤其是我在国外留学这段时间，他一人寂寞，需要'沟通'。还恬不知耻地强调说，他这样做，并不是因为我们俩婚姻出了什么问题，这是两回事！他和异性朋友来往，并不想要取代我们的婚姻……唉！我跟刘也，好歹也认识这么多年了，早知他这样，还不如我索性先把他踹了，嫁一老外，还留在德国不回来了呢！"

罗青橙笑了笑，捂着腮帮子，又开始神游。她联想到了叶小鱼，联想到了他们俩的关系。

于是，罗青橙说："刘也说的，也许有他的道理。就因为这事儿你跟他离，还真不值！他不是明确说他只爱你嘛！别离，谁结一次婚都不容易。”

说着，罗青橙下意识地又往自己杯子里加了块糖。

细雨犹豫了一下，好像不知道该不该把下面的话说出来。不过，片刻后，她还是说了。

“可是，这也许只是个插曲，我和刘也打算离婚，可能……还另有缘由。”

“不光为这事儿？”罗青橙有点惊讶。

“也许吧，这只是其中一个理由。其实，我俩打算离婚，也不全然是我做的决定。当初刘也死活不同意离婚，可现在，我看他好像变得无所谓了。男人要是绝起情来，真没有挽回余地，他会抛给你一大堆理由，有时候甚至都不需要给你一个理由。结婚这几年，每次我们为各种事吵架，刘也非说我脾气不好，不讲道理……可依我看，是刘也他自己脾气不好。每次吵到最后，我就是不明白，为什么刘也老拿自己脑袋往墙上撞……你说，他这人，是不是心理承受力太弱？”

罗青橙听得胆战心惊，手一软，杯子差点没掉到桌子上。

“你说什么，你说刘也用脑袋……撞墙？”

“是啊，我就是不明白，也不知道他怎么那么大火气。我一没跟他喊，二没跟他叫，三更没跟他嚷嚷！我只是在跟他讲道理而已！”

细雨一边啜着咖啡，一边瞪着清澈的眼睛，慢言细语。

罗青橙看细雨不动声色的样子，愈发觉得胆战心惊。回想细雨一贯柔声细气的模样，罗青橙无论如何也想象不出，细雨居然有这么大的本事，能把老公气得撞墙。

“那你说话是不是……太气人了？”罗青橙小心翼翼地问。

细雨不屑地笑笑：“两口子打个架，谁不说句重话啊。刘也还说呢，我听了，我也没想着拿脑袋撞墙……你们家叶小鱼，也那样吗？”

罗青橙犹豫了一下，脸有点儿红：“他呀……倒是从来没有，大概是……因为我嘴还比较笨，说什么也刺激不了他，或许像他爸常说的，他的脸皮，实在是太厚了。”

说完，两个人都忍不住笑了起来。

罗青橙接着说：“我可没你那本事，自己并不真动气，就能把老公气得死去活来。我和叶小鱼打架，他生气，我更生气。他气得满脸通红语无伦次，我都快疯了。过后他没事人似的，我却好几天缓不过来。可最后还是什么问题也没解决。唯一的后果，就是我俩之间好像越来越疏远了……原来我无论如何也没料到。”

细雨边听边细细端详罗青橙，好半天，才凝神说：“可能咱们近来没怎么见面的缘故，我感觉，你的变化很大。”

“老了吧？”罗青橙下意识地捋了捋长长的头发。

“那倒不是，我只是觉得，你的精神状态好像变得厉害，没有以前那样……怎么说呢……没以前那么活蹦乱跳的了，好像你更安静，心里能装事儿了。”

罗青橙扭头望向窗外。

不知什么时候开始，窗外淅淅沥沥飘起了牛毛细雨。罗青橙和细雨坐在窗边，仿佛身处一个被浓雾包裹的巨大的鱼缸。咖啡馆内原本有点喧闹的气氛，似乎忽然变得安静下来，只有一些细碎的声音，从远处传来。一片片雨伞飘过溟濛的雨雾，一串串鞋跟踏在石子路上，嗒嗒作响。

罗青橙突然感到郁闷，一种压抑。像窗外的雾一样，视线所及，无边无垠，无声无息地将她包住。

罗青橙说：“也许你说对了，我是变了。你要不说，我自己怕还意识不到。现在的我，对婚姻很少再抱什么美好的梦想，也不会再像从前那样理想主义。一想到我一路‘跋山涉水’走了这么远，前面还有无穷烦恼在等待，我就如履薄冰。不知道这样下去，我跟叶小鱼还能不能走得长远。"

看着罗青橙那一脸灰蒙蒙的气色，细雨倒不禁被逗乐了。

"您这才几年哪，就这么悲观，那结婚七年、十年的，还不活了呢！你俩老吵架，兴许还是好事儿，正说明你们难分彼此。有几对夫妻不吵呢？不是说，一女的老缠着一男的发脾气，就说明女的喜欢上那男的了。结了婚的人也是一样的，你们还吵，不见得是坏事！"

罗青橙也笑了："老天爷这是好事？我宁愿不要，话又说回来，这是不是说明你跟刘也也没到离婚那一步呢？"

细雨苦笑："那得看缘分尽了没有。有时我想想都觉得悲哀，觉得这世上压根儿就没有什么永恒的爱情。你说怪不，我们结婚才几年，突然我就感到，双方原本清澈的目光已变得木讷，原本开放的感情更加深藏，不愿轻易再向对方敞开心扉。"

"嗯，我也有这种感觉。"罗青橙说："英国人王尔德说得好，这世上有两种悲剧：一种是得不到自己想要的，一种是得到了自己想要的。我倒觉得，这话很适合咱俩这种情形。"

随后，罗青橙强打起精神："我听说，国外有人搞了什么离婚庆典，大家欢欢喜喜地分手，将来有一天我跟叶小鱼真走到那一步，也得好好搞个庆典。"

细雨笑了："说得多轻巧，就你？到时候，不哭死你就算不错了……对了，你们结婚时间也不短了，想没想过要孩子啊？"

罗青橙耸了耸肩膀："还真没想过这个问题……你呢？"

细雨沉吟半晌，嘴角若有若无地一挑，摇了摇头。

第24章

婚姻美景奈何天

和细雨见过面后，罗青橙对婚姻似乎更多了一些悲观。

回到家，罗青橙洗过脸，直起腰来，仔细端详着镜中的自己。她并不太喜欢照镜子，除了化妆打扮的时候。

镜中那个有点陌生的女孩儿正望着自己。依旧是那张脸，依旧是那张富于表情的嘴。只是，脸上的表情平静得出奇，不喜，亦不悲；一双圆圆的眼睛，也不再像原先那样，一眼就能让叶小鱼看破心事，现在，目光冰凉，眸子藏得很深，甚至……有了点诡秘的气息。

罗青橙对自己说：细雨说得没错，镜子里的那个人，确实改变了不少。不再像原来一样没心没肺；不再像原来一样好好学习天天向上；不再像原来一样，身外之事对于她，就如风行水上，过去了，就没了痕迹。如今，发生在叶小鱼和她身上的每一件事，在镜中这个人的心中，都仿佛斧凿一般，或多或少留下了痕迹。

罗青橙不知道，以往的经历是如何一点一滴把一个人雕刻成另外一个样子。

罗青橙也不知道，自己在婚姻中的这些变化，是在往成熟变呢，还是在往悲观走。

她慨叹，当初自己又怎能预知，婚姻中的好景总是不长；美好的日子，总是偶尔才会昙花一现。

不过有一点，罗青橙清晰而悲观地体会到：随着结婚时间的延长，随着矛盾、摩擦次数的增多和不断升级，她和叶小鱼两个人之间的距离，也仿佛正在渐行渐远。

自从叶小鱼他妈“不小心”把儿子偷偷借了五万块钱一事给抖了出来，叶小鱼和罗青橙就开始了莫名其妙的冷战。挺长时间过去了，还是一句话不投机，就相互间连讽刺带挖苦。

叶小鱼不明白，都那么长时间了，为什么罗青橙依旧跟自己过不去，依然不依不饶。他问罗青橙：“就这点子破芝麻烂谷子，值不值当动不动就翻出来晾晾？”

“值当，这是原则问题，你怎么能让我对你再信任？”罗青橙冷漠地说。

“你爱信不信，不信拉倒。”叶小鱼也没什么好脸色。

那些钱，叶小鱼他妈没给利息，叶小鱼他表弟也没出，叶小鱼自己偷偷垫上了。还骗罗青橙说，人家同学财大气粗，没要利息。罗青橙说，那你表弟也该给人家利息，人凭什么白借他？

虽然叶小鱼自己也没再跟他妈提过那档子事，但是跟他妈，叶小鱼心里也偷偷别扭了一阵子，但别扭完了，也就完了，还能怎样？叶小鱼想：那可是他自己的亲妈，退一万步，就算她成心挑拨自己跟罗青橙，自己还能记恨她一辈子？那是绝对不可能的事！

叶小鱼可不想像罗青橙似的，没完没了地跟自己的亲妈为了一件破事儿较劲。叶小鱼心里还幻想着：有朝一日，如果老天爷开眼，让罗青橙开了窍，脑子能进化到跟他叶小鱼自己一样高级，再也不跟她的亲夫没完没了地掰饬，那就太好了！

叶小鱼想：甭管“亲夫”，还是“亲妈”，那不都是亲的嘛！犯不着较真儿！

可是这么长时间过去了，正因为罗青橙进化无望，叶小鱼心里生出了一些莫名奇妙的烦恼。虽然他偶尔也很想跟罗青橙搂搂抱抱亲热亲热，就像他们结婚之前，或刚结婚那时候，但是，他也说不好从什么时候开始，他和罗青橙有意无意地疏远了，不太愿意和罗青橙整天腻在一起。

这天晚上，叶小鱼一人拿着遥控器，翻来覆去地按着，皱着眉头，也不理罗青橙。罗青橙斜着眼看了他一会儿。然后，给自己的杯子续上水，一口气全喝了，开始认真严肃地跟叶小鱼找碴儿：“我觉得，你现在对我态度变了。”

“怎么变了？我还是我！”叶小鱼并不看罗青橙。

“就是变了，结婚前，你可不这样。刚结婚时，你不是对我爱搭不理的，那时候你对我好都是装出来的！都是扯淡！现在大狼尾巴露出来了吧？”

“你说错了！”

叶小鱼“啪”地把电视遥控器往桌子上一扔：“我没变，也不是什么露了尾巴的狼！我受不了老和你吵，不想再像以前一样迁就你了！”

“那你以前为什么迁就我，现在不了？就说明你不爱我了！”罗青橙开始上纲上线。

叶小鱼自叹跟女人没法说得清，索性不说了。

罗青橙眼珠一转，想到了答案。于是话锋一转，说：“你就是变了，一定是你们家，跟你说我坏话了，你才这么对我！”

“跟他们没关系，我告诉你了啊，跟他们没关系！”

叶小鱼没辙，躲不开，还得接茬儿跟她打。

罗青橙掉眼泪了：“你狡辩也没用，我都听见你妈在背后跟楼下那帮老大妈说我什么了，有一天下班我亲耳听见的。她说，她儿子跟我结婚以后，是越来越不听话了。这话什么意思，不是明摆着的吗？合着你妈认为都是我把你给教唆坏了。”罗青橙说得上气不接下气。

“我妈没跟我这么说过。”

“难道我瞎编不成，你自己问问！”

听了这话，叶小鱼浑身一激灵。他现在跟罗青橙吵架都吵得跟神经过敏一样，嗅觉历练得异常发达，对一星星的火药味儿都非常敏感。他可不愿意眼下这档子事还没完，又再次把战场延伸开去，就想尽快结束这场“战争”。

他想：我一大老爷们儿，能屈能伸，不能跟老婆没完没了地较劲，这不等于让她牵着鼻子走嘛！

想到这儿，叶小鱼赶紧抓住着罗青橙的手。

“宝贝儿，我不知道我妈背后说过你什么，不过我向你保证，甭管我妈说过什么——其实她也没说过什么，我叶小鱼对你，管保没半点贰心！”

随后，叶小鱼愣拽着罗青橙到了楼下绿地，找了张椅子坐下，又真心诚意地跟罗青橙说：“我只是觉得，你整天这么跟我吵吵闹闹，这么管着我，弄得我烦透了，一点儿自由空间都没有，有点憋得慌……我都想要离家出走了。”

“你这可是第二次说要离家出走了，你就整天‘狼来了’吧！”

没几天一个晚上，叶小鱼约刘也出去喝酒。

两人先聊了些工作上的事。抱抱怨怨、骂骂咧咧，说现在工作是如何如何难做。聊着聊着，就聊到了各自的婚姻和老婆。

有些跟老婆没法说的话，跟朋友却能说得出口。罗青橙想象不到，男人在一起聊起各自的私生活，一点儿也不比她跟亲密女友谈得少。有些事，碍于面子，碍于虚荣，女人反倒说不出口。

叶小鱼和刘也喝着喝着，也不往杯子里倒了，就干脆搬起一个脚丫子往凳子上一撂，抄起啤酒瓶子直接往嘴里灌。

刘也跟叶小鱼诉苦，说他的老婆细雨有时候对自己是如何好得不行，有时候脾气又是如何坏得离谱儿，自己是如何受尽“欺压”。说得恨不能声泪俱下，说自己再也受不了了，前一段时间两人还吵着离婚呢。“没准儿哪天一下狠心，就快刀斩乱麻，真离了。”

听得叶小鱼频频蹙眉。

叶小鱼撂下酒瓶子，也不由得“仰天长啸”：“我觉得自打结婚，罗青橙她完全变了，再不是原来那个没心没肺的小丫头。现在，一丁点儿芝麻粒大的小事，她都能翻腾到恐龙蛋那么大个儿。原来她没心没肺活泼可爱，现在心眼儿恐怕比针鼻儿还小。”

叶小鱼还抱怨说，有时候，自己真后悔结婚，谁能想到婚姻会把本来挺好的一对男女变成两个疯子！小小不言的事，就能把两人心中的恶意挑逗起来，那劲头儿上来，真是不管不顾，恨不能马上扑上去，掐死对方。

“当初我就不愿意结婚，果然哪，被我不幸言中了。我就闹不明白，为什么两个人爱得死去活来，不顾一切非要绑在一起。等好不容易捆到一间屋里，两人的所作所为，就那么不可理喻，动不动就吵，好像就是为了吵架才捆在一起！难怪人家说，夫妻就是仇人，结了婚就是找了个敌人。我现在对婚姻失望极了，婚姻就像我跟罗青橙的孩子，眼看这孩子的健康一天不如一天，我却无能为力。”

闷头猛吸了会儿烟，叶小鱼问刘也：“你听说过海洋上那种真正的大漩涡吗？据说，一旦卷入其中，没什么人能生还。有一次，我在一个外国电视节目里看到了这种大漩涡，墨绿墨绿的，泛着黑，身临其境一般，真他妈的太可怕了！让我看得直冒冷汗！老听罗青橙抱怨说，婚姻是个大漩涡，如今我总算'有幸'明白了！

"不是说自然界里漩涡无处不在嘛，我觉得婚姻其实也是一个大漩涡，你家的事儿、她家的事儿、你俩周围发生的事儿，还有你们俩的脾气秉性、年龄、观念，总之，任何事，只要和你们俩有关，都可能被卷进漩涡里去。你们俩就踌等着在漩涡里纠缠不清吧，磕磕碰碰吧！如果你俩没有足够的技巧、足够的幸运，要想在婚姻这个大漩涡里自由呼吸、自在地游泳，还能全身而退，我觉得基本上就是不可能！就说我吧，现在，要想游出婚姻这个漩涡，至少伸出脑袋来轻松地喘口气儿，简直就形同痴人说梦。我的胳膊腿儿，早就不听我自己使唤了！"

叶小鱼和刘也两个人各说各的，互相胡乱抱怨了一通。叶小鱼没能从刘也那里得到什么积极的建议，刘也也是一样。

道理谁都会说，可婚姻终究是自己的，冷暖自知，与别人无关。

聊着聊着，就快半夜了。两个人干掉了十几瓶啤酒。叶小鱼已经有点儿神志不清了。然后，他俩拍着桌子，指天划地、赌咒发誓，一致得出了这么个结论：

咱们俩娶的这俩老婆，全都一样！

好的时候，比谁都好！坏的时候，比谁都坏！！！

第25章

小霸王

现在，罗青橙拒绝每次都跟叶小鱼回他妈家，叶小鱼自己也不再每个礼拜都回去了。为此，他妈没少给叶小鱼脸子看，说：结了婚，心里越来越没爸没妈了。叶小鱼只推说工作忙，累了，想好好歇歇。

不过这个礼拜不同。星期五晚上，叶小鱼去单位接罗青橙一起回家，兴奋地对罗青橙说："明儿一大早就去我们家吧，我小琴表姐带着他的儿子来了。球球，今年才两岁，据说特聪明、特可爱。上次我见到他，还是个小娃娃呢，几个月大，胖墩墩的，可沉着呢。你知道他为什么叫球球了吧？也不知道……球球现在变成什么样了。"

罗青橙斜眼瞅了瞅叶小鱼，懒得附和他那一阵一阵抽风似的兴奋劲儿。

罗青橙发现，叶小鱼近来似乎只要一提到小孩儿，就激动得跟猪八戒偷吃了人参果似的，嘴都乐得东倒西歪的。还瞅准机会，时不时地向罗青橙暗示一下，说："咱都结婚好几年了，要是……咱自己也有个小胖闺女，好好抱一抱就好了，省得借别人的孩子抱。"

每次罗青橙也不附和，也不反驳，只是懒懒地动动嘴角，一笑了之。

叶小鱼因此也不知道罗青橙心里到底是怎么想的。叶小鱼"惊恐"地发现：自己的老婆罗青橙不知从什么时候开始，变得好像有点古里古怪、高深莫测了。叶小鱼已经不能再像原先那样，很容易就猜透她的想法。这让叶小鱼打心眼儿里感到惶恐不安。

夸完球球，叶小鱼又一次问罗青橙："咱到底什么时候能……要个崽儿？我妈我爸最近老问我呢！"

听到这儿，罗青橙哼了一声。叶小鱼也就没再多说什么。

周六一大早，叶小鱼和罗青橙抱着一堆给球球新买的玩具，上了路。

还没进叶小鱼的家门，两人就听见屋子里面传出一个男孩儿的大嗓门，正在扯着喉咙大喊大叫。

两人面面相觑。

"你小外甥，够厉害的啊！"罗青橙笑着评论道，眼前立刻出现了一个胖胖的、有着和年龄很不相称的体力和脾气的小男孩儿。叶小鱼头脑里也迅速给球球勾勒出了一幅小像。

进了家门，叶小鱼吃惊地发现，小孩子长得可真太快了，球球再不是过去那个能抱在怀里的小不点儿了。和自己刚给他勾勒的小像基本上完全不一样，简直就成了一个说一不二的小霸王。

叶小鱼和罗青橙刚进来的时候，球球正想要一个冰激淋，而且，还非要自己出去买不可。

罗青橙听见球球他妈对儿子说："球球，乖，宝宝还小，不能自己出去，妈妈去给宝宝买！"

球球根本不听，死活非要自己去。而且，谁都不许跟着他，用球球的话来说，是不许"跟踪他"。

罗青橙听了个正着，禁不住仰起脸嘎嘎乐了起来。见着小孩儿，罗青橙感到放松，一放松，沸点又低了。

“宝贝儿，你这是想去哪儿呀？还不许我们‘跟踪’你？”

罗青橙笑哈哈的，弯下腰来，对着球球问。

球球一见眼前这个突然冒出来的漂亮小阿姨，立刻就不吵也不闹了，很快安静下来。眼睛看着罗青橙，骨碌碌地转着。

叶小鱼他妈见叶小鱼和罗青橙进了门，也直起腰来喘口气，如获救星似的叫起来：“哎呀呀，正好，你们俩来了，我还没弄好饭呢，你们再出去一趟，赶紧给球球买个冰激淋吧，孩子非不让他妈跟着。”

于是，罗青橙和叶小鱼立刻调头往外就走。

买了一堆冰激淋回来，叶小鱼他妈把刚从外面饭馆订来的饭菜也热得差不多了。

球球正和叶小鱼他姐玩得开心。可玩着玩着，不知道因为什么事，大概他又提了什么要求，他妈没同意，球球又开始号啕大哭起来，满地打滚儿，任谁也哄不住。全家人又开始围着这个小东西团团乱转。

罗青橙觉得自己的耳根子开始发烧，耳朵被震得嗡嗡直响，就在一旁冷眼观望。

叶小鱼也傻乎乎地跟他妈、表姐、爷爷奶奶一起哄着孩子，罗青橙就把叶小鱼偷偷从人堆儿里给拽了出来，悄悄地笑着跟他说：“甭管他，也甭理他，他哭累了就不哭了。”

没想到，这话却被小琴表姐给听见了，她心烦意乱地回过头来，满脸苦笑地跟罗青橙说：“哭累了？他能哭累？你听听他这音量，这劲头儿，比我跟他爸两人加起来还足呢！他能哭俩钟点儿不带重样的，哭哑了嗓子，还能站在那儿直着嗓子捯气儿。要不，我怎么不愿意带他一块儿出来呢，烦死人了，让人笑话。”

罗青橙有点看不下去了，很可怜小琴表姐，就说：“真的，表姐，不是我不理解，你心疼球球，可要是你每次都这么哄，球球更爱折腾你。他一哭你就满足他，下次他就会变本加利。日子一长，你可拿他没办法了。”

“唉！那你说，我该怎么办？”表姐无可奈何地问罗青橙。

“是不是每次他一哭一闹，你就答应他的要求？”

“是啊！我能怎么办，不答应他就闹，有时候答应了，他也闹。”

罗青橙把她大学里学的那点东西翻腾出来：“那你就让他哭呗，别理他。哭两个小时，还是三个小时，随他便。当心别让他弄伤自己就成了！等球球自己不想哭了，他会找你，那时，你千万别哄他，也别训他，你该干什么就干什么，千万别让球球看出来，他又哭又闹让你心烦……你得让球球明白，哭闹也不会使你答应他的要求。以后他再这么闹，还这么对他。慢慢他就不会再这么折腾你了……”

这时，一直冷耳听罗青橙说话的叶小鱼他妈腰弯得也实在撑不住了，就暂且放开球球，直起了腰。

老太太这边被小孩儿折腾得筋疲力尽，那边又听着儿媳妇罗青橙自以为是喋喋不休，甭提有多不顺耳了！便转过身来，白了罗青橙一眼。

此时叶小鱼正和罗青橙手拉手站在一旁。老太太阴沉着脸，慢悠悠地说开了：

“青橙呀，真没看出来，你这心眼儿呀，可够狠的。才几岁大的孩子，这么不要命地哭，嗓子都哭坏了，别人能不哄吗？你在一边儿看热闹，还说这种话！什么让孩子哭，甭理他，真是没当过娘的人。等明儿你们俩自己有了孩子，你就明白了。我知道你懂得多，不过在这儿当着球球他妈你表姐的面儿这么说，人怎么想啊！”

“咳，这有什么呀，姑，我觉得青橙说得挺有道理的，我正发愁没个办法呢，等会儿我还想多问问她呢。”小琴表姐赶忙笑着接口。

当着满屋子这么多亲戚，罗青橙平白无故地挨了叶小鱼他妈一顿抢白，顿时气噎，气急败坏，又不能发作，就原地傻站着。

叶小鱼又惊又怕，眼瞅着罗青橙的小脸儿由粉白转成白，又由白变成惨白，叶小鱼的心都快跳出来了。他非常担心：万一罗青橙接受不了，“哇”地一声又大哭起来，到时候还不得跟球球比着赛着嚎，最后还指不定谁能嚎得过谁呢！

叶小鱼没敢动地方，就这么胆战心惊地依旧拉着罗青橙的手。要看她一眼，还不敢看，生怕一看她，反而把她给惹哭了。心里就甭提有多担心了。

谁知，罗青橙的脸色渐渐地，由惨白转回了白，又由白转回了粉红，然后，居然，嘴儿一咧——乐了。

罗青橙一把扯过叶小鱼，拉着他走到阳台上，关上了玻璃门。躲开那在她听来很烦心的哭声，以及叶小鱼他妈那张黑压压的脸。

罗青橙打开窗户，又乐了：“你妈想让我下不来台，我偏不！”她跟叶小鱼挑衅似的说。

叶小鱼狂蹦乱跳的心，终于掉回了肚子里。

说完，罗青橙又小声嘟嘟哝哝继续跟叶小鱼发起了牢骚，没事人似的，说：“你妈她老人家也不嫌累，她就哄吧！她还以为她自己向着你表姐呢！”

叶小鱼拍了两下罗青橙的手，笑着说：“宝贝儿，你也真是，球球又不是你的孩儿，何必认真呢！大家都在那儿拼命哄，就你站在一边看热闹。要不，你就跟我一样，也一块儿跟着做做样子哄哄，要不，你就自己一边凉快去，什么也别说，甭搅这趟浑水。结果呢，你看你，不仅不去帮着哄，还居高临下地指导起人来了。我妈本来就小心眼儿，看你气不顺，她能高兴得了吗？你可真傻！”

“我是跟你表姐说话，我不也是为了你表姐好吗？你表姐还没说什么呢，你妈倒先抢白了我一顿。明明是看不上我，借题发挥没事儿找茬嘛！她可以这么训她自己的女儿小青，打两下、骂两句都没关系，可我是她儿媳妇，又不是她闺女，她不该这么对待我！闺女媳妇不一样，你妈这么大岁数了……懂不懂啊？”

“我妈她不是把你当成自家人了吗？”叶小鱼赶忙为他妈辩白。

罗青橙来了气，提高了嗓门儿：“当成自家人？赶上好事，轮不上我，赶上坏事，我就成了自家人。”

叶小鱼赶紧回头瞅了瞅闹哄哄的客厅，看罗青橙那气得红红的嘴又努了起来，就赶紧打岔，转移话题，从后面搂住罗青橙，问：“宝贝儿脾气这么坏，小时候闹不闹哇？”

一听这话，罗青橙登时像电视换了个频道，来了精神，高高兴兴地连连说：“不闹不闹，一点儿都不闹，我那时候可是十里八乡难得一见的好宝宝！我妈说，我在摇篮里从来就不哭也不闹，喝饱了奶就睡觉，奶瓶子一扔就着了，睡醒了就自己玩儿。一双大眼睛，就会眨巴眨巴冲人抛媚眼儿。”

“哟，才几个月大，就会抛媚眼儿了啊？！肯定是抛给邻居家的小帅哥！我说呢，小时候那么乖，原来坏脾气都被你藏起来了，留到我身上发泄呀！”

“那全都是您自找的！”罗青橙生气地说。

叶小鱼继续哄她：“那，将来咱要是生了孩儿，小时候让她随你，脾气好。你这当娘的，该有多省心……我是说，小时候脾气随你，长大了，就随我吧。”

“长大了也一样随我！”

“一样一样，我不跟你争，不过，随我更好，我脾气一直挺好！那……咱到底什么时候要？”叶小鱼不失时机地再次追问。

罗青橙却回头瞪了叶小鱼一眼：“要？就你这么成天气我，我还能活得长……还指不定谁是孩儿他娘呢！”

叶小鱼眼睛立刻竖了起来，两道浓眉一拧，“啪”地在罗青橙屁股上狠狠揙了一巴掌：“什么女人呢你！再胡说八道，我跟你急！”

罗青橙身子一挺：“少跟我装正经吧你，说得你心里暖洋洋的吧……哼，就冲你妈刚才这样儿，你还没看出来吗？你妈跟咱的教育方法，肯定不一样！一个球球就能跟我较劲成这样，要是她亲孙子，她得干涉成什么样？还不得篡夺了我这当妈的大权？我跟你妈，肯定就是两股敌对的势力，水火难容，互相消耗，互相抵消。结果就是，谁都甭想管得了那孩子！那孩子就非得成了魔王再世了，谁的话都得当成放屁……我没事干了，自己找罪受哇我？”

还没等叶小鱼接了下句，罗青橙不再理他，一扭身走回客厅，坐在老爷爷和老奶奶身边，跟他们说话。叶小鱼他爸不在家，说是出去了。

老爷爷照旧慈眉善目，拉着老奶奶的手，并肩坐在沙发上。罗青橙觉得，爷爷和奶奶两人关系好着呢！罗青橙跟老爷爷说话声音小了，老爷爷就用手指指耳朵，表示听不清楚。罗青橙就对着老爷爷的耳朵，大声说，成心跟球球唱对台戏。

一个哭，一个喊，屋里乱得跟一锅粥似的。

第26章

“丁克”之争

中午，叶小鱼他爸回来了，一家子坐下来吃饭。

“小琴哪，你也不是客人，我就不尽做好吃的招待你了，啊，都是自家孩子。”叶小鱼他妈说。

小琴表姐赶紧说：“没事儿，没事儿，姑，您客气什么呀？”

罗青橙打量着面前摆了满满一大桌子的菜，没事人似的和大家连说带笑，用螺丝钻费力地开着两瓶葡萄酒。

球球吃饭的时候，终于不哭也不闹了，一边吃饭，一边听大人们说话，转着眼珠，一副小鬼精灵的样子，似乎什么都听得懂。

“看球球多可爱，小鱼呀，你们打算什么时候要小孩儿啊？”

还没吃几口，叶小鱼他妈问儿子。

罗青橙心说：得，这又开始了！她想：在饭桌上讨论问题的最大妙处是，反正嘴也不闲着，同时做两件事，可以节约大把时间。

罗青橙意识到，这是结婚以来第一次，叶小鱼的父母当着她的面直截了当地提到这个问题。叶小鱼他妈今天的火气一直挺盛，大概刚才的气还没消吧，话音里带着一丝火药味儿，明明是问叶小鱼话，眼角却瞟着罗青橙。

罗青橙知道，叶小鱼的爸妈私下里早已经不止一次问过叶小鱼他和罗青橙打算什么时候要小孩儿。叶小鱼跟他爸他妈是怎么说的，叶小鱼是个什么态度，罗青橙一直就比较糊里糊涂。今天正好，索性当面看个明白。

“再说吧！”

只听旁边叶小鱼低低的声音说。

老太太苦口婆心地劝导儿子：“再说、再说，你总是再说。小鱼呀，你结婚也都三年了，你都三十好几了，再过几年，就奔四十去了，再不要，可就太晚了！你究竟想等到什么时候才生啊？爷爷、奶奶可还都等着抱孙子呢！啊不对，重孙子！”

罗青橙听了直想乐，想：这倒不错，好像生孩子是叶小鱼一人的事，没她罗青橙什么事。就殷勤地给爷爷奶奶夹菜。

“是呀，鱼，你赶紧生一个，给我看看吧！”

奶奶也接着话头儿说，停了停，又补充说：“你还记得咱家邻居那个小黑子吗？小时候，每年你放暑假回家，都跟他一块儿玩，人家领你下河捉虾，捉螃蟹，还记得不？”

“记得呀，就是比我胖好多的那个小孩儿，黑黑的，他怎么了？”叶小鱼奇怪地问。

“人家跟你同岁，可人家孩儿，今年都十四岁了。”

叶小鱼嘿嘿一笑：“是吗，这也不奇怪。我那些同学当中，也有人孩子早就上小学了，也有的，直到现在还没结婚呢。人跟人不一样，奶奶，没法比！”

“嗯，也不知道我还能不能看一眼我大重孙子！”奶奶有些黯然地说，爷爷一旁不声不响。

叶小鱼没回答，也有点儿黯然。

说着，一家子又聊到了自己亲戚、朋友的小孩儿，说谁谁谁都多大了，谁谁谁都上小学了，还是中队长。

“奶奶，吃肉！”

罗青橙又舀了一勺鸡肉，笑眯眯地送到奶奶碗里。

见叶小鱼一副刀枪不入的样子，叶小鱼他妈只好又盯上了罗青橙。

“青橙，你也不小了，快三十的人了吧？”

“差不多，总之正往那个岁数努力奔着呢！”罗青橙答，脸上没什么表情。

“那你也该生了吧，岁数也真是不小了！女人年轻不了几年，还等什么呢？结婚都好几年了，趁年轻，赶紧把孩子生了！岁数再大点儿，你自己不好带了不说，还影响孩子质量，老叶家还全都指望着你们俩呢！我们这可都是为你们好，你要是生一个，交给我和小鱼他爸带就行了，你们只管忙你们的去。”

罗青橙没答话，叶小鱼只顾吃饭。

小琴表姐边抬着胳膊，闲不住地跟儿子球球过招儿，边笑哈哈地好心帮她姑劝罗青橙。

“就是就是，早生、晚生都一样，早晚都得生，有条件，能早生就早生。听小鱼说，你在学校工作，多清闲哪，最有条件养孩子了，不像我跟球球他爸，两口子一天到晚都累个贼死，下了班还得伺候孩子，不容易呀！”

罗青橙给自己倒了第五杯红葡萄酒，端起酒杯，喝了一大口。

“对，叶小鱼也说过这话，我在学校工作，当个办事员，比起叶小鱼来，那可是清闲死了，没的说，一天到晚，喝茶倒水儿，打打字儿，捋捋东西，又有寒暑假，简直赛过神仙过的日子，真是美呀！要是不养个孩子，那简直是巨大的资源浪费，上对不起老祖宗，下对不起我自己。”

罗青橙面色粉红，一边一口一口地喝着酒，一边叨咕。

罗青橙每次碰到红葡萄酒，大致就不会错失良机，说，红葡萄酒是美容、保健的，说什么也不能白白放过了不是！何况，还是不花钱的酒，就恨不得她一人抱着酒瓶子猛灌，没别人什么事，即便醉了，也心甘情愿在所不惜的样子。

可是罗青橙很没出息，跟叶小鱼差不多，沾点儿酒精，大脑就变得晕晕乎乎，一不留神，就开始胡说八道，让叶小鱼觉得很没面子。叶小鱼看眼下这苗头，估计罗青橙大概已经开始犯晕了。

叶小鱼他妈一时还闹不清罗青橙到底想说什么，就暂不接茬儿，眼睛冲着罗青橙，眨巴眨巴瞪了老半天。

倒是小琴表姐心眼儿直，一听罗青橙这话，更加喜笑颜开地说：“就是就是，你们最有条件，你又有寒暑假，小鱼挣得又多，姑姑、姑父身体还那么好，又都退了休，还巴不得帮你们带大胖孙子呢！这么好的条件，你还等什么呢，赶紧生啊！”

看着小琴表姐跟着干着急的样子，罗青橙反倒笑了起来，煞有介事地说：“看表姐您说的，这也不是说生就能生的，是不是？这里面哪，学问可多着哩，麻烦也大了去了！”

“麻烦？什么麻烦？”小琴表姐觉得罗青橙特逗。

说到这儿，罗青橙半伏在桌子上，伸出左手，掰着手指头，双眼朦胧，忽闪着长长的眼睫毛，面无表情地跟表姐说：

“想要孩子呀，首先，叶小鱼得戒烟一年，还得滴酒不沾；第二，他还得好好锻炼身体，先把车给卖了，每天跑步上下班。工作也不能太累着了，像什么迟到啊、早退啊、无故旷工啊，都得占全喽。还有，加班也全免全免！他身体强壮了，孩子才能健康，质量才能顶呱呱，对不对？不过，这反正都是他的事，和我的关系也不是很大。”

“哈哈哈，罗青橙可真逗死个人儿！”小琴表姐嘴咧得更大了，冲着叶小鱼他妈笑了起来：“生孩子是咱女人的事儿，怎么会和你关系不大呢？”

罗青橙脑袋发蒙，干脆把整个身子都伏在了桌子上。

趴在桌子上她还小声咕哝着，声音小得只有叶小鱼能听见：“是嘛，和我关系是不大，因为，叶小鱼从来也不问我的想法！我的想法，在他眼里，本来就不重要，是个屁……屁还有个响儿呢！”

她学着叶小鱼的腔调，然后，居然还把自己给逗乐了。

叶小鱼觉得罗青橙真喝醉了，见她又有点儿旧事重提的苗头，就赶紧拧住她的一只胳膊，冲她低声说：“别瞎说了。”

又抬起头来冲他妈说：“妈，我们就是……还没想明白呢。”

罗青橙使劲儿拨拉开叶小鱼的手，借着梯子往上爬：“那你就不生，反正你还没想明白呢，你想不明白，我一人儿，可怎么生啊？”

说完，罗青橙竟然嘎嘎嘎乐了起来，居然还乐得手舞足蹈的，就像平白无故捡了别人一个天大的笑话似的。惹得小琴表姐也跟着一块儿笑个不停。

叶小鱼在一旁看得咬牙切齿，叶小鱼他爸和他妈更是看得目瞪口呆。

罗青橙又说：“叶小鱼啊……兴许还不要孩子了呢。”

一听这话，叶小鱼立刻在桌子底下狠狠踹了罗青橙一脚，不让她再胡说下去。

罗青橙立刻尖叫起来，夸张地往旁边一躲，搧了叶小鱼的肩膀一下，借着酒劲儿，喝道："你又踢我，你怎么老踢我，还老在桌子底下踢我！你有病没病，你想踢死我呀？"

见罗青橙嚷嚷，叶小鱼只好赶紧低头装作吃饭。

叶小鱼他妈一听，可不干了，眉毛一扬，筷子一撂。

"小鱼，你说过不要孩子了？这可太出乎意料了，都结婚好几年了，你们又说不生，当初干什么去了？当初为什么不跟我们说清楚，天下哪有不生的道理，现在谁家不生孩子啊？不要的太少了！生不生孩子，这可是一辈子的大事，天经地义的事！"

叶小鱼百口莫辩，只能不吭不响。

"丁狗族呗。"

罗青橙死死攥着第九杯酒，神志和视线都模糊不清了。越迷糊，越胡说八道，涨红着脸。

"什么……狗？"叶小鱼他妈惊奇地张大了嘴巴。

"妈，您甭理她，那是现在流行的一种幽默。"叶小鱼赶紧打掩护："我们现在工作都忙，还没有时间要，容我们再考虑考虑。"

"还考虑什么？趁早吧！我和你爸，我们都这么大岁数了，六十多了，快奔七十去了，还等着抱孙子呢！爷爷奶奶这么大岁数，也想着早一天看一眼重孙子！"

"不要孩子？我们养你这么大，难道就是光为了让你自己享清福，一点责任都不想负吗？"

叶小鱼他爸在一旁终于忍不住了，听得老脸通红，开口了。

"爸，你看你，这也谈不到什么负不负责任的问题，是不是？"叶小鱼笑着说。

不知从什么时候开始，叶小鱼对他爸不像原来那样言听计从，跟个青春期的反叛小男孩儿似的，时不时跟他爸顶上两句嘴，感到很过瘾。

“怎么谈不到？你们是不是觉得养孩子、带孩子累得慌？这就是不愿意承担责任，这不仅是对你们自己不负责，也是对社会不负责。”叶小鱼他妈马上反驳儿子。

罗青橙此时基本已经趴在了桌子上，姿势颇古怪。看上去，像极了一个八音盒上的跳舞小人，在最不合时宜的时候碰巧发条用光了，暂时不动也不响了。

叶小鱼开始替暂时没了能量的罗青橙冲锋陷阵，连连讪笑，嘴里开始“大放厥词”。

“妈，这您可就扯得太远了，对一个影儿都还没有的小孩儿，假想中的小孩儿，哪儿就谈得到什么对他负不负责任的问题了？又不是我们把小孩儿给生出来了，又不想要了，把小孩儿给扔了。那才叫不负责任。我们这样，不能叫不负责任。”

叶小鱼在他爸妈面前虽这么说，可是他爸妈的话，并没有从叶小鱼的另一只耳朵冒出去，而是留在了他的肚子里。

罗青橙趴在桌上，转着眼珠，心想：看你跟你妈贫，可你比他们还想要孩子呢！

想到这儿，罗青橙突然还了魂儿一般，爬了起来，拍了拍叶小鱼的后背，又开始倒酒。叶小鱼一把从她手里夺下酒瓶子，瞪了她一眼，把瓶子撂到一旁，对他妈说：

“妈，我们如果不要孩子，对社会不是不负责任，而是负责任，而且叫做自我牺牲，给社会减轻负担。您想想，养一个孩子，得给社会增加多少负担哪？地球上肯定不缺我们这一个孩子。”

“可我和你爸缺。”叶小鱼他妈说。

“那也得我们生不是？”叶小鱼逗他妈，还一边笑一边做了个无可奈何的手势，可把他妈给气坏了。

他妈又说：“青橙父母在外地，来一趟不方便，不能帮你们带。你们就送到我这儿来，我们带。你们一点都不用操心，反正也不多一口人吃饭。我和小鱼他爸都退休了，闲着也是闲着，又不愿意出去扭秧歌，也不会下棋。”

说话间，老太太一脸怨恨，叹了口气：“小鱼，你都这么大人了，一点也不体谅父母的想法，你没看见，你爸现在整天闲得慌，净养热带鱼了吗？”

叶小鱼笑着说：“那倒是，我爸是养一缸死一缸。对了，我说，爸，您老人家又养到第几百条了？你别净挑那好的买，都让您养死了，可惜了儿的！您得拣那五毛钱一条的买。”叶小鱼笑着打岔。

“别贫嘴。”他爸板着脸。

“我不是告诉过您，别老给鱼灌凉水，可您偏不信，结果都死了吧？天天灌凉水，那些热带来的小鱼儿不被您折腾死才怪呢！”

“我就乐意，你要是早给我生孙子玩，我就不养鱼了。”叶小鱼他爸不满地说。

“要是你们生个孩子，我们也有个寄托，他至于整天这样穷鼓捣吗？”叶小鱼他妈满脸含怨地说。他爸的脸色更加难看。小琴表姐在一边也有些尴尬。

叶小鱼沉默下来，一杯小酒不声不响地下了肚。

沉默了很长时间，叶小鱼他妈又叹了口气，说：“你们若是不要孩子，等到老了，看谁管你们，连看个病都找不着人送医院，唉！你们没看见电视上说，有个没孩子的老人，死在家里头，都好几天了，才被人发现！”

叶小鱼他妈认为使出了杀手锏，说完，颇有些伤心。

叶小鱼依旧默不作声。

罗青橙却全然没被叶小鱼他妈给吓唬住，反而一边玩着酒杯，一边笑眯眯地说开了“绕口令”。

“妈您说的，也有道理，可我觉着吧，孩子指望不上！甭管是闺女、儿子、还是孙子、孙女，统统都指望不上！我跟叶小鱼谁也不想指，也指不上，就想自己指望自己！我觉着吧，如果我们连自己都指望不上，我们还能指望得上谁呀？您没听说，现在大家成天满嘴里都在念叨‘啃老族’吗？等我跟叶小鱼要是有了孩子，还指不定谁啃谁呢……”

叶小鱼听得嘴都快合不上了，罗青橙果真是醉得不轻，不光逻辑混乱不堪，舌头也动得不大利索了。

没想到，罗青橙说着说着，还亢奋起来，手舞足蹈地接着说：“我小时候，一淘气闹别扭，就拼命嚎。我奶奶不哄我，还拼命跟擀面似的擀我，把我撂在高脚柜子上头，让我踢腾腿儿，上不去下不来的干着急。还一边唉声叹气地指着我，跟街坊说：‘你瞅瞅，你瞅瞅这丫头，真是要不得了，才多大丁点儿，就这么会气我了，长大我还想得她的济？做梦吧我！连我那眼珠子我都指不上，我还能指望上这个眼眶吗？’我奶奶说的眼眶，就是我——她大孙女；眼珠子呢，是我爸。”

叶小鱼这回可有了确凿的证据，罗青橙真是喝醉了。因为罗青橙清醒的时候，从来都不跟叶小鱼提起她爸。

不过，叶小鱼他妈可不知道这一层关系，她还挺直了腰杆子，非常雄辩地说：“你奶奶这话，说得还挺逗的。不过，我们小鱼他奶奶就能指望得上她这个大孙子，我们也能。”

停了停，又说：“是吧小鱼？不信，你就瞅着吧，就连他姐姐妹妹，将来也全都能指望上他呢！”

“太好了，没准儿将来连我也能借光指望上叶小鱼呢！来，为我们大家能都靠上我们伟大的叶小鱼这棵……大树，干杯！”

罗青橙鼻子里面哼了一声，气若游丝。杯子“当啷”一声，掉在桌子上，摔掉了一个角。罗青橙又趴在了桌子上。

叶小鱼他妈看出，罗青橙已经醉得不省人事，便不再搭理她。

叶小鱼把罗青橙拖到沙发上，让她一个人窝在上面醒酒。

余下的时间里，谁都不再说话，吃了个杯盘狼藉。

睡了几个小时，罗青橙的酒也醒了。

黄昏，两个人开车回了自己的家。

一进门，罗青橙就抱住了叶小鱼，把脑袋在叶小鱼的胸前蹭来蹭去。然后抬起脑袋，泪眼朦胧，抱着叶小鱼的腰，问道：“好叶儿，亲老公，今天，你爸你妈那么逼咱们要孩子，我想听你说一句真话：你觉得，咱们要不要孩子，跟他们有什么关系吗？”

“有关系，当然有关系了。”叶小鱼不假思索地回答。

“关系大吗？你说实话。”罗青橙又问。

叶小鱼认认真真地想了想，过了一会儿，他回答说：“关系不太大。”

“这是咱俩人之间的事，对吗？”罗青橙追问。

“可以说……是吧。”

罗青橙抚了抚叶小鱼的头发，叶小鱼的回答让罗青橙基本满意。她想，叶小鱼这个人，总体来说，还是很讲道理的。不过，自己还是得提防他爸他妈还有他们家那些人背后对叶小鱼源源不绝的鼓动和埋怨。

叶小鱼心里很不是滋味，罗青橙始终也不给他一个明确的态度，要还是不要，什么时候要。眼瞅着韶光流逝，似水年华，他心里不胜烦恼。

果然，叶小鱼的爸和妈当天晚上也在自己的房间里召开了“枕边会议”。

叶小鱼他爸气愤地跟老伴儿说：“这还了得，都好几年了，这俩东西才说不想生孩子，不想给我们家传宗接代，还反了他们了？非让他们生不可！要不，让咱们小鱼离婚，重找个媳妇，天下好媳妇不有的是！儿子窝窝囊囊，闺女打小跟我别扭，我要是再没有个孙子，这辈子不就白活了。”说着，几滴老泪流了下来。

叶小鱼他妈只是不停地叹气：“一时也想不出好办法，只能慢慢磨吧！咱们就是急死，也没用。我就是弄不懂，这‘天经地义’的事，到了咱们这俩小东西那里，怎么就会那么费劲儿。谁家娶个媳妇，还不都是一年两载就生一个，咱们好像还得求着他们似的。当初我说什么小鱼都听不进去，要是跟了别的女人,孩子都得两岁了。看看他找的这个，鹦鹉似的，就知道整天梳理那几根羽毛，花里胡哨地穷打扮。模样好顶什么用，现在她倒落得个一身轻，看她老了怎么办，谁管她？我不心疼她，我还心疼我儿子呢！咱小鱼到老了都没个人照应，可怎么好哇！”

没几天，叶小鱼有事回了趟家，他爸他妈都在家里，他妹小青也回来了，正跟她爸边乐边贫嘴呢。

聊着聊着，一家子就又拐到了孩子这个正题上。

“你们到底还想不想要孩子？你给我个准话儿！”

他爸开门见山地吼道。

还没等叶小鱼张嘴，小青倒先火儿了：“要不要孩子，那是他们俩的事，你吼我哥干什么？”

“这父女俩，脾气可真够像的！”叶小鱼心想，便说：“过几年再说吧，您现在问我，一点儿用没有哇！”

小青对她爸妈说：“你们就别审问我哥了，这种事儿，你越上赶着，人家越是反感，你们要是不闻不问了，说不定，人家两口子过几天还悄没声地要了呢！是不是，哥？再说，要不要，那也是人家自己的事。我将来就不一定要孩子，两个人吃香的喝辣的、周游全世界，多好哇！何苦一辈子伺候孩子当个保姆，把自己活活给捆死！好不容易等孩子长大了，又等着盼着抱孙子，像你们似的，等得来等不来，还没一定。这一辈子，多累！你们想想，人生才几十年哪？世界上那么多好玩的地方，那么多好玩的事儿，我们自己还玩不够呢，哪儿有时间精力和钱财赊给小孩儿呀！”

她爸牛眼睛一瞪：“一边去，你懂个屁！你婚都不结……要什么孩子？”

叶小鱼他妈也在一旁帮腔：“小丫头片子，跟你哥哥嫂子学不出好来，都不要孩子，等你们老了后悔去吧，哭都找不着坟头儿！”

“妈，你们平时总说什么‘天经地义’，我觉着，凡事‘有得就有失，有失就有得’，这才是‘天经地义’的道理！您看您跟我爸，整天为我和我哥的事操心，累不累呀！是不是看见我们都这么不顺你们的心，都后悔当初生我们了？”

小青搂着她妈，笑嘻嘻地问。

老太太笑了笑，立刻心软了，一副慈母心肠，笑容满面，说：“这孩子，这叫什么话？我不后悔，一点儿都不后悔。孩子是爸妈的宝贝！你呀，现在体会不到，不跟你们整天磨牙，我闲着净跟你爸大眼儿瞪小眼儿，多寂寞呀！”

又叹了口气，脸上的笑容瞬间消失了，对叶小鱼说：“那天我也听出来了，大概是你老婆不想要。”

叶小鱼没吭声。

“你不承认也没用，我和你爸这几天还合计呢，看样子，你老婆十有八九是指望不上了。要不，你看这样，行不行？我给你抱一个，先给你养着。我现在身体还行，省得你将来老了，没人管。”

叶小鱼惊了一身冷汗，他万万没料到，他妈居然想出给他抱养孩子这么个主意，真是急糊涂了！就说：“您就别瞎操心了，不是亲生的，我不要！还抱养呢，您想清楚了没有，抱一个回来，小孩儿算什么身份，罗青橙会同意吗？没她的同意，我自己怎么抱？别想了，门儿也没有！”

他妈还不甘心，小声说：“那，现在听说……不是有借腹生子代孕的事儿吗？”

叶小鱼一听，立刻更加心烦地打断了他妈的话：“这个，您更是想都甭想！咱们要是偷偷摸摸做这种事，让罗青橙知道了，她还不杀了我？！”

叶小鱼话还没说完，他爸眼睛立刻又一瞪：“她敢？谁敢杀你？还没王法了？”

“那我没经过罗青橙同意，也不可能干这种事儿！”叶小鱼很烦心。

他妈眼睛一亮：“是呀，那你问问你老婆，也许她自己不愿意生，嫌麻烦，要是真能借腹生子，她没准儿还真乐意呢。生出来，反正也是咱们老叶家的根儿。”

“不可能，妈，这种事，我不可能去问她！不可能让她知道！”

叶小鱼他妈把嘴极其轻蔑地一撇，嗓子里发出一种非常古怪的哼声：“切！她知道了，又能怎么样？她不愿意给咱们家生孩子，还不许咱们自己想办法，非等她那个宝贝稀罕肚子？难道，咱就得眼睁睁看见咱家的香火，断在她这个不愿意负责任的手里？”

叶小鱼一听他妈越说越不像话，赶紧做个手势，让他妈打住！打住！别再说下去了！“我不单单是怕罗青橙知道，我自己也根本不愿意考虑这个办法。你们以后，就别再异想天开了！这毕竟是我们俩之间的事！”

这天晚上，叶小鱼在罗青橙睡熟了以后很久，还是翻来覆去地睡不着，偏着脑袋，瞪眼看着罗青橙婴儿般熟睡的样子。他一个人在黑暗中想了很多。不知不觉，烦恼无边。

第二天早上起床，他发现自己的脑门子上起了一个火疖子，不敢摸，一碰，就火辣辣地疼。

第 27 章

第一次被动弃家出走

叶小鱼的表弟小健的妈，也就是上回来的叶小鱼的舅妈，又来城里看望儿子，在叶小鱼家住了两个礼拜。临走，还再三央告着叶小鱼他妈，赶紧帮着给儿子张罗个女朋友。

“这可是咱家的大事儿！”叶小鱼他妈乐得当媒婆。舅妈走了以后，叶小鱼他妈整天和儿子唠叨：“有合适的，赶紧给你表弟找一个吧！二十二三岁的，也该找了。”

周末，叶小鱼在后面推搡着老大不乐意的罗青橙，提着一大堆东西，去叶小鱼家蹭饭。

叶小鱼他妈边做饭，边急着问在一边打下手的叶小鱼和罗青橙："小鱼，青橙，遇见合适的没？有合适的，赶紧给你表弟张罗一个吧，你舅妈这几天打电话还问起这事呢！"

叶小鱼咧嘴一笑："我的妈妈哟，这也不是什么急得火上房的事儿，不差这一天半天的，有了合适的，我们自然就想着呢！你们两老太太，怎么比我表弟还急呀？"

他妈笑着说："怎么不急？咱家又出来一个大学生，你舅舅舅妈，就这一个宝贝儿子，等到老了，还不得跟着儿子过，心里自然是着急了。"

叶小鱼他妈又说："不过，找归找，一定得找一个好姑娘，一定得找那种节俭朴素、不挑吃、不讲穿的，在家里勤快、能干活儿的，嘴甜会来事儿、能哄着人的。还有啊，一定要懂得孝顺公婆的好姑娘。"

罗青橙一听，就笑了，说："那坏了，妈，那我跟叶小鱼还不得猴年马月才能寻到哇？咱们全家一起出动，打着灯笼，耐着性子，能不能找得着这样的好姑娘，还没一定呢！"

罗青橙一副似笑非笑的样子，边说边用眼神瞟叶小鱼，叶小鱼也没敢附和她。

叶小鱼说："妈，您别老跟着瞎操心，我表弟偏爱什么样的，又不由你说了算，连他妈说了都不一定算数。说不定，人家心里早有中意的了。"

"他一个毛孩子有什么经验，长辈的眼力错不了。"叶小鱼他妈说。

饭快做好了。没一会儿，表弟小健也来了，和叶小鱼的爷爷奶奶、叶小鱼的爸妈打过招呼。罗青橙眼尖，一眼就发现表弟是空着手来的，什么都没带，就快嘴快舌地偷偷跟叶小鱼说了。叶小鱼叫她少管闲事。

和叶小鱼、罗青橙也打过招呼后，表弟小健一屁股坐在沙发上，打开电视看电影，照旧难得说话。

叶小鱼他妈赶忙张罗着给小健端茶递水。

叶小鱼他爸一通煎炒烹炸过后，桌上摆满了菜。爷爷奶奶、叶小鱼的姐、爸妈、表弟，还有罗青橙、叶小鱼，一桌子八个人坐成一圈儿。

“小健呀，多吃点儿，你来了北京，也难得到我这里来，以后记着常来，啊？就把这儿当成你的家吧！”叶小鱼他妈热情地招呼着侄子。

席间，叶小鱼他妈以长辈的经验，开始苦口婆心、慢声慢语地劝导侄子：找老婆，一定要找个贤惠温柔的，懂得孝敬老人，对长辈言听计从、笑脸相迎。比如吧，老爷子这边刚拿起烟卷儿，那边打火机就得立马儿递上去；公婆病了呢，得床前尽孝一不怕苦二不怕死。漂亮不漂亮，倒不是什么重要的事，吃苦耐劳品质优良可是第一位的。

罗青橙对有些措辞觉得很不顺耳，觉得叶小鱼他妈形容的事物，有一点像耐寒抗病良种山羊。

再一看表弟小健，照旧风雨不惊，吃喝不误，面无表情，眼都不眨。

这时，罗青橙猛然听见，叶小鱼他妈说着说着，拿儿子叶小鱼举起了例子。

“小健哪，这找对象啊，不能太缥缈，还真得现实着点儿。就说我们小鱼吧，原来也像你似的，说什么这辈子也非要找个漂亮的不可……现在呢，不也现实了！”

这话可把罗青橙气蒙了，眼珠子发涨：这……什么意思？明摆着……嫌她罗青橙不够漂亮？不过当着这么多人的面儿，罗青橙脸上可一点儿也没表现出来。觉得自己结婚这几年，居然也历练了些“涵养”，也算做到了宠辱不惊，连她自己都感到有些惊讶。

叶小鱼也听出来这话好像不大对劲儿，就一个劲儿看他妈。他妈却丝毫也没注意到，仍旧对侄子继续自己的劝导。

回家的一路上，罗青橙不言不语，靠在椅背上打瞌睡。

果然，进了家门，原本一声不吭的罗青橙阴着脸，喝问叶小鱼："叶小鱼，你妈说你'现实了'，告诉我，您怎么'现实了'？哦，原来您在天上飘着，只想要漂亮的天仙哪！结果发现找不着天仙，就'现实'了，就地娶了我。你妈就想说明，我在你们大家眼里不漂亮，是不是？"

"我妈哪有这意思啊，没有。"叶小鱼试图替他妈抵赖。其实回家的一路上，叶小鱼已是边开车边忐忑不安。现在听罗青橙说这话，心里更是一个劲儿地埋怨他妈。经历了那么多事情，现在，连他也分辨不清他妈说的话究竟是有意还是无意。他只是想，若真如罗青橙所说，那他妈又何苦来作践罗青橙？作践罗青橙，还不等于作践他叶小鱼？还不等于挂个绞索，等自己的儿子回家往里钻？

罗青橙那边愈来愈气愤："你妈没这意思？那你妈是什么意思？是嫌我不漂亮，还是嫌我没拿着打火机满世界追着你爸点烟？"

叶小鱼眉头一皱："你说话别那么难听，我妈随口说一句，你就能分析一个底儿掉。她真不见得是冲你来的。"

"没有？那'你现实了'到底是什么意思？"罗青橙依旧不依不饶。

叶小鱼气呼呼地说："我怎么觉得你有'雄辩证'啊？现在我跟你说话，怎么觉着那么累！"

"你少往我身上扣大名词，还没轮到你分析我呢。你既然会分析，怎么不好好分析分析你妈她老人家的心理呢……你找我'现实'吗？正相反，你找我才'不现实'呢！我哪点不比你强？论相貌？论嘴皮子？论学历咱俩也一样，你妈真看不出来？还是故意用这话压我的威风？"

“我妈她不太会说话。”叶小鱼只觉得黔驴技穷。

“不会说话？！你太小看你妈了，我看你妈是太会说话了！哪有这么会气人的，明摆着是故意的嘛……你自己说，我漂亮不漂亮？”

说着，罗青橙仰起气得红红的脸蛋儿。

叶小鱼强打精神，凑过去，“叭”，响亮地亲了一口：“宝贝儿当然漂亮了！你甭管别人怎么说，我觉得漂亮不就得了？”

“那不行，你妈再当着这么多人面说我，我跟你不客气！”

叶小鱼一脸的无奈和疲惫：“唉！你跟我‘不客气’也不管用啊！你看我表弟小健，我妈说什么，人家都跟没听见似的，你好好学学人家。”

“学他？”罗青橙叫起来：“你妈对他可比对我好多了，我觉得你妈对谁都比对我好。”

“得得得得……我投降！我投降！咱别说了，好不好？”

眼见话题转来转去，还是那几句，叶小鱼头疼欲裂，连连阻止，把双手高高举过头顶。

上了床，还没过十分钟，罗青橙自己倒先忘了两人刚才为什么吵架，就开始粘着叶小鱼起腻，笑眯眯地挨了过来，手脚也开始不老实。

此时叶小鱼心里早已经气得要命，他最不喜欢的事情之一，就是罗青橙说他妈的不是，此时一见罗青橙那副笑眯眯的德行，叶小鱼就知道她想干什么。

简直是不知羞耻，没脸没皮，叶小鱼暗想。便一把推开罗青橙，脸色阴沉，没好气地说：“去去去，你刚数落完我妈，就想让我跟你亲热，我没那情绪。你的心情转得倒快，男人可不行！”

看着叶小鱼对自己那绝情的样子，罗青橙倒吸了一大口凉气。她想了半天，依然觉得，自己跟叶小鱼无论怎样吵架，两个人之间还理所应当是世界上最亲密的人吧！

于是罗青橙充满了疑惑，揪着叶小鱼的袖子，辩解说："那不是赶上事儿了嘛……这跟咱俩亲热有什么关系，明明白白是两码事嘛……我知道了，你就是想借着这个碴儿，趁机冷落我，烦我了！"

叶小鱼不说烦，也不说不烦，反正就是说什么都不搭理罗青橙。只管闭着眼睛，像个烈男似的，死死拽紧了自己的睡衣裤。最后还干脆翻过身去，蜷成了一团儿，屁股对着罗青橙，脑袋埋在枕头里。

罗青橙白白折腾了半天，徒劳无功，坐在自己的枕头上，扭脸儿看着叶小鱼的背影——一个凉冰冰的拒绝姿态。罗青橙心想：看来，以后睡觉之前，可万万不能数落自己老公的妈。

罗青橙不情愿地关了灯，两只眼睛瞪得老大，看着黑暗中的天花板，越想，就越觉得心有不甘：怎么能就这样"惨败"在叶小鱼的手下，"惨败"在叶小鱼他妈的手下呢？！

罗青橙想，自己一定要跟叶小鱼他妈较这个劲，赌这口气！

于是，半夜里，罗青橙醒来了，又开始悄悄发动"进攻"。叶小鱼睡得迷迷糊糊的，居然还让她给得手了。

事后，罗青橙心里美不滋儿的，小嘴儿差点乐歪了，竟然还沾沾自喜地觉得：她跟叶小鱼他妈较劲，这回是赢了。

可没多久，表弟小健居然有了女朋友。

说"居然"，是因为速度超乎叶小鱼和罗青橙想象的快，而且还是悄没声的，就有了女朋友。连叶小鱼他妈都觉得惊讶不已，心想：这个不太爱说话的大侄子，动作可是真够麻利的！

"是吗是吗是吗？那女孩儿长什么样呀？漂亮吗？快带过来，我帮你瞧瞧！”老太太一听这个好消息，顿时精神大振，两眼放电。

“等定下来再带过去吧！”小健依然不急不慌。他告诉姑妈，女朋友叫小立，跟自己年龄一样，也是大学毕业。两人是从网上认识的，很聊得来。

这是爱情的力量！还不到一年，小健和那姑娘已经准备结婚了。

“干吗的呀她？”罗青橙边嗑瓜子，边耷拉着眼皮懒洋洋地问叶小鱼。

“不知道。”叶小鱼一脸的严肃。

“不知道？不能……够吧！你不知道才怪，你没听得耳朵起茧子呀？”罗青橙故意激火儿，因为她明明知道叶小鱼在说谎。她不明白，叶小鱼为什么在这件事上也要说谎。

“文秘吧！”叶小鱼挤牙膏似的说了句。生怕罗青橙又因一句话不和，就跟他闹将起来，现在他神经过敏得说任何关于其他女人的事都要加着小心。

“哟，外资企业呀，还是国家机关呀？”罗青橙还是不阴不阳。

“好像是私企吧！”叶小鱼的“情报”又给挤出了一点。

“明白了。”罗青橙笑了一声。

“漂亮吗？”罗青橙又问。

“哪有我们宝贝儿漂亮啊！”叶小鱼赶紧表白。

罗青橙这才笑了。

有一次叶小鱼自己回家吃饭，正赶上小健他妈也在。

叶小鱼他妈就当着叶小鱼的面儿，和叶小鱼的舅妈说：“小健的女朋友，小立这孩子，虽然年龄和小健一样，才二十四岁，可真叫懂事，人长得也甜蜜，不笑不说话，真招人待见。这一年间，逢个节呀假呀，像什么中秋、什么七夕、情人节、妇女节、教师节呀、我和叶小鱼他爸的生日呀，都和小健一块堆儿来看我。说是不为过节，就为大家在一起热闹，还老给我买东西。上次还搬来一大箱子饮料，那不，还冰箱里放着呢。我跟小立说，就别往这儿拿了，怪老远的。小立说，没事儿，姑姑，这是我们单位发的，我们自己还有呢！瞧这孩子，婚还没结呢，就满嘴'姑哇、姑哇'，小嘴儿叫得可甜着呢！这上礼拜给我提的香蕉，我还没吃完呢！小健这孩子，说实话，以前可是想不到这些礼儿，全亏了小立这孩子。我们小鱼呢，从前想不到，现在也还是想不到。你呀，找这么一个儿媳，可是有福气了！"

叶小鱼像很多做丈夫的一样，有一个毛病，就是管不住自己的嘴。在罗青橙面前，什么该说，什么不该说，都不往心里去。即便加着小心，有时也难免说漏了嘴，被罗青橙盘问半天，实在抗不过，就把该说的、不该说的，全都给招了。

如此几次，听了实话，罗青橙的气反倒是不打一处来。可叶小鱼老觉得，只要自己对老婆好，其他人，爱怎么想罗青橙就怎么想罗青橙呗，反正跟他叶小鱼没关系，绝对不会影响他对罗青橙的感情。

叶小鱼不知道，罗青橙心里可不这么看。

"你装哑巴了？"罗青橙问他。

"我过后跟我妈说了，我说谁都有优点，谁都有缺点，没什么可比性。"叶小鱼非常紧张，结结巴巴地说。

"你就这么唯唯诺诺的……就因为这样，你妈才敢欺负我。往严重了说，这叫离间。你表弟媳妇会来事儿，对吧？会怕马屁，对吧？你妈就喜欢这样的人，对吧？你不是说没可比性吗，这回好了，有可比性了……天下多少不满，都是基于比较产生的。"

叶小鱼生起气来："我怎么觉得你现在有病啊，一点子小屁事，整得天大，她拍不拍我妈马屁，关你什么事？你不拍，还不许人家拍了？"

"是不关我事，你表弟可找了一个会来事儿的媳妇了……往后你妈看我，就更看不顺眼了。"

"有本事……你也拍呀！"叶小鱼皮笑肉不笑。

"我拍，我拍……你，我拍死你！"

罗青橙上前照叶小鱼后背打了几下："我还就不吃这一套，你越激将，我还越逆反，不信……你还走着瞧。"

"哎哟哟哟……我牙都倒了仨了,还逆反呢……您也不看看您今年都多大岁数了？！"叶小鱼深不以为然地撇着嘴。

"我多大岁数了？刚跟你结婚时,我也二十四岁,谁还没年轻过啊！神气什么？切！"罗青橙恨恨地说。

表弟小健终于要结婚了，小立当然是顺着小健爸妈的意思，回小健的家里热热闹闹地办了喜事，随后，马不停蹄又双双回了趟小立的外地老家，接茬儿大摆了一次。最终弄得皆大欢喜。

为此，在叶小鱼他爸他妈以及亲戚们一片绵延不绝的交口称赞中，叶小鱼一时间有点心生羡慕。

小健的爸妈攒了一辈子的钱，打算这下全都拿出来给儿子买房用。因为小健是北京户口，有条件买经济适用房。于是，又托了叶小鱼他妈，让给儿子张罗着点儿。

叶小鱼他妈于是又开始整天叨叨自己的儿子和闺女,让他们找找关系，夹个塞儿啥的，给他们表弟弄一套经济适用房住住。

"买商品房，他们可买不起，刚毕业的！人家都说了，开发商都是神枪手，一套房子消灭一个百万富翁。”叶小鱼他妈边吃饭边说。

罗青橙正跟单位里的姐妹一起减肥，吃不了一碗米饭，就把剩下的大半碗饭推到了一边。

叶小鱼他妈这边跟叶小鱼说话，那边却把罗青橙的动静都看在眼里，舌头立刻在嘴里一转，扭转了话题，对罗青橙说：“青橙，浪费啊！”

叶小鱼听着不对劲儿，赶紧把罗青橙剩下的半碗饭折到了自己碗里，又扭头笑道：“妈，你对我表弟的事儿这么上心，我怎么觉得是您自己娶儿媳妇啊。即便您自己娶儿媳妇，也没这么上心呢！真是操心不够。”

“都是一家子人，帮个忙还不是应当应分的。再说，小立这孩子真不错，老想着我，买这买那的。”

“是不是她有事儿想求您了吧？”叶小鱼边有口无心地说，边快速扒拉完罗青橙的剩饭，然后直了直腰，喘了口大气，拍了拍肚皮，吃得很舒服的样子。

罗青橙接着刚才的话头儿，一本正经地说：“妈，您说让叶小鱼找关系给表弟买经济适用房，我们要真有关系，还用得着还商品房贷吗？叶小鱼我老公，就这么点儿出息！他要是能弄着经济适用房，我现在就把我们那套商品房给卖了，立马儿自己搬进经济适用房……怎么也轮不着他表弟呀！”

叶小鱼和他妈俩一起使劲儿瞪了罗青橙两眼，都不接她的碴儿。

于是不欢而散。

表弟小健不久还真的得到了一套经济适用房。听到这个消息，罗青橙心里顿时“上蹿下跳”，嫉妒得眼珠子都碧绿了，厚着脸皮，赶紧打电话给叶小鱼他妈，说：“妈，要不，您帮您儿子求求表弟，也让表弟给您儿子再弄一套吧，也省得您儿子整天净想着挣钱还房贷累死累活！”

叶小鱼他妈说："我哪儿有那么大的面子，说弄就弄来了？他俩弄得着，是他俩的本事，人家自己搬进去，怎么也轮不到别人呀。这话可是你自己说的，青橙。"

罗青橙白白讨了个没趣儿，就嬉皮笑脸地说："咳，也成，那就只能让叶小鱼我老公接茬儿还呗。累死累活，反正是他一个人的事，又使不着我挣的那俩镚子儿！"

小健他爸妈倾其所有，付了首付，剩下的，小两口自己慢慢还。

接着，小健两口子房子到手，花了几万装修。两口子又找人帮他们选了个良辰吉日，打算欢天喜地地从出租房搬进新居。

东西倒是不太多，不过叶小鱼他妈还是忙活了个不亦乐乎。拽上叶小鱼要去帮忙自不用说了，罗青橙一当嫂子的也不能坐视不管。

"我去就行了，罗青橙她倒霉了，不舒服。"叶小鱼在电话里替罗青橙解释说。

"倒霉，肚子疼吧？不要紧，也不用她搬，就帮忙坐着给看看堆儿就行了！"

叶小鱼在电话里又说了些什么，罗青橙没听见。她只觉得胸中一股无形的瘴气渐渐膨胀，好像要把自己彻底吞没。

罗青橙没能拦住叶小鱼，叶小鱼到底还是和他妈一起去帮着搬了家。叶小鱼他妈还特地给侄子夫妇订购了一个大花篮子，就是企业或商店开业时，人家送的那种巨大的竹编落地花篮。

"这也……未免太夸张了吧！"罗青橙听搬完家回来的叶小鱼的讲解，评论着。

又说："见到你那会来事儿的表弟媳妇，今天高兴了吧？"

还没等叶小鱼表达自己的愤怒，罗青橙又说："不过，等花败了，让你表弟媳妇往哪儿搁那篮子好呢？要不，拆巴拆巴，编个竹椅躺里头？可怜我呀，连一枝小花都没从你妈那得到过。"

"别那么小心眼儿，啊？你不是已经从她那得到一件天大的宝贝了吗？"叶小鱼过来安慰她说。

"什么宝贝？"

"著名的、漂亮的我呀！"叶小鱼指着自己的鼻子。

"嗤！你呀……你可不是什么宝贝。"

晚上上了床，罗青橙继续说："你看看，你表弟人家这爹妈！多疼儿子！"

"别这么说，我表弟他不是他们家唯一的男孩嘛。再说，人家刚工作，哪儿来的钱呢？他爸妈也不是白出钱买房，将来老了，还不得到城里来，跟儿子儿媳妇一起住啊？我爸妈虽说没给咱买房，可人家自己有房子，以后也不会住咱这儿来，是不是？"叶小鱼好言安慰着。

"你可真和你妈、你表弟媳妇一样，理解人心呢！"

"嗯，我表弟他媳妇是挺理解人的，搬家的时候，一个劲儿劝我妈别累着、别累着。"叶小鱼边翻一本杂志，边随口说了一句。

罗青橙不干了。

狠狠一揭被子，全都裹到自己身上，把叶小鱼晾在一边。叶小鱼怔了一会儿，把杂志扔到地板上。深秋天气，叶小鱼只穿着薄薄的睡衣睡裤，没多一会儿，就冻得打了一个喷嚏。罗青橙听了，却根本不为所动。刚结婚那会儿，别说叶小鱼打个喷嚏，就是稍稍一张嘴，罗青橙都得赶紧跑过去问：怎么了怎么了宝贝儿？凉着了？可现在，罗青橙的心肠竟然变得如此

“歹毒”，毫不动容，任凭叶小鱼像鱼干儿一样晾着，嘴里还连珠炮似的说着：“你妈理解人，你表弟、表弟媳妇都理解人，就我混账，你跟他们过去吧！”

叶小鱼也颇争气，就这么躺着，也不跟罗青橙抢被子，一边打着喷嚏，一边觉得自己是活该受气。受就受吧，反正谁也不想理解他叶小鱼，反正不受这个气，就得受别的气；反正不受老婆的气，就得受老妈的气。反正，他叶小鱼一片好心，只闹得个里外不是人，还不如索性冻死算了！

就省心了！

第二天早上，叶小鱼和罗青橙开始将冷战升级到了热战。

罗青橙说：“我算领教了，你妈对任何人——对侄女、侄媳妇、都比对她儿媳妇强！难道，你妈她就没有老的那一天？她要是病了，是指着她侄子侄媳妇，还是指着她儿子儿媳妇？”

“那是你多心，我妈就是热心肠。”

“我多心？我真想抡圆了给你们家那宝贝侄媳妇一大嘴巴！让你们都觉得她比我好。”罗青橙气急败坏地吼道。

“嘿，你这人怎么这么黑心呢？还真没看出来啊……小样儿，我看你敢？”

叶小鱼见罗青橙居然敢撒泼到这份儿上，“呼”地扬起了巴掌，预备打罗青橙。

罗青橙眼睛一闭，就等着挨打。好半天，没动静。睁眼一看，叶小鱼没敢下手，只是抬着手，两眼睛就跟得了疯牛病似的。罗青橙便把头一仰，跟他叫板：“你打！不敢打你就是狗。”

叶小鱼忿忿地缩回了手。被吓得半死的罗青橙趁机在叶小鱼的大腿上不管不顾地猛踹了一脚，然后扬长而去。

叶小鱼“哎哟”一声，捂住了大腿。罗青橙这一脚踹得着实不轻，加之她穿的又是高跟拖鞋，鞋跟又细又尖，硬邦邦的。

叶小鱼好不容易才忍住剧痛，腿痛，加上心痛，叶小鱼简直是五内俱焚。

他万万没想到，这个他如此疼爱有加、紧紧护着的老婆，这个刚结婚时每天夜里都会给他掖好几次被子的老婆，这个曾经那么亲爱甜蜜的老婆，今天竟然会为了那些个破破烂烂的事儿，对自己下此毒手，简直是谋害亲夫！简直是没有天理！

“不过了！谁都甭过了！！！”

叶小鱼西施一般，下意识地捧紧了自己隐隐作痛的胸口，停了停，咬紧牙，抬腿一脚，往茶几上猛蹬过去。

茶几本是玻璃台面，就是靠皮垫的摩擦力架在四根立柱上。叶小鱼用力太猛，玻璃离开了其中两根柱子，歪向一边，上面的杯子、还有一个彩色雕花的水晶玻璃大果碟，全都滚落到地板上。这个果碟是刚结婚时他们俩一起买的。每次打架，大大小小不值钱的笔啊、拖鞋啊、毛绒玩具啊、喷壶啊也摔了无数，可是这个果碟，两个人却从来没有舍得摔过，因此也就多次从他俩的魔爪下逃脱了粉身碎骨的命运。可终究还是劫数难逃，这次终于在叶小鱼的盛怒之下，滚落在地，终究还是化作了无数晶莹的碎片。

罗青橙一见，大为震惊。她惊的是，叶小鱼这个从前只舍得摔塑料喷壶的人，如今居然为了那些个破事儿，变成了一个无论什么，抬脚就敢踹的恶魔。这种转变让罗青橙觉得不可思议。

她瞪着叶小鱼，瘫软在沙发上，如同顺着冰窟窿一直溜到了冰湖底，彻底心凉了，简直是拔凉拔凉的!

“有本事你就砸，把电视也砸了！不砸你就不是个男人！”

罗青橙窝在沙发里冒险继续喊叫，心想，那叶小鱼的下一脚，说不定就踹到自己的脑袋上了!

不出意料，这果然更加刺激了疯狂的叶小鱼，他又抬起一脚，把茶几上的玻璃给彻底踹到了地上。又是轰隆隆一片，无数声巨大的响动，满地的玻璃碎片，四处乱溅，溅到沙发上、电视柜上、鱼缸里，还有罗青橙的怀里。

大大小小，片片尖利如刀，历历闪着寒光。

大概叶小鱼也有点儿吓着了，站在原地不动了。

“你给我滚！”

过了半晌，叶小鱼冲罗青橙吼了一句。

“你滚！要滚也是你滚！这是我的家！”罗青橙回过神来，也哇哇乱叫起来，叫得比他更响，比他更亮。

“我滚就我滚……再也不想看见你了！”

叶小鱼头也不回，就“滚”出了家门。

“有本事你永远也别回来，在外面过一辈子……你给我回来，把地给我扫了！”

罗青橙冲叶小鱼的背影，跺着脚疯狂地喊叫。

叶小鱼跟没听见一样，早就如野马一般飞奔出了大门。

第28章

叶小鱼的意外邂逅

“滚”出家门的叶小鱼无处可去，也不想回他妈家。

原来跟罗青橙打架，叶小鱼也不敢回他妈那儿，原因是怕老太太生气。可这次不一样，叶小鱼不想看见他妈，不仅仅是怕惹他妈生气，更是不想听他妈唠叨自己，或者唠叨罗青橙。

叶小鱼已经受够了这种夹板气！他觉得，自己无论说什么，都是白费唇舌；自己只要一开口，便说错话，让他妈和他老婆抓住把柄。真理似乎永远掌握在他妈和他老婆的手里，而他自己则永远理亏。

现在好了，自己暂且不用看他们所有这些人的脸色了。即使是暂时的，又有什么不好？

在办公室忍了一晚后，叶小鱼没闲着，赶紧积极为自己找个临时落脚的住处。

巧得很，在自己公司的楼下，叶小鱼偶尔看到了一则招租广告，上面写着：

租给白领，本市户口，男女不限，没有不良嗜好，爱干净，有良好的作息时间。

于是叶小鱼按图索骥，找到了这间出租的房子。他之所以没向同事、朋友打听租房的事情，因为他不想让别人知道他和老婆正在闹别扭分居。叶小鱼知道，这样的事，很快就会传开，他也会成为别人的笑柄。

叶小鱼找到的这套房子，有三大间，里面住着房主——女儿在国外生活的一对老夫妇，可供出租的，是其中的一间。

老太太说，他和老伴儿两个人现在身边也没有个孩子，房子出租，并不是因为缺钱，而是想找个人作伴。早些年，闺女出国前，这间屋子还陆续住过几个民宿的外国留学生，跟着老两口和闺女学汉语，顺便还可以让自己的闺女跟老外学英语。老两口觉得这样的生活方式挺有意思。现在老了，不方便给客人做饭了，就租给白领，一些单身、年轻可靠的上班族，也不用给他们做饭。上一个房客才刚刚搬走不几天。

老太太又慈祥地问叶小鱼："我老伴儿是退休教授，周六周日还教人学学吉他，也不是为了挣钱，也还就是图个热闹，你嫌不嫌吵啊？"

"没事没事，一点不吵。"叶小鱼笑笑说。

这天下午，叶小鱼趁罗青橙上班的时间，偷偷溜回了家。见到满地的玻璃碴子原封未动，叶小鱼也不管，甚至一丁点儿都不为所动，自顾自地把自己的衣物简单地收拾了一下，就搬到他暂租的房子里去了。

叶小鱼甚至还在心里想象着：罗青橙回家发现他叶小鱼不是随口说说，而是真的"滚蛋了"时目瞪口呆的样子，他心里就有种说不出的快感和得意。

罗青橙晚上回到家，想着今晚叶小鱼总该回家了吧，正想怎么跟叶小鱼好好谈谈呢，突然她发现衣柜门开着。她愣了一下，记得自己早上上班之前柜门是关上的。她走过去，一看，衣柜里已经空了一小半儿，叶小鱼的袜子、裤子、衬衣、领带、外套全都不见了。像失了盗一样，干脆利落。

面对着空空荡荡的抽屉，罗青橙这才猛然意识到：公鸟儿已经离巢，叶小鱼真的出走了。

罗青橙没想到，一句话、一顿吵，居然能让叶小鱼如此记恨自己，连分床而睡都不足以表达他的不满。她很恼火。

罗青橙也没给叶小鱼打电话，她想，反正叶小鱼也跑不到哪儿去，不过是两口子打完架，叶小鱼暂时回“娘家”小住几天。

叶小鱼白天照旧上班。下了班，一个人在街边的小饭馆吃晚饭。吃腻了，第二天就换一家。他觉得那些东西甚至比跟罗青橙恋爱约会的时候吃着还香，也更加不慌不忙，优哉游哉。想喝辣的就喝辣的，想吃香的就吃香的，想抽烟就点一根，绝对没有人管你是不是满嘴烟味，或刚活剥生吞了二十个蒜瓣。真是自由自在的好日子啊！

叶小鱼一边还回忆着，真让他有点不敢相信：结婚以后，除了少数几次两人闹分居，一人占一屋，在罗青橙的严格要求下，两人基本上都是晚上一起上床，早上一块儿起床。而且叶小鱼要是事先不把脸洗了、牙刷了，绝对不可以上床。

然而，美好的“纪律”坚持半年、一年不难，难的是坚持下去，更可怕的是要坚持一辈子。现在想想，叶小鱼都觉得不寒而栗。

叶小鱼太渴望自由，也太渴望放肆一下了。

晚上，叶小鱼一个人回到一个陌生的屋子里，也不想找人聊天，想看电视就看电视，想玩游戏就玩游戏，要不就看看书，或者到楼下一个人对着墙打打久违了的网球。球拍是他特地从家里“偷运”出来的。他觉得无比自由舒畅。

这天晚上，躺在床上，叶小鱼胡思乱想起来：自己跟罗青橙，如果真的不要孩子，到岁数大了，还不是跟房东老两口一样？人家起码还有个女儿在国外，自己跟罗青橙两个人，晚年该有多凄凉啊！

他从来就觉得他妈说的有道理，生孩子是“天经地义”的事。叶小鱼真想有个孩子，那样的话，老妈跟罗青橙也许就都把心思放在小孩儿身上，就不会成天揪住那些个破事儿互相过不去了。

叶小鱼越想越觉得，他和罗青橙两个人之所以总这么吵架，根源就是在不要孩子上面。就算自己极其渴望一个小孩儿，主动权不还是全在罗青橙吗？他甚至一度想考虑他妈的建议，抱养一个小孩儿，可是又不现实。想到这儿，叶小鱼很灰心。他又想，听说现在很多年轻人离婚，原因之一是女方不想生孩子。叶小鱼刚一想到这儿，就不敢再往下想了。

随后，叶小鱼又想到，以前天上打几个炸雷，罗青橙尚且吓得门窗紧闭、躲在屋子里哆嗦，这会儿，把她一人撂在家里，她会不会害怕？

不过类似念头只是一闪而过，反正又不是他叶小鱼自己愿意出来的，是她罗青橙把他活生生给赶出来的。罗青橙即便害怕，也是“罪有应得”。想到这儿，叶小鱼就安心了。

不过，叶小鱼还是为自己居然变得如此心安理得、如此冷酷绝情而感到吃惊。

有一天晚上，叶小鱼没开车，步行下班回出租房。暮色冥冥，深秋的风萧索地扫过天空，树叶就噼里啪啦地落下来了，几片卷成筒的干树叶被风挟裹着飘来，打在他的身上、头上。叶小鱼突然间就有了一种说不出来的凄凉、孤苦之感，明明有家，却不能回。此时此地，他站在马路边上，茫然地等待着绿灯亮起，一时间，竟恍然如梦，不知自己身在何方。

叶小鱼不禁悲哀地想：暮色中所有这些面孔、匆匆的步履，都和自己毫无瓜葛；这世界之大，又有几个人和自己有关系呢？又是为了什么，仅有的那几个和自己有亲密关系的人，却似乎永远都不能和睦相处？叶小鱼都不知道自己每天辛辛苦苦地上班、下班究竟是为了谁，没有一个人领他的情。

不知不觉，叶小鱼的脚步没有带他回到临时租住的房子——那里反正没有亲人等待着他、盼望见到他，而是打了辆车，拐到了酒吧街。找了间临街的坐下，要了杯酒，想重温一下老单身汉的感觉。

爵士乐在秋夜里呜呜咽咽地回响着，倒很适合叶小鱼此时的心情。

罗青橙不喜欢爵士乐，而叶小鱼喜欢。在家里罗青橙不让他听，他只能在开车时独自欣赏回味。

望着夜色中一对对年轻的情侣，和匆匆而过急忙回家的上班族，叶小鱼突然有了一种说不出的安宁之感，一种前所未有的轻松。

这种轻松之感让他一下子又回到了过去。早知道结婚这么累，叶小鱼赌咒发誓，来世一定不会娶老婆，宁肯打一辈子的光棍。

叶小鱼正望着阑珊的夜色出神，突然，他觉得好像一个人影飘然而至，站在他后头，半天没动。他也没回头，想，是不是又没位子了，想坐他对面？便回过头，后面站着的，是一女的，正冲着他笑。

即便是灯光很昏暗，叶小鱼也还是看清了来人是谁，不由自主深深倒吸了一口气，像是深夜见了鬼一样。

叶小鱼没动窝儿，也没出声。

女的先说话了，同时微微一笑："叶小鱼，是你？你怎么会一个人在这儿？喝闷酒？"

叶小鱼这时已经完全清醒过来，听到那女的的声音，才完全证实，这个女的，居然是檬檬。几年过去，不想他们会在这里不期而遇。

眼前的檬檬，还是叶小鱼模模糊糊的记忆中的那个样子，个头儿不高，长相还过得去，温柔安静。叶小鱼想，檬檬也该三十多了吧，看上去倒好像没什么变化。

“是一个人吗？”檬檬又问。

叶小鱼机械地点点头，还没回过神来。

这时，檬檬冲前方路边另外两个姑娘招招手，说：“你们先进去吧，待会儿我找你们去。”

叶小鱼回头一看，一直等在那里的两个打扮时髦的年轻白领冲这边扬了扬手，嘴角一挑，便利索地拔脚离开了。

“是你呀，真巧不是？”叶小鱼见檬檬坐了下来，说：“你路过？”

“嗯，正准备跟朋友去吃点儿饭呢！没想偶尔往路边瞥了一眼，竟看到了你……你怎么一个人坐在这儿？你老婆呢……我是说，你结婚了吧，都好多年了！”

叶小鱼想：自己真是活该！一想到自己惶惶如一条丧家之犬，在深秋的夜晚，独自在路边喝闷酒，正是最落魄的时候，竟然撞见了檬檬。

一开始，在这位昔日女友面前，他本来还觉得羞愤难当。可是，檬檬坐下之后，叶小鱼看着她，突然就有一种时光倒流之感，好像命运让他看到了一种重新选择的可能。这种荒诞不经的想法在他脑海中萦绕不去。

又因为喝了酒，叶小鱼便愁肠满腹地叹了口气，说：“一言难尽啊！”

“打架了？”檬檬的笑容似有似无。

叶小鱼苦哼了一声，他已经不想注意檬檬口气里的讽刺。

与此同时，叶小鱼猛然想到了自己和檬檬分手的原因。对檬檬，叶小鱼一直怀有一种隐隐约约的愧疚之感。经历了几年的婚姻生活，叶小鱼思索着，为什么当初就是因为“檬檬让他挑不出什么毛病来，所以他才觉得别扭”？这是什么逻辑？

此时，望着灯火阑珊之下的檬檬，叶小鱼手里捏着酒瓶，冷笑着对自己说：看来，和罗青橙结婚之前，自己似乎还没有失掉决断能力，对檬檬，自己不就挺冷酷决绝的吗？

又想到罗青橙没结婚前，也是很可爱，可结婚以后，她怎么会变成这个样子？叶小鱼感叹，一个小泼妇的诞生，真是一个传奇故事，婚姻难道是催生小泼妇的温床？

“也说不上打架。夫妻间常事儿呗！”想到这儿，叶小鱼说。老实说，叶小鱼不愿意在檬檬面前提这些事。他怕檬檬笑话自己，男人的面子，他还是要的！更何况，是在被他甩掉的前任女朋友面前！

“你呢？你怎么样现在？”叶小鱼问。

“我嘛，还是一个人，一直没碰着合适的……我要求的条件太高。”檬檬淡淡地说。

“你就不请我喝点儿什么？”檬檬问，一双眼睛毫无遮拦、淡淡地望着叶小鱼。叶小鱼赶紧躲闪开。当初和叶小鱼分手，檬檬很伤心。眼前这个令她心仪的大小伙子，虽然又见面了，可终究和自己没有缘分。眼下，她对叶小鱼怀有一种研究的兴趣。

“我请你。”叶小鱼说。

檬檬要了一杯饮料。坐着坐着，气氛渐渐变得不如先前那么紧张尴尬了。

没过五分钟，檬檬的女朋友们给她打了个电话，只听檬檬慢声细语地说：“我这边有点事儿，你们别等我了，待会儿我找你们去……别瞎说了……我挂了！”

两个人聊了聊各自的工作，随后，还是把话题绕到了叶小鱼的婚姻上。

叶小鱼可能喝得急了点儿，被冷风一吹，脑子反应有点迟钝。看着檬檬面色柔和，眸子冰凉，丝毫也没有想看他笑话的意思，叶小鱼的胆子，这才慢慢地放开了。

叶小鱼跟檬檬说："罗青橙，我老婆，人虽好，可是结婚以后，变得小心眼儿了，让我夹在老妈和老婆之间很为难。"还问檬檬："是不是女的结婚以后都这样啊？"

檬檬淡淡地笑了笑，反问道："我怎么知道？我也没结过婚。"

叶小鱼好像猛然间恍然大悟一般，冲自己重重点了点头："不错，你是不知道，现在想起来，要是她……能像你那么温柔、温顺就好了！"

檬檬抬起了眼睛："你是说真的，还是笑话我呢？我可不认为这在你眼里是什么优点。"叶小鱼听出了檬檬话里暗讽的意思。

"咳，算了！当我什么都没说吧！"叶小鱼低头说。

两人接着看夜色，都感到一丝尴尬，叶小鱼松了松领带。

"你们住你妈那儿？"檬檬问。

"没有。我们自己买了房子。"

"是这样啊，过得还不错嘛！"叶小鱼听得出，檬檬语气里有一丝惆怅。

叶小鱼平时酒量就不行，本不打算多喝，可不想在此遇见了檬檬，又禁不住檬檬憋着劲儿，一杯又一杯地跟他干。结果到最后，叶小鱼真的有点儿喝多了，檬檬却相当清醒。真可谓真人不露相。平时温柔小巧的檬檬酒量过人，谈恋爱的时候叶小鱼就领教过，叶小鱼不胜酒力，这点檬檬也相当清楚。

这下子，事情变糟了。一喝多，叶小鱼的嘴上就没了把门的。就如同他乡碰见了故人，久旱遇到了雹灾，也不管合适不合适，应该不应该，就一把硬扯住人家，听任他的怨气像放了闸的洪水一样，滚滚而出，就像给人家讲评书一样。当然，那听“评书”的，也不断用眼神、丰富的感叹词、同情的叹息，鼓励他讲出来。

叶小鱼头脑混乱地刚讲到自己如何被老婆罗青橙给踢出家门，突然，他脑袋一沉，歪倒在桌上。

檬檬默默地望着他。

许久，叶小鱼感到檬檬在推他，这才抬起头来。

“噢，你该回家了！要不要我送你……咳，忘了，我没开车！”叶小鱼有点儿迷糊地跟檬檬说。

“我打车就行了。”

叶小鱼混乱的脑子里突然分辨不出此时此地此情此景究竟是梦还是现实。

他看见檬檬拿出手机打电话，简单讲了几句，然后，边挂电话，边淡淡地问：“要不，留个电话……你换过手机号了吧？”

叶小鱼此时被冷风一吹，酒劲儿上来了，本来他把自己的经历讲了也就讲了，并不想再和檬檬有任何瓜葛，却迷迷糊糊就把自己的手机号码留给了她。檬檬记在了自己的手机上。

半夜。

叶小鱼突然酒醒了。他猛然睁开眼睛，看着黑暗中的天花板。他记不清自己究竟是如何回到家的，于是他开始搜肠刮肚地努力回想自己“失忆”前的情况。突然就想起了晚上发生的事情，然后诈尸一样，直挺挺地坐了起来，从头到脚打了个寒噤。

檬檬？他的前女友？莫非真的碰见她了？随着檬檬的形象从头脑里跳

了出来，叶小鱼断断续续的记忆逐渐把零散的片断给拼凑了起来。

不错，叶小鱼对自己说：他的确是遇见了檬檬。他记起，自己跟檬檬讲了不少关于他跟罗青橙之间的事，好像还说过，要是罗青橙能像檬檬一样温柔就好了。

一想起这句话，叶小鱼惊得出了一身的冷汗，自己居然真能跟檬檬说这种话？他想起，自己似乎还把电话号码给了她。叶小鱼只觉得脑袋“嗡”的一声，天哪！这……要是罗青橙知道了，后果简直是想都不用想！

“嘴可真他妈的欠！”说着，叶小鱼就跟罗青橙在他面前瞪着他似的，面带悔恨，假模假式地用手轻轻抽了自己一个嘴巴。

紧跟着，他们从酒吧出来，以后的事叶小鱼只有模模糊糊的印象。

不行，非想起来不可。

叶小鱼踉踉跄跄地走下地，给自己倒了杯凉水，一口气喝了，然后又回到床上。这下，总算想起来了：

檬檬好像随口问了一句：看你真有点儿醉了，用不用我送你回家？叶小鱼听了这话，突然就有了一种冲动。想，他很想，非常想。他点点头。

檬檬扬手帮他打了一辆出租车，帮他坐进车里。随后，自己也打了一辆车，飘然而去。看着檬檬那辆车很快消失在秋夜空旷的大街里，叶小鱼趁自己还有点儿清醒，赶紧告诉司机自己要去的地方。

眼睁睁地望着檬檬远去的方向，叶小鱼不由得生出了几分惆怅。尽管他不太善于解读女人眼里的信息，他还是一直试图从檬檬的眼中读出点什么。

此时对檬檬，叶小鱼似乎突然找到了几年前从没有过的一点感觉。他可以肯定，这种感觉，基本上是基于和罗青橙的比较中产生的。叶小鱼不禁汗颜，他觉得自己非常恶毒，对罗青橙非常恶毒。不过，随后叶小鱼就安慰自己：这也是罗青橙自找的。

叶小鱼清晰地感到了自己对罗青橙的些许恨意和对檬檬的些许悔意。

叶小鱼躺在黑暗中，想了很多。最后，他但愿此事就此了结，就像他从没遇见过檬檬一样。他想：自己可能根本就是自作多情，檬檬并没打算再联系他，兴许她从叶小鱼自述的“悲惨处境”中，已经得到了一种超然。

这年头，谁还能等谁到永远呢！

快天亮的时候，叶小鱼想得昏头昏脑，困倦不堪，才迷迷糊糊地睡着了。

叶小鱼觉得好像是早晨了，他顶着满头满身的雪花，深一脚浅一脚，挣扎着走在山谷的沼泽里。雪很深，每次一脚踩下去，都没过了膝盖。每次好不容易才刚拔出脚来，为了向前走，只得一脚再踩进雪里。每一步，都走得异常艰难，他的四肢仿佛灌了铅一样，越来越沉重，越来越难以动弹，就像他每次在梦里骑自行车，永远都蹬不起来一样。

天气很坏，暴风雪像抽风一样，拧着旋儿，一部分雪花还没落到地上就变成了雾气，四下弥散开去。空气越来越冷，越来越稀薄。嗖嗖的冷风悲叹着，半戏弄半吹拨，逼着他朝前赶路。一会儿从前面拽拽他，一会儿又从背后踹他两脚，几次把他弄得几乎站立不稳。

他的脾气变得暴躁起来，左冲右突，绞尽脑汁地想找一条可以走出山谷去的路。真是好可怕的暴风雪，他一辈子也没遇见过这么大的暴风雪。他疲倦透了，也厌烦透了，几次使劲地搓手、跺脚、叹气、嘎嘎悲叫，又几次想直接钻到雪堆里，不要命地睡上几天几夜。可是又害怕一倒下去，就再也醒不过来了，只能继续慢腾腾地往前挪。

模模糊糊地，他觉得自己好像是在往家走，可是根本辨不清方向。就在他的眼睛被风吹得快要睁不开的时候，好不容易前面出现了一所木头房子，被雪覆盖成白色。这时候他冻得也快僵硬了，只好上前去敲门。好半天，门才吱呀一声开了道小缝儿，一道橘黄色的光线射了出来，伴着一股暖流，将蒙在他眼睛上的雾障嘘化了。他这才看清，迎出来的，竟然是檬檬。只不过在这里，她不像在酒吧里看见的那样，留着时髦的短发，而是留着又厚又密的长发。他惊愕地想：那不是罗青橙的长头发吗？更令他惊愕的是，檬檬怀里面还抱着一个两三岁的小女孩儿。他才猛然发觉，自己走错了路，这不是自己的家。

还没等他转过身去，小女孩儿居然张开了小手，小嘴儿一咧，笑着管他叫爸爸，还管檬檬叫妈妈。这时又有一个人影在灯光下现身了，一见到那个人影，他惊讶得用手捂住了嘴巴。一切都是无声的，他光看见那个人影的表情、动作，听不见一丝声音。最后，他发现那个人影，竟是他的妈！她在檬檬身后站着，眼睛没看儿子，反而看着檬檬和那个小女孩儿，一边心满意足地看，一边美得嘴都咧到后脑勺了。真的，他很少见他妈笑，更甭说笑成那样了！

他本来还有点纳闷，怔怔地头皮发炸，不知此情此景究竟从何而来。不过看到他妈，他很快就回过神来，就此推断说，这正是自己的家。于是咧嘴傻乐着，伸出手去，要抱那个小女孩儿。还说，自己离家三年，没想到，女儿都这么大了！

谁知手还没伸出去，他突然就觉得有一种黑鸦鸦的力量从侧面铺天盖地袭过来，在他的肋条上狠狠地推了一把，把他推了一个大趔趄。他扭身一看，这个可怕的力量，竟然是一张很熟悉的脸。他想了只零点儿三秒，就记起，这不是罗青橙吗？她怎么会在此时此地出现？自己跟她是什么关系？与此同时，他看到，他妈把脑袋转向了罗青橙，那张脸上的表情立刻变得得意洋洋，只不过还是照旧不看他。

罗青橙凶神恶煞般地叉着腰，瞪着出离愤怒的双眼，望着他。看着罗青橙那无比熟悉的脸，他顿时如五雷轰顶一般，明白了过来。还没来得及等他解释，罗青橙就像条火龙一样扑了过来，张开嘴。他恐怖地看见罗青橙满嘴的火，此时已经朝自己愤怒地喷了过来……一条火舌一下子就蹿到他的外衣上，随之他好像听到了嗞啦嗞啦、噼里啪啦的声音。他恐怖地喊了起来，用手捂住脑袋。为了扑灭身上的火苗，他立刻扑倒在雪地上，翻来覆去，打开了滚儿，一边惊骇地嚎叫……

叶小鱼在睡梦中，仿佛听到了自己惊恐的尖叫，然后又听到一声巨大的闷响，“咕咚”一声，还没等他弄明白是怎么回事儿，就已经结结实实地从床上滚下来，掉到了地板上。这一下可着实摔得不轻。结果，叶小鱼还没彻底从梦境里清醒过来，也不知道在雪地里滚了半天，自己身上的火扑灭了没有，又立马儿在房东的地板上摔晕过去了。

第 29 章
意外总是接二连三

罗青橙这些天也没闲着。她在那个遍地玻璃荆棘的家里，强忍了两晚上，再也不想回去了。谁砸的，谁来打扫！罗青橙简单收拾了一下，索性跑去了姨妈家，反正琳琳不在，姨妈也闷得发慌。

“琳琳还好吗？这段时间，我也没顾上跟她联系。”罗青橙问。

“她呀，不是生了一个了嘛！我大外孙女，两岁多了！现在又怀上了。你说说，有多快哇，她出国那会儿，好像还跟前天似的。”

“是啊，我们结婚……也不短了。”罗青橙低低地说。

“对呀，你打算什么时候要孩子呀？”说到孩子，姨妈立刻来了兴头儿：“你生一个，我在这里也有个念想不是？”

罗青橙闷闷地回答：“我？还没想过呢！孩子有什么好的，我可不想伺候他（她）。”

姨妈说：“要我说，还是要一个。你和叶小鱼两个，都高高大大、漂漂亮亮的，生出的孩子，准好！不然，都浪费了你们的遗传基因了！你看我现在，多好，闺女在国外，将来就睛等着更好的日子过了。我这当妈的，想想都高兴。等你到了我这一步，你就知道养孩子有多么好，有多么值了！年轻时苦点儿累点儿，那都不算什么了！”

“唉，那也是您的命好，琳琳的命好！像我现在这样子，真是样样不顺心。”

姨妈这才想起来问问罗青橙的近况。等她听明白了罗青橙断断续续诉说的原委，姨妈惊叫起来：“这可真是够呛，一打架就往外头跑哪行啊！老婆吵架回娘家听说过，可从没听说过老公吵完架回‘娘家’的。你们要是老为了那些身外之事打架，这架，可就一辈子都打不完了！哪家也没有十全十美的，外人看得最清楚。你要是爱叶小鱼啊，就冲他妈你婆婆给你生了、养大了那么漂亮能干的一个老公，你也得睁只眼闭只眼，上赶着巴结你那婆婆，这才是正经！”

罗青橙笑了：“那也不是我存心挑事呀！叶小鱼那个妈，自从我把她的家具给偷偷卖了，总是看我不顺眼。叶小鱼先是还护着我，现在的态度，您不也看出来了，不仅是消极不作为，简直就是顺着杆子爬上去了！再过多少年，等我年老色衰了，还指不定怎么被他挤兑呢！”

姨妈叹了口气：“你的话，还真不是没有道理。所以，你才更要拴住叶小鱼的心！其实，我原本没指望我们琳琳有这么好的命儿，原想着这小丫头，不给我招灾惹祸就算没白养她了！没想到，最后竟摊上这么一个好姑爷，总给我航空寄吃的、用的，花冤枉钱！就是你们这一对儿，最让我意想不到!叶小鱼这孩子，原来我看着，一直挺好的，怎么现在被你一说，就变成魔头了……这回，你打算让他在外面住多久？”

“我不管，我不能低头认输，我要等他向我赔礼道歉，现在他住他妈那儿。”

“不是我瞎担心，青橙，小鱼他一人在外面也住了几天了，真回他妈家了吗……你真的知道吗？”

听了这话，罗青橙大吃一惊。抬起头来。她万万没料到，此时姨妈会说出这种话。看着姨妈那意味深长的目光，罗青橙立时慌了神，连连说：“我不知道……我不知道哇，我以为，他肯定回他妈那儿去了……除此，他还能去哪儿？”

“那可不一定。”姨妈很老谋深算地摇了摇头：“男人呀！对了，你给他妈打个电话，问问不就知道了吗？”

罗青橙掏出手机，颤颤巍巍地拨通了叶小鱼他们家的电话：“妈，叶小鱼……这几天回您那儿去了吗？”

“叶小鱼？他最近没回来过，还是小健小夫妻俩昨晚来过。”叶小鱼他妈没好气地说。

罗青橙挂了手机。

“得，我说着了吧……指不定跑哪儿逍遥去了呢！”姨妈一副料事如神的得意劲儿，大叫起来。

可罗青橙没法跟姨妈一起得意。她彻底快乐不起来了，嘴努了起来，眼睛也预备掉泪珠子了：“他可能去办公室住，要不，就去同事朋友家了。”罗青橙说。然后，又安慰自己似的，坦然起来：“是我的，跑不了，叶小鱼他要真想歪门斜道，我也看不住。”

姨妈听了，立刻打断罗青橙：“话可不是这么说，有些男人，你要是不给他创造机会，他兴许一辈子也不会出轨。可一旦有了机会，那，可就难说了，你的叶小鱼是不是这样的人，我可不敢说。”

“那，我问问细雨，让她帮我打探一下。”

晚上，细雨给罗青橙来电话“汇报情况”：“我让刘也给叶小鱼打电话，顺便探听了一下，叶小鱼还真在外面租房子呢。要我说，罗青橙，你赶紧让他回家，一个男的在外面自己住，把老婆扔家里，总不是那么回事儿。再说，叶小鱼可别惹上什么事儿！我这么说，你可别介意……别介意啊！”

挂了手机，罗青橙静静想了会儿，决定给叶小鱼打电话。

叶小鱼却不肯接罗青橙的电话。罗青橙决定，再一次使用她的拿手好戏：跟踪。

罗青橙早早下了班，潜伏到叶小鱼所在公司一楼大堂的一个角落，像猫一样，全神贯注盯准了电梯门，不时打量墙上的挂钟。

由于过于全神贯注，罗青橙的行为显得特别诡异。保安一直皱着眉头盯着她看，罗青橙全然没有注意到。

大概过了有二十分钟，罗青橙一激灵：电梯门开了，叶小鱼大摇大摆地走出了电梯。那一瞬间，罗青橙吃惊地发现，叶小鱼的气色，居然不是萎靡不振的，而是显得说不出有多么自由和轻松。

罗青橙想：难道他在外面，真住得很开心？

罗青橙还没来得及分析这种自在轻松背后的含义，就发现自己的两只脚带着自己紧紧跟在了叶小鱼的身后，大概二十米的距离。罗青橙想，万一叶小鱼开上车，她可以立即打辆出租车追上去。

可是出乎罗青橙的意料，叶小鱼没开车，而是七拐八拐，拐进了附近一个安静的小区。罗青橙拉大了距离，以免叶小鱼发现她。

见叶小鱼进了一栋楼，罗青橙也跟了进去。电梯显示屏上依次显示着楼层数目。最后，在第七层停下了。

罗青橙又等了一会儿，电梯半天也没有再动，就迅速离开了，惟恐叶小鱼发现自己。

罗青橙并不想马上上去敲门，她需要仔细想想再行动。匆忙出击，让叶小鱼知道自己跟踪过他，就没意思了。

一整晚，罗青橙都在琢磨要如何对付叶小鱼，甚至还决定晚上来个出其不意的行动，看看叶小鱼是不是在做什么对不起自己的事。

最后，罗青橙想来想去，还是决定，过一两天赶紧找个借口把叶小鱼给叫回来。虽然她心急，也不能太快了。太快了，会让叶小鱼觉得，刚把他给撵出去就往回拽，好像她罗青橙离了男人就活不了似的。

于是叶小鱼也就得以在外面继续逍遥个几天。

转眼到了周六，叶小鱼见两三个人陆续来找房东老教授。老人家教这些人弹吉他，客厅里不时传出新手弹琴的声音，虽然单调、难听，不过正好可以化解叶小鱼同样单调的心情。

下楼吃午饭回来的时候，叶小鱼在电梯门口碰见了一个女孩儿，正在等电梯下楼。错身而过的瞬间，叶小鱼突然觉得这女孩儿有点眼熟，便停下脚步，转过身去。那女孩儿一把马尾辫儿在身后跳跃，正要上电梯，大概也觉得叶小鱼面熟，就回头看了一眼。

两人对视的瞬间，叶小鱼脑子里突然蹦出了个绿色的网球，在空中划了一道长长的圆弧。同时，那女孩儿也笑了。

“是你呀！”叶小鱼非常惊喜地说。

“这么巧，你住这儿？”女孩儿笑着问他。

“啊，不是。”叶小鱼一时觉得很难解释，就说“暂住，暂住，你呢？”

“我呀，来拜访一个老师。”

正说着，那位姓李的老教授从屋子里出来了：“哎，小鱼，你回来了！”教授跟叶小鱼打了个招呼。

“你们认识？”女孩儿挺奇怪。

“我们住一起……咳！不对，小鱼现在租我那套房子的一间屋子，他刚搬来，没几天。我正想下楼去，平时我很少坐电梯，爬楼梯锻炼身体，多运动运动有好处，是吧？小鱼，何飞，你们聊，你们聊。”

说着，李教授已经“噔噔噔”走下楼梯去了。

“我来找李教授学习吉他的。”望着李教授的背影，何飞笑着说道。

“你还挺多才多艺的，打网球，弹吉他。”叶小鱼笑着说，目不转睛地看着何飞充满阳光的笑意。

“咳，瞎玩儿呗，多玩点儿东西能打发时间。我们一些旅友刚去了新疆，还打算去西藏呢！你怎么样现在？”何飞笑容满面地说：“……对了，你后来怎么不打球了？我们还一直坚持呢，现在我打得很不错了。”

“咳，说来惭愧，真是懒惰得很！懒惰得很！”叶小鱼垂下眼睛。

“我怎么觉得你说话这么逗哇？像个学究！”何飞清脆地笑了起来：“你要是还想打网球，你就给我打电话，我告诉你时间和地址。不过，我们早就打比赛了，你能跟上吗？”说完还调皮地冲叶小鱼笑了笑。

“你再给我一下你的手机号吧……省得我现找。”叶小鱼说。

何飞从包里掏出一个小记事本，飞快撕下一张纸，写下一个号码，递给叶小鱼。

这时，电梯来了，何飞冲叶小鱼招招手，说了句“拜拜”，就上了电梯。在电梯门合上的过程中，何飞始终跟叶小鱼笑着。

就在电梯门缓缓关上的瞬间，不知出于一种什么力量，叶小鱼突然用手扒开电梯门，何飞还是微笑着。

“今天你们打网球吗？”说完，叶小鱼自己都吓了一跳。他想：要是罗青橙知道了，还不把自己给吃了。

“下午打，你想去吗？”

“在哪儿？”

何飞告诉了叶小鱼地址，还说：“我们现在有二十多人呢，租几个场子，三点开始，仨钟头，你准时到那儿就行了！到了再分场子，黄昏运动最好。”

“那么说定了。”叶小鱼放开了电梯门。

一想到能重新痛痛快快地在网球场奔跑，叶小鱼就莫名兴奋。

叶小鱼回到屋里，兴奋的心情突然冷却下来。突然他感到一阵惭愧，自己是不是真的属于那种来者不拒的类型？罗青橙总说他是。

本来叶小鱼很肯定，他与檬檬、何飞之间什么事情都没有，也不可能有，可是一想到罗青橙，叶小鱼还是不寒而栗，就有一种做贼心虚的感觉。叶小鱼想，这是罗青橙硬灌输给他的一种观念，好像他叶小鱼和别的女孩一块儿打打球，就注定会出事一样。突然间，叶小鱼就生起气来了，自己被罗青橙洗了脑，竟还浑然不知地自觉自愿配合她呢！

他渐渐冷静下来，开始“反思”自己的“鲁莽”。去还是不去？没经过太激烈的思想斗争，叶小鱼就决定，还是放弃了吧！不去了！他也不想跟罗青橙离婚，明知道罗青橙心眼儿小，为什么还要去惹这个麻烦？再说，谁让他刚结婚的时候答应过罗青橙呢！

快到三点的时候，叶小鱼给何飞打了个电话，说自己临时有事，不去了。

何飞笑笑说：“下次吧！”

挂了电话，叶小鱼将何飞的电话号码存进了自己的手机。想了想，还处心积虑地给何飞编了一个非常男性化的名字。按下确认键的时候，想到这件事极其荒唐和冒险，他不禁长吁了一口气。

叶小鱼突然就有点想罗青橙，于是紧接着给罗青橙打了个电话，又轮到罗青橙不接了，两人始终也没联系上。

没过两天，罗青橙终于找着了一个机会。单位发了一袋大米，她没法自己往家扛，就给叶小鱼打了个电话。

“姓叶的，在外面待得挺自在吧？劳您大驾，回来一趟，把我们单位发的大米带回去。”

叶小鱼一听，赶紧借坡下驴，说：“行啊。”

下了班，叶小鱼开车直奔罗青橙单位。罗青橙特意等了他一个钟头。等叶小鱼把大米搬上了车，罗青橙也上了车，不过并不跟他说话。

到了家，米也搁到了厨房柜子里，叶小鱼没走，缠住罗青橙，嬉皮笑脸地问：“米搁好了，现在，您看看，想把我搁哪儿？我好抬脚儿自己过去！”

罗青橙一下子就乐了：“现在出去吃饭，你请客，你赔罪，晚上再找你算账！”说完，狠狠掐了叶小鱼一把。

晚上，罗青橙装作什么都不知道，把叶小鱼擅自在外面租房子住的“严重问题”给审查清楚了。不过，罗青橙并没有主动坦白交代自己曾偷偷跟踪过他这一同样严重的问题。

第二天，叶小鱼主动把房子退了。叶小鱼住在这里，前后也不过一个礼拜的时间，老两口倒一点儿也不计较。他们都挺喜欢这个温文又有礼貌的小伙子，还互相留了电话。“要是你有个同学朋友想学吉他，你可以让他们来找我老伴，他在家也闷得慌。我也是，就愿意跟年轻人说说话。”临出门，老太太跟叶小鱼说。

这个闺女常年不在身边的老太太热切又孤独的脸庞，给了叶小鱼一种无法释怀的印象。

“这老两口，还挺会联系人儿的，生活够丰富！要是我想学件乐器，我一准儿找他们。”听了叶小鱼白天退房的过程，罗青橙笑着说。

叶小鱼借机开导罗青橙，还添油加醋地给她描摹了一幅他们两人晚年生活的凄凉场景：“你看，到时候，就咱俩，一个比一个笨，一个比一个傻，什么都不会，没准儿还得个老年痴呆啥的。你要是会吹个笛子、拉个风箱之类的，还可以像人家似的，收收徒弟，乐呵乐呵。到时候，你看吧，咱俩指不定多凄凉呢！”

“你们家才拉风箱呢！”罗青橙笑够了，说。然后，依旧不为所动地回了一句：“他们不是有个女儿，不也照旧凄凉？”

第30章

进退维谷

罗青橙从小就晕针，每次种疫苗，往往针还未到，人已经哭得一塌糊涂了。她妈和护士连哄劝、带压制，好不容易才把她给生按到椅子上，打完针，小罗青橙已经哭得背过气去了。

长大了，这种晕针的毛病也没好到哪儿去。可就是这样一个人，居然要住院了。

事情是这样的：应该说，倒霉的事都是从罗青橙单位组织体检开始的。

罗青橙先是到了乳腺外科，她慢慢腾腾地蹭到门口，探头往里一看，又是位年轻的小男大夫，就偷偷溜走了。

罗青橙跑到了妇科。大夫在她肚子上按来按去，然后，一脸严肃地说，罗青橙的腹部有一个小肿块，需要进一步做B超检查。

正好屋子里还有其他几个同事，大夫没按两下就给打发走了，敢情人家个个都没事，满屋子人唯有她自己查出问题。罗青橙心里哭丧，脸上还得表现得镇定自若。

可能是因为查出了点儿问题，脑子受了些刺激，此时罗青橙觉得谁看她的眼神里都有幸灾乐祸的成分。那些同事流露出的关切，在罗青橙有点走了形的心理状态下被扭曲了。

到了家，听了罗青橙的哭诉，叶小鱼忙安慰她："别瞎想了，全是多余，完全无中生有庸人自扰，你同事忙自己的事都还忙不过来，谁还会有那份儿闲工夫对你罗青橙幸灾乐祸！操心又不给钱！犯得上吗？"

可罗青橙说，怎么听你这话那么别扭？又不知别扭在哪儿，想不明白，觉得自己脑子坏了。

实际上，叶小鱼听到这个消息，心里比罗青橙还紧张，只是没敢让罗青橙看出来，怕她会更加害怕。

第二天，叶小鱼大老早就蹦起来，心急火燎地开车去了一家三级甲等医院排队挂号，总算挂上了一位妇科专家的号。

专家身边围了好几个人，排在罗青橙前面的，也有两个查出了小包。罗青橙觉得天下并不仅仅是她自己一人倒霉，一想，心情居然好了一点儿。

轮到罗青橙，专家的结论，证实了体检时的结果，还让罗青橙再去照个B超。

B超的结果也出来了，罗青橙患的，很有可能是子宫内膜异位症，就是俗称的巧克力囊肿。罗青橙对叶小鱼说，难怪每次倒霉她肚子都难受得不行，以前往往非得到医院打一针止疼针才算了事。

罗青橙想，老天爷真是专门喜欢捉弄人，你越怕什么，就越来什么。

“这回，你妈该知道我不是假装肚子疼了吧？这回，她该知道我确实不能去给你表弟和表弟媳妇搬家看堆儿了吧？”

一回到家，罗青橙开始跟叶小鱼发狠，好像她自己患病，都是叶小鱼一手造成似的。

叶小鱼也不敢吭声，任凭罗青橙拿自己撒气。

叶小鱼开始偷偷上网查资料了解罗青橙的病情，一看到说得比较严重的网页，叶小鱼就心惊肉跳，不敢让罗青橙看。

罗青橙却根本不领情：“你还看什么看？查什么查？想看看这种病会不会死人，得拖多久才会死对不对？”

叶小鱼像是被人当头打了一棒，顿时打蒙了，顺嘴就说：“你胡说，有病啊你？”

罗青橙一听，愈发歇斯底里：“我就是有病啊，这不刚查出来吗，你这么等不及地就开始咒我了？”

叶小鱼自知理亏，没管住自己的舌头，在最不应该说错话的时候，说了错话，赶紧给她赔不是。

罗青橙照旧吭吭唧唧地哭诉：“要不是怕我死了，便宜了你，正好……正好再找个小老婆，我就跳楼了！再也不用受你这份儿窝囊气，明知我病了，还舍得气我！”

叶小鱼不敢反驳说自己并没想气她，便想法逗她乐：“那咱俩都活他个九十九，我比你大，我先死，让你有机会再找个二爷！”

“你放屁！”罗青橙居然“扑哧”乐了，然后就感到这不明来由的笑简直是岂有此理，便轻轻给了叶小鱼一个耳光。

“看，听了这话……就乐了！唉！”叶小鱼捂着脸，叹了口气。

“不许告诉你妈！”稍微静下心来，罗青橙开始通盘考虑，跟叶小鱼下了通牒。

“行行行，都听你的，还不行吗？”

无论罗青橙说什么，叶小鱼都暂时“唔唔唔”地全都应承下来。不过后来，叶小鱼还是没忍住，也没打算忍住，就告诉了他妈。

叶小鱼他妈听了，脸上当时就表现出非常着急的样子。叶小鱼见了，心里顿时觉得一股火热的暖流，流遍了全身，他满心感动地想：毕竟还是一家人，其实当婆婆的心里还是很疼儿媳妇的。

叶小鱼他妈连连问：“要紧吗，啊，要紧吗这病？会不会影响她给你生孩子呀？”

“应该……不会吧！”叶小鱼心里也不太清楚，便支吾他妈。

叶小鱼跟他妈此时的心情，大不一样。目前，他只顾得上关心这病对罗青橙的健康有什么损害，他感到很惭愧，因为毕竟他还没能够做到像他妈那样，高瞻远瞩到生孩子的问题上去。

罗青橙一定会没事的！叶小鱼暗自祈祷。

叶小鱼他妈那边又焦急地说：“咱家又没有懂医的，又没有大夫，咱也不知道，卵巢的事儿，要是做完手术，不能生孩子了，可怎么办？你赶紧看看书、查查资料，要不……就赶紧去问问大夫，问问清楚，好放心。”

叶小鱼心不在焉地应了一声。

“要不，我也找找熟人，我以前的学生，看看能不能找个好大夫再瞧瞧？”叶小鱼他妈继续说。

叶小鱼有些不耐烦：“妈，你就别操那么多心了，我们今儿看的已经是专家了。”

“自打你们结了婚，我怎么碰上这么多不顺心的事儿！以前她不想生，现在，说不定想生还生不了了呢！你们这辈子要是没个孩子，可怎么办呢？唉！”

叶小鱼他妈见儿子更加烦恼，便撂下儿子一个人，自己走开了。

罗青橙顺顺当当住进了医院。

头一天，罗青橙穿着病号服，躺在床上，像被囚禁起来的狼一样，咬牙切齿。

罗青橙开始整天躺在医院里等手术。在医院里，不躺也得躺，躺着躺着，罗青橙似乎就真的站不起来了，整个人都显得萎靡不振。

叶小鱼每天下了班，照例第一件事就是去看望罗青橙，当然每次都不忘绕点儿路，去附近他喜欢的一个餐馆吃点晚饭。他说，回家自己一人吃也没意思，更没心思给自己做饭。

不过，叶小鱼有那么一点儿害怕去医院，因为事实上，他觉得罗青橙这段时间一直处于心理很变态的时期，除了大夫、护士的话以外，基本上，她是谁的话都不想听。叶小鱼之所以觉得罗青橙心理变态，因为她非觉着他叶小鱼就是为了去饭馆吃那一顿晚饭，才每天晚上来看她。总之，在罗青橙此时的视野里，叶小鱼就是这德行。

填饱了肚子，叶小鱼坐在罗青橙的病床对面打盹儿，半是因为上了一天的班，他已经很累了，半是因为他这人就这毛病，吃饱了就犯傻。

看着叶小鱼那样子，罗青橙像只斗鸡似的，立着凶恶的眼睛，满腔斗志无处发泄，向另一只斗鸡寻衅滋事。另一只斗鸡，很不幸就是叶小鱼。可叶小鱼毫无斗志，处处躲着罗青橙，无论她说什么，叶小鱼都不跟她计较，心想，非常时期，犯不着惹她！

罗青橙见激不起叶小鱼的兴头儿，便对他失去了兴趣。

罗青橙的姨妈第一天就来看罗青橙，给她带了好些巧克力、果仁什么的，免得她嘴馋，到处跟人要吃的。

看到姨妈，罗青橙的心态非常平和，正常，从来不像对待叶小鱼那样，心里也不再想那些乱七八糟的事。

罗青橙还嘱咐姨妈别把自己住院的事告诉她妈，说，也没什么大事，倒让她妈大老远的，跟着瞎着急。

姨妈坐在罗青橙床边，拍着她的手，说："青橙呀，我昨晚给你上网查了，你这病，没事儿，你一万个放心吧！就是个小手术，没什么大不了的，对，叫腹腔镜手术是吧？就是往肚皮上打仨小眼儿，也不疼，损伤最小，做完三天就出院。出院咱玩儿去！让你老公叶小鱼带咱们逛去……可惜呀，你小妹琳琳不在北京，出国享福去了，再也不需要她老妈了！"

说着说着，姨妈的眼泪就掉出来了，罗青橙也跟着难受起来，赶紧反过来安慰她姨妈。

"我妈要来看你。"

住院第一天，叶小鱼小心翼翼地对罗青橙说。

"你还是憋不住告诉你妈了？"罗青橙当即对叶小鱼表示出不满。

"嗯，这么大的事儿……能不告诉我妈吗？我妈想来看看你。"

"不用了，不劳她大驾了。"

于是叶小鱼他妈就没来。

"小立说要来看看你。"

第二天，叶小鱼又小心翼翼地跟罗青橙说。

罗青橙立刻怒不可遏："谁？你说谁？我认识她吗……哦，想起来了，原来是心肝小宝贝儿大侄媳妇。那就更不用劳她大驾了！再说，我这前脚刚住院，她后脚立马儿就知道了，消息还挺他妈灵通，是你嚼舌头告诉她的吧……这什么好事，都想来凑凑热闹？想看热闹，大街上看去呀，我这儿啊，恕不接待！”

罗青橙仰起脑袋，故意放刁。

“我妈说，需要不需要她来看看你？”

第三天，叶小鱼又小心翼翼、哆哆嗦嗦地问。

罗青橙没再回答，只是转过眼睛，对着叶小鱼怒目相视，叶小鱼赶紧低下脑袋。

叶小鱼他妈于是也没来。

三天过去，罗青橙一打起精神，刚一适应了医院的环境，就开始四处疯跑。

罗青橙自己从来没住过院、也从没到医院探望过病人。刚入院时，她还愤世嫉俗、一个劲儿地威胁叶小鱼说要跳楼，只是舍不得留出位子来给叶小鱼娶小老婆。可现在，每晚叶小鱼来探视，一般都会发现罗青橙不在自己床上。

叶小鱼便站到楼道里观望。不久，就能看见罗青橙穿着大两号的病号衣，甩着肥袖子，趿拉着拖鞋，从这个病房门刚一露面，眨眼间又窜到另一个门里去了。

每天，罗青橙都忙得不亦乐乎，忙着打探病情，跟几乎所有新、旧病友都聊了个遍。聊够了，就回到自己床上，坐在床沿上，满嘴嚼着叶小鱼带给她的一堆零嘴儿，边晃着两条长腿，边满不在乎地比划着告诉叶小鱼说，这里生这种病的，海了去了！隔壁就有一女的，也是这病，昨天才刚动完腹腔镜手术。

罗青橙去看那女孩儿的时候，女孩儿已经能下地走路了，看上去，没什么问题，脸色还很红润，两人聊了很久。

这女孩儿说，自己花了好几千块钱，手术效果还行。可对她来说，一个最大的问题不是花钱，而是吃药。她告诉罗青橙，为了防止这病复发，手术以后得吃半年药，吃这药肯定会有负面影响。当然，女孩儿说，还有一种办法，不用吃药，那就是手术完了马上要孩子，这样可以将月经推迟一年，利于病愈。

“可我那儿子都两岁了，我怎么可能再生？没办法，我只能吃药……谁让咱摊上了呢！”女孩儿不住地叹息。

一直害怕打针的罗青橙这回可真正傻眼了！她没想到，手术只是个前奏，做完了手术怎么办，才是个最大的选择。如果不生孩子，就得吃药。罗青橙可不想吃药把自己弄胖，她觉得自己已经不瘦了。可除非要孩子，她只能吃药。

为了要孩子还是不要孩子的问题，罗青橙已经跟叶小鱼和他们家争了个不亦乐乎，难道老天爷成全他们，非用这种办法逼自己给他们生个小孩儿，满足他们的心愿吗？

罗青橙想，要不要孩子，到底是由她罗青橙说了算，还是由老天爷和叶小鱼他妈说了算？

罗青橙把自己绕得糊里糊涂，觉着自己的脑子真坏了！

长这么大，罗青橙还从没遇到这么两难的事。

“我怎么这么倒霉啊？”罗青橙跟叶小鱼抱怨，又想跳楼了之。

对于健康和拥有自由选择的权利，罗青橙从来也没有像现在体会得这样深刻。

抽血、化验、准备手术，几天下来，罗青橙突然觉得打针不是什么可怕的事了，甚至住院还蛮好玩的。

动手术的前一天，罗青橙又找那个女孩儿聊天。女孩儿马上就要出院了，她很乐观，笑着跟罗青橙说：看了自己手术报告单，没想到还有那么多问题，她妈当初就是因为子宫肌瘤摘除了子宫，如今自己子宫上又长了个小瘤子，手术过程中就把小瘤子一块儿给摘了。

人生真是很有意思，罗青橙想，哪里都会找到那么多同命运者。

怀着渐渐平静的心情，心里向往着窗外的蓝天和自由自在吱吱叫的小鸟，第二天，罗青橙被推进了手术室。

在去手术室的电梯里，有一些前来医院探视病人的健康人，默不作声地瞅着躺在小床上的罗青橙。

罗青橙似乎从这些人眼中读出了怜悯。她满不在乎：这些人，一看就从没住过院。人生就那么回事儿！谁也犯不着怜悯谁！你现在拥有一个健康的身体，就偷着乐去吧！

女麻醉师很和气，对罗青橙说："待会儿，我问你叫什么名字，你要告诉我啊！现在，我来给你吸点气。"

吸了两大口，一个跟头跌入茫茫黑暗，就此人事不省。

等罗青橙醒过来的时候，她听见大夫大声对自己说："做完了，啊，挺好的，没事儿……听见了吗？"

叶小鱼看见罗青橙的眼睛基本处于散光状态，像刚出生的婴儿一样懵懂，话也不会说，也没什么反应。不过这几句话，她确实听见了，也听懂了。

从手术室回来，躺在病房的床上，罗青橙没感到什么不舒服。倒是邻床上的一位大姐，肚子胀得厉害，一宿一宿地哼哼，可能因为肚子里的气排不出去。罗青橙听得出，这大姐正忍受异常的痛苦。

“生孩子是不是也这样？”罗青橙想，不由得心惊肉跳。她下定了服药的决心。

每天晚上，叶小鱼照旧搀着罗青橙，在楼道里走几个来回，活动活动。

叶小鱼始终笑眯眯的，全心全意尽一个好老公的责任，任劳任怨、小心翼翼地搀着罗青橙，任她像靠着一棵大树一样倚着自己。罗青橙心满意足，捧着肚子，遛小马一般，成心踏着小碎步。有一次，一个年轻的小护士正好经过，看他俩这自作多情的鬼样子，嘴角忍不住翘了起来。

那时，罗青橙由衷地感到，叶小鱼真是天下最好的老公。

手术完之后，罗青橙的同事来过，代表领导给罗青橙送了一千块钱，让她出院以后，在家里好好养病，先不急着上班。

其实，并没什么要养的，细雨来看罗青橙时告诉她，她在国外读书时，就有一位室友得了同样的病。不过细雨说在国外，妇女上午做完手术，下午就能正常活动，就像人家生完孩子，不用脑袋上绑个红布条坐月子一样。“皮实呗！”细雨笑道。

像所有治愈的病人一样，终于轮到罗青橙出院了。

脱去病号服，换上自己的衣服，罗青橙神清气爽地拽着叶小鱼，飞也似的“逃”出了医院的大门，暗地里发誓，这辈子再不回来了。

第31章

好了疮疤忘了疼

罗青橙住了回院，觉得自己大彻大悟了，也比以前聪明多了。因为她发现，自己居然弄明白了以前一直弄不清的一个问题，即人是一种什么动物。结论一是：人是一种适应能力极其强大的动物；结论二是：人是一种好了伤疤忘了疼的动物。

好些日子没跟叶小鱼吵架，罗青橙嘴痒痒，又不想到外面去蹭树皮，就预备好刀子嘴豆腐心地跟叶小鱼吵起来。

当天中午，一进家门，罗青橙就开始和叶小鱼混战，全然忘记她在医院曾经发过的誓：一朝有幸出得了医院，一定再不和叶小鱼吵架了。

罗青橙开始声泪俱下，一一历数叶小鱼他们家不重视她的“明证”。

叶小鱼全然没有料到罗青橙居然刚一出院，就跟他来这手，一开始便毫无招架之力。

叶小鱼吭吭哧哧地辩白说：“我妈……不是说要来看你吗，你不让。”

“愿意来随时可以来嘛！”

叶小鱼突然觉得，罗青橙出院以后，似乎更加难缠了。

“谁告诉你婆婆就非得去医院看儿媳妇？她不去看你，你跟我打哪门子架啊！”

“人可以不来，电话总该有一个吧？她就没托你捎几句安慰话，或一点点钱？”

见叶小鱼要张嘴，罗青橙立刻喝断：“得得得，您就免开尊口吧！千万别说：‘你就认得钱！’……这就是你想说的，对吧……我们领导、同事都送了一千块钱……”

“咱又不缺那点儿钱！”叶小鱼说。

罗青橙哀怨地说：“你以为我真看重那点钱吗？钱是个屁，我伤心的是我在你们家从来就没受到过重视！”

这时，电话铃响了，罗青橙正好在旁边，就接了。

原来是叶小鱼他妈。

“青橙呀，回来了？你刚出院，就在家里好好休息吧，我们也不打扰你了，我和你爸爸都很好，不用挂念。”

又说了几句话，就挂了。

罗青橙眼下还有更要紧的事要考虑。

“那就要孩子吧，正好啊！”就在前一天晚上，罗青橙出院之前，叶小鱼早已经将罗青橙这边是吃药还是要孩子的两难选择滴水不漏地汇报给了他妈。他妈听了，又惊又喜，马上这么建议儿子。

等罗青橙挂上电话，叶小鱼赶紧凑过来跟罗青橙商量。

“要？说得轻巧！”罗青橙把嘴一撇：“您戒烟了吗？您戒酒了吗？您问过我的意思了吗？”

叶小鱼无语。

“那你说……怎么办？早晚得要孩子吧？趁这时候要，总比那已经有了孩子的，更容易选择吧！趁这机会，正好生吧！”

“你是不是一直盼着这个好机会，让我无路可退，不得不要孩子？”

罗青橙双眼直勾勾的，盯着叶小鱼。叶小鱼厌烦地避开她那像母狼一样凶狠的目光，转向了窗外。

罗青橙觉得，叶小鱼这么追着她生孩子，像是乘人之危，令她非常反感。半晌，罗青橙从牙缝儿里挤出几个字：“那……我决定了。”

“生孩子？我的好宝贝儿！”叶小鱼眼睛放光，立刻扑上前来，抱住罗青橙。

罗青橙根本不为所动，把身子往后一撤，冷冷地说：“你听清楚，叶小鱼，我决定的是什么！”

“要孩子？”直到这时候，叶小鱼还是目光矍铄，愣是没反应过来。

于是，罗青橙又从牙缝儿里挤出了两个字：“吃——药！”

闻听此言，叶小鱼的眼神立时像早晨的星星一样，迅速地黯淡无光下去，眼瞅着快抱到手的宝宝又飞了，叶小鱼几乎要绝望了。

在自己的床上舒舒服服地睡了一觉，罗青橙的气也莫名其妙地消失了。总算出院了，有惊无险！不论结果如何，不是要命的病，怎么也得庆贺一番，才不枉长这么大头一遭住了回院吧！

半夜，罗青橙推醒熟睡的叶小鱼，说，自己这一个多礼拜院住的，实在是有点儿闷人，极想出去放放风，美美犒劳自己一番。

“行啊！”叶小鱼迷迷糊糊地敷衍着。

“你请客！”罗青橙又上来了快活劲儿，一副回光返照的样子。

“我请客……没问题！”只要罗青橙高兴起来，叶小鱼也立刻不烦闷了，也来了精神，翻过身，搂住罗青橙，问：“你想去哪儿？”

“人家的肚子里都没油水了，医院的饭我不爱吃，我想你请我去大饭店吃自助，什么肉啊、鱼啊、龙虾扇贝啊、甜点啊、巧克力呀，水果啊……总之，都齐了，有多方便！”

叶小鱼一听：“大饭店？那一人还不得几百！”

“几百怎么了？你老婆的命，总比几百块钱还值点儿钱吧？”

“当然，几千咱也去，只要老婆身体健康无病无灾！”

“这还像个好老公的样子！”罗青橙开心了。

第二天晚上，两人就开着车去了一家星级饭店，罗青橙还笑嘻嘻地引用了一句“名言”：

说，吃自助餐的最高境界，是，扶着墙进，扶着墙出。

那天晚上，罗青橙倒是没扶着墙进，是挺着胸进去的，不过两小时之后，确实是扶着墙出来的。

看着罗青橙那点儿出息，叶小鱼在一旁不住地摇头晃脑唉声叹气，不就几百块钱吗，犯得着把自己往死了撑吗？

叶小鱼扶着罗青橙，开始担心起来：罗青橙肚子上缝的那几个小伤口，会不会给撑得绷开。

上了车，罗青橙指挥着叶小鱼把她的副驾驶座给放平喽，边嘱咐着“慢点儿开啊”，边大大咧咧地往上面一躺，笑眯眯的，觉得总算没亏着自己，把这些天肚里亏欠的油水，全都给找补回来了！

叶小鱼叹着气，发动了汽车，拉着罗青橙回家，觉得车子开起来颇有点费力，比来的时候“沉”了许多。

第32章

巅峰之战

罗青橙出院以后，听说她这次宁愿吃药，也还是不想生孩子，叶小鱼他爸和他妈嘴都气歪了。

他妈把什么该说的、不该说的，都说给儿子听了，就差把无能的叶小鱼叉出去，一顿乱棍打死了；他爸更是让儿子趁早离婚！赶紧重找！

可怜的叶小鱼像一只鱼肉粽子，被他爸他妈左右夹击、层层包裹、动弹不得。他理解他爸妈的感受，也理解罗青橙的心理，毕竟是罗青橙十月怀胎，毕竟痛累都得她一个人受。

谁想，事情还远远不止于此。表弟小健结婚才半年，也就是罗青橙出院后没多久，新媳妇便宣告喜讯。

这对叶小鱼不啻当头一棒，雪上加霜。

叶小鱼他妈对罗青橙愤恨之余，对这个喜讯倒是异常高兴。侄媳妇肚里的，毕竟是自己的大侄孙子！便将这个好消息头一个告诉了叶小鱼。叶小鱼瞅他妈那幸福劲儿，觉得很滑稽，好像怀孕的不是表弟小健的媳妇，而是他叶小鱼的媳妇。

叶小鱼他妈跟老伴儿计划着：特地约个日子做东，把表弟两口子给请来，专门儿给他们贺喜，又张罗着从外面订一桌子好饭菜，还提前好些天，挨着个儿地打电话邀请。

小青没时间，叶小鱼没敢告诉罗青橙，料罗青橙在气头上也不会去。到了日子，就独自一人偷偷冒险顶风赴宴去了。

家里热闹非凡，一推开门便有一股扑面而来的喜气。叶小鱼愣了一下，幻觉中，他想，这若是给罗青橙和他道喜，该多好。

表弟媳妇小立正忙着摆放餐具呢，回头一看是叶小鱼来了，脸上立刻现出甜甜的笑容，迎了过来："哥，你来了。"又立刻到厨房倒了一杯冰镇可乐，给叶小鱼端了过来，仍甜甜地笑着："哥，喝水吧，外面热不热？"

叶小鱼接过了杯子，走到他妈身边。

饭桌上，叶小鱼见表弟小健依旧一副让人摸不出水深的样子，不怎么说话，净是他老婆小立在张罗，给叶小鱼的爷爷奶奶、他爸、他妈又是敬酒，又是夹菜，又是甜言，又是蜜语。

叶小鱼在一旁看得出神。表弟媳妇小立那忙碌快乐的样子，好像不是别人在给她道喜，而是她在给别人道喜兼拿媒谢银子。

叶小鱼偶尔一抬头，见自己的爸已被哄得面露笑容，他妈也是屡屡显出喜色；偶尔一竖耳朵，又听他妈温柔软语道："哎呀呀，小立，你别净忙碌了，再扭着了身子，你现在可是两个身子呐！快坐下，好好吃饭！你看你们，结婚才半年，你才二十四岁，正是好年华呀，要在过去，你还不是个子孙娘娘！你们小夫妻俩，年轻，有精力，养了孩子，也好弄！"

又转向叶小鱼，神色暗淡下来，笑容也消失了："小鱼，再看看你媳妇，都快四十了，这可怎么好噢！再不要孩子，我和你爸可就看不着亲孙子了！"

“妈，罗青橙还不到三十呢！”叶小鱼更正道。

他妈皱皱眉，冲自己的侄媳妇眨了眨眼睛，说：“不到三十怎么了，不到三十，还不是快奔三十去了，到了三十，还不是往四十走哇，难道还能回头往二十去不成？妈就是这么一说，你倒认真较起劲来了。”

叶小鱼怎么也弄不明白，还不到三十的罗青橙，怎么到了他妈的嘴里，经过一番逻辑推理，眨眼间就大出了十多岁！

又听他妈说：“小鱼你呢，才三十多，都说男人四十一枝花，我儿子，还没到四十，还是一枝花骨朵呢……”

叶小鱼听了他妈这话，差点没把饭给吐了。

“妈，我还花骨朵呢？这多恶心人哪！”

“恶心什么？我儿子就是花骨朵！”

叶小鱼偶尔看到，表弟媳妇小立听了他妈这些玩笑话，已经憋不住，偷偷捂着嘴要笑了。

叶小鱼心里登时觉得很不痛快，便在桌子上使劲儿蹾了蹾筷子，冲着天空，大声说：

“我老婆，那才是鲜花！响当当的一朵大鲜花！”

然后，拿筷子用力扎起一片桂花糖藕，甩开腮帮子，稀里哗啦地大嚼了起来。

他妈也没反应，不再理会儿子，扭过头来，换上了一副笑脸，依旧和侄子媳妇你来我往。

饭菜吃到一半，叶小鱼忽又听见他妈跟小立说：“立呀，叶小鱼他爸呢，已经托人帮你找好了工作。他一老同学儿子的单位明年要组建新的部门，需要几个人，工作压力不大，还稳定，比你现在的工作可强多了！你呢，正好生了孩子坐完月子就去上班，两全其美！四角俱全！嘿嘿！”

叶小鱼感到非常吃惊。

他扭脸儿看着小立，见她似乎也十分惊异。但她马上就反应了过来，忙不迭地露出更加甜蜜恭顺的表情，脸上已经是乐成了一朵大菊花，嘴里连声道谢，立刻就站起来，毕恭毕敬地给叶小鱼他爸倒了一杯酒，双手捧了过去。

“姑父，我敬您！太谢谢您了！”小立说。

叶小鱼在一旁看着，由衷地赞叹着：嘿，瞧人家，嘴里说出来的话，就是他妈的嘎巴溜丢脆！

又看他爸，一脸严肃，正襟危坐，连连摆手。

表弟依旧面无表情，波澜不惊，在一旁喝酒吃菜。

“这是什么时候的事儿？”吃过饭，收拾碗碟的时候，叶小鱼忙悄悄问他妈。

他妈面色疲惫，对儿子说：“小立那孩子呀，真是好孩子，懂事，她在外面公司里打工不容易啊，户口又不在北京，有今儿没明儿的，太不稳定。所以，我就让你爸托托人，找找关系，帮她找一个稳定点儿的工作，也好将来带孩子。再说了，逍遥快活稳稳当当的工作，也不能全让你媳妇一人儿占全了不是？”

叶小鱼没吭声。他觉得自己作为男人，永远也没法体会，为什么一老一少两个女人之间，相互的成见竟会那么大。他突然感到，他妈的心眼儿，比他老婆的，似乎也大不到哪儿去。

晚上，叶小鱼刚一踏进家门，就见罗青橙正歪在沙发上看一部英国喜剧片。

见罗青橙心情颇佳，叶小鱼一时嘴欠，就迫不及待地向她汇报了这两个好消息。果然，罗青橙一听，就翻了。

“这算什么狗屁好消息？”

“欸？你怎么骂人呢？”叶小鱼边脱衣服边惊奇地问。

“我没骂人！”罗青橙迅速拉开了架势。

“罗青橙，我警告你，少胡说八道。”叶小鱼怒喝。

“不就是有人怀孕了吗，有什么了不起的，你那么迫不及待兴高采烈地告诉我干什么？又不是你的种儿！”

罗青橙开始瞪着眼撒泼。

叶小鱼刚脱了一半衣服，一听此言，立即像条蝰蛇一样，以迅雷不及掩耳之势，“呼”地蹿了过来，伸出一根手指，像蛇信子一样，戳着罗青橙的脑门子，哆哆嗦嗦、指指点点，摇头晃脑气得说不出话来。

见叶小鱼这副德行，罗青橙原本气得走了形的脸，突然瞬间就变成了一个熟得裂开口的大西瓜，进而嘎嘎嘎大笑起来，一边抱着靠垫，一边乐得手舞足蹈，花枝乱颤。

叶小鱼气得哇哇大叫：“你疯了你？”

罗青橙戛然止住笑声，仰起头，充满鄙夷地看着叶小鱼的脸，说：“你难道就不能来点儿创新？你连用手指头指点人，都跟电视剧里学，你以为你是演员哪？”

说着，罗青橙也存心伸出一根手指头，戳着叶小鱼的面颊，也学着叶小鱼的样儿，哆哆嗦嗦、指指点点。

叶小鱼气蒙了，抽出罗青橙怀里的靠垫，狠命地用它抽在罗青橙的手指头上。

罗青橙的手指上顿时感到火烫了一样地疼。

“你指我就行，我戳你就不行，你这混蛋，未免太霸道了吧你！”

罗青橙怒目圆睁，像条暴怒的火龙一样，突然就让叶小鱼想起了自己遇到檬檬那晚做过的那个梦。

叶小鱼此前还从来没打过罗青橙。他和罗青橙心里都跟明镜似的，这第一次暴力只要开了头，就会继续下去，没完没了。

罗青橙又抢回靠垫，把它拼命地扔向了叶小鱼。结果她越使劲儿，扔得越偏，靠垫偏离航道，一头栽进旁边的鱼缸里，鱼儿吓得乱蹦。

叶小鱼此时已经是怒火冲天，基本上失去了理智，什么也顾不上了，便发狠说："你呢，也不用骂人，你这是嫉妒人家小立，人家就是会来事儿，就是招人喜欢，怎么了？人家就是喜欢孩子，不像你！人家就是乐意生，怎么你嫉妒了？有本事，你也生一个，给我看看哪！会生吗？会生吗你？！"

叶小鱼几年来积攒起来的对罗青橙隐隐的愤怒，此时再也抑制不住，也不想抑制了。

他内心巨大的压力，就像山崩海啸一样，突然间爆发了。

听了叶小鱼这最后一句话，罗青橙顿时七窍生烟，觉得自己好像一脚踩进了云里，周身七条彩带盘旋缭绕，越舞越长。她眼里噙着泪水，疯了一般地尖叫：

"你在故意气我，是吧，我不会生，对，我就是不会生啊，我要是会生，我怎么三年五载也没生出半个来呢？不过，我告诉你，叶小鱼，姓叶的，我罗青橙就是吃药，就是吃出副作用，我也不给你生什么孩子，我就是想生，我也绝对不会跟你生，你这辈子，就甭做大美梦了你！像你这种混账东西……"

话还没说完，罗青橙只觉眼前一黑，脑门儿上已经结结实实地挨了一下，顺着脸蛋儿还往下滴嗒水、或者鱼尿。

原来，叶小鱼不知什么时候，已经手疾眼快地从鱼缸里捞出了靠垫，垫子基本湿透了，这分量一沉，就是容易中标。叶小鱼不愧是常打网球的。

罗青橙的脑袋还没从这次“奇袭”的懵懂中清醒过来，气得昏天黑地的叶小鱼又把电视柜上的液晶电视用力一扳，罗青橙黑暗中，只听见“咣当”一声沉闷又清脆的巨响，电视机已经给划拉到了地上。

然后，叶小鱼又如同喝得醉醺醺的龙卷风一般，浑身抽风似的打着哆嗦，“嗡嗡嗡”地从客厅“卷”向了大门，短短的一段路，两条腿都拧成了麻花形，随后，狠命摔上房门就跑掉了。

罗青橙机械地从脑袋上扯下了湿垫子，看着脸朝下摔在地板上、已经摔破了的电视机，她只愣了三秒钟，刚一弄明白是怎么回事，她就像个皮球一样，抱着湿漉漉的垫子一起滚到了地板上，哇哇大哭，震天动地，伤心欲绝。刚出生的时候，她都没哭得这么“惊心动魄”。

第33章

第二次主动离家出走

叶小鱼的爸妈和老婆，就像两条不屈不挠、硬邦邦的豆荚一样，挤压着叶小鱼这颗豌豆，本来他难逃被挤扁或者挤死的命运，结果双方用力过猛，一不留神，反而把他给挤了出去，活蹦乱跳地掉到地上，借机溜走了。

叶小鱼第二次离家出走，也是第一次主动离家出走了。

从小到大，叶小鱼这次终于主动出走成功。

他什么都没带，还像上一次一样，没回他爸他妈家，不过也没去办公室，而是在这暖和的夜晚，一人跟野猫一起在街头流浪了整整一宿。

又是盛夏了。

结婚以后，叶小鱼都不知道自己已经几度虚枉了美好的夏天。在这样一个本该十分美妙温暖的季节，叶小鱼却感到，自己快要淹死在银河系之外的冰寒里了。

叶小鱼边慢悠悠地走，边回想起自己小时候，也曾多次想过离家出走，流浪去远方。也许每个小孩儿都曾有过这种念头。每次他爸训完他，他都有这种强烈的冲动，只是从没勇气实施而已。

父母的家，一度成为他的“牢狱”，他不想再让他爸把自己当成九岁的孩童。

直到现在，他才醒悟，如果当初没有自己从中和稀泥，他妹和他爸两个人也许就会有机会好好坐下来，自己解决好他们之间的冲突。证据之一就是：自己结婚出去以后，他发现老爷子和闺女两个人直接交流的机会多了，父女关系看上去似乎明显改善了。

结了婚，他本以为自己和罗青橙是天造地设的一对，本以为从此就可以安全地摆脱父亲的控制，建立一个真正属于自己的天堂。

他万万料想不倒，自己和罗青橙就会闹成了今天这个样子，连他自己都糊里糊涂，他叶小鱼竟然混到今天这份儿上。

他再也不愿意让罗青橙整天像看犯人一样看着自己、监视自己，虽然罗青橙口口声声说她爱他——她的确爱他，叶小鱼承认。但罗青橙对他的“爱”和“吵”，对他已经构成了另一种“牢狱之灾”。他感到，如果自己再这样下去，一直到死，都不会有可以自由喘气的一天了。

叶小鱼整夜徘徊在街头，似乎感到自己一下子在精神上苍老了许多。他仰头遥望暗蓝的苍穹，又回首看着灯火通明的都市，突然觉得烦透了，觉得哪里都没有可以接纳自己容身的地方。自己只是一个多余的人，只是一个被呼来喝去、争来抢去的一块肉而已，一个局外人，永远身不由己，谁都不愿顾及他的内心感受。他爸、他妈、罗青橙，都在以不同的方式摆布他。

他想让他们双方都幸福，结果他们双方都不让他幸福。

他爸妈用控制挤压他，罗青橙用爱和吵把他缠死。

他再也不想回家了，哪一个家都不愿意回。爸妈、妹妹、老婆，他谁都不想见，谁的唠叨也不想再听。他解放了，再也不想给他们当中任何一个当盾牌、当出气筒、当犯人。

他不想再委曲求全装成一个大好人，让他们所有人都以为，他叶小鱼就是他们所愿意看到的那个样子；他不想再让所有人满意，惟独自己受夹板气。

他只想远远地走开，舒舒服服透口气，再也不用给任何人赔着小心。

叶小鱼跑出去之后，罗青橙含着眼泪，小心地把叶小鱼没关上的门锁好。然后，她开始有点儿为自己说过的那些话感到后悔。

她想来想去，叶小鱼毕竟没有什么大错，并没有亏待过她罗青橙，事情究竟是怎么发展到今天这一步的呢?

晚上十点多，她开始给叶小鱼打电话，叶小鱼的手机关机了。她又给叶小鱼他妈打电话，问叶小鱼回家没有，叶小鱼他妈说，儿子早走了。

罗青橙捏着电话，仿佛听到电话那头儿挺热闹，一家子正有说有笑的，和此时罗青橙的孤独落寞，形成了鲜明的对照。罗青橙想，也许“道喜晚宴”过后，侄子侄媳妇还没走，正哄叶小鱼他爸妈开心。那个家不缺一个叶小鱼，更不缺她罗青橙。

罗青橙倒在沙发上，想：谁都离得了叶小鱼，可是，独独罗青橙少不了他；谁也不缺一个罗青橙，并且现在，连叶小鱼也离开了她！

罗青橙恐怖地想：自己恐怕已经成了这个婚姻漩涡中的失败者。

罗青橙不知道叶小鱼此时躲在哪里，她一个人面对着空荡荡的屋子，感到了一种说不出来的、死一般的冰冷。

如若罗青橙和此时远在街头、已经加入流浪野猫大军的叶小鱼心有灵犀，他俩一定可以彼此感受到对方心里那种压抑着的极度深寒。

罗青橙再一次悲观地感到：一个人，这辈子得不到自己想要的，是个悲剧；得到了自己想要的，可能还是个悲剧。事情往往就是这样。

罗青橙一个人窝在沙发上胡乱睡了一宿。

第二天上班后，叶小鱼还关机。罗青橙就给叶小鱼的单位打了一个电话，接电话的，正是那位娇滴滴的女生。罗青橙心想，不好，真倒霉，偏偏又是她！

罗青橙记起在自己结婚登记的那天，她给突然人间蒸发的叶小鱼单位打电话，接电话的，就是这女的。她当时居然还识破了罗青橙，这让罗青橙颇感意外，不能再出丑了。

罗青橙也不明白，自己为什么突然会这么害怕那女的，就赶紧挂了电话。

当罗青橙这边心慌意乱地忙个不停的时候，叶小鱼那边也一点儿都没闲着。

他在街头流浪了一晚上并且翻江倒海地想起了那些陈年往事以后，第二天一大早就一脸肃穆地到了单位，请了两个礼拜的年假。然后，又匆匆找出何飞的号码，给她打了一个电话。

寒暄了几句，叶小鱼急急地问她："上次你说你们有一帮人要去新疆，是吗？"

何飞说："是呀，不过不是新疆，新疆已经去过的，马上要去西藏，这两天就走。"

"算我一个，行吗？"

"当然可以了！"何飞清脆地笑起来："欢迎啊，只是不知道机票还能不能买到，你得赶快去问问。"

"行，待会儿我就去买票。"

何飞告诉叶小鱼他们那些人的航班号，让他试试看还能不能买上。不出所料，机票售完了。叶小鱼失望到了极点。

没想到，下午的时候，正苦闷着的叶小鱼又接到何飞的一个电话，说，他们那些人里有一个因故不能去了。真是老天有意助他一臂之力，叶小鱼很幸运地拿到了一张机票。

当罗青橙循着记忆中的路线，寻找着叶小鱼以前暂住过的那个小区的时候，头顶上的蓝天中，叶小鱼已经和十多个人，还有何飞一起，正坐在飞往西藏的飞机上。

第 34 章
秘密情人

这次和叶小鱼恶吵之后，罗青橙心中猛然有了一种不祥的预感，她似乎感到了事情前所未有的严重。

不过，她还没来得及好好分析一下，就昏头昏脑地认定，叶小鱼准是又跑回那对老夫妇家里去住了。

晚上，罗青橙好不容易找到了那所楼房，然后像全速奔驰的坦克，冲进电梯，升到叶小鱼住过的第七层楼。

电梯门开了，罗青橙却迟疑着挪了出来。她发现，这一层有好多户人家，她站在原地，愣了半天，一时间无法决定敲哪扇门。便凭着直觉，朝门口堆着几双拖鞋的一扇门走去。

她谨慎地举起手，定了定神，轻轻敲了两下。

很快，里面就有了回应。

她多么希望站在面前的是叶小鱼。事实上，她此时很混乱的脑子里也根本没有料到，开门的人竟然不是叶小鱼。

门开了一条缝，一个老太太出现在门缝里。屋子里很暗，罗青橙看不清楚屋里的情况。

她觉得这老太太可能是老教授的夫人，怔了一下，很快就故作镇定地问：“唔，您好，请问有个叫叶小鱼的，在这里租房子吗？”

老人打量了她一会儿，问："你是谁？"

罗青橙眼珠一转，撒了个谎："哦，我是他的同事，有点事儿找他……"

老太太上下打量了罗青橙几眼，就指了指里面的一扇门，说，罗青橙要找的人，有可能在那家，那家常有人租。

说罢便关上了门。

直觉有时候并不可靠！罗青橙暗暗安慰自己受挫的心。

她第二次鼓起勇气，敲响了老太太给她指的那扇门。

门开了，这次出来的，是一个老头儿，也许是那老教授吧，罗青橙想。

于是，她比上一次还不自信，轻声问："叶小鱼是否住在这里？"

老教授非常惊讶，说："叶小鱼？哦，就是那个高高大大的小伙子？他确实在这儿住过一阵，不过，他早就搬走了，你怎么还到这儿找他？"

罗青橙失望地自言自语："噢，他不在这儿住了……"又语无伦次地接着说："……他单位说他请假了，我找不着他……急……我是他好友……"

不过话一出口，罗青橙还是发觉自己犯了一个错误，想着，脸就红了。

罗青橙可怜巴巴地看着老先生，希望他不要识破自己的谎言。好在老教授根本什么也没意识到，说："你别急……让我想想……咳，我还真知道一点儿，我听说，叶小鱼好像出去旅游了。"

"旅游……"罗青橙机械地重复着这两个字，心想，叶小鱼是不是出差去了？

"你是他好朋友你不知道？"老教授有点儿惊讶。

罗青橙也顾不上自圆其说，忙问："您知道他去哪儿了吗？"她压抑着心跳，尽量不显惊慌。

"好像是西藏吧！"

"啊？西藏……您……您是怎么知道的？"

“是这样，我也是从我一个学吉他的学生那里听说的，她跟我请假，说这个月就不来学习了，要去西藏旅游。昨天她到我这里取东西，还提了一句，说叶小鱼好像也跟她一起去，我对叶小鱼印象还是很深的，又随和又挺有礼貌的一个小伙子。”

“噢，是这样啊……我有点儿急事找他……关机，联系不上，急……所以……才来这儿……对不起，打搅了……”

大概是看出罗青橙那极端失望、失魂落魄的样子，老教授又想起了什么似的，说：“你既然有急事找叶小鱼，要不，我把我这学生的手机号码给你，你联系联系她，或许通过她，你能找到叶小鱼。”

“行啊，谢谢了。”罗青橙机械地说。

突然，罗青橙好像灵魂附体了一般，浑身猛然一震，抬起头来，问：“您那个学生……是男的……还是女的？”

“女的，叫何飞。”

老教授头也没回地说，就回屋找记事本去了。

拿了电话号码，罗青橙木头人一般道了谢。

老教授随手把门关上了，那“嘭”的一声，像是一声炸雷，轰隆隆地在她耳边回响，又像一粒子弹，准确无误、无可救药地击中了她的心脏。

她僵尸游魂儿一般，下了楼，都忘记了自己究竟是走楼梯下来的，还是坐电梯下来的。手里只管死死地攥住老人给她的那张小纸片。纸片早已经被她手心里的冷汗浸透了。

罗青橙万万没有想到：为了不让叶小鱼跟何飞再有任何接触，她连网球都强迫叶小鱼戒了，电话号码也给他删了，叶小鱼居然还跟何飞一直保持联系，又跑到何飞老师家去住，又一起出走。罗青橙脑子里狂乱地想象着叶小鱼拉着何飞共同“逃亡”的景象，满腔的愤怒之中夹杂着深深的疯狂和绝望。

她头一次真切地感到：叶小鱼已经不再是那个能让她牢牢抓在手心里的老公了；叶小鱼成了陌生人，她一点儿也把握不住的陌生人；自己对叶小鱼、对未来，似乎是一点儿信心都没有了。

回到家里，她开始疯狂地给叶小鱼打着电话，手指头异常烦躁地敲打着桌面，尤其是听到“您好，您所拨打的用户已经关机”云云的时候，罗青橙简直就要疯了。她觉得自己经受的折磨，就像任何一个发现丈夫有了婚外情的女人所受的折磨一样。

尽管她面前就摆着那张白纸黑字的纸条,可她宁死也不愿打这个号码。她不能，她宁愿信其无，也不愿信其有，她不能给自己老公的“秘密情人”打电话找自己的老公，她丢不起这个人。

她又往叶小鱼的办公室打了几次电话，每次都是那个娇滴滴的女同事接。罗青橙挂断之后，都要绝望了。

下午，因为急得火上房了，罗青橙也没事先跟细雨打招呼，就直接打车奔到了细雨的办公室。细雨正忙忙叨叨地跟下属谈事儿，一看罗青橙的脸色，就知道她跟叶小鱼俩又出事了。

由于在办公室里，罗青橙没法说得太详细，她只是告诉细雨说，叶小鱼失踪了，求细雨帮忙往叶小鱼单位打个电话问问。

满腹狐疑的细雨看着脸色苍白的罗青橙，拨通了电话。

罗青橙就在一旁焦急地听着。

那个娇滴滴的声音回答说：“叶小鱼不在。”

“他去哪儿了？”细雨问。

“他休假了，不知道去哪儿了。”

“他休假多长时间？”

“不太清楚，过俩礼拜你再试试吧！”

细雨放下了电话，见罗青橙的脸上更加面无人色。

下了班，细雨带着罗青橙来到她办公楼附近的一家新开的菜馆。可罗青橙什么也不想吃，也吃不下去。

“叶小鱼真就这么突然出走了，还跟一个女的一起？真没想到，叶小鱼竟然是这样的人……绝起情来，这么冷酷彻底……男人心，真不可测呀！”细雨的脑子似乎还没来得及接受这样的事实，叹气道。

对于叶小鱼，细雨的印象一直都不错，有时甚至都有点儿羡慕罗青橙。所以，这次叶小鱼和一女的出走，细雨不能不感到相当震惊。

“那，你知道叶小鱼为什么出走吗？”细雨又问。

“还不是因为吵架。”罗青橙低低地说。

“吵多大的架，能让他下这么大的决心逃开你？”细雨越发迷惑不解，眯着眼打量着罗青橙。

罗青橙没敢跟细雨说，叶小鱼这次为什么会下这么大狠心，抛下自己就走了。这次争吵他俩说过的那些话，她不好意思让细雨知道。

冰冻三尺，非一夜之寒，罗青橙早就明白这个道理。这次恶吵，也许不过是个导火线罢了。于是，她告诉细雨：“叶小鱼吵架吵烦了，一句话，他烦我这个人了！”

细雨将信将疑。

“不行，我得去找他！”没坐一会儿，罗青橙屁股就火烧火燎起来，欠起身：“也许他们还没走远，也许还没出拉萨。”

“你去哪儿找他？你以为他俩在前门楼子逛呢，说追就追上了？”细雨笑道。

“我也去西藏，追他！”

“我的大小姐，快别说傻话了。”

细雨慢声细语，对此深不以为然。然后，她严肃地规劝罗青橙，千万、千万别去追一个逃走的男人。

“且别说西藏地方那么大，找两个人还不形同大海捞针？你又不知道人家去了什么地方！就算能把范围缩小，结果还不是一样！就算你误打误撞地碰见了，人家两个，说不定正手拉着手，在世界高原云中漫步呢！就算你马不停蹄地冲过去，横到他俩中间，再拿脑袋把他俩顶个大马趴，又能怎样？你的焦虑、疲倦、愤怒全写在脸上，你以为叶小鱼看到你那副灰头土脸的鬼样子，他能像见到他亲妈那么高兴？到那时，你只会事与愿违，叶小鱼只会更烦你，一旦他彻底厌烦你了，你就是威胁立时三刻死在他面前，也不一定能让他回心转意，说不定，他还会借给你一根儿绳子。”

“男人就这么狠心？”罗青橙简直不敢相信自己的耳朵，瞪着双眼，反问细雨。

转念一想，细雨说的，一点儿不错呀！她罗青橙的爸，当初不就是如此狠心地抛下了她和她妈，死活都不肯回头了嘛！

“别傻了，男人就这么狠心。”她听见细雨接着说：“不过，我确实不知道你的叶小鱼到底是怎么想的，是不是真像你所说，跟他的‘秘密情人’一起私奔了，很难说。与其不切实际地瞎猜瞎找，你还不如静下心来，在家里等他，大不了就几个礼拜的工夫呗，叶小鱼随时都可能回来。让他看到你那憔悴样儿，就不值了。好好打扮打扮！多吃点儿饭！瞧你，脸色多苍白。”

“能不白才怪。”

罗青橙下意识地捂住了自己的脸。被细雨这么一说，她还真觉出有点儿饿，已经错过了几顿饭，她早记不得了。

这时菜来了，罗青橙闷头不响地开始吃。她突然发现，像疯狂购物一样，原来不停地吃东西，也可以暂且化解悲伤。

细雨一直看着她，见她吃够了，就接着说："等叶小鱼这些天，你自己也好好想想，我就不相信你自己没有做错的地方。我一直觉得叶小鱼他不像那种朝三暮四不讲理的人，你别生气，我觉着，你要是不把他结结实实气着了，他也不至于出此下策吧……这是我猜的，咱关系好，我才这么说，你可别往心里去！"

"怎么会呢！跟叶小鱼，除了吵，还是吵，我觉得我们俩的婚姻，已经快开进死胡同了。"

"是呀，你也静下心，找找空间，给婚姻开条新路。"

可突然间，罗青橙就委屈起来了："我的错再多，也没有他的多！我和叶小鱼之间能有什么实质性的矛盾呀，要不是他们家那些个破事儿，我们至于走到今天吗！"

"大小姐，"细雨不客气地打断了罗青橙的话："不管是谁的错，只要你因为这些事儿，跟你的男人争吵，你记住，男人一概都会把错儿记在你头上，他才不管谁是因谁是果呢！男人会想，你要是爱他，就不该因为那些个破事儿整天跟他吵跟他闹。只要你跟他吵闹，他就会认为，你根本不把他放在心上，甭管你平时对他有多好，到了这份儿上，屁点儿用都没有！"

罗青橙切切实实感到了细雨这话的分量，于是她不说话了，低头细想起来。

细雨继续不动声色、冷冰冰地说："男人可以忍受在自己老妈面前当自己老婆的代罪羔羊，可是，男人心里从来就不心甘情愿在老婆面前当他老妈的替罪羊，他只会憎恨他老婆那双宰割他这头可怜小绵羊的手！有的男人，可以为了老妈跟自己老婆离婚，可你见过几个男人，能为了老婆跟自已老妈掰了的？！”

可惜这道理，此刻听细雨一说，罗青橙方才算恍然大悟！

细雨闷声儿吃了几口菜，叹气道：“是不是觉得很悲哀？有些男人就是孩子，就像刘也，就像叶小鱼，不管他们自己愿不愿意承认，我们跟他们没道理好讲，就像他们认为跟咱没理好讲一样……我觉得，唯一的办法，就是不能硬碰硬。你没听说，温柔能杀死男人嘛，你得讲点儿策略，你得够聪明，别跟他吵。不然，就算你老公这次回来了，你们暂且和好，过后又闹起来，他再出走，你又该怎么办？

“很多婚姻就是这样，男女两个相亲相爱，甜甜蜜蜜，本身可以说没有什么实质性的矛盾，就像你跟叶小鱼似的，可这样的婚姻，最后依然会分崩离析，你想想，这是为什么？”

“我以为……叶小鱼把我当成唯一的爱，无论吵成什么样，他都不会离开我！他答应过我的！”罗青橙要掉眼泪了：“可是，我居然信错了人，才不到两天的工夫，叶小鱼就已经下了狠心离开我！”

细雨看着罗青橙，无话可说。

吃过饭，细雨邀请罗青橙去自己家里小坐。

“刘也出差了！”细雨边从冰箱里拿冷饮，边说：“我们又不打算离婚了！”

罗青橙一愣，没想到，细雨最终还是没有选择离婚，最终还是选择留在刘也身边。这让她看到了自己跟叶小鱼婚姻的一丝希望。

在细雨的客厅里，罗青橙玩弄着玻璃橱里那些小摆件，弄不明白细雨究竟是怎么想通的。

那些晶莹剔透的水晶犀鸟、一排鹦鹉、几只小熊、苹果樱桃，罗青橙在商场里见过，很贵，至少罗青橙自己从没舍得买，叶小鱼也从没给她买。

虽然罗青橙并不计较，可是当她听说，这些东西都是刘也几乎一次连窝儿端地送给细雨做生日礼物的时候，罗青橙心里还是使劲儿翻腾了一阵。

罗青橙一直都喜欢晶莹透亮的东西，她向来也不能容忍叶小鱼心里有黑暗的角落，为什么细雨反倒能不再计较曾经从她眼前一路飘过的朵朵乌云呢？

当初要死要活要跟刘也结婚的，是她；后来要死要活想跟刘也离婚的，也是她；现在平和安详地说再不理那档子事了的，还是同一个人。

罗青橙当然不希望朋友离婚。基本上，离婚毕竟不如不离。可是罗青橙还是有点儿糊涂，细雨究竟是怎么想通的。

细雨心平气和地自己解释说："等刘也玩够了，自然就会回来。再说，他也从没真做出过什么对不起我的事，他心里只爱我一个人。我算想明白了，婚姻，就是互利互惠。也许是出于悲观吧，我总想，我们原以为非常可靠的人，都会改变，谁又能保证我的下一任丈夫就一定比刘也好呢？我们毕竟是初恋，时间那么长了，这感情谁也代替不了。经过这么一番折腾，我才发现，下决心离开一个我还爱着的人，远远没我原来想象的那么容易。我回国以后，他也收了不少心。我想只要他不再犯，我也会既往不咎，继续生活，而且，我们可能很快会要个孩子，走一步算一步吧！"

"你呢？"细雨推了推正发呆的罗青橙，笑笑说："也快生一个吧，别硬抗着了，男人都喜欢孩子。"

"可能吧，这次我们俩吵架可不又是因为孩子。"罗青橙说。刚才她细听之下才发觉，和细雨相比，自己和叶小鱼之间那点问题，可能都不算是问题。

可就是这些"不算问题"的问题，愣把她跟叶小鱼弄到了今天这般田地。

坐了一小会儿，罗青橙就告辞回家了。细雨送她到楼下，注视罗青橙离去的背影，咬着嘴唇，若有所思。

第35章
乱云飞渡

从细雨家里回来，抱着最后一线希望，罗青橙给叶小鱼他妈打了个电话。

问："您儿子叶小鱼扔下我离家出走了，跟他有名有姓的情人私奔了，去了西藏，他这是明目张胆地搞婚外情，你们还管不管啊？"

叶小鱼他妈那边听了，心里大吃了一惊，表面上却还不露声色。

这边罗青橙没想到，叶小鱼他妈连问也不问她是怎么回事，儿子究竟是因为什么出走，又是哪儿来的情人，什么时候忙里偷闲搞的婚外情，只短短地说了一句话，连调门都没有设法提高一点儿：

"那是你们自己的事儿。"

说完，就挂了。

罗青橙觉得自己像不小心撞在了一头巨象冷冰冰的屁股上，顿时眼冒金星儿，跌坐在床上。

早晨罗青橙出去的时候，神情恍恍惚惚的，忘了关窗户，眼下窗户还都四下大开着。她顺势倒了下来，滚到了大床里头，侧躺着，窝成一个球儿，想让自己能暂时忘却现实的痛苦，快快逃进梦乡。

现在，罗青橙唯一真正的担心，就是叶小鱼这次出游期间，真的与那“秘密情人”何飞弄假成真，自己该怎么办？叶小鱼是那样的人，罗青橙知道，或者说，她自以为她知道。

到了那时，她只有悔之晚矣，再无回天之力了！

想到这些，罗青橙就像个垂死的人一样，大口大口地叹着气，热泪直淌，脸颊滚烫滚烫的，在床上半梦半醒，半生半死。

傍晚时分，她望向窗外，天色开始黯淡无光，铅灰色的云层低压压地垂了下来。

窗帘突然被卷动了一下，随后就像船上的帆一样，迅即哗啦啦地鼓满了风，窗外乱云飞渡，狂风呼啸。罗青橙觉得自己躺着的大床，此刻就像茫茫大海中的一叶孤舟。

暴风雨来势汹汹，天很快就暗下来了，彻底暗下来了。作为夏天的傍晚，这天空倒是真够黑的。粉红色的闪电偶尔亮一下，作为前奏，隐隐的雷声紧跟着就从天空中轰隆隆地一路滚了过去，就像一万匹天马在她头顶上方腾空而去，雨点疯狂地砸下来，噼里啪啦地打在玻璃窗上。

罗青橙无心起身关窗，就听任越来越肆无忌惮的大雨点儿打进窗棂，洇湿了墙壁和地板。

她突然觉得难受得要命，开始放声大哭。一半是出于自小对雷电的恐惧，一半是出于被抛弃的悲哀。到后来，悲哀压倒了恐惧。

罗青橙哭得这么纵情，那放声的嚎啕，简直是盖过了漫天响亮的雷声和倾盆的大雨。

她迷迷糊糊的，也不知道哭了多久，哭哭停停，就睡着了。

醒来的时候，雨早已经停了，四下十分安静。罗青橙拧开灯，看了看时钟，已经半夜了，难怪一切都这么沉寂。

关了灯，她静静地躺了一会，奇怪自己居然还活着，没被大雨淹死，或者把雷引进屋来。窗户依旧大开着，窗台积水流到房间地板上滴滴答答的滴水声清晰可辨，大床的一角被雨水打湿了一大片，她的裙子也淋透了。

她动了动，蜷缩到床里面，只觉得从心里往外冒着冷风，牙齿磕得直响，苍白又悲哀，像个快要在湖水里淹死的小狗一样。

罗青橙再也睡不着了，便放弃了努力，坐起来。雨后清新的空气在召唤她，让她的心情稍微缓和了一些。

她爬起来，找来拖布，把地板认认真真地拖干净。这些家务活儿，以前全都是叶小鱼干的，罗青橙边拖地边想。

然后，她换好衣服，锁上门，下了楼。

石子路和草坪的两旁，只有很少几扇窗户里还射出橘黄色的灯光，人们早已安然入梦。踏着安静的月色，她一个人慢慢走向草地。

这年夏天雨水旺盛，青草长得很快，每次刚割完，很快就又疯长起来了。小区里有很多玫瑰花，罗青橙贪婪地深深吸了一口新鲜凉爽的空气，充足的氧气里，带着一丝丝玫瑰的甜香，以及青草的气味。

她走到草地上的秋千架前，把架子上的雨水掸去。然后，坐在上面，慢悠悠地荡着，仰面望着暴雨过后的星空，开始疯狂地思念她的叶小鱼。

结婚后这几年，她跟叶小鱼再也没有机会像谈恋爱时一样，大半夜的跑出来玩儿过，罗青橙甚至连想都没想过。

她想起去年夏天，也是夜雨过后，叶小鱼睡不着觉，提出从床上爬起来，趁着那么凉爽的月色，到外面去探探险，呼吸一下新鲜的空气，望望月亮，听听虫鸣，学学狼嚎，再学学狗叫！可是罗青橙无情地拒绝了。她可不想大半夜跑到外面去“抽什么牛犄角风”。

“你总是让我跟你一样，循规蹈矩，连每天上床的时间也得跟你一样！”叶小鱼叹着气说。

事情渐渐明朗，罗青橙这才明白，原来叶小鱼心里一直都在向往逃走，不管是什么方式的逃离。他被捆在家庭里的时间太久了。

现在，罗青橙想，很好，叶小鱼终于如愿以偿，想几点睡觉都成，不睡，也没人管。罗青橙不愿意揣测叶小鱼现在在西藏跟何飞干什么，可还是忍不住去猜。淡忘了怨恨，罗青橙满心惆怅地想：那个叫何飞的女孩儿，一定是比自己好很多，才会让叶小鱼如此动心，以至于不惜离开自己，毅然决然跟她走了。

这时一个保安拿着手电走过，对讲机里隐隐约约传来说话的声音，打破了周遭的寂静。他怀疑地扫了几眼这个大半夜还坐在秋千上的姑娘。

可现在罗青橙内心里对黑暗不再有恐惧，一如谈恋爱时，半夜十一点钟还喜欢在公园最黑暗的角落留连，英勇无畏地和叶小鱼腻在一起。那时身边有叶小鱼，她不怕；现在只剩下她一个人，不过，她反而更不怕了。

这就算是有山靠山，没山独立吧！罗青橙想。

保安走了。一切重又恢复了寂静。微风从耳边拂过，天空中群星像水洗的宝石一样明艳幽冷。昆虫的鸣叫格外清晰，罗青橙以前从未注意到过，就像叶小鱼常说的，像催眠曲一样美妙。

此刻，头脑疯狂的罗青橙只想荡到云彩里去，荡到叶小鱼身边去。便留在室外，直荡到晨光熹微，直坐到瑟瑟发抖。

一天过去了。又一天过去了。紧接着，第三天也过去了。

叶小鱼还是没有给罗青橙任何消息。看来这次，他是下定决心了。

细雨也出差走了。姨妈到国外看闺女还没回来。学校正在放假。罗青橙从没有像现在这样感到孤单和恐惧。

终于，一个礼拜过去了。叶小鱼照旧音信全无。

罗青橙穿着白色的灯笼裤，橘黄色的纱衬衫，披散着头发，又来到阳台，坐到鸟笼上，将双腿蜷缩在吊篮里，越发孤独落寞。

透过带栏杆的落地玻璃，她注视着两只躺卧在草地里的小猫。它们每天在那里出现，已经有很长一段时间了，中午在一起睡觉，下午一起晒太阳。相互间保持着距离，有时候对望一下，从不打架，一待就是几个小时。罗青橙也会一连看几个小时。

不一会儿，遛狗的来了。松开皮带，小狗在草地上撒欢儿，遇到另一只狗，就狂吠一通，不知道是表示友好，还是在示威，互相闻来闻去。不一会儿就打起来了。

每当楼道里有什么动静，罗青橙都会屏息凝神、扭过头来，专注地向房门口张望。她心里时时希冀着：大门洞开，叶小鱼瞬间出现在门口。

如果那样的话，罗青橙猜想自己一定不会埋怨他，一定会跑上前去，搂住他的脖子，只要他不是回来跟自己说拜拜的。谁先低头，都不要紧，只要相爱的人能够重归于好。什么自尊、面子，现在在罗青橙看来，都是狗屎一堆。

可是大门这些天来始终也没有被敲响。天色越来越暗，蓝天白云不知不觉染成了淡蓝，继而又幻化成淡淡的玫瑰，金光闪烁，将罗青橙孤独的身影拉得越来越长，投到乳白色的沙发上。旁边的一个小茶几上，摆着一个镜框。

镜框里镶着一张照片，是有一年罗青橙和叶小鱼在海边度假时拍的。叶小鱼穿着在当地买的印着翠绿椰子树的短袖长衬衫、绿短裤。罗青橙穿着紫色的短裤，白色露肩的小T恤，双手搂着叶小鱼的脖子，双脚死死缠在叶小鱼腰间，活脱脱一副猢狲抱大树的姿态。两个人都带着墨镜和凉帽，冲着镜头咧着嘴，快乐地傻笑。后面，热带的海洋无变无际、起伏不休。

这几天，每一天就好像一万年那么长。如果每一万年都是个界限，罗青橙不知道自己究竟还要等待几个一万年。她有一种预感，她等待的那个人，恐怕这辈子，再也不会重新出现在她罗青橙的生活中了。

罗青橙不再怨恨叶小鱼。就像人们对于一个远走天涯，或者已经去了天堂的人，很少再心怀怨恨。

罗青橙一开始所感到的憎恨、恼怒、疯狂，如今正在慢慢蚕食成恐惧的悲哀。害怕失去叶小鱼的恐惧占据了她此时全部的精神。那些不愉快的争吵、矛盾、冲突、琐事，现在全都不再是什么问题了。

罗青橙这才知道，原来，在她心中，一切都可以瞬息风流云散，如果失去了那个对她最重要的人……

眼看天将黑下来的时候，表妹琳琳的话，突然恍若隔世般响起，伴着她俩快乐的笑声：

“我看你跟叶小鱼是挺般配的一对……别吵了，伤的是你们俩……毕竟是你们过一辈子，几十年呢……”

想着想着，罗青橙突然鼻子发酸，想哭却没眼泪。

天终于黑了下来。

罗青橙缓缓降落在一片广阔的高原上，遇到正独自一人踌躇徘徊的叶小鱼。叶小鱼一回头，看见了罗青橙，他们彼此对视了一会儿。然后，罗青橙跑上前去，抱住叶小鱼，说：跟我回家吧，我给你做饭吃，我现在会做饭了。我们好好谈谈，我们都为对方改变一下自己，好不好？然后，她焦急地扫视着叶小鱼的眼睛，想猜透他那暧昧不明表情背后的含义，急急地问：我们还不太迟，对吗？叶儿？还不太迟，对不对？对不对？

随着罗青橙焦急地连连问话，叶小鱼终于轻轻点了点头。罗青橙笑得甭提多快活了！她连连保证：以后一定做个好老婆，再不强迫他穿她的小衣服取乐，再不跟他怄气，再不小心眼儿，再不跟他吵。然后，紧紧地搂着叶小鱼的肚皮，眼泪蹭了叶小鱼一身，乐得嘴都合不上了。

罗青橙笑嘻嘻地醒来，发现自己正紧紧抱着叶小鱼的枕头，傻乐呢。

她这才知道，这不过又是一场良宵美梦而已。

第36章

“逃亡者”归来

时间又过去了两天。

叶小鱼始终连一个电话也没打给罗青橙。罗青橙也没有再试着拨通他的电话。

罗青橙几乎彻底绝望了。对叶小鱼的思念幻化成了冷漠，反而不想再听到叶小鱼的声音。即便拨通了，他们之间，还有什么可说的呢？

不仅如此，罗青橙现在都不愿意打同事、朋友的手机。因为她最怕听见的，就是“你拨叫的用户已关机”。对于她来说，一切无法联系、无法沟通的话语，都会令她联想起叶小鱼，联想起叶小鱼对自己那冷酷的拒绝。

其实，罗青橙对自己说，除了那些她害怕听到的话，现在还有什么不与叶小鱼——她相信注定几乎已经失掉的爱人——息息相关呢？！

看着窗外绿绿的落叶，又一场暴雨过后，左一片，右一片地飘落在地，她也能联想到叶小鱼，也许他现在正跟情人打得火热。这个想法让罗青橙头脑陷入混乱和癫狂。

第十天的时候，罗青橙终于病倒了。她猜，可能自己在那个大雨滂沱的夜晚着了凉，没吃药，终于变成了高烧。

罗青橙没去医院，一个人孤单地躺在床上。昏昏沉沉中，她悲观地想：即使自己死在家里，也不见得有人知道。如果叶小鱼有朝一日回来，开门看见她已经死了，他会不会很后悔？会不会抱着自己失声痛哭？

这个想法令罗青橙感到亢奋。

在室外39度的高温中，罗青橙依然冷得钻心。她哆哆嗦嗦地说着胡话，谁也不想，连她妈也不想，只想叶小鱼，一心回忆他俩过去的那些好日子。难道她真的注定要失去他了吗？

夜半惊醒，罗青橙突然就幡然领悟：滤去所有的杂质，人生中值得留恋的幸福，本来就不多，叶小鱼，就是——也许该说“曾经是”她生命里最大的幸福。

罗青橙现在才明白，有多少东西，只有失掉之后，才能体会出它的珍贵。她心中充满了无处发泄的悔恨和悲伤。

她病了两天，姨妈从美国回来了。打电话给罗青橙，才知道外甥女生病了，立即心急火燎地赶了过来。

一看到罗青橙这副模样，又听说了事情的原委，姨妈从美国刚回来的得意和喜气立刻一扫而空，顿时流下老泪，咬着后牙，说：罗青橙要是自己的亲闺女，让姓叶的这么欺负，她说什么也得把他闹个人仰马翻，甭想好过。

姨妈一边给罗青橙换冰冻的冷毛巾，一边安慰她说:“真可怜，好孩子，甭难过，等你病好了，姨妈一定托人给你介绍一更好的！那姓叶的要不要咱，还另说着呢，咱先把他给踹了！到时候，咱再挎一像模像样的黄花大小伙子，牵到姓叶的跟前遛上一圈儿，我倒要看看，到底是谁能笑到最后！这事儿你就甭管了，放心吧，包在姨妈我身上！你妈不在北京，我就给你做主了！就像我们琳琳似的，我一定想办法，把你也嫁到美国去，跟咱们琳琳做个伴儿！叶小鱼，他算是个什么东西！我呸！不是人！我外甥女这回就是死家里头，他都不知道！幸亏我回来得及时！要不，我可怎么跟你妈交待呀！”

可罗青橙一听姨妈说要把叶小鱼踹了，再给自己找个好的，一点儿都没觉着高兴、解气，反倒适得其反，她哼哼唧唧的，又哭开了，两只手抹着眼睛，抽抽搭搭地说:“我就是要……叶小鱼……别人再……好……我也不要……就算叶小鱼跟我离了婚，我还要他……我再追……除了我……别人……谁……谁都甭想嫁给叶小鱼！”

姨妈一听，又气又乐，惊呼:“叶小鱼都对你这么着了，你还想要他？别是两天高烧把脑子给烧傻了吧？”

一想到自己的亲外甥女发着高烧，两天两夜撂在家里头没人管，那不知羞的叶小鱼自己一人儿游到大洋里风流快活去了，姨妈又悲愤得老泪纵横。不过，看着罗青橙那不争气的窝囊样儿，姨妈眼下可一点儿办法也没有，一切都只好等罗青橙先把病养好了，等那个“不要脸的”叶小鱼回来再说。

姨妈要把罗青橙接到自己那里去住，好有个照应，可是罗青橙拒绝了。她坚持要留在自己家里，等叶小鱼回来。已经等了十多天了，她一定要等到底。而且，她从心里还是想看看，自己等来的，究竟会是个什么结果。

姨妈只好自己收拾收拾搬过来照顾她。

几天后的一个傍晚，姨妈出去买菜了，半天没回来。罗青橙一个人在家里有气无力地躺着，想姨妈怎么还不回来，没准儿买完菜，又跟楼下的大妈闲扯上了。

这时，电话铃响了。不知道为什么，罗青橙突然就一激灵，出了一身的冷汗。

起先，她还以为是哪个朋友或同事打来的，就拿起话筒，低低地“喂”了一声。谁料，对方却没搭腔。

过了十多秒钟的工夫，话筒那边传来了一个熟悉的、热切低沉的声音，那个声音叫了一声罗青橙的名字，确切地说，这个称呼是：“宝贝儿”——罗青橙的昵称。

一听到这个声音，罗青橙浑身不由自主地狠命哆嗦了一下，差点儿没把话筒给摔出去，继而从沙发上弹跳了起来，就像大白天冷不丁地撞见了蓝胡子幽灵似的，胸口扑扑乱跳、冷汗直流。

那是叶小鱼的声音。

罗青橙好像听见自己那颗长久以来对叶小鱼放不下的心，“呱嗒”一声掉到了地板上，恨恨地打了一个滚儿，挤出了她对叶小鱼残存的全部怨恨之情。

罗青橙二话没说，就把电话给撂了。

姨妈买菜回来，一进门，就看见罗青橙正笔直僵硬地站在地板中央，闹鬼似的，拖鞋也没穿，面色惨白，动也不动，姨妈登时也吓出了一身冷汗。

罗青橙没敢告诉姨妈，叶小鱼来过电话，生怕姨妈一时冲动，做出些什么对叶小鱼不利的事来。

罗青橙知道，姨妈现在本来已经对叶小鱼充满了成见，再加之姨妈自己也是满腹愁怨，心肝儿宝贝闺女去了美国，老伴又长年在国外，现在虽然有了胖胖的大外孙子，可惜也只能在美国玩玩，就是抱不回来。如今，她又一个人老大不情愿地孤身回到北京，心里本来就闷得抓心挠肝的，正愁没个抓挠解解闷儿呢！

叶小鱼要是偏偏在这个节骨眼儿上让姨妈她老人家给逮个正着，他还想好得了，不死也得脱层皮！

不管叶小鱼多么可恶，多么十恶不赦，他也还是自己的老公。他让罗青橙受苦可以，但让他受苦，罗青橙心里还是有点儿舍不得！

那头儿，刚下了飞机的叶小鱼放下电话，开始魂不守舍。他料定罗青橙这次一定是动了大怒，刚才打电话时他就感觉出，罗青橙何止是恼怒，简直是绝望。

叶小鱼提着行李，没敢回自己家，怕罗青橙把他给生吞了。就想先回他妈家报个到。

这两个多礼拜，叶小鱼自始至终没开过手机，不仅没跟罗青橙联系，连他妈，他也没打过一个招呼。他想，如果他妈给他打电话，也一定找不着他。叶小鱼现在就有些后悔和担心：他妈一见到他，会不会也把他给生吞了。

于是一路慢慢蹭回家去，在楼下转了好几圈儿，这才上楼，忐忑不安、轻手轻脚地用钥匙开了门。

一推门，彻底傻眼了：客厅里齐刷刷好几双眼睛一齐向他转了过来。他一看，他爸妈、他姐、小青，全在，好像专门儿聚齐了等他一个人儿似的。

他妈一见他，立刻把眼睛瞪圆了，手里的杯子往茶几上一摔，满脸气愤地跑了过来：“哎哟喂，你还知道回来呀……我还以为你失踪了呢，差点儿没跟你爸去报了案。”

“你干什么去了？上哪儿去了？”他爸坐沙发上吼道。

“听说你有外遇了，哥，跟情人都逛西藏去了？”小青也站起来，双手插在裤兜里，边说边笑走过来。

叶小鱼心里异常震惊，呆呆地站在门口，没敢再往里迈步。

“你们怎么知道我去西藏了？”他终于问。

“怎么知道？你老婆老早就打电话给我，说你抛下她逃跑了，还说你跟情人私奔，问我管不管，到底怎么回事？你说，啊？是真有这事，还是你老婆瞎编的？”他妈异常气愤地质问儿子。

叶小鱼一听他妈这话，立刻感到十分恼怒：“没影的事儿！”他立即跟他妈否认。“我只不过是休假去了趟西藏。”

“那你老婆说得跟真事儿似的，说你离家出走了，为什么？”

叶小鱼只得跟他妈承认，自己的确是曾经跟罗青橙吵了一架，然后就逃到西藏去了。

他妈更加出离愤怒，高声指责道：“你跟你老婆吵架出走，连你亲妈都一块儿不要了？打了多少电话都找不着你，把我跟你爸急的，没良心的小东西……”

停了一会儿，老太太又追问：“你跟她，因为什么吵架？”

叶小鱼吭哧了半天。他妈不依不饶，在老太太明亮的眼睛和坚决的态度的威势下，叶小鱼只好坦白说，是因为生不生孩子的事。

叶小鱼他妈沉默了。

半晌，老太太最后说：“你光吵架，光逃跑，算什么本事，你得能说服得了你老婆，那才算本事，你就算逃到天边，你不也得乖乖地回来吗！你回来，还得照样给我们生孩子！”

深更半夜，等他爸妈都去睡了，叶小鱼又开始给罗青橙打手机进行电话“骚扰”。好在罗青橙的姨妈已经睡下了。罗青橙开始时根本不接。叶小鱼一遍又一遍地拨着，后来罗青橙接了，可不理他，没出几秒就给挂了。叶小鱼不屈不挠，敌疲我扰。最后一次，罗青橙不再挂断他的电话，只是不出声地听着。

叶小鱼见有机可乘，就赶紧抓住机会、主动自觉地做起了汇报，小心翼翼、结结巴巴地跟罗青橙说：“我……前俩礼拜去西藏，探……探险去了，没敢告诉你，很对不起……现在，我……我也不敢回去，怕惹你生气，再跟我……闹，你不让我回家，我不敢回……我暂时住我……妈这儿，这两天，我想抽空儿跟你好好谈谈，你……你还好吗……宝贝儿，我想你了……对……对不起……”

“谈什么？离婚？然后跟她结婚，是不是？”罗青橙忍不住尖叫了起来。

这一声尖叫，如同灿烂的流星一般划破了叶小鱼黑暗的天空，他听了，居然大喜过望，险些昏死过去。他早已经习惯了和罗青橙连吵带闹的生活模式，最不能忍受的，反倒是罗青橙对他冷冰冰的沉默——那种沉默代表着一种前所未有的冷漠，是罗青橙心中他无法掌控的陌生领域，他还不知如何去应付。可是，只要罗青橙开口，哪怕是咒骂两句也好，都只证明了一件事：两人之间，至少已经开始交流了。

惊喜之余，叶小鱼还是忍不住非常奇怪地问：“结婚？跟谁结婚？”

对于自己的失声叫骂，罗青橙已经感到极端后悔，悔恨到如此地步，以至于她差点就给自己一个大嘴巴子，恨不能找个铁夹子，把自己的舌头给夹住，免得惹事生非再度失言。

为了弥补这一“过失”，罗青橙决定从此以加倍的、彻底的沉默来惩罚叶小鱼。

果然，叶小鱼之后所有的“无耻”，全都被罗青橙的沉默给掩埋了。

然而，这位“逃亡者”的归来，以及他不断进行的“电话骚扰”，依旧在罗青橙身上起到了极为奇妙的作用，简直是比吃太上老君的九转还魂丹还灵验。罗青橙飞快地好起来了，虽然精神上仍觉得异常疲惫。

第二天，罗青橙就把姨妈给“赶”走了。然后出了门，强打着精神，坐在咖啡馆里等细雨，想跟细雨聊聊该怎么对付叶小鱼。

中午十二点半，细雨给罗青橙打了个电话，说公司里还有点事没处理完，不好意思，让罗青橙再多等会儿。

不着急，罗青橙说。反正现在在哪儿她都是一个人待着。

罗青橙开始握着咖啡杯发呆，身体上病了这么一场，更主要的，还是精神上的打击，她明显消瘦了，整个人像是经历了一场大雹灾的小樱桃树，蔫头耷脑、没精打采，眼睛倒是显得更大也更黑了。

她正发着愣，无意间，她注意到不远处有一个女孩儿，好像不时冲她这边张望。当罗青橙机械地转过头望向那个女孩儿时，女孩儿的目光却躲闪开了，一副似乎认错了人的样子。

女孩儿跟同桌的男性朋友耳语了几句，他们好像还朝罗青橙看了一眼，笑了笑。女孩儿很神秘地拿出电话，拨了出去。压低着声音没说几句，就笑着挂了。

然后，那女孩儿站起身来，毫不犹豫地径直走到了罗青橙面前。罗青橙抬起头，见这女孩儿正冲自己微笑。

“对不起，请问你是罗青橙吗？”

罗青橙吃了一惊，脑子里飞快地搜索了一下，大脑的“内存”里好像没有这个人的丝毫记录。突然注意到女孩儿动人的笑容，罗青橙猛醒，潜意识和直觉突然模模糊糊地告诉了她这女孩儿是谁。

罗青橙警觉地点了点头。

“你在等人吗？是在等叶小鱼吗？”女孩儿又笑着问。

罗青橙大吃了一惊，不发一言，更加警惕起来。反问道：“你是谁？”

“我叫何飞。”女孩儿清脆地回答。

一听这名字，罗青橙的心仿佛登时沉到了谷底，血液倒是立刻涌到了波峰，煞白的脸颊变得绯红，眼睛往外冒火。自己的老公叶小鱼，正是跟一个叫何飞的女孩儿一起逛了趟西藏，莫非，正是眼前这女的？

这个令自己二十来天日夜煎熬的“情敌”，居然就这么戏剧性地出现在自己眼前，真是踏破铁鞋，冤家路窄。

罗青橙一点儿也猜不出来何飞过来想干什么，一切都来得异常突然！罗青橙在惊诧之余，根本还来不及细想自己该怎么对付她，所以她就面无表情地瞪着何飞。

何飞微笑着，开了口，细长浓黑的眉毛下一双眼睛闪着和悦的光芒：“请你原谅我这么冒昧就过来跟你打招呼，我正在那边跟朋友歇歇脚，偶尔看到你，觉得有点儿面熟，想了半天，这才想起来，好像在叶小鱼的钱夹里见过你们俩的合影。”

罗青橙只觉眼前一黑，不觉又低了头。他们连钱都共用了？这不是公然的挑衅，又是什么？

便更加闭紧了嘴巴，合上眼睛，心想：等我彻底弄明白了怎么回事，我非得试试我这十个还从没舍得在我老公身上用过的指甲，给你留下点儿颜色瞧瞧。大不了两人一堆儿进派出所，谁还怕丢人不成？甭管谁勾搭谁，决不能就这么把叶小鱼——我那大好的老公，就这么糊里糊涂地白白让给你，怎么也得让你付点儿代价！

想到这儿，罗青橙睁开了眼睛。看着罗青橙突然变得恶狠狠凶巴巴的样子，何飞脸上的笑容飞快地消失了一半，她有点儿惶惶然，脸色也半红半白，赶忙解释说："你别误会，我也是偶尔看到的。叶小鱼跟我们一行十多个人去了西藏，走了十多天，一次我见他掏出钱夹拿钱，这才知道他结婚了，还一直以为他是单身的。我们基本上都是一对一对的，只有他是一个人。"

罗青橙想，要是知道他有媳妇，你也不好意思拽上他吧！就故意问："叶小鱼什么时候回来的，我怎么不知道哇？"

何飞吃惊地抬起头，看着罗青橙，半天，想说什么，又咽了回去。

过了会儿，何飞说："我们昨天刚回来。旅行一路上，我们大家都觉得叶小鱼一直闷闷不乐、好像很不安，也不好意思问他，毕竟我们和他也不很熟。离开西藏前一晚，大家走到星空下，最后一次聚会，有个人起哄说，临离开西藏，每个人都得说出自己心中那个最真实、最强烈的愿望，谁也不许遮遮掩掩。我们于是说了，千奇百怪，真真假假。叶小鱼也说了，你知道他说什么吗？"

何飞平静地望着罗青橙。

罗青橙紧张地搜索着答案，答案倒是冒出一堆，可都比较不靠谱，她不能肯定其中任何一个，便冷冷地说："告诉我！"

"叶小鱼说：'其实我这次出来，是瞒着我老婆的，我们大吵了一场，我以为我们完了，心灰意冷，再不想回去了。可这些天走来，我慢慢想透了，我老婆罗青橙，是这个世界上我最亲爱的人，我多希望她能明白这一点。我的愿望，是希望我老婆能原谅我这次出走，我希望她以后跟我在一起，永远都快乐、幸福，永远都不再有烦恼，我们也再没有争吵！'"

何飞笑了："我只能记个大概。叶小鱼说的时候，特认真、特虔诚，好像还用手抹眼睛来着，我们都安静下来，转过脸去，不好意思看他。你知道，一个人真心诚意的许愿会很灵的，尤其那是一个纯净、星光闪烁的夜空，还有那么多人，帮他一起许愿。我们都为他鼓掌，还开玩笑地说，如果他需要，我们都愿帮他，做他老婆的'思想工作'。罗青橙，我们都希望你能原谅叶小鱼。"

何飞又笑了笑："其实，我们也不知道你俩之间到底发生了什么，所以这'思想工作'做得有点稀里糊涂的，是吧？我只是把我听到的、见到的讲给你听，让你知道叶小鱼说过的这些话。当然，虽然我也许诺帮他的忙，可说实话，我从没想到这个'任务'居然会落在我头上。这次真巧碰见了你，你的眼睛那么漂亮，我一下子就认出来了，过来打个招呼，也总算没对叶小鱼食言吧！"

何飞说完，依旧微笑着望着罗青橙。

罗青橙此时的心情，顿时柳暗花明，豁然开朗。不过，只一会儿，她就生疑了，对叶小鱼的疑心，罗青橙觉着自己这辈子恐怕是改不掉了。她随口问："你们是怎么认识的？"

"我们一起学过网球，后来偶尔又碰上过。"

看着何飞，罗青橙心里对她说："其实，我早就认识你了，你在我们的车上，留下了两个绿脚印。"

"好吧，我不再打搅你了，那边是我男朋友，这次去西藏，他也去了，我们全晒黑了，下次有机会出去，你也跟我们一起去吧！"

说着，何飞已经站起来，晴朗地笑着。她的男朋友此时也站了起来，冲罗青橙老相识似的点点头，笑了笑，然后挽着何飞的胳膊，两人一起快步离开了咖啡馆。

罗青橙的脸色逐渐变得红润，虚假的警报似乎已经解除，可她的心里，却反倒生出了一种大难临头的感觉。

她在桌子旁边忸怩不安、额头上也冒出了细细的汗珠，不知道是大病初愈身体虚弱的缘故，还是兴奋过度的缘故。在椅子上扭来扭去，扭了半天，当即决定不再等细雨了，以最快的速度出了门，打了辆车，直奔叶小鱼的单位而去。

她心说：我主动就我主动吧，我才不管有面子还是没面子，我他妈的这辈子就这命！

本来罗青橙对叶小鱼的那颗心，都已经死了，然而转瞬之间，这颗心又被激活了，让她有点儿不知所措。这颗心，又开始像初恋时赶赴叶小鱼的约会一样，狂野而兴奋地乱蹦起来。

路上，她顺便给细雨打了个电话，说了无数理由为自己临时逃跑道歉。

“你没事儿吧……我怎么觉得……你好像有点儿喘不过气呀……你真的没事儿？”

细雨十分关切地问，一心以为是罗青橙的病还没好利索。

“没事儿没事儿，回头再跟你说吧。”说完，罗青橙就迫不及待地把电话挂了。

她又赶忙给叶小鱼打电话，嘟哝着：这该死的，手机又没开。只好打他办公室电话。

果然，又是叶小鱼那娇滴滴的女同事。不过这次，罗青橙对她的态度格外友好，只十分平静地说了一句“请找叶小鱼”。然后，她就惊诧地听见电话那头儿，那女的拖着长声说：“叶——小——鱼，你老婆！”

罗青橙顿时愕然，她不知道女人的听觉竟何以如此准确无误：“这女人，真他妈太可怕了！”她想。

叶小鱼终于过来了。

一听见他的声音，罗青橙顿时像踩了电门似的，“地动山摇”起来，可还是竭力故作平静，冷冰冰地问：“你现在忙不忙？”

“你有什么事儿？”这还是叶小鱼从西藏回来以后，罗青橙第一次主动给他打电话。叶小鱼心里反倒生出了一种不祥的预感，仿佛眼前一片阴云已经聚拢过来。该不会是罗青橙想明白了，下决心跟自己离婚吧？或者，发生了其他什么不可补救的事情？

“你能下来吗？现在？”罗青橙又冷冰冰地问。

“嗯……那好吧，你在哪儿？”

“我快到你们楼下了。”

“楼下不是有沙发嘛，你坐那儿等我一会儿。”

罗青橙步入大厅。厅很大，两边长廊里都是高级商铺，气氛安详。她找了一个离滚梯比较远的角落，坐了下来。

眨眼的工夫，叶小鱼就现身了。罗青橙还十分纳闷，一向很迷糊的叶小鱼，这一次究竟是如何精确无误地找到她藏身的地点呢？

他晒黑了，罗青橙对自己说，当叶小鱼朝自己走来时，罗青橙平生还是头一次以一种陌生的眼光打量着叶小鱼。短短十几秒，叶小鱼在她心里留下了一个深深的印象，恐怕这辈子，都难以磨灭。

这是一个既像老公、又像陌生人的形象，他瘦了，这在罗青橙眼里，反倒越发让她着迷，还有他那不住向她发出的探询、热切、而又狐疑的目光，不过，罗青橙还是一眼就看出，叶小鱼的精神里，隐藏不住地流露出一种疲惫已久的气息。

罗青橙的心里突然感到一阵阵的痛，又是一阵电流悄悄流过，引起一阵地震般的颤栗。罗青橙想：这就是我费尽力气才弄到手的老公，我差一点就失去他，要是真的被迫和他分离，我的心都会疼死！此时此刻，他还是我最亲爱的老公，世界上，还有谁能比他对我更亲呢？

“宝贝儿，什么事，这么急？”这时，依旧忐忑不安的叶小鱼已经讨好地跑了过来。

罗青橙起先还想故作矜持，保持冷漠，就在心里一二三四数着羊群。不过，只憋了不到六秒钟，她就“扑哧”一声乐了出来。

罗青橙感到彻底绝望，低了头，这么大人，居然就这么绷不住！

“什么事这么高兴？”

叶小鱼一见罗青橙乐了，顿时觉得一直堵在心里的那些挥不去、掸不掉的烦恼，倏忽间灰飞烟灭了。

既然已经笑了，已经露了馅儿，再重新绷起脸子，也不像那么回事儿了。于是，罗青橙索性放开胆子，天性毕露，满脸晴光，把伪装彻底抛开了。她迫不及待地问叶小鱼：“你猜，我今天碰见谁了？”

“谁？”叶小鱼充溢着感动的心情，立刻又习惯性地变得紧张起来。

“一女的，你可能很熟悉。”

一听是个女的，叶小鱼不知道罗青橙又要玩什么花招儿，就开始胡乱猜想：完啦完啦！该不会是檬檬吧？这下事儿可大发了，罗青橙这脾气，要知道那晚他跟檬檬喝酒，还指不定对自己干出什么来呢！

“何飞！”

罗青橙像个急于显摆自己兜里有糖的幼儿园小朋友一样，还没等对方开口要，自己倒抢先掏出来了。

“何飞？”叶小鱼大惊失色。

“你紧张什么？”罗青橙不满地哼了一声：“看把你吓的，我还没说什么呢！”

“你怎么会认识她？”

“是她主动跟我打招呼的，看样子，你们很熟哇！”罗青橙眯起眼睛，故意卖关子。

“唔唔，这次我去西藏，就是跟他们一块儿去的。”

“为什么非得跟她一起去？”

“赶上了呗，你把我气跑了，我能去哪儿？老早就想去西藏了，那些人去过不止一次了，有经验。”

“那，何飞有男朋友吗？”罗青橙又忍不住想证实一下。

“有哇，他们都快结婚了，这次一起去的，怎么了……你该不会是又瞎猜……我跟何飞怎么着了吧？”

“美得你！你倒想跟她怎么着呢……她男朋友长什么样？”

叶小鱼只好大致描述了一番，罗青橙在心里一对照，嗯，确是一个人。

看着罗青橙那转着眼珠、自以为聪明绝顶的小样儿，叶小鱼已经猜出，她这又是在审问自己，心里不觉又好气又好笑，就装作什么都没看见。

“她都跟你说什么了？”叶小鱼小心翼翼地问，可他又没敢深问，生怕一不留神，自己又说错了哪句话。

叶小鱼此刻非常好奇，一方面，他很想知道为什么罗青橙与何飞的这次巧遇，竟会带来这么辉煌的“后果”，另一方面，他也想起了一件事：就在一个钟头以前，何飞突然给他打了一个电话，声音低低，神秘兮兮的，问他跟罗青橙和好了没有，叶小鱼消沉地说，还没有，罗青橙根本不搭理他。

何飞说："那好。"就笑着挂断了电话。当时叶小鱼还感到十分纳闷。

此时，两件事联系到一块儿，叶小鱼好像突然间有点明白了。

罗青橙没回答叶小鱼的问话，只是噘起了嘴。

第37章

故园风雨后

见罗青橙朝自己噘起了小嘴儿，叶小鱼彻底放下心来。他立刻喜滋滋地对罗青橙说："好宝贝儿，我这就去请假，咱回家！不等下班了！"

还没等罗青橙答话，叶小鱼已经一溜小跑儿不见了。

罗青橙觉得久违了的幸福感又回到了她身边，站在离自己不到两尺远的地方，伸手可及了！

不一会儿，叶小鱼已经三蹦两蹿地跳下滚梯，跟罗青橙一样，满脸放光，像个新摘的苹果，一把拖起罗青橙，直奔停车场。

到了家，叶小鱼稀里哗啦地用钥匙开了门，用肩膀把门一顶，就一把扛起罗青橙，跨到屋里头。

他把罗青橙放下，随后死命地一把搂住，紧紧揽在怀里，生怕略微一松手，罗青橙就会消失不见。

任凭罗青橙怎么踢腾，叶小鱼就是死不松手。过了一两分钟，叶小鱼终于放开她，见罗青橙差点被他活活勒死。

等罗青橙好容易才捯过一口气，叶小鱼就见她气急败坏地扬起了一只巴掌……不过，巴掌还没来得及落到叶小鱼脸上，罗青橙突然惊愕地发现，叶小鱼此时像个傻子一样，正定定的、痴痴地看着她，而且早已泪淌两腮。

"我回来了，宝贝儿！"

叶小鱼扳着罗青橙的肩膀低低地说，声音低到几乎听不见。

罗青橙不知不觉把手放了下来。

叶小鱼放开她，飞快地把屋里的窗户全都推开，新鲜空气涌了进来。

罗青橙跟着叶小鱼来到阳台，用手背擦了擦叶小鱼的脸，不屑地说："您还有脸哭呢，该哭的是我。"

叶小鱼坐在"鸟窝"里。半晌，一本正经地问罗青橙："为什么我打电话给你，你不理，为什么见过何飞，你又来找我呢？"

罗青橙说："那是命定，要不是今天我亲眼见何飞和她男朋友在一起，我可能还不会搭理你，我以为你跟何飞私奔了呢。"

"这就是你的毛病，永远瞎猜，自己吓自己。我必须严肃负责地要求你，从今往后，你要学会相信自己的老公！"

叶小鱼说这句话的时候，微微低下了头，有点儿脸红，心里发虚，觉得自己有点儿假模假式。

罗青橙没察觉，她正满心爱意地摸着叶小鱼的脑袋，说："那得看你值不值得我相信……我能相信你吗？你不在家，我差点儿被大雨淹死，我差点发高烧死掉……以后，再不许把我一人扔下了！"

"那可说不准。"见罗青橙又凑了过来，叶小鱼冷冷地说，一边起身回到客厅，投身在沙发里，闷头给自己点了根儿烟。

罗青橙一时怔住。见叶小鱼这么不识抬举，瞬间就像变了个人似的，她有点儿傻了。

只过了几秒钟，罗青橙就跟进了客厅里，冷笑了一声，问道：“那么，请问阁下，您下次离家出走，预备着什么时候？事先能否请您让我有个心理准备？能否请您帮我把窗户都关上，也别留给我满地的玻璃碴子？”

叶小鱼今天决心假装正经到底，趁此机会，他打算好好教育教育罗青橙。边喷云吐雾，边把罗青橙一把拽到自己身边坐下，面无表情地说：“也许是明天，也许是二十年以后。”

见罗青橙又要惊叫，叶小鱼冷冷地做了个“打住”的手势，说：“这得看你的表现了……你别那么看我，眼睛瞪得跟柿饼子似的，不想让我走，你得想办法留住我，甭老想法变道三天两头地把我往外头赶。这二十来天我不打电话，因为我烦透了，要是真有一天，我一下决心再不回来，你还不得悔死？”

见罗青橙可怜巴巴，眼里星光闪烁。叶小鱼心软了，语气略微缓和了些，说：“你放心吧，谁也抢不走我，能赶走我的，只有你的猜忌、小心眼儿、坏脾气。只要你肯改变一下，我就再不会一人逃走了……当然，这一切，是在我们之间还有爱情的时候……”

罗青橙并没有听见，或者说，她并没有听懂叶小鱼的最后一句话，像很多人一样，她只能听到她愿意听到的。

见叶小鱼不住往烟灰缸里磕打烟灰，依旧绷着脸，也不正眼瞧自己，罗青橙就抻过他的胳膊，圈住自己的小细腰，咧开嘴，撒娇奉承道：“我要再把你气跑了，上哪儿找你这么好的老公哇！”又叹气道：“可要是你把我气死了，你也找不着这么好的老婆喽！”

叶小鱼用胳膊夹住她，长吁短叹：“唉！听人说，所有的老婆都一样，大概有点儿道理，所以，我还是留着第一个吧！”

“您还觉着亏了，怎么您反倒成了那有理的了？应该说，天下的丈夫都差不多，所以，您甭美，我也是暂且留着你这第一个，以观后效！”

两个人说了这较劲的话，都觉得浑身上下无比舒坦，便不再多言。任凭轻风穿梭，停栖在屋子里，像群喜鹊。

“听说，你在西藏许了什么愿了？”半晌，罗青橙忍不住问叶小鱼。

不料，叶小鱼立刻变得很不好意思起来，他把烟狠狠地掐灭在烟缸里，脸也红了。

罗青橙推了他一下，笑了：“嘿嘿，你当着那么多人的面，都好意思说，现在就不好意思重复一遍了？”

“那不赶点儿了吗，心里烦，没顾忌。现在，后悔了，脸都丢光了！”叶小鱼半真半假地说。

“那也得给我重复一遍。”罗青橙不依不饶。

叶小鱼只得照办，虽然声音蚊子哼哼似的，罗青橙还是听清楚了，笑着问：“这么说，你真这么想的？”

又叹了口气：“唉，这些天，真像做了场恶梦似的！”

叶小鱼看着罗青橙的眼睛，除去了冷冰冰的态度，瞬间变得热切起来，抱住她：“我许的愿，会管用吗？”

罗青橙认真点了点头。

叶小鱼又说：“你知道，在西藏那些晚上，我老一个人在外面溜达，一切都那么深广、寂静，月亮照到的地方，又那么明媚，你想不出星星离我有多近，每颗都像伸手就能够着似的。我像走进了一个童话。看着那些星星，我突然感到人生无常，生命短暂，我就开始想你，越到后来，我越害怕，越害怕，就越想你。再往后，这种害怕的感觉突然到了极点，我和你离得那么远，我怕这辈子，都再回不到你身边了……最后几天，我连觉也不怎么睡了，就坐在月亮下，整夜整夜地想，没想别的，净想咱俩以前那些好日子……为什么，究竟为什么，咱俩不能永远那样美好？究竟是什么把咱俩变得像仇敌一样？离家前我厌倦透顶，一旦跟你分开，这二十来天，我想明白了，既然我爱你，跟你结了婚，你就是我的责任，生活里只有你才是最珍贵的，没了你，一切对我还有什么意思？可是，我差点儿失去你，我们差点儿相互失去……”

沉默了一会儿，叶小鱼又说：“正因为咱俩都没努力珍惜，咱俩都有做错的地方，差点儿就被婚姻的漩涡彻底吞没，这让我感到很后怕……”

这些话罗青橙似曾相识。一个人辗转反侧的夜里，她早想过了无数遍，她希望向叶小鱼表明。于是，她跳下地，把叶小鱼也拽起来，抚着叶小鱼的手，看着他的眼睛，心想，反正叶小鱼永远不会知道，她要说的那些话，在她心里、梦里已经无数次地彩排。

可是，当她看着叶小鱼那晒得发黑的脸，和略带漠然、疲惫、以及些许惊讶、些许爱恋的眼睛，一时语塞，想好的词，竟一个字也记不起来了。

完啦完啦完啦！罗青橙闭上了眼睛，低下头，陷入剧烈的伤心，这八成又是一场美梦？

想到这儿，罗青橙闭着眼，捏住叶小鱼的胳膊，然后，狠狠掐了一把。

“哎哟哎哟！”

叶小鱼登时疼得大叫了起来：“又掐我，未免太狠了吧！干吗又掐我，刚才还好好的，我哪句话又说错了？”

叶小鱼一边龇牙咧嘴，一边大惑不解瞪着含冤带怒的眼睛。

罗青橙赶忙睁开眼，帮叶小鱼揉，边揉边又哭又笑地解释：“对不起，老公，宝贝，我以为这又是场美梦，所以……所以就掐一把，看疼不疼。”

罗青橙睁着大眼睛，一脸天真无辜的样子，叶小鱼哭笑不得：“你这笨蛋，要掐，也该掐自己，你才知道什么叫疼，掐我管屁用啊，你看你看，又紫啦！”

说着，夸张地抬起胳膊给罗青橙看。

没想到，罗青橙反倒乐起来，仰起脸：“老公，我乐糊涂了，你也掐我一下。”

“那——好吧，闭眼！”

罗青橙只好闭上眼，咬着牙，等叶小鱼下手。半天，没动静……忽而觉得一张嘴在她脸蛋儿上热热地亲了一下，还没等她睁开眼睛，叶小鱼早叉开十指，用力搂住她的脑袋，狂吻起来。

罗青橙一边配合着叶小鱼，一边兴奋得眼珠乱转：太真实了，瞧这热度，决不是场梦！梦向来不随她所愿，每次梦见叶小鱼回家，她嘴还没伸过去呢，人就忙不迭地醒了……

想着想着，罗青橙的嘴突然就咧到了耳根，继而清脆地笑起来。经过了二十来天的压抑和折磨，罗青橙这一乐，就像休眠了两百年的火山瞬息爆发了，简直是歇斯底里，完全无法自制。

叶小鱼无奈，只好老大不情愿地放开她，在一旁目瞪口呆。觉得罗青橙在如此美妙的时刻，居然还这么大煞风景，简直是本性难移，可恶之极！不禁偷偷叹了一声。

与此同时，看罗青橙快乐的样子，一种久寻不见的幸福感突然在叶小鱼心里膨胀开来，渐渐充盈了他日渐干涸的心田。经历了那么多坎坷，他心里那个罗青橙，那个活泼可爱、天真烂漫、没心没肺的罗青橙，久违了的罗青橙，仿佛重又回到了他的身边。

渐渐地，罗青橙安静下来。叶小鱼重新揽她入怀，将自己的脸紧紧贴在她的头发里，感动地闭上眼睛。他希望，老天爷会答应他，这个快乐的罗青橙，永远也不要再离开了。

然后，他抬起头，凝神看了罗青橙一会儿，轻轻在她前额上吻了一下，说：

“亲爱的，我们生个孩子吧！”

（京）新登子字 083 号

图书在版编目(CIP)数据

婚姻漩涡 / 夏天著.—北京：中国青年出版社，2008
ISBN 978-7-5006-7893-9

Ⅰ.婚… Ⅱ.夏… Ⅲ.长篇小说－中国－当代 Ⅳ.I247.5
中国版本图书馆 CIP 数据核字(2008) 第 012368 号

书　　名：婚姻漩涡
作　　者：夏　天
责任编辑：庄　庸
特约编辑：叶　子
装帧设计：高永来
出版发行：中国青年出版社
社　　址：北京东四十二条 21 号
邮　　编：100708
网　　址：www.cyp.com.cn
营销中心电话：(010)64065904
印　　刷：北京地质印刷厂
经　　销：新华书店

开　　本：880 × 1230　1/32
印　　张：11.25
字　　数：260 千字
版　　次：2008 年 6 月北京第 1 版 2008 年 12 月北京第 2 次印刷
印　　数：10,001-15,000 册
书　　号：ISBN 978-7-5006-7893-9
定　　价：29.80 元